grafit

Herausgegeben von H. P. Karr, Herbert Knorr und Sigrun Krauß im Auftrag des *Westfälischen Literaturbüros in Unna e.V.* und der *Kreisstadt Unna, Bereich Kultur* für die Veranstaltergemeinschaft *Mord am Hellweg*, Europas größtem Krimifestival.

»Mord am Hellweg X« ist ein Projekt der Kulturregion Hellweg mit oder in den Kreisen, Städten und Gemeinden Ahlen, Bad Sassendorf, Bergkamen, Bönen, Dortmund, Erwitte, Fröndenberg, Gelsenkirchen, Hagen, Hamm, Holzwickede, Iserlohn, Kamen, Lüdenscheid, Lünen, Schwerte, Selm, Soest, Unna, Unna (Kreis), Werl, Wickede (Ruhr), Witten und in Kooperation mit dem Kulturring Erwitte e.V., HanseTourist Unna, dem Bürger- und Kulturzentrum »Rohrmeisterei Schwerte«, dem Tagungs- und Kongresszentrum Bad Sassendorf und MELANGE (Gesellschaft zur Förderung der Salon- und Kaffeehauskultur e.V.) unter Federführung des *Westfälischen Literaturbüros in Unna e.V.* (Dr. Herbert Knorr) und der *Kreisstadt Unna, Bereich Kultur* (Sigrun Krauß M. A.).

MIX
Papier aus verantwortungsvollen Quellen
FSC® C083411

Cäcilienstraße 48, D-50667 Köln
Internet: http://www.grafit.de
E-Mail: info@grafit.de

Umschlaggestaltung: Franziska Emons-Hausen
unter Verwendung von grafxart/photocase.de
Gestaltung Innenteil: DÜDE Satz und Grafik, Odenthal
Druck und Bindearbeiten: CPI – Clausen & Bosse, Leck
ISBN 978-3-89425-764-4
1. Auflage 2021

H. P. Karr, Herbert Knorr & Sigrun Krauß (Hg.)

Jubiläumsmorde

Mord am Hellweg X

Kriminalstorys

grafit

Inhalt

Und dann hörst du die Worte: »Isser tot?«
Volker Kutscher, aus »Dortmund, Weiße Wiese«

Wenn es Mord war, ist er nicht besonders achtsam geschehen.
Gisa Pauly, aus »Achtsam in Bad Sassendorf«

Jubiläumsmorde

Leichen pflastern die Region – die »Mord am Hellweg«-Krimianthologie feiert ihr zehntes Erscheinen

Nun liegt er endlich vor, der zehnte »Mord am Hellweg«-Storyband, unsere Jubiläumsanthologie, parallel herausgegeben zur ebenfalls zehnten Ausgabe von Europas größtem Krimifestival. Bedingt durch die Pandemie mit einem Jahr Verspätung, aber vielleicht gerade deshalb umso spannender, weil lange erwartet!

Das hiermit vorgelegte Buch reiht sich nahtlos ein in die seit 2002 anlässlich von »Mord am Hellweg« erscheinenden Sammlungen anregender, lustiger, ergreifender, mitreißender, verruchter, mysteriöser, mitunter gar anrührender Kriminalgeschichten. Die Anthologie zum Festival (wie auch das Festival selbst) ist ein Markenzeichen der Hellweg-Region geworden, die – zwischen Hamm, Dortmund, Schwerte und Unna gelegen – auch gern als die mörderischste Region Europas bezeichnet wird.

»Mord am Hellweg« wollte von Anfang an nicht einfach nur ein x-beliebiges Krimifestival sein, sondern exklusive Internationalität mit bodenständiger Regionalität verbinden und beides gegenseitig in Spannung versetzen. Da lag es nahe, in den Städten und Gemeinden des Hellwegs literarische Tatorte zu schaffen und ihnen jeweils ihren ganz persönlichen (auch internationalen) »Auftragsmörder« zu vermitteln. Mindestens ein Mord pro Geschichte und Ort ist seit jeher Pflicht, auch muss der Name der Kommune im Storytitel erscheinen! Ganz ehrlich, wir haben aufgehört zu zählen, wie viele Leichen den Hellweg inzwischen pflastern.

Anlässlich des aktuellen Festivaljubiläums erinnern wir uns gern daran, welche Autor*innen der nationalen wie internationalen Krimilandschaft bereits für »Mord am Hellweg« die Region bereist und ihre Geschichten darüber geschrieben haben, darunter auch zahlreiche Mehrfachtäter. Mit Peter James, Yrsa Sigurdardóttir, Jussi Adler-Olsen, Edith Kneifl, Petros Markaris, Bernhard Aichner, Maj Sjöwall, Andrej Kurkow, Taavi Soininvaara, Thomas Raab oder Helene Tursten seien stellvertretend einige europäische Spitzenautor*innen genannt, die wir anwerben konnten. Namen wie Ingrid Noll, Sebastian Fitzek, Oliver Bottini, Volker Kutscher, -ky, Sabine Deitmer, Rita Falk, Jacques Berndorf, Nina George, Gabriella Wollenhaupt, Jan Costin Wagner, Friedrich Ani, Heinrich Steinfest, Horst Eckert, Jan Eik, Ralf Kramp, Tatjana Kruse, Doris Gercke oder Klaus-Peter Wolf stehen repräsentativ für eine deutsche Krimi-Elite, die unsere Anthologien seit jeher bereichert(e), gleichsam ein »Who's who« der Kriminalliteratur der letzten zwei Jahrzehnte. Mit den vierundzwanzig Storys des aktuellen Bandes lieferten bis heute rund hundertsiebzig Autor*innen (!) definitiv zweihundertvierundzwanzig Geschichten ab! Darunter auch phantasievolle Quereinsteiger*innen wie Marie-Luise Marjan, René Kollo, Erwin Grosche oder Joe Bausch.

Alle Beteiligten schrieben für uns exklusive Krimis mit so wunderbaren Titeln wie »Letzte Ausfahrt Schwerte«, »Die Hünen von Lünen«, »Bitter Blues Bergkamen«, »Der Schlachter von Wickede«, »Bönen sehen und sterben«, »Muttertag in Fröndenberg«, »Die Bluteiche von Oelde«, »Der Bulle von Gelsenkirchen«, »Dirty Talk Bergkamen« oder »Kopflos in Unna«. Die komplette Liste der bisher beteiligten Autor*innen und die Titel ihrer Storys finden Sie auf unserer Website www.mordamhellweg.de.

So enthält auch der vorliegende Band wieder ein breites Spektrum an Geschichten, das alle Spielarten des Genres abdeckt, von der klassischen Ermittlerstory über den literarischen, historischen und phantastisch-bösen bis hin zum skurril-humoresken Krimi oder zu einer spannenden Mystery-Story. Lehnen Sie sich entspannt zurück und genießen Sie, was die von uns bestellten Expert*innen an unterschiedlichen Mordphantasien und -gelüsten präsentieren.

Liebe Leser*innen, in diesen Zeiten tut es gut, sich von Krimis »verführen« zu lassen oder gar schmunzelnd den*die »Mörder*in« in sich zu entdecken. In die Realität zurückgekehrt, können Sie sich beglückt eingestehen, dass Sie so etwas Böses selbst doch niemals … aber auch wirklich nie tun würden! Oder etwa doch?

Gute Unterhaltung bei der Jubiläumslektüre wünschen

H. P. Karr, Herbert Knorr und Sigrun Krauß
Nach Diktat im Jubiläumstrubel untergetaucht

Friedrich Ani

Der Tod kommt heim nach Werl

Die Kälte war schneller als der Tod. Er spürte sie in den Augen; für ein paar Sekunden, vielleicht sogar Minuten, lenkten ihn die Stacheln des Windes vom flammenden Schmerz in seiner Brust ab. Er musste so heftig blinzeln, dass er sich einbildete, Blitze zu sehen, grotesk verschleierte Gestalten, die wie durch einen roten Sandsturm irrten. War er das? Nein; sie waren zu zweit, der riesige Nils und der andere, dessen Name ihm nicht einfiel, obwohl er ihn seit Ewigkeiten kannte.

Wieder krümmte er sich auf dem Asphalt. Über die Bewegungen seines Körpers hatte er keine Kontrolle mehr, schon seit … Als bräuchte er dringend Klarheit darüber, schätzte er den Weg ab, den er zurückgelegt hatte; knapp zwei Kilometer müssten es gewesen sein. Sofort loderte die Wunde in seinen Eingeweiden auf; er stieß einen Schrei aus. Das bildete er sich bloß ein; sein Atem brachte keine Stimme mehr zustande, nicht einmal einen Schmerzenslaut; sein Wimmern ein dürftiges Kräuseln von Luft im Hals.

Henning Schultheiß, zweiundvierzig, eins einundsiebzig, achtundachtzig Kilo, fehlte jegliche Vorstellung von seiner Gegenwart. Gekrümmt, blutverschmiert, seine schrundige Wildlederjacke durchtränkt von Blut und vollends ruiniert von den Stürzen auf den Bürgersteig, seine blonden, gewöhnlich streng gegelten Haare ein strohiges Nest, das fleischige Gesicht steingrau – so lag er wie ein hingeworfenes Bündel neben seinem Restaurant, das er von den Eltern geerbt hatte, heimgesucht von unaufhörlich rotierenden Gedanken, die ihn daran hinderten, das Bewusstsein zu verlieren und zu sterben.

Er wusste, dass der Schuss tödlich sein würde. Er wunderte sich, dass er nicht längst tot war. Der Idiot hätte besser zielen müssen, dachte er vage und sah ihn plötzlich, wie leuchtend von fluoreszierendem Licht, vor sich, in voller Größe, den Kragen seines angeberischen Ledermantels hochgeschlagen, in der Hand, am lässig baumelnden Arm, die Pistole, auf die er so stolz war: Nils Balken, noch keine vierzig, eins dreiundneunzig, knapp achtzig Kilo, ein seit jeher durchtrainierter Kerl mit roten Haaren und lächerlichen Sommersprossen mitten auf der Stirn – einer, den niemand mochte und dem trotzdem alle hinterherliefen. Er nicht, Henning, er bestimmt nicht mehr.

Oder?

Oder was?

Er war hier geboren, der nicht; *er* stammte aus der Gastro, der nicht; er hatte schon Verantwortung übernommen, da verscherbelte der andere noch Klappstühle beim Meckler; zu *ihm* kamen die Leute bis aus Paderborn und Bochum, die Wallfahrer und Touristen, treue Gäste; in der abgewrackten Kneipe von dem, gleich beim Lippstädter Bahnhof, hingen Verlierer rum, Junkies und Hartzer, solche und sonst niemand; *sein* Lokal hieß »Sälzerhof«, die Kaschemme in Lippstadt »Corleone«; das sagte alles.

Die Eltern von dem waren aus Berufsgründen aus dem Ruhrgebiet nach Werl gezogen; Lehrersöhnchen, dachte Henning. Seit ihrer ersten Begegnung nannte Nils ihn Schulti, was Henning zum Kotzen fand. Aus irgendeinem Grund hatte er es nie geschafft, sich den Namen zu verbitten. Wieso eigentlich nicht?, fragte er sich, sogar jetzt, in diesem erbärmlichen Zustand. Zu feige? Wieso? Nur weil der Ruhrpottler fast zwei Köpfe größer war als er? Und angeblich in der Kung-Fu-Akademie trainierte?

Daran wollte Henning nicht denken. Er wollte überhaupt nicht denken, sondern aufstehen und klingeln und seine Eltern wecken. Krampfhaft überlegte er, wie spät es sein mochte. Mitten in der Nacht, oder war es einfach immer noch dunkel und schon gegen fünf? Dann würde sein Vater gleich aufwachen; kurz darauf duftete das ganze Haus nach frischem Kaffee und … Und sein bester Freund Theo hatte bei ihm übernachtet; auf dem Weg zur Schule würden sie den Autofahrern auf der Hammer Straße zuwinken, die in Richtung Autobahn unterwegs waren, und bei Frau Friedl in der Steinerstraße zwei Brezeln kaufen und …

Und das war doch nicht wahr! Du wirst nie wieder eine Brezel kaufen, sagte die Stimme in ihm, die früher einmal die seine gewesen war und jetzt zu einem Leichnam gehörte.

Er war noch nicht tot.

Oder doch?

Ihm kam es vor, als wäre er eingebunkert in einen Kühlschrank, mit offenem Gefrierfach, und seine Hände klebten an den Wänden fest. Die eisgekühlten Ouzogläser bei Nikos, er sah sie vor sich, aufgereiht zwischen ihnen – ihm, Nils, Jan und Theo; und dann auf ex; anschließend schnippte Nils mit dem Finger. Maria, die Wirtin, hasste das; sie brachte eine neue Runde und sagte zu Nils, er möge das lassen. Was?, fragte er, und sie sagte, frag nicht so dumm, und er: Trink was mit uns. Sie ging weg. Beim nächsten Mal schnippte er wieder; sie sagte nichts; beim übernächsten Mal sagte sie zaghaft, er möge das bitte nicht mehr machen, das sei unhöflich. Und er: Was denn? Und sie? Ging weg, wortlos.

Fast hörte er ihre Stimmen wieder. Auch bemerkte er die Blicke seines Freundes Theo. Er nickte ihm zu und zeigte mit der Spitze des Steakmessers, mit dem er das Fleisch jedes Mal in quadratische Stückchen teilte, zur Tür, unbemerkt von den anderen. Wahrscheinlich wollte Theo ihm bedeuten, zu verschwinden und die Situation nicht eskalieren zu lassen. War's so? So war's. Oder verwechselte er den Tag, den Monat? Er war dann tatsächlich rausgegangen, auf den Parkplatz …

In seinem Kopf, glaubte Henning, bildeten sich Eisschollen. Er musste schneller denken, herausfinden, was passiert war. Wieso hatte die schöne Maria den Angeber weiter bedient, anstatt ihn endlich rauszuschmeißen? Sie war die Wirtin, sie hatte das Recht dazu; sie traute sich nicht; wieso nicht?

Und wieso hatte Nils auf ihn geschossen?

Wo? Nicht im Lokal, das stand fest. Wie war er vom »Nikos« durch die Fußgängerzone bis in die Hammer Straße gelangt? Das war unmöglich. Nils hatte ihn erschossen.

Nein.

Er atmete doch noch.

Mit immenser Anstrengung hob Henning Schultheiß den Kopf – oder er bildete es sich ein – und horchte; wie von selbst öffnete sich sein Mund; staubiger, körniger Wind wehte hinein; so borgte Henning sich Atem aus der Luft und fächelte gleichzeitig das Feuer in ihm. Unbestellte Erinnerungen verstörten ihn.

In so manch kreiselnder Nacht war er aus dem »Nikos« getorkelt – vielleicht nach einem Abschiedskuss von Maria –, auf der Suche nach der ihm gemäßen Richtung; wie ein abgefüllter Kanadier in der Nachkriegszeit, der vor seinem Stammlokal in der Krämergasse Ausschau nach seinem Camp im Stadtwald hielt, drehte Henning sich am Ende der Melsterstraße im Kreis, bis er nach Gutdünken übers Kopfsteinpflaster schlurfte und alle fünf Meter an ein Schaufenster klopfte. Was er damit bezweckte, blieb ihm ein Rätsel. Befand er sich in Begleitung seines besten Freundes Theo, klopften sie beide an die Scheiben, abwechselnd oder synchron; sie trommelten einen Rhythmus, der gelegentlich zu wütenden Protesten aus der Nachbarschaft führte; unmusikalische Anwohner rissen die Fenster auf und schrien nach Ruhe.

Sie haben geschrien, sagte die Stimme in ihm, sie haben sich getraut. Wir nicht, Maria und ich, wir haben Nils Balken kein einziges Mal in die Schranken gewiesen. Schon damals nicht, als er aus lauter Überdruss und Gehässigkeit und im Vollrausch ein Fenster in einem der letzten Erbsälzerhäuser einschlug und einen selbst gebastelten Molotowcocktail reinwarf; die Mieter, das hatte er erfahren, hielten sich zu dem Zeitpunkt an der Ostsee auf. Was er nicht wusste, war: Das Ehepaar hatte der fünfundsechzigjährigen Schwester der Frau die Wohnung überlassen; sie war eine passionierte Wallfahrerin; zum ersten Mal besuchte sie die päpstliche Basilika mit der aus dem zwölften Jahrhundert stammenden Marienstatue, zu der jedes Jahr Hunderttausende Menschen pilgerten. Die alte Dame erstickte im Rauch. Keine Zeugen – abgesehen von denen, die Jahre später in einem griechischen Lokal einen Stammtisch bildeten, gemeinsam mit dem Mörder: Jan Gödde, Theo Baum, Henning Schultheiß.

War was, Schulti?, fragte Nils einen Monat später, nachdem die Ermittlungen zu keinem Ergebnis geführt hatten und Anita Glaubert, das Opfer, in ihrer Heimatstadt Nürnberg beigesetzt worden war.

Niemand hatte geredet. Wir müssen endlich die Wahrheit sagen, dachte Henning, und dann: Das hab ich doch getan! Wann? Heute! Gestern?

Auf dem Rücken liegend, starrte er in den schwarzen Himmel, seine Hände, über Kreuz auf dem Bauch, fühlten sich nass und klebrig an; Hagel prasselte auf ihn nieder. Im nächsten Moment begriff er: Das war kein Hagel, das mussten die gefrorenen Fäuste des Windes sein; eine andere Erklärung gab es nicht; die Fäuste trommelten auf ihn ein, so, wie er als Betrunkener an die Schaufenster der Geschäfte getrommelt hatte, an die Metzgerei vom Lugauer, an das Bekleidungsgeschäft der Familie Kopeck, an die Marien-Apotheke, an die Tür der Bäckerei Friedl. Und wie einst, so scheuchte er auch jetzt, in dieser gottverfluchten Januarnacht, von irgendwoher Leute auf; unsichtbar, unüberhörbar schrien sie auf ihn ein, das Lügen sein zu lassen, das von Grund auf verkehrte, lächerliche Leben.

Am Ende eines lächerlichen Lebens wollte er nicht sterben.

Er wollte, dass das Leben richtig gewesen war, bevor er sterben durfte.

Zu spät, dachte er, maßlos verwirrt über seinen nächsten Atemzug.

Für Nils Balken war die Sache ein Versehen. Weiterführende Gedanken über den Gesundheitszustand seines Partners machte er sich auf dem Weg zurück ins Lokal eher weniger. Partner? Das hatte sich anscheinend erledigt. Blöder Hund, dachte Nils. Er steckte die Glock 22 mit dem angeschraubten Schalldämpfer zurück in die Innentasche seines Ledermantels; *das* war ein Partner, auf den Verlass war, Tag und Nacht, jederzeit; zu Hause durfte er nicht vergessen, das Magazin nachzufüllen; er hatte es gern, wenn er wusste, dass er im Notfall fünfzehn Schüsse abgeben konnte und keine Patrone fehlte. Superdepp, dachte er und sog die kalte Nachtluft ein, die ihn erfrischte und seinen Kopf durchpustete.

Die eine Sache und die andere.

Als er sich an der Hintertür des Lokals noch einmal umdrehte, schaute er in verlassenes Dunkel. Na also, dachte er, tschüssi, Schulti; der würde den Heimweg schon finden, trotz seines Vollrausches; oder auch nicht; immerhin hatte der Schlumpf eine Kugel im Bauch; oder auch nicht; womöglich war die Kugel hinten ausgetreten, wer wusste das schon, bei dem Fett, das der mit sich rumschleppte …

Wieso verschwendete er überhaupt noch einen Gedanken an die treulose Kröte? An den Verräter? An diesen Schwachkopf, der immer schon ein Schwachkopf war und ein Schwachkopf bleiben würde – falls er am Bahnübergang nicht von der Eurobahn überrollt wurde. Aus lauter Wut zündete Nils Balken sich eine Zigarette an und begann auf dem Parkplatz, auf dem nur eine einzige Kiste stand, Marias roter Schrottopel, auf und ab zu gehen – mit ruckenden

Schultern und, je länger er den Abend Revue passieren ließ, mit zunehmend verbiesterter Miene.

Vom ersten Getränk an lag eine miese Stimmung in der Luft. Er fragte sich, wer mit dem Gequatsche angefangen hatte; Theo wahrscheinlich; erst Theo, dann dessen Kumpel Schulti. Im Grunde, überlegte Nils und inhalierte den Rauch bis in die letzten Winkel seiner Lungenflügel, waren die beiden ein kompletter Fehleinkauf; niemals hätte er sie in das Gesamtprojekt mit einbinden dürfen, schau die doch an: zu weich, zu spießig, zu feige, zu fett, zu klein. Mein Gott, Schulti …

Nils spuckte aus und schlug mit ausgestrecktem Arm durch die Luft. Ministrant auf Lebenszeit, das wär deine Bestimmung gewesen, den Pilgern den Weihrauch um die Ohren wedeln, das Glöckchen klingen lassen, solche Sachen; aber nicht im großen Stil Geldgeschäfte abwickeln. Und Theo, dieser Gesamtdilettant – das Einzige, was der halbwegs hinkriegte, war, Würste zu grillen und in seiner Billigkneipe ahnungslose Touristen mit Billigbier abzufüllen. Wieso, fragte sich Nils und hätte die Worte beinah quer über den Parkplatz gebrüllt, wieso hatte er die zwei Schrottschädel überhaupt in sein Konzept eingeweiht? Wie konnte das passieren? Wie?

War schon klar, wie. Lag auf der Hand, dass es so laufen würde.

Echt?

Nils schnippte die Kippe über den Asphalt, schüttelte den Kopf, warf einen Blick zur Rückseite der Kneipe, zu den drei Tonnen, aus denen der Müll quoll, und drehte eine neue Runde.

Schon klar: Sie hatten damals die Klappe gehalten, alle; nicht nur sein Freund und Gewährsmann Jan, auch die Schrumpfköpfe Theo und Schulti; nichts zu meckern. Wär auch übel gewesen, wenn sie ihn hingehängt hätten; er war sechzehn und betrunken und bekifft, und wie hätte er ahnen sollen, dass in dem Haus jemand … Wie denn? Die Mecklers, er und sie, waren in Urlaub auf Rügen, oder sonst wo da oben; bei ihrer Abreise hatte er sie zufällig am Bahnhof getroffen, wo er nach der Schule abhing; alles klar; der alte Meckler meinte noch, er, Nils, könne nach Abschluss der Mittleren Reife im Sommer gern mal bei ihm durchklingeln, junge, engagierte Leute fänden in seinem Möbelhaus immer einen Platz; machte er dann auch; ging schief; sie kamen ihm drauf wegen der Scheine, die er abgezwackt hatte, er hätte sie zurückgelegt, schwor er; hätte das Geld dringend für bestimmte lebenswichtige Anschaffungen benötigt; Schnee von vorgestern. Aber dass *er* das gewesen war mit dem brennenden Molli in ihrem elenden Steinhaus, kriegten sie zum Glück nie raus, bis zu ihrem Tod bei einem Flugzeugabsturz auf Bali nicht.

Hab auch ein paar Vaterunser in der Basilika runtergeleiert, dachte Nils Balken belustigt, hab der Madonna die Umstände erklärt. Hundert Jahre her.

Was er wollte, war, den Jungs was Gutes tun, sich revanchieren für ihr Stillhalten in der Feuersache, zeigen, dass Freundschaft ihm was wert war. Also hatte er ihnen bei einem ihrer Stammtische den Plan seines Arbeitgebers unterbreitet. Eines Abends, als er gerade seinen Dienst als Wachmann im »Blue Jasmin« antrat, war Eddy auf ihn zugekommen und hatte ihn um ein Gespräch unter vier Augen gebeten. Am Ende meinte Nils, die Sache gehe klar, er kenne zuverlässige Leute, die würden ihn unterstützen, rückhaltlos. Das Wort war ein Zitat, und zwar von Ewald »Eddy« Klüwer; er benutzte es, wann immer er Gefolgschaft in schwierigen Angelegenheiten erwartete – entweder im Zusammenhang mit seinem florierenden, aber ständig unter staatlicher Beobachtung stehenden Laufhaus in Dortmund-Hörde, dem »Blue Jasmin«, oder im Umfeld seiner »Geschäfte auf dem freien

Markt«, wie er sich ausdrückte, beim Kauf osteuropäischer oder asiatischer Frauen oder von beliebten Betäubungsmitteln. Wer dabei nicht »rückhaltlos« hinter ihm stand, wurde ausgemustert, was hin und wieder unterirdisch endete. Damit hatte Nils nichts zu tun; er war – bis zu jenem Abend in Eddys Büro – ausschließlich für die Sicherheit der Mädchen zuständig.

In diesem Moment überkam ihn eine brennende Sehnsucht nach Brigitta, die im Nachtgeschäft Gloria hieß; sie war neu und neunzehn, eine Madonna, für die man barfuß und auf Reißnägeln von Much nach Werl laufen würde, bloß, um vor ihr niederzuknien und sie um Erlösung anzuflehen. Für seine treuen Dienste und rückhaltlose Unterstützung in den vergangenen elf Jahren hatte Eddy sie ihm vor Kurzem ein Wochenende lang überlassen, kostenlos und in Nils' Privatwohnung in der Werler Bäckerstraße. An den zwei Tagen und in den beiden Nächten – der Spiegel log nicht – hatte er sichtbar an Gewicht verloren. Beim nächsten Mal würde er sie bezahlen müssen; das würde er auch tun, den doppelten, den dreifachen Preis, wenn's sein musste.

Jemand rief seinen Namen.

In der von mickrigem Licht beleuchteten Tür war ein Mann aufgetaucht; er trug einen gemusterten Rollkragenpullover und eine grüne Wollmütze; sein Gesicht wirkte bleich und schwammig; er schwankte leicht und stützte sich mit der rechten Hand am Türrahmen ab.

»Hau ab«, rief Nils ihm zu und zündete sich die nächste Zigarette an.

Schwerfällig und mit taumelnden Schritten bewegte Theo Baum sich über den Parkplatz; er kniff die Augen zusammen und beugte sich tiefer; zwei Schritte von Nils entfernt kniete er sich mit einem Bein hin und wischte über den Boden. »Da ist Blut. Wo ist Henning?«

»Gegangen.«

»Warum?«

»Er hat eine mit mir geraucht, dann ist er weg.«

»Da ist noch mehr Blut, eine Blutspur. Was hast du getan?«

»Nix. Was ist? Sollen wir die Bullen gleich anrufen oder erst morgen früh, jetzt, wo ihr aussteigen wollt, Schulti und du?«

»Wo ist Henning?«

»Hatte es plötzlich eilig.«

Theo stieß sich vom Boden ab, streckte den Rücken und schlug Nils mit beiden Händen gegen die Brust. Ohne einen Anflug von Überraschung oder Gegenwehr ließ Nils weitere Schläge über sich ergehen; Schritt für Schritt wich er rückwärts auf die Hauswand zu, beinah tänzelnd, den Mund hämisch verzogen.

»Wir haben stillgehalten«, sagte Theo Baum und boxte gegen den Ledermantel. »Wie lang? Elf Jahre? Brav sind wir gewesen, so brav, für dich und deinen Oberboss, den Zuhälter. Ja, stimmt, wir haben dabei was verdient, gar nicht so wenig, über die Strecke betrachtet; wir waren fleißig; und gewieft; und vorsichtig; und gierig waren wir auch. Das passiert von selbst, nicht? Du denkst nur noch ans Geld, an die Scheine, an das, was am Ende für dich hängen bleibt. Ist was hängen geblieben, wie gesagt, wir waren gut. Henning hat das dreckige Geld deines Zuhälters in seinem meist überfüllten Restaurant gewaschen, ich in meiner Kneipe und an meinem Stand, wenn Markt war, Kleinvieh macht auch Mist. Und Jan hat alles noch mal in seiner Sparkasse im Schleudergang gesäubert. Und du? Was hast du zu der ganzen Aktion beigetragen? Du hast die Kohle wieder eingetrieben; damit dein Boss keinen Ärger macht und du weiter umsonst an die Frauen ran darfst. Ist schon in Ordnung. So hat jeder was davon gehabt. Die Leute haben nichts mitgekriegt, niemand, kein Besucher während der Michaeliswoche oder auf dem Siederfest oder auf dem Münzfest wär auf die Idee gekommen, dass er an einer groß angelegten Waschaktion teilnimmt. Oder, Nils? Jetzt hab ich den Namen deines Chefs vergessen. Gustav? Hubert?«

»Ewald«, sagte Nils und schlug so unvermittelt zu, dass Theo ihn noch verdattert anstarrte, als er bereits auf dem Boden lag und sich vor Schreck die Wange rieb. »Ihr wollt also raus, du und Schulti, und mich und Jan in den Knast bringen. Wie viel habt ihr verdient in den elf Jahren? Sag's noch mal, wir haben's drin auf den Zettel geschrieben. Wie viel? Eine halbe, dreiviertel Million? Jeder. Kann sein, du was weniger; kein Finanzamt in ganz NRW wird euch jemals einen Cent Steuern dafür abknöpfen. Ist doch ein schönes Leben. Nicht zu vergessen: die Damen. Die habt ihr auch gekriegt, für einen Spottpreis, eine Geste von Eddy, der eure Arbeit immer geschätzt hat; er hat euch vertraut, rückhaltlos, verstehst du, Theo? Dieser Mann hat euch Provinzeumeln sein Geld anvertraut, jahrelang, und hat euch ehrenwert für euren Aufwand und eure Treue finanziell entschädigt. Ihr durftet an was Großem schnuppern, an einer Welt, die ihr euch sonst nie im Leben leisten könntet. Und das wollt ihr hinschmeißen? Wegen dem alten Mann aus der Krämergasse? Dieser Mann, mein Freund, dieser Geldsack, der sich vor sein kotzhistorisches Fachwerkhaus stellt, wenn die Touristen kommen und den Malerwinkel rauf und runter fotografieren, dieser Mann will mir die Zukunft zerstören. So was darf man nicht zulassen, kapierst du das nicht, so was …«

»Das ehemalige Kanadier-Lokal gehört ihm …« Sich immer noch das schmerzende Gesicht reibend, stemmte sich Theo Baum – vom Alkohol innerlich zerknüllt – in die Höhe; er wankte stärker als zuvor und keuchte zwischen den Sätzen. »Der Herr Wilke kann mit seinem Besitz machen, was er will. Und er will kein Rotlicht in seiner Immobilie und in der schönsten Ecke der Stadt, da gehört so ein Schuppen nicht hin.«

»›Schuppen‹? Du nennst mein Entertainment-Center

›Schuppen‹? In welchem Jahrhundert bist du denn stehen geblieben?«

»Du hast ihn nachts überfallen und abgestochen wie ein Vieh, du Sau ...«

»Er liegt im Krankenhaus, er lebt, was willst du denn?«

»Du Sau.« Theo stolperte an Nils vorbei durch die offene Tür.

Nils griff in die Innentasche seines Mantels und tastete nach der Pistole. Die Sache mit Schulti war ein Versehen, dachte er wieder, und die Sache mit dem tatterigen Wilke war aus dem Ruder gelaufen, kommt vor in der Hitze des Gefechts. Nils Balken sah auf seine vergoldete Armbanduhr; zwei Uhr achtzehn; der gebrauchte Tag von gestern war überstanden; hoffentlich wäre der neue Tag echt neu und frisch, so neu und frisch und zum Niederknien wie Gloria, die einzig wahre Madonna.

Neununddreißig Sekunden später kniete er nieder, unfreiwillig.

»Das war für den wehrlosen Herrn Wilke«, rief Theo Baum. Er zog das Steakmesser, das er aus dem Lokal mitgenommen hatte, aus dem Körper seines ehemaligen Geschäftspartners und holte zum zweiten Stich aus. »Und das ist für den lieben Henning ...« Er stach Nils schräg von oben in den Hals. »Und das ...« Beim dritten Mal stach er in dieselbe Wunde. »... ist für die arme, alte Frau Glaubert.«

»Wer?« Blut blubberte im Rachen von Nils Balken; das Wort ging darin unter.

Drinnen hatte Theo seine Daunenjacke angezogen; jetzt schloss er den Reißverschluss und machte sich auf den Weg. Als der Sparkassenangestellte Jan Gödde aus dem Lokal auf den Parkplatz gerannt kam, übergab er sich knapp neben seinem besten Freund Nils, dessen Geruchssensoren nicht mehr funktionierten.

»Weit haben wir es ja nicht bis zum Gefängnis«, sagte Theo Baum. An die Hauswand gelehnt, den Kopf des toten Freundes auf seine Beine gebettet, blickte er über die stille, menschenleere Straße. »Als wir Ministranten waren, weißt du noch, haben wir immer zur Trösterin der Betrübten gebetet, wir wollten, dass sie uns verzeiht, weil wir beim Patronatsfest wieder die Pilger beklaut hatten; die haben nie was gemerkt, weil sie so in sich versunken oder vom langen Weg völlig erschöpft waren, vor allem die, die an drei Tagen hundertfünfzig Kilometer durchs Land gewatschelt sind. Wer macht so was? Wir nicht. Die Madonna hatte Nachsicht mit uns, ich glaub schon.« Er strich seinem Freund über den Kopf. Dann nahm er seine Mütze ab und streifte sie Henning behutsam über.

»Du bist noch tapferer als die mit ihren hundertfünfzig Kilometern. Du hast dich im Todeskampf von der Melsterstraße bis zu deinem Zuhause geschleppt, dafür vergibt dir die Madonna die Sünden des ganzen Lebens. Warum hat niemand dich gesehen? Warum hat niemand dir geholfen und dich ins Krankenhaus gebracht? Warum war niemand da in der Nacht für dich? Leben in dieser Stadt nur Tote?« Er lächelte zu seinem Freund hinunter.

»Heut Nacht schon. Heut spaziert der Tod durch Werl und winkt den Einwohnern, und wir erwidern seinen Gruß und rufen: Willkommen, du hast es geschafft, du bist am Ziel deiner Pilgerreise durch die Jahrtausende. Knie nieder und bekreuzige dich und danke dem Herrn für seine Güte. Küsse das Gnadenbild der heiligen Maria und tue Buße für deine Verbrechen, so wie wir büßen für unsere verderbten Taten. Amen.«

Theo Baum stieß einen Seufzer aus, betrachtete seinen Freund – ein Geldwäscher wie er selbst –, senkte den Kopf und küsste Henning Schultheiß auf die Stirn. »Weißt du, was ich denke? Ich denke, es genügt, wenn Jan Gödde allein ins

Gefängnis geht, Sparkasse oder Knast, was soll's? Warte auf mich.«

Mit diesen Worten holte er das Steakmesser aus seiner Jackentasche, umklammerte mit beiden Händen den Kunststoffgriff, streckte die Arme aus und richtete die Messerspitze auf die Höhe seines Herzens. Der Gedanke, dass die Klinge rostfrei war, zauberte ein verhuschtes Lächeln auf sein Gesicht. Dann stach er zu.

Gisa Pauly

Achtsam in Bad Sassendorf

»Mensch, Papa!«

So begann eigentlich jeder Tag. Seine Tochter war ständig mit ihm unzufrieden. Sie schlug die Augen auf … und fand etwas zu beanstanden. Und der Schuldige war immer er. Was war das doch für eine herrliche Zeit gewesen, als er sich über die Wiege gebeugt und allein dadurch ein Lächeln seiner Kleinen geerntet hatte! Das war doch erst sechzehn Jahre her. Wo war die Zeit geblieben?

»Was ist jetzt schon wieder los?«

»Du kriegst es echt nicht gebacken.«

»Was kriege ich nicht gebacken?«

Eine Antwort auf diese Frage gönnte ihm seine Tochter nicht. Schiller sah an sich herab. Er trug saubere Jeans und ein Shirt von einem angesagten Designer, nur bei den Sneakern hatte er mehr auf Bequemlichkeit als auf Coolness geachtet. Aber machte Sarah es etwa anders? Was sie nun schon wieder zu meckern hatte, verstand er einfach nicht.

»Entspann dich endlich, Papa. Hast du noch nie was von Achtsamkeit gehört?«

Frisches Holz riecht gut. Eiche und Lärche, sie kann nicht genug davon bekommen. Vor allem nachts geht sie gern zum neuen Gradierwerk, den Weg dahin kennt sie im Schlaf. Tief atmet sie durch, wie immer. Frisches Holz riecht nach Wald, nach Tannenzapfen, nach Advent, nach Schulausflug, nach selbst gebauter Kommode, nach Opas Werkstatt und nach allem, was neu ist und nicht neu bleiben wird. Noch aber ist es neu, noch riecht das Holz gut. Ein bisschen auch nach Rosenau. Und nach Schwarzdorn natürlich. Der Geruch der

Sole wird noch kommen, das Gradierwerk ist ja noch nicht fertig. Aber der Duft des frischen Holzes wird noch eine Weile dominieren. Wie damals bei dem großen Küchentisch, der noch lange so gerochen hat wie die Späne in Opas Werkstatt.

Schiller hätte gern in Ruhe sein Müsli genossen und über alles, was Sarah von sich gab, hinweggehört. Vor allem, weil er das alles schon so schrecklich oft gehört hatte. Er rauchte, er trank, er aß zu fett. Was Frauen anging, hatte er einen unmöglichen Geschmack, und sein Beruf war ja so was von peinlich. Nun also etwas Neues. Achtsamkeit!

»Was genau meinst du damit?«, fragte er vorsichtig.

»Achtsamkeit ist heilsam«, dozierte sein Töchterchen. »Mit Achtsamkeitsübungen kann sogar Krebs geheilt werden. Depression, Suchtverhalten, Essstörungen sind durch Achtsamkeit zu vermeiden.«

Schiller versuchte, interessiert auszusehen, was ihm aber nicht gelang. Er litt nicht unter Depressionen, an Essstörungen schon gar nicht, und dass Sarah ihm Suchtverhalten vorwarf, nur weil er Abend für Abend zwei bis drei Biere trank, hatte er bisher in ein Ohr herein- und aus dem anderen herausrauschen lassen.

»Achtsamkeitsbasierte Stressreduktion! Denk da mal drüber nach.«

Schiller ging kurz in sich. Stress? Hatte er eigentlich nicht. Warum also mit achtsamkeitsbasierter Reduktion gegen etwas ankämpfen, was ihn nichts anging?

»Achtsamkeit ist das neue Yoga. Meine Yogalehrerin bietet jetzt auch Achtsamkeitskurse an. Wer Yoga bei ihr macht, bekommt die Kurse zum halben Preis. Sie sagt, schon durch bewusstes Atmen kann man viel verändern. An ihr kannst du dir ein Beispiel nehmen. Die ist sogar noch älter als du.«

Schiller zog überrascht die Augenbrauen hoch. Noch

älter? Dabei war er in Sarahs Augen doch schon so alt wie Methusalem und hatte keine Ahnung von moderner Musik, modernen Klamotten und moderner Lebensart. Erstaunlich, dass diese Frau trotz ihres Alters einen solchen Einfluss auf seine Tochter hatte. Vielleicht sollte er mal mit dieser Dame reden und sich beraten lassen.

Der Schrei rüttelt sie auf. Menschen schreien, wenn sie sich freuen, wenn sie überrascht werden, wenn sie aus guten oder weniger guten Gründen außer sich sind – und wenn sie Angst haben. In Todesangst schreien sie anders. Nicht schrill, nicht kreischend, auch nicht überkippend. Nein, dann schreien sie dunkler, verhaltener, kürzer, sogar gefasst, in der Sekunde, in der sie begreifen, dass nichts sie mehr retten kann. Dies ist so ein Schrei. Er ist ganz unvermittelt entstanden. Wer so schreit, ist nicht einmal zum Luftholen gekommen, die Angst hat ihn völlig unerwartet getroffen. Bis zu diesem Augenblick ist er voller Vertrauen gewesen, aber dann …

Sarah hatte ihn, bevor sie das Haus verließ, noch ermahnt, mal wieder etwas zum ersten Mal zu tun: »Bei dir passiert ja ständig dasselbe. Du musst Neuland betreten, Papa! Auch das ist Achtsamkeit.«

Sein Vorschlag, sie könne ebenfalls mal Achtsamkeit beweisen, indem sie Neuland betrete und das Badezimmer aufräume, bevor sie zur Schule aufbrach, war nicht gut angekommen. Schiller war mal wieder ein altmodischer Vater mit altmodischen Vorstellungen, der sich modernen Erkenntnissen verschloss und sich einfach nicht ändern wollte.

Dass er danach tatsächlich gezwungen wurde, Neuland zu betreten, bekam Sarah nicht mehr mit. Schiller musste nämlich etwas tun, was nicht zu seinen Gewohnheiten gehörte: Dienstbeginn ohne Frühstück. Und das sollte Achtsamkeit sein?

Dem Mörder, der in der Nacht zugeschlagen hatte, war jedenfalls noch nie etwas von Achtsamkeit zu Ohren gekommen. Sonst hätte er Vera Sieberding am Leben gelassen oder, wenn das nicht möglich gewesen war, seine Untat Schillers Dienstzeiten angepasst. Beides war jedoch nicht gelungen. Vera Sieberding war mausetot und Schiller so schnell zum Tatort gerast, dass absolut keine Zeit mehr für sein Müsli geblieben war.

Vera Sieberding war ihm bekannt. Eine Frau von Mitte sechzig, in Bad Sassendorf geboren und auch dort aufgewachsen. In der evangelischen Kirche am Kirchplatz war sie die Ehe eingegangen und hatte Jahre später ihren Mann auf dem Friedhof am Lerchensteg begraben. Ein Schicksal, das in Bad Sassendorf nicht selten war: hier geboren, hier gelebt und hier alt geworden. Vor allem Letzteres. Was das Altwerden anging, befand sich Vera Sieberding in guter Gesellschaft. In Bad Sassendorf war der Anteil der über Fünfzigjährigen überdurchschnittlich hoch, insbesondere, wenn der Kurbetrieb in vollem Gange war. Daran, dass Vera Sieberding mal jung gewesen war, konnte sich Schiller nicht erinnern. Zwar hatte er sie schon gekannt, als er als Schüler in dem Laden ihrer Mutter Salinenbonbons kaufte, aber auch da war sie ihm schon alt vorgekommen. Vera Sieberding war scheinbar alt zur Welt gekommen. Jetzt, lang ausgestreckt am Fuß des Gradierwerks liegend, sah sie jünger aus als zu ihren Lebzeiten, entspannt, ohne den verkniffenen Zug um den Mund, der so typisch für sie gewesen war.

Sie lag auf dem Rücken, der Kopf in einer Blutlache, die Arme weit von sich gestreckt, die Beine unnatürlich verrenkt, direkt neben einem der Betonstiefel, in denen die Holzpfeiler steckten, die den großen Balkon im ersten Obergeschoss trugen. Darüber, im zweiten Geschoss, gab es einen kleineren Balkon, nur halb so groß wie der im ersten. Von dort musste Vera Sieberding herabgestürzt sein, von der Sonnenterrasse, wo die Gäste später entspannen und die Aussicht genießen sollten.

Schiller blickte nach oben, über sich der Kopfteil des neuen Gradierwerks, das noch nicht ganz fertiggestellt war. Was passiert war, ließ sich sogar von unten erkennen: Das provisorische Geländer war durchbrochen worden. Obwohl das Betreten der oberen Etage verboten war und obwohl es eine Absperrung gab, die Leichtsinnige zurückhalten sollte, musste Vera Sieberding es geschafft haben, hinaufzusteigen. Oder war sie gezwungen worden?

Der Rechtsmediziner, groß, hager und wie immer schlecht rasiert, zuckte die Achseln. »Da hilft die ganze Achtsamkeit nichts. Und Yoga auch nicht.«

Schiller runzelte die Stirn. Achtsamkeit? Yoga? War denn mittlerweile ganz Bad Sassendorf verseucht von diesen blöden Ideen?

»Meiner Frau hat sie eingeredet, sie brauche neuen Mut.« Dr. Kant verdrehte die Augen und ahmte Vera Sieberdings Stimme nach: *»Mut ist eine kostbare Hilfe, mit sich selbst Freundschaft zu schließen.«* Seine Stimme wurde wieder tief und brummig. »Angeblich ein tibetanisches Sprichwort. Meine Frau hat doch glatt den Mut aufgebracht, meinen Wagen in die Garage zu fahren. Ich brauche Ihnen nicht zu erzählen, wie mein linker Kotflügel jetzt aussieht.«

»Du meine Güte!« Schiller tat erschüttert.

»Die Sieberding plante schon seit Längerem – das hat meine Frau mir erzählt – bei Nacht auf die obere Etage des Gradierwerks zu klettern und ganz nah an den Rand zu gehen. Um sich so mit ihrer Höhenangst auseinanderzusetzen.« Dr. Kant tippte sich an die Stirn. »Toller Mut! Was hat sie nun davon gehabt?«

Schiller war froh, dass seine Tochter nicht miterleben musste, wie lang er für die Erkenntnis brauchte, wer Vera Sieberding gewesen war: die Yogalehrerin seiner Tochter.

Der Chef der Spurensicherung Kommissar Meiser, ein kleiner Mann mit Halbglatze, unterbrach seine Gedanken. Er hatte nichts gefunden, was auf eine Gewalttat hindeutete. Komisch seien nur die vielen Schuhspuren einer zweiten Person und der Besen, der in einer Ecke lehnte. »Die Zimmerleute sind bereits befragt worden, sie haben ihn noch nie gesehen und sind sicher, dass er am Vormittag nicht dort gestanden hat.«

Den Laden ihrer Mutter am Karl-Volke-Platz hatte Vera Sieberding weitergeführt, aber sie beschäftigte eine Verkäuferin, die sich darum kümmerte. Die schlug die Hände über dem Kopf zusammen.

»Frau Sieberding ist tot? Wie entsetzlich! Wo sie doch gerade eine so wunderbare neue Geschäftsidee hatte! Sie war sicher, dass der Laden endlich eine Goldgrube werden würde.«

Vera Sieberdings Geschäft war nämlich bisher alles andere als das gewesen. Klein, dunkel, altmodisch, voller Nippes und Geschmacklosigkeiten, alles nur schwer an den Mann zu bringen. Dass die Inhaberin mit einem Mal eine moderne Marketingstrategie entwickelt haben sollte, wunderte Schiller sehr.

»Achtsamkeit!«, schleuderte ihm die Verkäuferin entgegen. »Und zwar handgestickt.«

Schiller verzog das Gesicht. Erstens weil er das Wort nicht mehr hören konnte, zweitens weil er nicht glauben wollte, dass etwas Handgesticktes diesen Laden zu einer Goldgrube machen konnte. Handgestickt war out, da mochte Achtsamkeit noch so in sein.

Die Verkäuferin interpretierte sein Schweigen falsch. »Haben Sie etwa noch nie von dem neuen Trend gehört?« Sie stellte sich in Positur, wie es Leute gern tun, die von einer Meinung überzeugt sind, die aber wissen, dass noch viel zu tun sein wird, um Gleichgesinnte zu rekrutieren. »Wir werden hier demnächst kleine Leinenbeutel anbieten, gefüllt mit dem Salz der Salinen und bestickt mit den Worten ›Achtsam in Bad Sassendorf‹. Frau Sieberding wird natürlich auch ein kleines Infoblatt über ihre Yogastunden und ihr Achtsamkeitstraining in die Beutel stecken.« Die Verkäuferin strahlte. Diese Marketingstrategie erschien ihr offenbar außerordentlich pfiffig. »Eine solche Werbung ist auch eine Form der Achtsamkeit.« Dann fiel das Strahlen schlagartig von ihr ab, als ihr klar wurde, dass aus den Plänen ihrer Chefin nichts mehr werden konnte. »Oder glauben Sie etwa nicht?«, fügte sie mit tränenerstickter Stimme an.

Schiller weigerte sich, darauf zu antworten. Er wollte auch nicht wissen, was es mit dieser handgestickten Achtsamkeit auf sich hatte. Ihn interessierte nichts anderes als der Tod von Vera Sieberding, nicht ihre Marketingkenntnisse und auch nicht ihre geschäftlichen Pläne. Wie war sie zu Tode gekommen? Das war alles, was er wissen wollte.

»Es war nicht besonders achtsam«, sagte er schärfer, als er eigentlich wollte, »aufs Gradierwerk zu klettern. Auf die obere Ebene, wo das Betreten verboten ist. Noch dazu bei Dunkelheit.«

»Sie hat dort ihren Mut gesucht.« Diese Antwort war mit einem Maß an Stolz gekommen, als hätte die Verkäuferin selbst versucht, sich Mut zu beweisen. Keine Frage, sie war von den Achtsamkeitstheorien ihrer Chefin durchdrungen. »Frau Sieberding hatte sich das schon oft vorgenommen. Sie hat dann immer einen Satz von Buddha zitiert: ›Gehe ganz in deinen Handlungen auf und denke, es wäre deine letzte Tat.‹«

Schiller nickte. »Das war es dann ja auch.« Er betrachtete eine Weile die Salzfässchen aus lackiertem Holz, die Salzkristalle aus Plastik und die Süßigkeiten, die alle das Wort »Saline« auf dem Etikett stehen hatten. Dann fiel ihm ein kleiner Besen auf, mit dem eine übereifrige Hausfrau – vermutlich besonders achtsam – die Krümel von der Tischdecke fegen konnte. Er erinnerte sich an den Besen, der auf dem Gradierwerk gefunden worden war. »Könnte es sein, dass Frau Sieberding einen Besen dabeihatte, als sie aufs Gradierwerk kletterte?«

Die Verkäuferin war empört. »Sie wollen behaupten, sie sei eine Hexe gewesen? Nur weil sie den Sinn des Lebens erkannt hat? Oh nein! Das ist keine Zauberei, das ist …«

»… Achtsamkeit, ich weiß.«

Die Schritte nähern sich vorsichtig. Kaum wahrnehmbar. Vermutlich glaubt da jemand, sie höre ihn nicht. Aber sie hat ein gutes, ein sehr gutes Gehör. Seit es dunkel geworden ist, vernimmt sie jedes kleinste Geräusch. So wie jetzt. Der Kies knirscht, ein Zweig bricht, Blätter rascheln. Klar, das könnte auch der Wind sein. Aber sie weiß genau, dass die Schritte des Windes leichter sind, dass er ihr unachtsamer folgt, dass er nichts vom Anschleichen versteht. Und der Wind riecht anders. Was sich ihr nun nähert, ist der Geruch der Angst. Angstschweiß riecht so. Er ähnelt dem Geruch der Rosenau, manchmal etwas faulig, oft aber auch bitter, wenn der Bach, seit er renaturiert worden ist, den Geruch des Holzes weiterträgt, das für das neue Gradierwerk verwendet worden ist. Sie riecht es ganz deutlich. Und jetzt hört sie auch den flachen Atem hinter sich …

Die Spurensicherung hatte den Tatort mittlerweile gründlich abgesucht.

»Wenn es Mord war«, sagte Kommissar Meiser, »ist er nicht besonders achtsam geschehen.«

Wie Schiller dieses Wort mittlerweile hasste! Nun konnte sogar schon achtsam gemordet werden!

»Wer Vera Sieberding vom Gradierwerk gestoßen hat,

konnte nicht sicher sein, dass sie stirbt. Zehn Meter sind zwar kein Pappenstiel, aber man kann so einen Sturz überleben. Sie hätte mit mehr oder minder schweren Knochenbrüchen davonkommen können. Dann hätte sie schon im Krankenwagen den Namen des Täters genannt.«

»Oder ein Selbstmord?« Doch das hielt Schiller eigentlich für ausgeschlossen. Wer sich umbringen wollte, achtete darauf, dass er schnell und sicher starb. Also ein Unfall!

Zu spät! Sie ist wie gelähmt, unfähig, sich umzudrehen und sich der Gefahr zuzuwenden. Die Angst nagelt sie auf den Fleck. Flucht würde ja doch nichts nützen, sie würde nur zwei, drei Schritte weit kommen. Zu spät! Sie weiß ja nicht einmal, in welche Richtung sie fliehen könnte. Sie kennt nur die Geräusche und die Gerüche, keinen Fluchtweg. Zu spät! Als die Hände sich um ihren Hals legen, will sie schreien, schafft es aber nicht mehr. Zu spät …

Sarah hatte natürlich schon vom Tod ihrer verehrten Yogalehrerin und Achtsamkeitstrainerin gehört. Die Titelzeile im Soester Anzeiger, den Schiller neben dem Frühstücksteller liegen hatte, konnte sie daher nicht mehr erschrecken. »Mensch, Papa!« Ihre Empörung hätte nicht größer sein können, wenn ihr Vater selbst an der Tragödie schuld gewesen wäre. »Wieso sperrt man das Gradierwerk nicht ab, solange es noch nicht fertig ist?«

Schiller reagierte gereizt. »Es war abgesperrt. Aber leider gibt es Menschen, die sich darüber hinwegsetzen. Sag du mir lieber, warum eine Frau, die einerseits Achtsamkeit predigt, andererseits so nahe an den Rand des Balkons geht, dass sie über die Brüstung stürzt. Sie musste doch merken, dass es sich um ein provisorisches Geländer handelte.« Er wurde jetzt so zornig, dass er seiner Tochter vorwarf: »Macht Achtsamkeit etwa dumm? Oder warum hat sie das Schild nicht gelesen, das vor dem Betreten der oberen Terrasse warnt?«

Sarah atmete in den Bauch, blieb ganz ruhig, wohl deswegen, weil für sie die Sache längst klar war. »Sie wurde gestoßen.«

Schiller fragte sich, warum er überhaupt auf die Idee gekommen war, mit Sarah über Vera Sieberdings Tod zu reden. Mühsam beherrscht erklärte er ihr, warum er eher von einem Unfall und nicht von Mord ausging.

Sarah sah ihn verächtlich an. »Mensch, Papa! Vera hat natürlich meditiert. Ich denke, sie stand an der Brüstung, mit geschlossenen Augen, ganz entspannt ... Wahrscheinlich hat sie Augen- und Ohren-Yoga gemacht. Aber klar! Davon hast du keine Ahnung!«

Schiller verzichtete darauf, sich erklären zu lassen, worum es dabei ging. »Wenn man so was macht, merkt man aber trotzdem, wenn sich jemand anschleicht.«

»Nicht, wenn der Täter auf Abstand bleibt!« Sarah drehte eine Weile an ihrem Nasenpiercing herum. »Er hat vermutlich etwas benutzt, um sie zu stoßen. Ehe sie ihn bemerkte und sich umdrehen konnte ...«

Der Besen! Schiller machte auf dem Absatz kehrt. So eilig, so unachtsam, dass er auf der Schwelle stolperte, nach vorn taumelte und schmerzhaft mit dem Kopf gegen die gegenüberliegende Wand prallte.

»Jetzt bewusst atmen, Papa!«, riet seine Tochter. »Deine Umgebung bewusst wahrnehmen. Mach dir ganz bewusst klar, wie es dir gerade geht ...«

»Beschissen«, knurrte Schiller und zog sein Handy aus der Jackentasche, das gerade zu klingeln begann.

»Eine Leiche im Holzschuppen von Hof Hück«, meldete Kommissar Meiser.

»Das Restaurant in der Nähe des Gradierwerks?«

»Genau. Ein Kellner hat sie gefunden. Eine Frau, lag schon

fast zwölf Stunden da, muss in der vergangenen Nacht umgebracht worden sein. Der Todeszeitpunkt: etwa der gleiche wie bei Vera Sieberding. Vielleicht gibt es da einen Zusammenhang?«

Als Schiller am Hof Hück eintraf, hatte die Ermittlungsarbeit bereits begonnen. Der Chef der Spurensicherung empfing ihn neben einem riesigen Busch stammloser Tannen. Er wies auf eine Schleifspur, die bis zum Hof führte.

»Sieht so aus, als wäre sie hier erwürgt und dann über die Wiese zum Holzschuppen gebracht worden.«

»Eine Augenzeugin?«, überlegte Schiller. »Hat sie vielleicht den Tod von Vera Sieberding beobachtet und musste deswegen sterben?« Er schloss die Augen, atmete bewusst, nahm seine Umgebung sehr bewusst wahr ... dann ärgerte er sich. Die Gesetze der Achtsamkeit waren anscheinend wie eine ansteckende Krankheit.

Er riss die Augen wieder auf und sagte: »Dann war Vera Sieberdings Tod also doch kein Unfall. Sie wurde mit dem Besen vom Gradierwerk gestoßen und hat den Sturz nicht überlebt. Und diese Frau scheint den Mörder gesehen zu haben.« Er atmete in den Bauch, ohne es zu merken, andernfalls hätte er schon wieder Grund gehabt, sich zu ärgern. Sarah hielt ihm ja ständig vor, dass er falsch atmete, und forderte ihn dann auf, seine Hand auf den Bauch zu legen und zu spüren, wie der sich durch seine Atmung hob. Tatsächlich legte er seine Rechte auf die Stelle unter dem Bauchnabel, als er sich fragte: Warum ist sie dann nicht abgehauen? Oder hat den Notruf gewählt?

Der Rechtsmediziner traf ein. »Kennen Sie die Frau? Eine Bad Sassendorferin?«

Schiller schüttelte den Kopf. »Nie gesehen. Vermutlich ein Kurgast.«

Dr. Kant griff in die Manteltasche der Toten und förderte

einen Beutel zutage, der aufwendig bestickt war. Er war drauf und dran, ihn wütend auf die Erde zu werfen. »›Achtsam in Bad Sassendorf‹! Was soll der Unsinn?«

»Er enthält unser gutes Salz«, sagte Schiller und grinste leicht. »Sind die Sassendorfer nicht immer sehr achtsam mit dem Salz umgegangen?«

Der Rechtsmediziner rollte die Augen und drückte Kommissar Meiser den Beutel für die kriminaltechnische Untersuchung in die Hand. »Achtsamkeit«, stöhnte er. »Ich kann es nicht mehr hören. Der Kotflügel meines Wagens ...«

»Jaja, ich weiß«, wehrte Schiller ab. »Mir geht dieses Wort genauso auf den Geist.«

Kommissar Meiser kam zu ihm. In der Hand hielt er etwas sehr Langes, Dünnes, sorgfältig in Plastik verpackt. »Hier ist was Merkwürdiges.«

Schiller betrachtete es verblüfft. »Was ist das für ein Stock?« Er nahm ihn zur Hand und betrachtete ihn eingehend. Dann stellte er fest: »Ein Blindenstock. Sie meinen, der gehörte dem Opfer hier?«

Als er aufblickte, sah er, dass Dr. Kant die Gesichtsfarbe wechselte. In seinen Augen flackerten mehrere Erkenntnisse gleichzeitig. Die Stille wurde eisig, der Blick in das Gesicht des Gerichtsmediziners war nicht auszuhalten. Tonlos bewegte er die Lippen ...

»Sie?«, flüsterte Schiller. Und in plötzlicher Erkenntnis der Zusammenhänge: »Nur wegen des Kotflügels?«

Dr. Kant machte einen Schritt zurück, als wollte er fliehen. »Ich hatte der Sieberding nur einen Schreck einjagen wollen bei ihrer Meditation über ihre Höhenangst«, murmelte er. »Die mit ihrer blöden Achtsamkeit ... Meine Ehe hat sie damit kaputtgemacht. Ich konnte ja nicht ahnen ...«

»... dass sie sich bei dem Sturz vom Gradierwerk das Genick bricht?«

Dr. Kant starrte zu dem ausladenden Buschwerk. »Und

dann, als ich an die Brüstung trete, sehe ich diese Frau dort stehen … Ich dachte, sie hätte alles mit angesehen und mich erkannt. Sie war ein Risiko. Deshalb …«

Kommissar Schiller drehte sich kopfschüttelnd weg. Achtsamkeit, Achtsamkeit … Vielleicht hatte seine Tochter ja recht. Man sollte achtsamer sein …

Jürgen Kehrer

Bergkamen darf nicht sterben

»Lass deine dreckigen Finger von Bergkamen, sonst kannst du was erleben, du …«

Chris Kuhl stoppte das Video, der unter einer schwarzen Skimaske verborgene Kopf erstarrte mit weit aufgerissenem Mund. »Jetzt kommen nur noch Beleidigungen, Herr Wilsberg, nichts von Belang. Falls Sie sich das Machwerk in voller Länge anschauen wollen: Sie finden es unter dem Hashtag ›#BergkamenHilfeschrei‹.« Der Stadtentwickler fingerte nervös in seinem kunstvoll unordentlich frisierten Haupthaar herum. »Aber nicht jetzt, meine Zeit ist knapp bemessen, wenn Sie verstehen, was ich meine.«

»Klar«, sagte ich und stemmte mich aus dem durchgesessenen Bürostuhl. »Wie viele Leute haben das Video angeklickt?«

»Etwas über viertausend.« Kuhl war schon an der Tür zum Nebenraum.

»Und wie viele Einwohner hat Bergkamen?«, fragte ich.

»Knapp fünfzigtausend, wenn man alles zusammenzählt.«

Ich folgte dem Stadtentwickler in das nebenan gelegene, erheblich kleinere Büro, in dem eine unentspannt wirkende Endzwanzigerin am Computer arbeitete.

»Ich bin dann mal unterwegs, Frau Müller-Diestel«, sagte Kuhl. »Ich zeige Herrn Wilsberg das Problem.«

»Sie meinen, Sie machen eine Stadtführung«, schnippte die Assistentin.

»Exakt.«

»Und wann sind Sie wieder da?«

»Rechtzeitig zur Ausschusssitzung.«

Müller-Diestel musterte ihren Chef mit einem Blick, der

noch giftiger gewesen wäre, wenn der schwarzbraune Pony ihre Augen nicht zur Hälfte verdeckt hätte. So schlecht wie Chris Kuhls Ansehen bei gewissen Internet-Hatern war anscheinend auch das Arbeitsklima in seinem Bergkamener Stadtentwicklungsbüro. Für Letzteres fühlte ich mich nicht verantwortlich, die Internet-Drohung dagegen hatte das Potenzial, sich zu einem lukrativen Auftrag zu entwickeln. Ich war Privatdetektiv, und der Schutz von Menschen, die um Leib und Leben fürchteten, gehörte zu meinem Dienstleistungsangebot.

Also war ich von Münster nach Bergkamen gefahren und stand jetzt mit meinem neuen Klienten vor dem dunkelgrünen Rathaus mit den abweisend spiegelnden Fenstern und blickte auf die Kaufhausruine gegenüber. »Und das ist also …«

»Ja«, sagte Kuhl, »das ist Bergkamen. Oder auch wieder nicht.«

»Wie meinen Sie das?«

»Sehen Sie, Bergkamen ist als Stadt ein Kunstprodukt. Es gibt Oberaden, Weddinghofen, Rünthe, Overberge, das Dorf Heil und die alte Gemeinde Bergkamen. Aus den sechs Orten hat man 1966 die Stadt Bergkamen zusammengewürfelt und ein Zentrum auf die grüne Wiese gesetzt. Das Ergebnis sehen Sie vor sich. Abends ist hier kein Mensch unterwegs.«

»Und um das zu ändern, hat man Sie geholt?«, vermutete ich.

Der Stadtentwickler nickte heftig. »Richtig. Vor einem halben Jahr bin ich aus Düsseldorf nach Bergkamen gekommen, um mal richtig aufzuräumen. Weg mit dem Ballast. Die Menschen leben in Oberaden und Rünthe, also müssen die städtischen Einrichtungen und die Supermärkte zu ihnen kommen und nicht umgekehrt. ›*Back to the roots*‹, das ist der Claim.« Er drehte den Kopf in Richtung Rathaus. »Aus dem grünen Klotz könnte man ein Erlebnisbad machen. Und für die Brache da drüben …«, er zeigte auf die Kaufhausruine, »... schwebt mir ein Abenteuerspielplatz vor. Hochseil-Klettern, Bouldern, Indoor-Paintball, so was in der Art.«

»Offenbar sind nicht alle Bergkamener davon begeistert«, warf ich ein.

»Natürlich nicht!« Kuhl winkte ab. »Aber große Entwürfe stoßen immer auf Widerspruch. Vor allem bei Lokalpatrioten, die jede Veränderung ablehnen. Ich bin mir sicher, wenn wir die Projekte richtig kommunizieren, wird die Mehrheit auf unserer Seite stehen. Kommen Sie, ich zeige Ihnen, wovon ich rede.«

In den nächsten zwei Stunden sah ich das Oberadener Römerlager, von dem eigentlich schon sehr lange nichts mehr übrig war, die Marina in Rünthe, die Ökologiestation in der Lippeaue, ein paar alte Bauernhäuser in Heil und dazwischen einige nicht ganz so alte stillgelegte Zechentürme.

»Faszinierend, nicht?«, sagte Kuhl. »Spüren Sie, dass das intakte Ortschaften sind, die keinen bürokratischen Wasserkopf brauchen?« Inzwischen fuhren wir wieder Richtung Zentrum. Der Stadtentwickler zeigte auf ein hallenartiges Gebäude. »Das da ist übrigens eine der modernsten Schießanlagen Deutschlands. Hier trainieren Jäger, Zöllner und Polizisten aus ganz NRW.«

Ich drehte mich um und bemerkte eine in Jagdgrün gekleidete Blondine mit umgehängtem Gewehr, die uns ihren Mittelfinger hinterherstreckte.

»Haben Sie das gesehen?«, fragte ich Kuhl.

»Nein!«, erwiderte der und guckte angestrengt nach vorn. »Hab ich nicht.«

»Waren Sie eigentlich bei der Polizei?«, erkundigte ich mich. »Wegen des Videos, meine ich.«

»Ja. Bei einem Hauptkommissar von der Kripo, Urbanski oder so ähnlich. Der meinte, ich solle die Sache nicht so ernst nehmen. Leute, die drohen, hätten selten den Mumm, Gewalt anzuwenden.«

»Aber Sie trauen dem Ratschlag nicht. Sonst wäre ich ja jetzt nicht hier.«

»Richtig, Herr Wilsberg. Es ist wegen der toten Nutria.«

»Nutria?«

»Sumpfbiber, putzige kleine Fellhaufen.« Kuhl parkte auf dem für ihn reservierten Parkplatz vor dem Rathaus. »Gestern Morgen lagen zwei erschossene Sumpfbiber vor meiner Wohnungstür.«

Wir schlenderten zum Rathauseingang. »Haben Sie einen Verdacht?«, fragte ich. »Tote Sumpfbiber wirken irgendwie spezieller als eine anonyme Drohung im Internet.«

Der Stadtentwickler schaute auf seine fette Manager-Armbanduhr. »Hören Sie, ich muss zur Ausschusssitzung. Lassen Sie uns morgen früh weiterreden.« Und schon war er im Rathaus verschwunden.

Am Abend, in meiner Wohnung im münsterschen Kreuzviertel, schaute ich mir das Drohvideo in voller dreiminütiger Länge an. Es bestand zum größten Teil aus Beleidigungen. Der Skimaskenkopf redete vor einer kahlen weißen Wand, und nirgendwo glänzte eine Fläche, auf der sich vielleicht etwas hätte spiegeln können. Anschließend guckte ich mir an, was das Internet über Nutria ausspuckte. Als invasive, aus Südamerika eingeschleppte Art, die gerne Deiche und Uferbefestigungen unterhöhlte, waren sie bei Umwelt- und Tierschützern nicht besonders beliebt. Übrigens auch nicht bei Jägern, deren Hunde im direkten Kampf mit dem Sumpfbiber schon mal den Kürzeren zogen. Was mich automatisch an die Jägerin denken ließ, die Chris Kuhl ihren Mittelfinger gezeigt hatte. Vielleicht ein erster Ansatz.

Ich lehnte mich in meinem Lieblingssessel zurück. Insgesamt sah der Fall nach einem gemütlichen Neun-bis-siebzehn-Uhr-Job aus. Wenn ich die Ermittlungen nicht zu zielstrebig anging, waren wenigstens drei bis vier Arbeitstage herauszuschlagen. An deren Ende es mir ohne große Anstrengung gelingen würde, einen Täter zu präsentieren. Glaubte ich.

Am nächsten Morgen stand ich um neun Uhr vor der Bürotür des Stadtentwicklers in Bergkamen. Mein Klopfen verhallte ungehört. Ich ging eine Tür weiter, zu Sarah-Michelle Müller-Diestel, Verwaltungsfachangestellte, wie es auf ihrem Schild stand. Hier hatte ich mehr Glück, Müller-Diestel hob ihren ponyverhangenen Blick, als ich eintrat.

»Sie wollen sicher zu Herrn Kuhl?«

»Richtig«, verkündete ich lächelnd.

»Den hat's erwischt.«

Mein Lächeln verkümmerte. »Wie meinen Sie das?«

»Kugeln. Letzte Nacht. Am Kipphasen. Im Schießzentrum. Habe ich jedenfalls gehört.«

Wahrscheinlich sah man meinem Gesicht an, dass ich ihren Ausführungen nicht ganz folgen konnte.

»Der Kipphase ist aus Holz«, erklärte Müller-Diestel. »Die Jäger benutzen ihn zum Schießtraining. Der Hase fährt auf einer Schiene, und der Teil, der getroffen wird, fällt um. Deshalb ...«

»Kipphase«, sagte ich. »Verstehe. Und Herr Kuhl ...«

Seine Assistentin presste theatralisch ihre Hände vor die Brust. »Er war sofort tot.«

»Sie haben da ja eine ganze Menge gehört«, stellte ich fest.

»Ja, Bergkamen ist nicht groß. Da spricht sich so was schnell herum.«

»Hat man denn auch schon gehört, wer ...«

»Wer es war?« Müller-Diestel schüttelte ihre Pagenmähne. »Nein, das nicht.«

»Vielleicht der Typ aus dem Drohvideo?«, schlug ich vor.

Hätte ich Müller-Diestels Augenbrauen hinter dem Pony beobachten können, wären sie vermutlich gerade ein paar Zentimeter nach oben gerutscht. »Möglich«, meinte sie ohne Überzeugung. »Ganz allgemein war der Kuhl ja nicht besonders beliebt.«

»Wegen seiner Umstrukturierungspläne?«

»Das auch. Und weil er alles angegraben hat, was nicht bei drei auf dem Baum war.«

»Hat er Sie etwa auch …«

»Mich?« Die Verwaltungsfachangestellte schaute mich mit einem Blick an, dem alles Menschliche zwar nicht fremd, aber doch sehr vieles zuwider war. »Nein! Das hat er nicht gewagt.«

»Stand er vielleicht mehr auf Jägerinnen? Blond, mit Gewehr?«

Müller-Diestel schüttelte den Kopf. »Keine Ahnung. Tut mir leid, ich muss mal wieder arbeiten. Die Pflicht macht ja nicht Pause, nur weil jemand tot ist.«

»Trotzdem vielen Dank«, sagte ich und ging zur Tür.

»Sie sind Privatdetektiv, oder?«, rief sie mir hinterher.

Ich drehte mich wieder um. »Wie kommen Sie darauf?«

»Wegen dem Video.« Sie lächelte verschmitzt. »Außerdem habe ich gesehen, dass Sie ein Münsteraner Nummernschild haben. In Münster wohnen doch so viele Privatdetektive.«

»Und wenn ich einer davon wäre?«

»Dann wären Sie jetzt arbeitslos, oder?«

»Theoretisch schon«, sagte ich und verschwand.

Es wurmte mich, dass ich die Gefahr für Chris Kuhl unterschätzt und meinen Auftrag nicht richtig ernst genommen hatte. Für die fünfhundert Euro, die ich als Anzahlung kassiert hatte, war ich ihm noch einiges schuldig. Zum Beispiel die zuständigen Ermittler bei der Polizei über meine Beobachtung vom Vortag zu informieren.

Ich fuhr also zum Schießzentrum, wo ich wesentliche Teile der Bergkamener Mordkommission – falls es so etwas gab – vermutete. Vor der Halle standen mehrere Polizei- und ein Leichenwagen, neben dem zwei Bestattungsmitarbeiter gerade ihre Zigarette danach rauchten.

»Fünf Schüsse«, sagte der eine Schwarzanzugträger zum anderen. »Alles Volltreffer – Kopf und Brust. Was für eine Sauerei.«

Ich betrat die Halle und wurde, nachdem ich mein Anliegen vorgetragen hatte, zu einem der Schießstände geführt, einem schlauchartigen, etwa hundert Meter langen, teilweise oben offenen Raum, an dessen Ende sich eine Gruppe von Polizisten um einen blutverschmierten, auf einer Schiene montierten Holzhasen versammelt hatte. Der Mann, der hier die Kommandos gab und den alle nur »Boss« nannten, reichte mir die Hand. »Urbanski, Hauptkommissar.«

»Wilsberg, Privatdetektiv.«

»Warum bleiben Sie nicht in Ihrem schönen Münster?«, fragte Urbanski. »Wir kommen hier auch ohne Sie zurecht.«

»Tatsächlich?«, gab ich zurück. »Hoffentlich liegen Sie mit dieser Einschätzung richtiger als mit Ihrer Gefahrenanalyse für Herrn Kuhl.«

Urbanski strich sich mit dem rechten Zeigefinger ausgiebig über den walrossartigsten Schnurrbart, den ich je bei einem Polizisten gesehen hatte. »Wenn ich einen Klugscheißer sehen will, fahre ich zu meinem Chef nach Unna. Also erzählen Sie mir nichts von richtiger Einschätzung, Herr Wilsberg.«

Ich deutete auf den blutigen Kipphasen. »Und wie nennen Sie das, was mit Chris Kuhl passiert ist?«

»Selbstmord«, antwortete Urbanski, ohne zu zögern.

»Selbstmord? Mit fünf Schüssen in Kopf und Brust?«

Das Gesicht des Hauptkommissars verfinsterte sich. »Wer sagt das?«

»Ich habe meine Quellen«, wich ich aus.

»Einen Scheiß wissen Sie«, sagte Urbanski. »Es war Selbstmord. Kuhl hat eine Kleinkaliberpistole benutzt. Typischer Amateurfehler. Die Kugeln sind so klein, dass sie von den Knochen abgelenkt werden und zum Beispiel nicht ins Gehirn eindringen. Tut zwar weh und blutet wie Sau, ist aber nicht tödlich. Erst der Schuss ins Herz hat ihm den Saft abgedreht.«

»Und Sie sind ganz sicher, dass Kuhl die Pistole selbst in der Hand hatte?«

Urbanski guckte mich misstrauisch an. »Falls Sie noch was auf der Pfanne haben, spucken Sie es aus. Ansonsten lassen Sie mich einfach meine Arbeit machen.«

Ich erzählte ihm von der aufgebrachten Jägerin und brachte sie, um Urbanski auf die Sprünge zu helfen, in einen kausalen Zusammenhang mit den toten Sumpfbibern auf Chris Kuhls Fußmatte.

»Hmm«, brummte der Hauptkommissar. »Wir werden der Sache selbstverständlich nachgehen.« Damit schien er das Interesse an mir endgültig verloren zu haben.

»Ist das alles?«, fragte ich.

»Ja, das ist alles, Herr Wilsberg. Gute Reise!«

Keine Frage, seine Kooperationsbereitschaft war sehr eng begrenzt. Wieso hatte er mir keine einzige Frage zu dem Aussehen der Jägerin gestellt? Oder mich gebeten, ein Phantombild zu erstellen? Entweder kannte er die Frau bereits, oder er hatte gar nicht vor, sie zu finden.

Ich schlenderte zu dem Jagdshop, der sich ebenfalls im Schießzentrum befand. Neben Pelzmänteln und Gewehren für jede Art von Treib-, Drück- und andere Jagden gab es auch eine Wall of Fame mit Fotos der regionalen Jägerschaft. Ich brauchte nicht lange, bis ich meine Jägerin entdeckte. Und nachdem ich einen Verkäufer zu der Wand geschleppt und ihm die Frau gezeigt hatte, verfügte ich auch über einen Namen: Chiara Wöllner.

Chiara Wöllner wohnte in Oberaden, gar nicht weit vom Römerlager entfernt. Sie trug immer noch oder schon wieder Jagdgrün und bat mich, nachdem ich mich und meinen Auftrag vorgestellt hatte, in ihre mit Geweihen vollgehängte Erdgeschosswohnung.

»Chris Kuhl …«, begann ich.

»Ja«, sagte sie mit einem hässlichen Zug um die Mundwinkel, »ich hatte eine Affäre mit dem Scheißkerl. Leider.«

»Haben Sie ihm die toten Sumpfbiber vor die Tür gelegt?«

»Sumpfbiber?« Sie lachte höhnisch auf. »Hat er wirklich ›Sumpfbiber‹ gesagt?«

»Original Chris Kuhls Worte«, bestätigte ich.

»Das sind Ratten«, fauchte Chiara Wöllner. »Meinetwegen Biberratten oder Schweifratten, aber eindeutig aus der Familie der Ratten. Die Biester machen alles kaputt, was ihnen vor die Mäuler kommt. Und Chris fand sie putzig. Lachhaft. Hah!«

»Aber das allein …«

»Nein«, würgte sie mich ab, »das allein hat mich nicht sauer gemacht. Ich habe auch gemerkt, dass ich nicht die Einzige bin, die er mit seinen Schmeicheleien und Liebesschwüren vollsülzt.«

»Und da waren Sie richtig wütend«, setzte ich nach. »So wütend, dass …«

Ich hörte, wie die Wohnungstür geöffnet wurde und jemand den Flur betrat. Plötzlich ging mir auf, dass ich zwar problemlos in Chiara Wöllners Wohnung hineingekommen war und der Jägerin so etwas Ähnliches wie ein Geständnis abgerungen hatte, ich jetzt aber auch in einer Art Falle steckte.

Prompt flog die Tür auf, und ein Bär in einer schwarzen Uniform, auf der fett das Wort »Zoll« prangte, stapfte herein. Mich zu sehen und die Schnalle des Pistolenholsters an seinem Gürtel zu öffnen, dauerte nicht mal eine Sekunde.

»Belästigt dich der Typ, Chiara?«

»Weiß nicht, Markus«, sagte die Jägerin. »Ich glaube, er denkt, dass ich Chris umgebracht habe.«

Der Zoll-Bär stellte sich neben die Jägerin, legte die Hand an seine Dienstpistole und glotzte mich an. »Tun Sie das?«

»Ich stelle nur Fragen«, erwiderte ich. »Nichts weiter.«

»Chiara und ich …«, zur Verdeutlichung seiner Worte zeigte er zuerst auf die Jägerin und dann auf sich, »… waren letzte Nacht zusammen. Okay?« Und, als ich nicht sofort antwortete, noch ein bisschen lauter: »Okay?«

»Okay«, bestätigte ich. »Sie geben sich also gegenseitig ein Alibi. Ich hab's verstanden.« Ich machte mich schön langsam auf den Weg zur Tür. Um bei dem Bären keine weiteren Aggressionen zu wecken, redete ich einfach weiter. »Das war eigentlich auch schon alles. Ich denke nicht, dass wir uns noch mal sehen. Nach meiner Einschätzung wird das nicht nötig sein.«

Ich erreichte den Flur, die Wohnungstür und dann mein Auto, ohne dass sich eine Kugel in meinen Rücken bohrte. Aber erst als ich Oberaden im Rückspiegel hinter mir liegen sah, atmete ich auf.

Bevor ich die übergeordneten Polizeibehörden einschalten, mich über die Inkompetenz von Hauptkommissar Urbanski beschweren und meine Verdachtsmomente bezüglich Chiara Wöllner und ihrem Zöllnerfreund Markus äußern konnte, wollte ich noch ein paar Hintergrundinformationen sammeln. Also fuhr ich zurück zum Bergkamener Zentrum. Denn wer würde mir mehr über mögliche weitere Opfer von Chris Kuhls Verführungskünsten erzählen können als Sarah-Michelle Müller-Diestel?

Als ich hereinkam, schob die Verwaltungsfachangestellte schnell die oberste Schublade ihres Schreibtischs zu, trotzdem sah ich noch den Zipfel eines schwarzen Textils, das sie dort verstaut hatte.

»Herr Wilsberg!«, platzte es aus ihr heraus. »Ich dachte, Sie wären schon längst wieder in Münster.«

»Das hoffen einige«, sagte ich. »Tatsächlich mache ich mir Vorwürfe, dass ich Herrn Kuhl so schmählich im Stich gelassen habe.«

»Und wie kann ich Ihnen da helfen?«

»Indem Sie mir zwei, drei Fragen beantworten. Das macht Ihnen doch nichts aus, Frau Müller-Diestel, oder?«

Sie lächelte. »Sagen Sie Sarah-Michelle zu mir.«

»Gerne. Kennen Sie Chiara Wöllner, Sarah-Michelle?«

»Klar. Wir sind beide im Bergkamener Heimatverein.«

»Denken Sie, Frau Wöllner könnte Chris Kuhl erschossen haben?«

»Wie kommen Sie denn darauf?« Sarah-Michelle klang empört. »Ich habe gehört, es war Selbstmord.«

»Das glaube ich eben nicht«, erwiderte ich. »Und immerhin hat Wöllner zugegeben, Kuhl die toten Sumpfbiber oder Biberratten vor die Tür gelegt zu haben.«

»Ach was«, winkte Sarah-Michelle ab. »Die Chiara ist völlig harmlos.«

»Gibt es denn noch andere Frauen, die …« Meine Aufmerksamkeit wurde von einer Urkunde abgelenkt, die neben der Tür hing: *3. Platz bei den Bergkamener Stadtmeisterschaften im Sportschießen – Sarah-Michelle Müller-Diestel.*

»Sie sind Sportschützin?« Ich drehte mich um und blickte in den Lauf einer kleinen, handlichen Pistole, mit der Sarah-Michelle auf mich zielte. Ihre Schreibtischschublade stand offen und ich erkannte, dass das schwarze Textil, das ich gesehen hatte, die Skimaske vom Drohvideo war.

»Richtig«, sagte sie. »Kleinkaliber. Ich hätte Kuhl auch mit dem ersten Schuss erledigen können, aber ich wollte ihn leiden sehen.« Sie bewegte die Pistole. »Los, Herr Wilsberg. Wir machen einen kleinen Ausflug!«

»Warum?«, fragte ich, um das zwischenzeitlich versandete Gespräch wieder in Gang zu bringen. »Warum haben Sie es getan? Hat Chris Kuhl Sie doch …«

»Nein!«, unterbrach mich Sarah-Michelle. »Hat er nicht.«

Sie saß auf der Rückbank und hielt mir ihre Pistole an den Hals, während ich meinen Wagen nach ihrer Anweisung in Richtung Schießzentrum lenkte.

»Wieso denn dann?« Solange ich fuhr, würde sie kaum abdrücken, also durfte ich ruhig ein bisschen insistieren.

»Er wollte Bergkamen kaputtmachen. Reicht das nicht?«

»Na ja.«

»Kuhl hat es verheimlicht, aber ich habe es herausgefunden«, erklärte Sarah-Michelle. »In Wahrheit stammte Kuhl nämlich aus Werne. Die bilden sich da was ein auf ihre Altstadt, ihre Hotels und Restaurants und ihr Solebad. Sollen sie von mir aus. Aber Bergkamen von der Landkarte radieren zu wollen, das geht zu weit.«

»Übertreiben Sie nicht ein bisschen?«

»Überhaupt nicht. Wissen Sie, was der große Stadtentwickler vorhatte? Er wollte Bergkamen umbenennen! In ›We-Rün-Over-Berge-Heil‹. Wie klingt das für Sie? Wie ›Werne zwei‹, oder?«

»Jetzt, wo Sie es sagen«, antwortete ich matt. Wir hatten den Parkplatz des Schießzentrums erreicht, und mir ging der Gesprächsstoff aus.

»Aussteigen!«, befahl Sarah-Michelle.

Die Halle war ebenso verwaist wie der Parkplatz. Die Spurensicherer von der Bergkamener Kripo hatten sich anscheinend beeilt, keine überflüssigen Hinweise zu finden. Sarah-Michelle öffnete die Tür zu dem Schießstand, in dem Chris Kuhl sein Leben ausgehaucht hatte.

»Wieder der Kipphase?«, fragte ich bang.

»Nein.« Ich hörte das Grinsen in ihrer Stimme. »Heute nehmen wir zur Abwechslung mal das Wildschwein.«

»Einen zweiten Selbstmord nimmt Ihnen niemand ab«, behauptete ich, mehr aus Verzweiflung denn aus Überzeugung.

»Warum denn nicht?«, fragte Sarah-Michelle keck. »Es sieht doch so aus: Sie haben Ihren Auftrag vermasselt, das hat Ihrer angeschlagenen Psyche den Rest gegeben. Ich bin sicher, Hauptkommissar Urbanski wird derselben Meinung sein.«

Ich befürchtete, dass sie damit recht hatte.

Mitten in die lähmende Lethargie, die sich in meinem Kopf ausbreitete, platzte das Geräusch einer sich öffnenden Tür. Sarah-Michelle und ich drehten synchron unsere Köpfe. Und dann erschien die quadratische Gestalt von Hauptkommissar Urbanski, dicht gefolgt vom Zöllner Markus und der Jägerin Chiara Wöllner. Ich hatte mir eigentlich ein SEK aus Münster, die freiwillige Feuerwehr oder eine Einheit UN-Blauhelme gewünscht, aber in der Not war ich auch mit dieser Crew zufrieden.

»Herr Urbanski!«, rief ich. »Sie müssen mir helfen. Diese Frau …«

Sarah-Michelle lachte. Ein ansteckendes Lachen, in das auch Urbanski, der Zöllner und die Jägerin einfielen.

Ich begriff, dass die drei nicht zufällig hier aufgetaucht, sondern von Sarah-Michelle herbeizitiert worden waren. Um mich gemeinsam ins Jenseits zu befördern, wie sie es wohl schon bei Chris Kuhl praktiziert hatten. Prompt fingerten Urbanski und der Zöllner Markus an ihren Pistolenholstern herum, während Chiara Wöllner mit verschränkten Armen zuschaute.

Ich rannte los. Zu dem letzten Strohhalm, der mir blieb – einer einfachen Hausmeisterleiter, die man im hinteren Teil des Schießstandes vergessen hatte, dort, wo das Dach offen war, damit der Pulverqualm abziehen konnte. Hinter mir peitschten Schüsse. Ich achtete nicht auf die Kugeln, die um mich herumflogen oder scheppernd vom Metall abgelenkt wurden. Und dann hing ich an der Deckenöffnung und zog mich hoch, als etwas in meinen Oberschenkel einschlug und ein gewaltiger Schmerz mich überrollte. Mit letzter Willenskraft und einer Überdosis Adrenalin hievte ich mich aufs Dach.

Gerettet. Vorläufig zumindest. Jetzt musste ich noch Hilfe holen, bevor ich verblutete oder das unheilvolle Quartett zu mir hochkletterte. Ich fingerte mein Handy aus der Hosentasche und wunderte mich, dass es sich ganz ungewohnt anfühlte – wegen der Kugel, die im Display steckte. Ich war also gar nicht angeschossen, das Handy hatte sich für mich geopfert. Nur telefonieren konnte ich damit natürlich nicht mehr. Auf Rettung durch unbeteiligte Zeugen durfte ich ebenfalls nicht hoffen. Dass im Schießzentrum geschossen wurde, würde niemanden wundern.

Ich hörte ein Geräusch. Ein Hubschrauber näherte sich. Sofort sprang ich auf und hüpfte winkend herum. Wenn der Hubschrauberpilot einen Verrückten auf einem Dach sah, würde er das vielleicht melden.

Es kam noch besser. Der Hubschrauber trug die Aufschrift »Polizei«, er kreiste bald über mir, und eine Strickleiter fiel aus der offenen Seitentür. Das hin und her schwankende Seilgeflecht war der reinste Horror, doch nach den Erfahrungen zuvor konnte mich kaum noch etwas schocken. Ich schaffte es in den Hubschrauber und gurtete mich mit zitternden Händen auf dem Sitz an. Durch den Lärm des Rotors hörte ich, wie der Pilot in sein Mikrofon sagte: »Wir haben ihn, Sarah-Michelle …«

Volker Kutscher

Dortmund, Weiße Wiese

8. August 1936

»Isser tot?«

Du hast keine Ahnung, wer die Frage gestellt hat. Der Grauhaarige, der bei dem Toten hockt? Der Schnauzbärtige, der sich den Staub von der Lederjacke klopft? Vielleicht sogar du selbst, der du immer noch nicht verstehst, was da gerade geschehen ist.

Du hast keine Ahnung, wer die Frage gestellt hat oder ob sie einfach nur im Raum steht, aber die Antwort ist dir klar: Der Mann, der da am Rande des Weges liegt, ist tot, da gibt's gar kein Vertun. So tot, wie einer nur sein kann.

Da liegt eine Leiche, und ihr habt ein Problem. Zum Glück gibt es keine Zeugen. Die nächsten Wohnhäuser sind weit weg, die Weiße Wiese liegt mitten in den Wübbeckschen Feldern, ein ganzes Stück außerhalb der Nordstadt, deren Fenster in der Ferne funkeln; am Horizont glüht und dampft die Westfalenhütte wie ein riesiges stählernes Ungeheuer, darüber steht ein blasser Mond. Sonst nur Dunkelheit.

Und am Wegesrand, direkt vor der weißen Umfassungsmauer des Borussia-Sportplatzes, liegt der leblose Körper eines Mannes im grauen Anzug. Der hellbraune Hut ist ihm vom Kopf gerutscht. Wirkt so gut wie neu, ist aber voller Straßenstaub. Und die Hemdbrust unter dem grauen Anzugstoff saugt sich langsam voll mit Blut.

Ihr schaut euch an, drei Männer, die sich vor wenigen Minuten zum ersten Mal über den Weg gelaufen sind und nun vor einer Leiche stehen, die niemand gewollt hat. Keiner sagt etwas, dennoch steht in all euren Gesichtern dieselbe Frage: Was nun?

Als du vor knapp zwei Stunden im Dortmunder Hauptbahnhof aus dem Zug gestiegen bist, hattest du ganz andere Sorgen. Die Schlagzeilen am Kiosk in der Bahnhofshalle klangen genauso beschissen, wie du dich fühltest. »Norwegen schlägt Deutschlands Fußballer 2:0«, »Deutschlands Fußballtraum zerstört«, »Jähes Ende stolzer Hoffnungen«.

Du hast sie persönlich genommen, die Schlagzeilen, sehr persönlich, als gälten sie ganz allein dir: August Lenz, fünfundzwanzig Jahre, eins achtundsechzig, Mittelstürmer des Ballspielvereins Borussia und der deutschen Fußballnationalmannschaft. Obwohl bei der Niederlage in Berlin noch zehn andere dabei gewesen sind. Ihr habt euch eine verdammte Grütze zusammengespielt, wart außer Hans Jakob, dem Regensburger, eurem Torwart, allesamt außer Form. So schrieben es jedenfalls die Zeitungen.

Außer den Schlagzeilen hat niemand am Bahnhof auf dich gewartet. Du hast es nicht bedauert, dennoch hast du einen Moment daran denken müssen, wie es vor anderthalb Jahren gewesen ist, nach deiner Rückkehr aus Brüssel. BVB-Chef Busse persönlich hat dich mit einem Strauß Blumen vom Bahnhof abgeholt, die Hoesch-Kapelle hat gespielt, die halbe Nordstadt war auf den Beinen, um den Rückkehrer zu empfangen, den ersten Borussen, den ersten Dortmunder, der ein Länderspiel bestritten hat. 6:1 gegen Belgien, und du hattest zwei Tore beigesteuert. Hatte doch gut angefangen, die Länderspielkarriere des Dortmunder Jungen August Lenz!

Mit dir im Sturm hatte die Nationalelf einen Lauf – acht Spiele, sieben Tore, sechs Siege, ein Unentschieden, nur eine Niederlage –, und so hatte Reichstrainer Otto Nerz dich auch für den Kader der Olympischen Spiele in Berlin nominiert, da gab's überhaupt kein Vertun. Eine Medaille galt als sicher nach euren grandiosen Auftritten der letzten Monate, wenn nicht sogar Gold.

Mit diesem Gefühl seid ihr dann auch gestern ins Viertelfinale gegangen. Nach dem Turnierauftakt, einem furiosen 9:0 gegen Luxemburg, war das Poststadion rappelvoll. Sogar Adolf Hitler war gekommen, um den nächsten Sieg seiner deutschen Elf zu sehen. Kein einziger Spieler, nicht mal die erfolgsverwöhnten Schalker, hatte den Führer jemals zuvor persönlich gesehen, und nun stand er da, in der fahnengeschmückten Loge, und nahm die Nationalhymne ab und das Horst-Wessel-Lied, und ihr wart so nervös wie noch nie, jeder von euch. Nach dem Anstoß habt ihr völlig verkrampft losgelegt, bis das frühe Tor der Norweger alles noch schlimmer machte und ihr endgültig angefangen habt zu flattern, sogar Hans hinten im Tor, auch wenn die Zeitungen das nicht schrieben. Ihr seid dem frühen Rückstand die ganze Zeit hinterhergelaufen, mit Beinen, die von Minute zu Minute schwerer wurden. Du kannst dich an kaum etwas richtig erinnern, außer an den Kopfball in der ersten Halbzeit, den du knapp drübergesetzt hast und der euch noch einmal ins Spiel zurückgebracht hätte – wenn er denn gepasst hätte. Hätte, hätte, hätte. Und dann das zweite Tor der Norweger in der dreiundachtzigsten, das euch endgültig das Genick gebrochen hat. Noch in derselben Minute hat der Führer das Stadion verlassen und der Mannschaft damit auch das letzte Fünkchen Hoffnung genommen. »Schandspiel«, soll er nach dem Abpfiff gesagt haben.

Mit hängenden Köpfen seid ihr vom Platz geschlichen, die Worte von Reichstrainer Nerz konnten euch auch nicht trösten. Noch in der Kabine habt ihr die Pfiffe des Publikums draußen hören können.

Und sie hatten ja recht, die Leute im Stadion.

Umso schlimmer war das Schweigen danach. Das Schweigen im Bus, das Schweigen im Olympischen Dorf, das Schweigen im Zugabteil.

Und schließlich das Schweigen deiner Stadt.

Vorwurfsvoll haben dich die stummen Fassaden angestarrt, auf deinem Weg vom Bahnhof nach Hause. In der Güntherstraße hast du dann eine Weile unschlüssig vor deinem Haus gestanden, den Koffer in der Hand, und dir vorgestellt, wie Mia oben die Kleine gerade ins Bett bringt. Du konntest nicht hineingehen, du wolltest nicht mit ihr darüber reden, was passiert war, du wolltest keinen sehen, du konntest keinen sehen. Mit deinem Koffer bist du schließlich wie ein verirrter Reisender über den Bahndamm und die Lünener Straße in Richtung Norden gelaufen, weiter bis zur Weißen Wiese. Weil der Borussia-Sportplatz im Schatten von Hoesch so etwas wie dein zweites Zuhause ist. Vielleicht sogar dein erstes.

Am liebsten hättest du mit den anderen trainiert, aber Training ist erst Dienstag. Doch ein bisschen Ballhochhalten, ein paar Schüsse aufs Tor und am Ende einfach volles Rohr gegen die Wand ballern, das würde dich beruhigen, hast du gedacht.

Aber dann hast du gesehen, dass da einer in Göbels Trinkhalle sein muss, direkt neben den Umkleiden, weil da Licht brennt. Hast dich gewundert. Samstagabend um elf rechnet man eigentlich nicht damit, dass noch jemand auf der Weißen Wiese ist, und so hast du nachgeschaut. Weil du dachtest, da sind vielleicht Einbrecher oder so. Aber hinter dem Tresen, wo sonst immer Willi Göbel zwischen Regalen voller Zigaretten und Bier hockt, da sitzt nur Heinrich Czerkus, der sich erschrocken umdreht, als du die Tür aufmachst.

»Heini, wat machsen du hier?«, fragst du.

Heinrich Czerkus ist euer Platzwart, die gute Seele des Vereins, bei allen gut gelitten, aber er ist eben auch Kommunist, ein Roter. Unbelehrbar. Du siehst sofort, was los ist; seine Finger sind noch ganz lila vom Hantieren mit dem Matrizenhektografen, unterm Arm klemmt eine lederne Aktentasche.

»Mensch, August«, sagt er, eher erleichtert als ertappt, »hass du mich erschreckt! Wusste gar nich, dat du schon zurück bist.«

Du zeigst auf die Ledertasche. »Nachschub für deine Genossen?«

Du kennst den Platzwart. Weißt, dass er die Nudelmaschine in eurer Geschäftsstelle nutzt, um seine Pamphlete zu drucken. Hast ihn aber noch nie bei so was erwischt.

Heinrich ist es unangenehm, dass du ihn bei seinen politischen Aktivitäten überrascht hast. Und ihn darauf ansprichst. Alle im Verein wissen es, doch niemand redet darüber. Und an die Gestapo verpfeift ihn schon gar keiner. Nicht einmal Willi Röhr, der immer in seiner SA-Uniform rumstolziert und die Hakenkreuzbinde am Oberarm spazieren trägt. Borussia ist wichtiger als Politik. Ehrensache.

»Besser, du weiß dat nich, hass dat nie gesehen. Hau ab, gleich kommen Genossen, die sehen dich hier besser nich. Geh nach Hause, geh zu deine Mia. Die wartet doch bestimmt schon.«

»Die weiß gar nich, dat ich schon wieder da bin. Weiß keiner.«

»Wie? Hasse nich Bescheid gesacht?«

»Muss ja nich sein, nach sonner Schande.«

»Wat redste denn da? Wieso Schande?«

»Na, wo wir doch mit 'ner Medaille wiederkommen wollten. Und dann verlieren. Gegen Norwegen! Hasse nich gelesen?«

»Mensch, August, wat redste bloß fürn Tinnef? Ihr habt ein Spiel verloren. Seid aussem Turnier geflogen. Kommt vor. Leben geht weiter. Der BVB spielt nächste Saison in der Gauliga! Dat zählt. Weisse eigentlich, wie stolz wir hier alle auf dich sind?«

»Aber der Führer war im Stadion, der hat die ganze Schande gesehen. Der is noch vor Abpfiff gegangen. Wat meinste, wie du dich dann fühlst?«

»Ach, hör mir doch auf mit deinem Führer!« Czerkus winkt ab. »Lies dir dat hier mal durch, dann weisse Bescheid.«

Mit diesen Worten holt er einen von seinen Handzetteln aus der abgegriffenen Ledertasche. Das Papier ist dünn, es riecht nach Spiritus, die Buchstaben sind violett.

ARBEITER, GLAUBT DEN SCHWINDEL DER HITLERFASCHISTEN NICHT!
OLYMPIA IST EINE LÜGE!

Du bist entsetzt. Du hast gedacht, da steht irgendwas Politisches, was du sowieso nicht verstehst. Was dich auch nicht interessiert. Und dann steht da was von Olympia. Von deinem Turnier. Deinem ersten internationalen Turnier. Und die machen das schlecht.

Das Kleingedruckte liest du gar nicht erst.

»Heini, wat soll dat?«, fragst du, leicht sauer.

»Dat soll dir sagen, dat et gut is, dat ihr aus dem Turnier geflogen seid. Kannst froh sein, dat du bei dem Propagandatheater nich mehr mitmachen muss.«

»Froh sein? Ach nee!«

»Hitler geht et doch nich um Sport, August. Und von Fußball hat der schon mal gar keine Ahnung. Der will nur, dat Deutschland möglichst viele Medaillen sammelt. Dat alle denken, Deutschland is ein tolles, gastfreundliches, friedliches Land.«

»Aber dat isset doch auch.«

»Aber für so wat hier ...« Czerkus wedelt mit seinen Flugblättern. »Für so wat schlagen se dich tot in unserem Land!«

»Wat kannste auch nich damit aufhören, mit deine Pamphlete, dat is gefährlich. Irgendwann kriegt dich die Gestapo dran.«

»Ob ich Flugblätter drucke oder nich, da drauf kommt et doch gar nich an. Ich bin Kommunist. Für die gehör ich sowieso totgeschlagen.«

Darauf hast du keine Antwort. Du hast es immer gehasst, über Politik zu reden, daran kann auch Heini Czerkus nichts ändern.

»Bist doch auch ’n Arbeiter, August«, sagt der. »Musse doch sehen, dat die uns verarschen.«

»Ich bin kein Arbeiter, ich bin Fußballer!«

Ja, du bist Fußballer. Deswegen bist du doch hierhergekommen, auf die Weiße Wiese. Aber du weißt, dass du dir heute keinen Ball mehr aus dem Schuppen holen wirst. Mit Schmackes knallst du die Tür der Trinkhalle zu und trittst draußen gegen einen Stein, der mit lautem Klacken gegen die Mauer fliegt.

Du machst die Biege. Wenn Heini gleich seine Genossen trifft, willst du lieber nicht dabei sein. Politik ist nichts für dich, da willst du nicht hineingezogen werden. Und in einem hat der olle Czerkus ja auch recht: Du musst nach Hause zu deiner Familie, da gehörst du hin.

Als du draußen vor dem Sportplatzgelände wieder auf den Weg trittst, ruft dich jemand aus der Dunkelheit an. Eine Männerstimme.

»Wenn das nicht mal der August Lenz ist! Warum willst du denn schon gehen? Genug konspiriert?«

Du bleibst stehen. Irritiert. Schaust dich um. Doch du kannst niemanden sehen, es ist zu dunkel. Du kannst nur hören.

»Lenz, du Volksverräter! Schande über dich!«

Du starrst angestrengt in die Dunkelheit, hinter der die Lichter von Hoesch zu sehen sind.

»Wer issen da? Trau dich doch raus ausse Deckung, wenn de wat willst.«

Du bist auf alles gefasst, nimmst innerlich die Fäuste hoch. Aber dann tritt ein Mann aus dem Schatten der Sportplatzmauer ins fahle Mondlicht, der aussieht wie ein harmloser Buchhalter. Er trägt einen grauen Anzug und einen hellbraunen Hut, am Revers das Parteiabzeichen. Alles in allem ein makelloser Eindruck, wie aus dem Ei gepellt. Sein Gesicht kommt dir irgendwie bekannt vor, aber du kannst nicht sagen, woher. Einer von Heinis Kommunistenfreunden ist das jedenfalls nicht. Und du hoffst, dass von denen jetzt auch keiner auftaucht und diesem Parteigenossen da über den Weg läuft.

Der Mann im Anzug schüttelt den Kopf, als stehe er der größten Enttäuschung seines Lebens gegenüber.

»Hätte ich nie gedacht, dass du so einer bist«, sagt er.

»Wat für einer?«

»Na, ein Staatsfeind, was denn sonst? Ich hab dich vergöttert, Mensch! Und dann so was.« Er spuckt aus. »Verdammter Verräter!«

Du wirst sauer. »Wer sind denn Sie überhaupt? Wat wollen Sie hier?«

»Na, was wohl? Den Czerkus beschatten, die rote Sau. Heute ist der fällig. Hat uns lange genug an der Nase herumgeführt.«

Geheime Staatspolizei. Scheiße!

»Ich weiß nich, wovon Sie reden.«

Das klingt ziemlich mau, und du weißt das.

»Hätte ich nie für möglich gehalten, dass du mit den Roten unter einer Decke steckst, Lenz. Ich hab dich bewundert! Du hast deinen Verein groß gemacht, du hättest auch Deutschland groß machen können.«

Jetzt fällt dir ein, woher du den Mann kennst. Vor zwei Wochen erst hast du ihm ein Autogramm gegeben. Die Aufstiegsfeier im Reinoldushof. Gauliga, die höchste Spielklasse, da, wo der BVB hingehört. »Herr Lenz, bitte Ihre Unterschrift, ich bin ein großer Bewunderer.« Keiner aus der Nordstadt, die reden so nicht, die sagen »August« und »du«. »Sie haben den Dortmunder Fußball groß gemacht«, hatte der Anzugmann gesagt, »Sie können auch Deutschland groß machen. Olympische Ehren warten auf Sie.«

Heute sagt er »du«. Aber wie einer aus der Nordstadt klingt er trotzdem nicht. Du kennst auch keinen aus der Nordstadt, der bei der Gestapo ist.

Und das ist der Kerl da, zweifellos. Jetzt zieht er eine Pistole aus der Tasche. Eine Walther PPK. Eine Polizeipistole.

»Wie stolz ich auf dich war«, fährt der Mann fort, »stolz darauf, dass ein Sohn meiner Stadt in der Auswahl der besten Deutschen spielt. Und dann muss ich erfahren, dass du ein Verräter bist. Eine rote Sau.« Noch einmal spuckt er aus. »Ich werde dich mitnehmen, dich und den Czerkus.«

»Wohin?«

»Wohin wohl? In die Steinwache.«

»Ich bin doch kein Verbrecher.«

»Es gibt kein schlimmeres Verbrechen als Verrat.«

»Nu mal halblang. Ich hab vielleicht scheiße gespielt in Berlin, aber ein Verräter bin ich deswegen noch lange nicht.«

»Erzähl mir nichts! Du hast das Tor absichtlich nicht getroffen. Weil du und deine Genossen die Olympischen Spiele sabotiert, wo ihr nur könnt.«

»Dat is ja wohl der größte Blödsinn, den ich jemals gehört habe.«

»*Ist* es das?« Mit einem schnellen Schritt ist der Gestapomann bei dir und reißt dir das Papier aus der Hand.

Heinis Pamphlet. Du trägst es immer noch bei dir. Verdammt!

ARBEITER, GLAUBT DEN SCHWINDEL DER HITLERFASCHISTEN NICHT!
OLYMPIA IST EINE LÜGE!

»Willst du immer noch leugnen, dass du ein verdammter Kommunist bist? Ein Staatsfeind?«

»So ein Quatsch! Staatsfeind! Ich bin Nationalsozialist, genau wie Sie, hab im Frühjahr noch Wahlkampf für den Führer gemacht!«

»Meinst du, das weiß ich nicht? Aber jetzt ist deine Tarnung aufgeflogen. Ihr seid doch alle gleich in der Nordstadt. Ganz gleich, was ihr einem erzählt, ihr bleibt rotes Gesocks.«

Jetzt weißt du, dass der garantiert nicht vom Borsigplatz

kommt. Wenn einer so redet. Eher ein Schnösel aus dem Kaiserviertel.

»Rotes Gesocks? Wollense mich beleidigen? Ich hab schon für die SA-Auswahl Westfalen gespielt.«

»Weiß ich doch alles.« Der Mann schüttelt den Kopf. »Ich hab mich über dich informiert, August Lenz. Weil ich dich bewundert habe. Und heute muss ich erfahren, dass du mit den Kommunisten unter einer Decke steckst!« Wieder spuckt er aus. Wo der die ganze Spucke hernimmt?

Du hast immer schon gedacht, irgendwann geht das schief mit Heinis roten Machenschaften, irgendwann kriegen sie ihn. Haben schon oft genug beim BVB auf der Matte gestanden und nach ihm gefragt. Standen einmal mitten im Training auf dem Platz, zwei Männer in langen Mänteln. Ihr habt Heini immer gewarnt, er konnte immer untertauchen. Trotzdem hast du jedes Mal gedacht: Irgendwann erwischen sie ihn. Hättest nur nicht gedacht, dass du dann selber mit von der Partie sein würdest.

»Heini«, rufst du in die Nacht, »Heini, hau ab! Die Gestapo ist hier!«

»Ja, ruf nur! Wenn du willst, dass ich deinen Genossen auf der Flucht erschieße.«

»Dat wagen Sie nich! Ich werde gegen Sie aussagen!«

»Ach? Wer sagt denn, dass ich nicht zwei Kommunisten auf der Flucht erschieße? Kurzen Prozess machen, das ist sowieso das Beste.«

Und mit diesen Worten legt er auf dich an.

»Wenn Sie mich von vorn erschießen, sieht dat aber nich gerade nach Flucht aus.«

Das ist das Einzige, was dir einfällt. Du musst Zeit gewinnen. Hoffst, dass Heini dich gehört hat und irgendwie eingreift. Dir aus der Patsche hilft. Doch es passiert nichts. Du hast das Sportplatzgelände im Blick, und da rührt sich nichts.

Die Hilfe kommt ganz unerwartet mitten aus der Dunkelheit.

Ein Schatten springt den Gestapomann von der Seite an und greift ihm in die Schusshand. Noch im Fallen löst sich ein Schuss, du duckst dich unwillkürlich weg, hörst das Projektil durch die Nachtluft pfeifen. Im Staub des Feldweges wälzen sich zwei Männer am Boden, der eine im Anzug, der andere in Lederjacke und Manchesterhose, du hörst sie keuchen und stöhnen, hörst Faustschläge. Und bevor du begreifen kannst, was da passiert, knallt noch ein Schuss durch die Nacht. Dann ist es gespenstisch still.

Der Mann in der Lederjacke erhebt sich keuchend, klopft sich den Staub ab, der Anzugmann bleibt liegen. Du siehst jetzt, dass der Lederjackenmann einen Schnurrbart trägt, einen ganz normalen Proletenschnauz, keinen Hitlerbart, wie er jetzt in Mode ist, und auch keinen schnöseligen Menjoubart. Ihr schaut euch an, doch bevor einer von euch etwas sagen kann, kommt ein anderer Mann aus der Dunkelheit, ein älterer, bereits grauhaarig, in einem billigen groben Anzug.

»Verdammt, wat hassen da gemacht, Horstmann?«, raunzt der Alte den Schnauzbart an.

»Nix. Die Knarre ist einfach losgegangen.« Der Lederjackenmann zuckt die Achseln. »Der wollte unsere Genossen abknallen. Einfach so. Da muss man doch eingreifen.«

Der Grauhaarige beugt sich zu dem Gestapomann hinunter und fühlt dessen Halsschlagader.

Du bist wie gelähmt. Gelähmt und betäubt. Kannst nicht sagen, ob du das gerade wirklich erlebst oder nur träumst. Und dann hörst du die Worte:

»Isser tot?«

Du hast gar nicht mitbekommen, wie er aus dem Tor gekommen ist, aber plötzlich steht Heinrich Czerkus bei euch.

»Wat issen hier los?«, will er wissen. »Wer ballert denn

hier rum? Seid ihr verrückt geworden, Genossen?« Jetzt erst fällt sein Blick auf die Leiche, und er wird bleich. »Verdammt! Habt *ihr* den umgelegt? Wer zum Teufel issen dat?«

Die beiden Genossen haben nur ein Achselzucken als Antwort, und Czerkus geht zu dem Toten hinüber und schaut ihn sich an.

»Verdammt«, sagt er, »dat is der Friedrichsen. Einer von den Kommunistenfressern in der Benninghofer Straße. Einer von Cossmanns Spitzeln.«

»Gestapo?«, fragt der Schnauzbart.

»Na, sicher nich die Heilsarmee.« Czerkus schüttelt den Kopf. »Wo ist der hergekommen? Habt *ihr* den hierhergelockt?«

»Quatsch. Als wir ankamen, war der schon da. Die Nazisau wollte einen Genossen umbringen, da bin ich dazwischen.«

»Welchen Genossen?«

Lederjacke zeigt auf dich. »Na, den da.«

»Dat is doch kein Genosse!«

»Ach nee? Und wat isser dann?«

»Dat is August Lenz. Unser Mittelstürmer. Der beste in Deutschland. Dat sollte man eigentlich auch bei euch in Essen wissen.« Dann dreht Czerkus sich zu dir um. »Woher kennst du denn den Friedrichsen?«

Du zuckst die Achseln. »Vor zwei Wochen hab ich dem ein Autogramm gegeben, und jetzt hat er mich für 'nen Kommunisten gehalten. Wollte mich glatt abknallen.«

»Ja, da haben die Brüder keine Hemmungen. Aber warum zum Teufel hält er dich für einen von uns?«

»Weil er dir hier aufgelauert hat und glaubt, wir hätten uns getroffen. Und deshalb.« Du zeigst Heini und den anderen das Flugblatt. »Sagt, ich hätte das Tor in Berlin mit Absicht nicht getroffen. Weil ich ein Volksverräter bin. Ein Kommunist, der die Olympischen Spiele boykottieren will.«

Czerkus schüttelt den Kopf.

»Wir müssen die Polizei holen«, sagst du.

»Bist du wahnsinnig? Das hier *ist* die Polizei. Wie willste denen dat denn erklären? Die werden uns alle einsperren.«

»Aber der wollte mich eiskalt umbringen. Und dich auch.«

»Meinst du, dat glauben die dir? Die Gestapo glaubt keinem Kommunisten.«

»Ich bin kein Kommunist.«

»Auch dat werden se dir nich glauben, August!« Heini zeigt auf die Leiche. »Der hier war auch Polizist. Wir wären nich die Ersten, die die Kameraden auf der Flucht erschossen hätten.«

Du weißt nicht mehr, was du sagen sollst. Warum bist du nur zur Weißen Wiese gelaufen? Ohne dich wäre das alles nicht passiert. Andererseits: Ohne dich hätte Friedrichsen, der Gestapomann, Heinrich Czerkus mitsamt seinen Flugblättern zur Steinwache geschafft und eingesperrt. Oder auf der Flucht erschossen. Heini hat recht, die Gestapo geht mit Kommunisten nicht gerade zimperlich um.

»Die Leiche muss weg.« Heini klingt sehr entschlossen. »Ein toter Gestapomann am Borussia-Sportplatz, dat geht nich. Dat bringt den ganzen BVB in Schwierigkeiten. Die Weiße Wiese muss eine weiße Weste haben.«

Er schaut dich an. »Und du muss auch weg von hier, August. Geh nach Hause, wo de hingehörs.«

»Du willst den einfach so laufen lassen, Genosse?«, fragt die Lederjacke. »Können wir denn sicher sein, dat der uns nich verpfeift?«

»Nu halt mal die Luft an, Horstmann. Der August verpfeift keinen. Für den steh ich ein.«

»Biste sicher? Dat is keiner von uns.«

»Klar is dat einer von uns. Nämlich von meinem Verein. Wat meint ihr, wie oft der Friedrichsen mich schon gekricht hätte, wenn wir hier im Ballspielverein nich alle zusammenhalten würden?«

Darauf sagt die Lederjacke nichts mehr. Und der Grauhaarige auch nicht.

»So«, sagt Czerkus, »und nun macht euch mal nützlich. Horstmann, im Schuppen steht 'n Bollerwagen. Hacke und Schaufel müsstesse auch finden.«

Die Lederjacke nickt und geht, nachdem sie dir noch einen letzten misstrauischen Blick zugeworfen hat. Auch der Grauhaarige sagt nichts. Die Essener Genossen scheinen großen Respekt vor Heini zu haben.

Der wendet sich dir zu. »Und du, August, du gehst zu deine Mia in die Güntherstraße. Sach ihr, du kommst direkt vom Bahnhof. Watte hier gesehen hass, is nie passiert.« Er legt dir die Hand auf die Schulter und schaut dich mit ernstem Blick an. »Hier auffe Weiße Wiese«, sagt er, »will ich dich erst Dienstagabend wiedersehen. Beim Training.«

Du nickst. Heini hat recht. Du solltest nach Hause gehen. Da, wo du längst schon sein müsstest. Wo du am besten sofort hingegangen wärest. Es ist gut, bei Mia und der Kleinen zu sein. Es ist gut, bald wieder mit Spölle Thelen und den anderen zu trainieren. Es ist gut, wenn die Saison endlich losgeht und du wieder für deinen Verein spielst. Alles andere ist egal.

Nachbemerkung des Autors:

Diese Kurzgeschichte ist rein fiktiv, die Hauptfiguren aber sind es nicht: Heinrich Czerkus (1894–1945) war BVB-Platzwart und Kommunist und wurde wenige Tage vor Kriegsende von der Gestapo ermordet. August Lenz (1910–1988) war der erste Nationalspieler von Borussia Dortmund und hatte als Mittelstürmer wesentlichen Anteil am sportlichen Aufstieg des Vereins. Lenz warb mit seiner Prominenz für Hitler und die NSDAP und trat 1937 in die Partei ein.

Andreas Gruber

Lauter nette Menschen in Hamm

Hamm, Nordrhein-Westfalen
Montag, 6. September 2021, 8.35 Uhr
Klinik für Neurologie am St. Marien-Hospital

Institutsleiter Professor August Schandorff zog die Augenbrauen hoch, während er seine Mitarbeiter reihum anblickte. »Da drei Kolleginnen es offenbar vorgezogen haben, heute Morgen nicht zum Dienst zu erscheinen, frage ich mich, ob wir mit unserem Forschungsprojekt überhaupt fortfahren sollten.«

Bug räusperte sich. »Also ich glaube …«

»Menschenskind, Bug, das war eine rhetorische Frage!«, fuhr Schandorff ihn an. »Natürlich machen wir weiter!«

Überheblicher Mistkerl, dachte Bug. *Montagmorgen, und die Laune des Chefs ist wieder mal großartig.* »Natürlich«, murmelte er und zog den Kopf ein. »Sie haben wie immer recht.«

»Ziehen Sie sofort Ihren Kopf aus meinem Arsch und gehen Sie an die Arbeit, *Doktor* Möbius!«, blaffte Schandorff.

Dr. Carl Möbius, auch »Bug« genannt, war Facharzt für Neurologie und Psychiatrie. Aber wie immer klang das »Doktor« aus Schandorffs Mund wie eine Beleidigung. Oh, wie er ihn dafür hasste! Aber was sollte er dagegen tun? Schandorffs Maxime lautete klipp und klar: Über ihm stand nur Gott, und so hatte immer *er* recht. So war das seit zwanzig Jahren.

»Professor«, versuchte Lisa mit einem Lächeln, Bug zu Hilfe zu kommen. »Ich denke, wir sollten vielleicht noch ein paar Minuten …«

»Lisa, bitte!« Schandorff hob die Arme. »Hier werden

Sie nicht fürs Denken bezahlt – aber woanders vermutlich auch nicht, also keine falsche Hoffnung«, seufzte er. »Bug, Sie holen die letzten MRT-Bilder auf den Schirm – und Lisa, Sie kümmern sich um die Laborergebnisse. Wir beginnen in fünf Minu…«

In diesem Moment flog die Tür auf. Eine attraktive junge Dame – dunkler Businessanzug, cremefarbene Bluse, hochhackige Schuhe – betrat das Labor. Sie strich sich eine lange schwarze Strähne hinters Ohr und sah sich neugierig um.

»Kann ich Ihnen h-e-l-f-e-n?«, fragte Professor Schandorff gedehnt und gefährlich zuvorkommend.

Die Frau steckte sich die Spiegelsonnenbrille ins Haar und sah sich weiter um. »Ich suche …«

»Ich weiß, was Sie suchen«, unterbrach Schandorff sie und zeigte zur Tür. »Der Ausgang ist dort drüben! Im Zweifelsfall da, wo Sie hereingekommen sind.«

Die Frau lächelte mild, als beeindruckte sie das nicht im Geringsten. Innerlich musste Bug grinsen. Doch dann zog sie einen Ausweis aus der Innentasche ihres Blazers, und schlagartig verflog Bugs gute Laune.

»Kriminaloberkommissarin Michaela Kovac, KK1 Hamm.«

»Ist mir scheißegal, wer oder woher Sie sind«, fauchte Schandorff sie an. »Und wenn Sie die BKA-Präsidentin höchstpersönlich wären.« Erneut zeigte er zum Ausgang. »Sobald Sie durch diese Tür hereinkommen, betreten Sie *mein* Königreich, Prinzessin. Hier gelten *meine* Regeln, und Ihr Krönchen können Sie draußen an der Garderobe aufhängen. Ist das klar?«

Michaela Kovac sah ihn gelassen an. »Drei Ihrer Mitarbeiterinnen sind übers Wochenende spurlos verschwunden.«

»Ja, danke, das weiß ich. Falls Sie sie finden, schicken Sie sie unverzüglich her. Wir versuchen hier nämlich zu arbeiten.«

»Ich glaube nicht, dass …«, begann Kovac.

»Glauben?«, fuhr Schandorff sie an. »Sie glauben vermutlich auch noch an den Osterhasen und die Zahnfee. Vereinbaren Sie einen Gesprächstermin im Foyer, und jetzt raus!«

Michaela Kovac blieb stehen und drehte den Absatz ihres Schuhs auf dem Parkettboden. »Wir haben sie gefunden – alle drei!«

»Prima. Wo stecken sie? In der Ausnüchterungszelle?«

»Die drei sind tot, vermutlich ermordet.«

Einen Moment lang schien Schandorff keine weitere ätzende Bemerkung mehr einzufallen, doch dann war er wieder ganz der Alte. »Tot? Alle drei? Noch dazu *ermordet*? Ich bitte Sie! Hier, in Hamm? In dieser beschaulichen Stadt, wo die Lippe so ruhig durch unser aller Leben fließt und das aufregendste Erlebnis ein Besuch in der Stadtbücherei ist? Wer soll das glauben? Hier gibt es doch nur Cafés an jeder Ecke und lauter nette Menschen.« Er breitete die Arme aus. »Zu viel ›Criminal Minds‹ gesehen?«

Bug schluckte und blinzelte kurz zu Lisa, die genauso blass war wie vermutlich er selbst.

Kovac verzog das Gesicht. »Bei Ihrer *zuvorkommenden* Art, Herr Professor, hätte es mich nicht gewundert, wenn es ein kollektiver Selbstmord Ihrer Mitarbeiterinnen gewesen wäre, aber dem ist leider nicht so.«

Für einen winzigen Moment verkniff sich Bug trotz der schrecklichen Nachricht ein Grinsen. Die Kommissarin konnte genauso gut austeilen wie einstecken.

Nun kam Kovac näher. »An den drei aufeinanderfolgenden Abenden von Freitag bis Sonntag sind Gloria Ross, Silke Gutkind und Zofia Tonelli spurlos verschwunden – heute im Morgengrauen wurden ihre Leichen gefunden. Ein anonymer Hinweis hat uns zu Ihnen geführt.«

Schandorff hatte aufmerksam zugehört, jetzt legte er den Kopf schief. »Und von wem stammt der?«

»Tja, das ist das Problem mit anonymen Hinweisen – sie sind anonym.« Kovac räusperte sich. »Wo haben Sie das Wochenende verbracht, Herr Professor?«, fragte sie lauernd.

»Ich lag mit Migräne im Bett.«

»Gibt es Zeugen dafür?«

»Meine Matratze.«

»Wie schade.« Kovac holte ein Blatt Papier aus der Innentasche ihres Blazers, das sehr offiziell aussah. »Dann muss ich Sie vorläufig wegen Verdachts auf Dreifachmord festnehmen.«

Schandorff drückte das Kreuz durch, um sich größer zu machen. »Haben Sie überhaupt die Befugnis dazu?«

Kovac lächelte. »Die Staatsanwaltschaft ist darüber unterrichtet, und bis die Kollegen von der Mordkommission Dortmund herkommen, führe ich die Erstvernehmung durch.« Sie nickte zur Tür. »Wenn Sie mir bitte folgen wollen. Der Ausgang ist dort drüben.«

Hamm, Nordrhein-Westfalen
Zwei Wochen zuvor …

Bug war klein und dick, mit Kugelbauch und basedowschem Blick, und sah aus wie ein Käfer, den man mit einer Luftpumpe zu hart aufgeblasen hatte, wie er einmal zufällig in der Kantine gehört hatte. Daher stammte auch sein Spitzname »Bug«. Seine Idee war es jedenfalls nicht gewesen, aber er hatte sich damit abgefunden, dass die Kollegen ihn so nannten, allen voran sein Chef.

Er stand in seinem Labor und verglich die Schichtbilder der Tomografie. Das Ergebnis des funktionellen MRTs wirkte wie die Ansicht einer Wärmebildkamera und hob die stimulierten Bereiche des Gehirns farbig hervor.

Bug schob die Datenblätter zusammen und legte sie neben den Käfig. Jetzt, um zweiundzwanzig Uhr, tobte ein Sturm, und Elvis wurde munter. Sein Hamster lief im Rad, und das würde er bis ein Uhr nachts machen. So lange arbeitete Bug stets in seinem Büro. Andernfalls hätte er es kaum zu all den publizierten Fachartikeln im »Journal of Psychiatry« gebracht. *Ohne Fleiß kein Preis!*

Bugs letzte große Publikation in einer Fachzeitschrift hatte »Minderbegabung« zum Thema gehabt. Wenn jemand – salopp formuliert – dumm war, dann konnte er das nicht wissen, da ihm die geistige Fähigkeit fehlte, um genau *das* zu erkennen. Folglich waren dumme Menschen beratungsresistent und überschätzten sich ständig, weil sie dachten, sie wären schlau.

Das klang zwar banal, war aber tatsächlich revolutionär. Seither nannte man das den Schandorff-Möbius-Effekt. Schandorff hatte nichts Wesentliches dazu beigetragen. Trotzdem stand sein Name vorn, obwohl Bug die gesamte Forschungsarbeit geleistet hatte. Wie so oft suhlte sich Schandorff im Ruhm, zu dem andere ihm verholfen hatten.

Doch seit einem halben Jahr forschte Bug an etwas völlig Neuem. Diesmal würde er Schandorff nichts davon erzählen und das Ergebnis seiner Arbeit nur unter seinem Namen publizieren. Seine Forschung hatte die Intelligenz von Serienkillern zum Thema. Gefährlich waren nicht jene, die tausend unterschiedliche Vorstellungen von Mord und Folter hatten, sondern jene, die sich eine einzige bestimmte Szene tausendmal vorstellten – vor allem dann, wenn sie sich einsam und nicht anerkannt fühlten. Das Gehirn programmierte sich selbst. Seit vielen Jahren war das ein alter Hut. Das Böse entstand aus uns selbst heraus. Aber die Frage lautete: Warum?

Serienmörder konnten nur deshalb morden, weil es ihnen an Einfühlungsvermögen fehlte und sie sich nicht in ihre Opfer hineinversetzen konnten. Die Amygdala war jene Region des Gehirns, die für Gefühle zuständig war. Drückte beispielsweise ein Tumor auf die Amygdala, konnte das die Persönlichkeit ändern. Bei Serienkillern war dieser »Gefühlsbereich« nahezu ausgeschaltet. Daran konnte man pathologische Hirnstrukturen erkennen. Zumindest dachte man das bisher.

Aber Bug war dahintergekommen, dass das nicht stimmte. In Wahrheit war der Drang zum Bösen eine viel komplexere Angelegenheit.

Draußen vor dem Labor zuckte ein Blitz. Der unmittelbar darauffolgende Donner erschütterte das Gebäude in seinen Grundfesten. Durch das gekippte Fenster drang der Geruch von Regen und frischer Erde.

Bug nippte an der Kaffeetasse und verglich die Aufnahmen der Gehirne psychopathisch veranlagter Menschen miteinander. Bei seiner Langzeitstudie war er dahintergekommen, dass Psychopathen sehr wohl ein ausgeprägtes Empathievermögen besaßen, das allerdings in einer anderen Hirnregion lokalisiert war. *Und zwar im vorderen Schläfenlappen!* Dieses wiederkehrende Muster zeigten die MRT-Bilder seiner Probanden deutlich, die er mit audiovisuellen Reizen bombardiert hatte, um deren Phantasie und Vorstellungskraft und vor allem deren Gefühlswelt anzuregen, während sie in der Röhre lagen. Bei seiner Referenzgruppe der »normalen« Personen hatte es keine erhöhte Aktivität und kaum Blutfluss im vorderen Schläfenlappen gegeben – aber bei den »verrückten« Psychopathen schon. *Und wie! Halleluja!*

Sobald er dieses Forschungsergebnis veröffentlichte, würden sich Pharmakonzerne wie Saint-Santé darauf stürzen, um ein entsprechendes Medikament gegen Zwänge und Aggressionen zu entwickeln. Wenn es denen gelang, dass die Wirkstoffe über den Blutkreislauf im Hirn an den richtigen Rezeptoren andockten, würde Bug nicht nur berühmt, sondern auch reich sein. Umso wichtiger war es, dass er diesmal die Erkenntnis vorerst für sich behielt.

Kurz vor ein Uhr – der Sturm tobte, während Elvis immer noch unermüdlich im Rad lief, als trainierte er für einen Marathon – schob Bug sämtliche Unterlagen zusammen und stellte die leere Kaffeetasse darauf. Da fiel ihm ein weiteres MRT-Bild eines Mörders auf, das in einem Fach lag, wo es nicht hingehörte. Was hatte diese Unterlage in der blauen Ablage zu suchen? Entweder musste Lisa sie falsch sortiert haben, oder sie war irrtümlich hineingerutscht, oder die Putzfrau hatte sie reingelegt.

Eigentlich sollten im blauen Fach nur die privaten Untersuchungsergebnisse der Mitarbeiter liegen. Aus Jux hatten sie nämlich vor einem Jahr an einem Sonntagnachmittag in der Abteilung funktionelle MRTs von sich gemacht, um das Programm zu testen. Sie hatten mit Spiegeln visuelle Reize in die Röhre projiziert und Wetten darauf abgeschlossen, wer im MRT das »schönste Gehirn« besaß. Natürlich hatte Lisa gewonnen.

Doch diese Aufnahme, die er jetzt in der Hand hielt, passte genau ins Schema, das er untersuchte. *Ausgeprägtes Empathievermögen im vorderen Schläfenlappen!* Ganz klarer Fall. In diesem Hirn war das Potenzial zum Morden angelegt, der Keim des Bösen war zweifellos gesät.

Bug betrachtete den Namen des Probanden. Er stutzte. *Unmöglich!*

Dies war kein Bild einer seiner psychopathischen Testpersonen. Es war die Aufnahme eines Gehirns von jemandem aus dem Institut, die tatsächlich im richtigen Fach gelegen hatte.

Sieh an, sieh an! Er hielt das Blatt in der Hand und starrte immer noch auf den Namen.

Wer hätte das gedacht?

Hamm, Nordrhein-Westfalen
Montag, 6. September 2021, 13.45 Uhr
Polizeikommissariat

Professor Schandorff saß im Vernehmungsraum des Kommissariats und blickte auf die Fotos der ersten Leiche. *Gloria Ross, seine Laborantin.* Sie hatte drei Tage lang im Speicherbecken des Wasserturms gelegen. Dementsprechend aufgedunsen war ihr Körper.

Kommissarin Michaela Kovac bemerkte, wie Schandorff übel wurde. »Noch einen Kaffee?«, fragte sie spitz. »Und vielleicht einen Keks dazu?«

»Nein, danke«, krächzte Schandorff.

Kovac legte ihr Handy auf den Tisch und startete die Aufnahme. »Laut einer SMS, die Gloria Ross kurz vor ihrem Tod auf ihrem Smartphone getippt hat, aber nicht mehr verschicken konnte, wollte sie sich heimlich mit ihrem Freund oben am Hügel im älteren der beiden Wassertürme treffen. Die Spurensicherung ist zu folgendem Schluss gekommen: Gloria Ross hat das alte Schloss der Tür mit einem zurechtgebogenen Draht geöffnet, ist die Treppe im Turm hochgestiegen, ganz oben durch die Luke geklettert, hat dort noch eine weitere versperrte Tür aufgebrochen und befand sich dann auf dem Steg, der über das Wasserbecken führt. Zu dem Zeitpunkt war es voll. Fast zweitausend Kubikmeter Wasser, sieben Grad kalt.«

Schandorff sah sie an. »Aha.«

»Anscheinend sollte dort ein spannendes Sexabenteuer stattfinden. Aber dazu kam es nicht mehr. Das Geländer brach, Gloria stürzte ins Wasser, schlug mit dem Kopf gegen die Eisenwanne und ertrank.«

Stumm blickte Schandorff auf die Fotos. Dann schob er sie beiseite und betrachtete die nächsten. *Silke Gutkind, seine Assistentin.* Sie lag in einem Glassarg, zumindest sah das Ding so aus.

»Silke Gutkind hat den Samstagnachmittag im Gustav-Lübcke-Museum in der Neuen Bahnhofstraße verbracht.« Kovac kannte das Gebäude von zahlreichen privaten Besuchen. Innen erinnerte es sie mit den offenen und schräg verlaufenden Aufgängen ein wenig an das New Yorker Guggenheim-Museum. »Offenbar hat sich Silke Gutkind auf der Toilette eingeschlossen und gewartet, bis das Gebäude um siebzehn Uhr schließt und die Putzkolonne fertig ist. Dann hat sie sich in die Werkstatt geschlichen.«

»In die Werkstatt? Wozu?«

»Vermutlich weil es dort erstens keine Kameras und Bewegungsmelder gibt, und weil dort zweitens die Rekonstruktion der berühmten Hammer Mumie liegt. Das Original ist im Krieg verbrannt, aber die Replik wurde für die ägyptische Ausstellung restauriert. Irgendwie ist es Gutkind gelungen, den Glasdeckel abzunehmen.«

»War der nicht alarmgesichert?«

»Nicht in der Werkstatt. Sie ist in die Vitrine geklettert und hat sich neben die Mumie gelegt. Dann ist vermutlich der Deckel zugefallen, hat sich angesaugt – wie bei einem Kühlschrank –, und sie ist jämmerlich erstickt.«

»Warum hätte sie das tun sollen?« Schandorffs Stimme klang belegt.

»Anscheinend wollte sie ein Selfie von sich und der Mumie machen.« Kovac zuckte mit den Achseln. »Für ihren Internet-Blog ›Funny & Dangerous Facts‹. Hätte ihr sicher wieder Tausende neue Klicks beschert. Ein weiterer Schritt auf dem Weg zur internationalen Internet-Berühmtheit. Hat wohl daran gearbeitet, eine bedeutende Influencerin zu werden.«

»Ich habe von dem Blog gehört. Offenbar hatte sie es diesmal übertrieben.«

»Offenbar«, wiederholte Kovac, wobei sie jedoch nicht sehr überzeugt klang.

»Aber wenn sie ihr Handy dabeihatte«, murmelte Schandorff, »warum hat sie damit nicht um Hilfe gerufen?«

»Das hat sie versucht«, sagte Kovac, »aber die Glasvitrine wirkt wie ein isolierter Käfig. Kein Empfang! Dann ging der Akku aus. Am Sonntag hatte das Museum zwar geöffnet, aber die Werkstatt war geschlossen, und Montagmorgen hat ein Techniker die Leiche entdeckt.« Sie warf Schandorff die nächsten Fotos auf den Tisch.

Er starrte auf die Bilder. Der fünfunddreißig Meter hohe Glaselefant war das Wahrzeichen der Stadt Hamm. Ein Architekt hatte in den achtziger Jahren aus dem historischen Gebäude der stillgelegten Steinkohlenwäscherei mit vielen wintergartenähnlichen Glaselementen einen riesigen Elefanten gebaut. Das alte Haus stellte den Rumpf des Tieres dar. Der Rüssel war ein gläserner Aufzug, der nach oben in den ebenso gläsernen Kopf und den gläsernen Rücken und Schwanz führte, wo sich ein Palmengarten befand, der Besucher zum Ausspannen einlud. Nachts, wenn der Elefant beleuchtet war, sah er grandios aus. Nur dass jetzt im Aufzugschacht kopfüber eine Leiche steckte.

Schandorff schluckte trocken, als er die zerschmetterte Tote betrachtete. *Zofia Tonelli, seine Praktikantin.* »Wie ist das passiert?«, krächzte er.

»Anscheinend ist Zofia Tonelli Sonntagnacht über die Außentreppe in den Kopf des Glaselefanten gelangt. Wegen der Hitze, die sich darin staute, war ein Fenster offen. Drinnen im Palmengarten hat sie die Tür zum Aufzugschacht gewaltsam geöffnet – die Kabine befand sich gerade unten – und sich in den Schacht hinuntergestürzt.«

Schandorff starrte immer noch auf die Bilder. Zofias Blut war über drei Meter hoch von innen an die Glasscheiben gespritzt. »Warum?«

»In ihrem Abschiedsbrief stand, dass die Depressionen sie umbringen«, antwortete Kovac. »Schlussendlich waren es aber die Eisenstangen und Stoßdämpfer auf dem Dach der Kabine, die unten stand.«

Schandorff sah auf. »Ein Sexabenteuer, das in einem Unfall endet, ein missglückter Gag für einen Internet-Blog und ein Selbstmord. Ich frage mich, warum ich hier bin?«

»Unfall, Missgeschick und Selbstmord ...«, Kovac nickte, »... zumindest sollten wir das glauben.«

»Aber?« Schandorff schien es die Kehle zuzuschnüren.

»Tatsächlich waren es drei Morde.«

»Ich bitte Sie! Und wie sollen die abgelaufen sein?«

»Die drei Frauen wurden zuvor mit Chloroform betäubt, danach wurden ihnen mit einer Spritze fünf Milliliter Benzin intravenös verabreicht. Wir haben die Einstiche in den Armbeugen gefunden. Sie sind Arzt, da muss ich Ihnen nicht erläutern, was passiert, wenn Benzin in die Blutbahn kommt und das Herz erreicht.«

Schandorff blieb gefasst. »Da ich das noch nie getan habe, müssen Sie es mir schon erklären.«

»Wie Sie wollen.« Kovac verschränkte die Arme vor der Brust. »Katastrophale Symptome treten auf. Es beginnt mit heftigen Schmerzen in der Brust, einem Druck im Kopf, man verliert das Bewusstsein, blutig schaumiger Speichel tritt aus dem Mund, und Sekunden später setzt die Atmung aus. Genug gehört?«

Nun stand Schandorff der Schweiß auf der Stirn. »Dann war es von mir aus eben Mord – ist mir egal. Aber wie kommen Sie ausgerechnet auf mich als Täter?«

Salopp setzte sich Kovac mit einem Bein auf die Tischkante und ließ es herunterbaumeln. »Uns ist zu Ohren gekommen, dass Sie alle drei Frauen am Arbeitsplatz sexuell belästigt haben.«

»Herrgott! Wer hat das behauptet? Das ist doch lächerlich«, rief Schandorff.

»Darum haben wir die letzten Telefonate der Frauen –

unter anderem mit ein und derselben Anwältin – überprüft und daraufhin in ihren Wohnungen entsprechende Unterlagen gefunden. Sie strebten eine Sammelklage gegen Sie an. Wussten Sie davon?«

»Es ist doch immer wieder dasselbe. Zuerst machen einem die Frauen schöne Augen, weil sie sich berufliche Vorteile versprechen – und wenn das nicht klappt, packen sie die Missbrauchskeule aus! Das ist ein alter Hut. Jedes Gericht hätte mich …«

»Schon möglich«, murmelte Kovac, »trotzdem hätte es das Ende Ihrer Karriere bedeutet.«

»Und Sie denken, deshalb habe ich die Frauen ermordet? Für so dämlich halten Sie mich?«

»Ich glaube ja auch an den Osterhasen und die Zahnfee«, erinnerte Kovac ihn mit süßer Stimme.

»Das sind doch nur Indizien«, schnaubte Schandorff.

Kovac blickte auf die Uhr. Mittlerweile war es kurz nach zwei Uhr nachmittags. »Ja, *bisher* waren es nur Indizien«, gab sie ihm recht. »Aber die Staatsanwältin hat uns heute Morgen einen vom Gericht bewilligten Durchsuchungsbeschluss für Ihr Haus besorgt.«

»Und das haben Sie natürlich schon durchsucht«, brauste Schandorff auf.

Kovac schüttelte den Kopf. »Nein, ich nicht. Aber während wir hier so nett miteinander geplaudert haben, waren die Kollegen von der Mordkommission Dortmund bei Ihnen. Und jetzt raten Sie mal, was die in Ihrer Garage gefunden haben.«

Schandorff sah sie stumm an. »Ein schriftliches Geständnis?«, fragte er schnippisch.

»Nein, einen halb vollen Kanister mit exakt demselben Gemisch wie in den Blutbahnen der Toten. Super-Plus-Benzin mit Zweitaktöl im Mischverhältnis eins zu achtundvierzig.«

»Vermutlich hat jeder in Hamm, der einen Benzinrasenmäher besitzt, einen solchen Kanister in der Garage stehen.«

»Aber Sie haben einen Elektrorasenmäher. Außerdem haben die Kollegen in Ihrer Garage auch eine Flasche Chloroform gefunden.«

Nun klappte Schandorff endgültig die Kinnlade herunter.

Hamm, Nordrhein-Westfalen
Montag, 6. September 2021, 16.05 Uhr
Polizeikommissariat

Mittlerweile war endlich auch Bugs Verhör beendet. Er stand im Gang des Kommissariats neben Lisa und trank einen Becher Kaffee.

Soeben wurde Schandorff von zwei Beamten aus dem Vernehmungsraum gebracht und ins Polizeigewahrsam in den ersten Stock abgeführt. Er war ein gebrochener Mann mit herunterhängenden Schultern und glasigem Blick.

»Wahnsinn!« Bug schüttelte den Kopf.

»Das hätte ich ihm nicht zugetraut«, murmelte Lisa. »Ross, Gutkind *und* Tonelli.«

Bug hatte Schandorffs schmierige Annäherungsversuche natürlich mitbekommen. Wer hatte das nicht in der Klinik? Einmal hatte Bug sogar gesehen, wie Schandorff es bei Lisa versucht hatte.

Plötzlich legte Lisa die Hand vertraulich auf seine Schulter. »Danke, Dr. Möbius«, flüsterte sie.

Erstaunt sah er sie an. »Wofür?«

»Dass Sie mir geraten haben, mich nicht den dreien anzuschließen, um etwas gegen Schandorff zu unternehmen.«

»Ja, Ihr Glück«, Bug nickte, »sonst wären Sie vermutlich in der Müllverbrennungsanlage gelandet, in einem Metallwürfel aus einer Autopresse gekommen oder …« Er sprach den Satz nicht zu Ende, da Lisa blass geworden war.

Im Gegensatz zu Lisa taten Bug die drei Frauen nicht einmal leid. Sie hatten sich ständig über seine Figur und seinen Blick lustig gemacht. Der Spitzname »Bug« stammte von ihnen, und Schandorff hatte ihn kaltblütig übernommen und hemmungslos in aller Öffentlichkeit breitgetreten.

»Es ist nicht einmal schade, dass Professor Schandorff jetzt weg ist«, sagte Lisa plötzlich. »In Wahrheit haben *Sie* die ganze Forschungsarbeit gemacht.«

Bug sah sie an. »Das haben Sie gewusst?«

»Natürlich, jeder wusste das.«

Jetzt war Bug sogar ein wenig beschämt. Er hatte Schandorff noch nie besonders gut leiden können. Stets waren sie unterschiedlicher Meinung gewesen. In allem! Sogar, was die Einwohner der Stadt Hamm betraf. Bug nannte sie Hammer, Schandorff natürlich Hammenser, weil das edler klang und besser zu seiner universitären Herkunft passte, die er bei jeder Gelegenheit hervorkehrte.

In der JVA Hamm würde ihm das allerdings nicht viel nützen.

Hamm, Nordrhein-Westfalen
Eine Woche zuvor …

Bug ging die Treppe hinunter in das Kellerabteil seiner Wohnung.

Sein Apartment lag direkt neben den Fenstern des Spiegelsaals des Kurhauses, das den Jazzclub Hamm beherbergte. Bug hasste Jazz, hörte lieber Vivaldi, Händel und Bach, aber dieser Club wurde immer größer und hatte mittlerweile über einhundertzwanzig Mitglieder. Jeden Monat gab es hier eine

Veranstaltung, und Bug konnte dieses Jazzgedudel nicht mehr länger hören.

Es wurde Zeit, dass er von hier wegzog. Aber wohin? Am besten in eine Dienstvilla in der Jägerallee, wie Schandorff sie besaß. Aber dazu fehlten ihm der nötige Ruhm, die richtige berufliche Position und die entsprechende Gehaltsstufe.

Er hielt das MRT-Bild des Gehirns in der Hand, das er vor einer Woche zufällig gefunden und aus dem Labor hatte verschwinden lassen. Seitdem hatte er nur noch an diese Entdeckung und die Konsequenzen gedacht.

Auf dem Blatt stand sein Name!

Dr. Carl Möbius.

Es war seine eigene stimulierte Tomografie. In ihm schlummerte also ein potenzieller Serienmörder. Wenn seine Forschung stimmte, hätte er längst zu morden beginnen müssen. Vielleicht war es aber auch nur seiner hohen Intelligenz zu verdanken, dass er diesen Drang bisher unterdrücken konnte. *Aber warum länger unter Verschluss halten? Warum nicht jetzt gleich damit beginnen?*

Wenn Schandorff weg war, würde wohl er die Abteilung übernehmen, zumindest interimsmäßig. Und dann konnte er sich ein neues Team aussuchen – Damen, die wussten, was er in Wahrheit leistete, und die ihn nicht »Bug«, sondern »*Dr.* Möbius« nannten.

Er holte drei Spritzen aus der Tasche, bückte sich und zog sie mit Benzin auf. Jetzt musste er nur noch die Hinweise platzieren.

Doris Gercke

Erwitte erinnern

Die Vertretung erwischte mich kalt. Keine Bedenkzeit und Abfahrt am nächsten Tag. Mit Familienvätern hätten sie das nicht machen können. Aber im Grunde war es mir recht. Die Observation der Borussenfans ging mir gerade auf die Nerven. Doch ausgerechnet nach Erwitte …

– Nehmen Sie es als Ausflug in die Vergangenheit, sagte mein Chef einfach. Es sind ja nur ein paar Tage.

Ich fuhr mit der Bahn bis Lippstadt. Dort sollte ich am Bahnhof abgeholt werden. Natürlich war da niemand. Irgendwann erbarmte sich meiner eine junge Frau und nahm mich in ihrem Wagen nach Erwitte mit.

Die Dienststelle, mein Amtssitz für die nächsten Tage, war geschlossen. Im Rathaus, das in der Nähe lag, erfuhr ich, dass der Verwaltungslehrling, der mich hätte abholen sollen, nicht zum Dienst erschienen war. Seine Abwesenheit war nicht aufgefallen, weil sie ihn mit mir unterwegs glaubten.

– Schon gut, wenn ich dann den Schlüssel haben könnte …

Und da saß ich dann allein in einem Büro, in dem noch ein zweiter Kollege Platz gehabt hätte. Um mich herum war es still.

Irgendwann fiel mein Blick auf meine Reisetasche, ich beschloss, mich meiner Pflichten zu erinnern, und machte mich auf den Weg ins Hotel. Ich brauchte etwa eine Minute, um das schöne alte Fachwerkhaus zu erreichen, genug Zeit, um darauf zu kommen, wie sehr ich die Enge und die kurzen Wege in dieser Stadt gehasst hatte. Hier hatte es nur einen langen Weg gegeben und der führte in die Steinbrüche. Ich verdrängte den Gedanken.

An der Rezeption wurde ich freundlich empfangen. Im

Zimmer war es kalt, ich stellte die Heizung an, räumte meine Sachen ein und ging zurück in meine Dienststelle. Schon auf dem Weg dahin kam das Gefühl wieder, das ich so gut kannte und das ich gehasst hatte, seit ich vierzehn gewesen war. In der ersten Zeit hatte ich es nicht verstanden. Später dann, als es schon auf mir lag wie Zementstaub, die Haut durchdrungen und die Seele mit einer dicken, feinen Schicht belegt hatte, waren meine Freunde und ich auf die Idee gekommen, den Staub mit Wodka abzuspülen. Wir tranken an den Wochenenden, prügelten uns mit jedem, von dem wir glaubten, er habe es verdient, und ich landete irgendwann bei Sozialstunden. Nur mit der Hilfe des verständnisvollen Dorfsheriffs hatte ich irgendwann meinen Weg gefunden. Und nun saß ich selbst an seinem Platz.

Ich überlegte, ob ich den PC einschalten sollte, als das Telefon klingelte.

– Ja.

Niemand antwortete. Mir fiel ein, dass es üblich sein könnte, sich offiziell zu melden.

– Polizeidienststelle Erwitte. Polizeihauptkommissar Stern.

Jemand – eine Frau? – brabbelte. Keine Zähne.

– Ihre Adresse? Versuchen Sie's!

Ich kannte diese Art von Anrufen. Es gelang mir, die Adresse zu erfahren.

– Verhalten Sie sich ruhig, sagte ich. Am besten nichts sagen, setzen Sie sich in irgendeine Ecke. Möglichst nicht heulen ...

Ein Geräusch, als würde ein Stuhl umgeworfen, dann wurde die Verbindung unterbrochen.

Die Wohnung der Anruferin lag am Hellweg, so nah, dass ich zu Fuß gehen konnte. Ich nahm trotzdem den Polizeiwagen.

Am Hellweg in Erwitte kann man nicht wohnen. Selbstverständlich wohnen dort trotzdem Menschen, solche, die sich keine bessere Gegend leisten können. Die Wohnung lag über einem Imbiss. Es roch nach Grillfett. Auf der Treppe nach oben lag ein abgetretener Läufer; auf dem ersten Treppenabsatz stand die Wohnungstür halb offen. Es kostete Mühe, sie aufzuschieben. Die Frau, die hinter der Tür lag, hatte sich zusammengerollt und hielt die Hände schützend über den Kopf. Ich ließ sie liegen und orientierte mich in der Wohnung. Es war niemand da. Keine Kinder, Gott sei Dank.

Die Frau wimmerte, als ich ihr beim Aufstehen behilflich war. Ihr Gesicht war so entstellt, dass wohl auch ihre Verwandten sie kaum wiedererkannt hätten. Ich schaffte sie ins Auto und fuhr mit ihr nach Soest zur Notaufnahme des Stadtklinikums. Ich ließ mir die Einlieferung bestätigen, um sie im Protokoll vermerken zu können, und fuhr zurück in meine Dienststelle.

In Erwitte kreuzen sich der Hellweg, der in Dortmund endet, und die Soester Chaussee. Dichter Lkw-Verkehr auf beiden Straßen, die Kreuzung in der Mitte der Stadt. Seit zwanzig Jahren wird darüber gesprochen, dass die Verkehrsführung geändert werden müsste.

Ich starrte fast die ganze Rückfahrt lang auf das Heck des vor mir zuckelnden Lkw, und als ich den Hellweg erreicht hatte, hielt ich kurz an, um mir eine Zeitung zu kaufen. Sie hieß noch immer »Der Patriot« und die Frau, die sie mir in der Geschäftsstelle verkaufte, war außerordentlich unfreundlich.

Inzwischen war es dunkel geworden. Die Idee, in mein Hotel zu gehen, kam mir nicht. Ich kaufte eine Flasche Wodka und ging in die Dienststelle. Ich hoffte, dort eine Weile ruhig im Dunkeln sitzen und mich meinem Einkauf und meinen Gedanken widmen zu können.

Ich fand ein Wasserglas und setzte mich in einen der beiden Sessel, die zusammen mit einem Sofa und einem Tisch die Besucherecke andeuteten. Ich machte das Licht nicht an. Ich saß da wie ein Jäger, der im Dunkel auf das Tier lauert, das er erlegen will, und hoffte auf die Gedanken an meine Großmutter. Sie kamen, aber anders, als ich sie erwartet hatte. Immer waren sie verbunden gewesen mit Wut, Hass, Schmerz, Enttäuschung. Deshalb hatte ich sie nicht aushalten können. Und nun das andere Bild meiner Großmutter, gemeinsam mit einem jungen Mädchen trägt sie ein Transparent: »Unternehmerwillkür in Erwitte. Frauen kämpfen mit ihren Männern!«

Vor ihr, in einem sommerlichen Kleid, meine Mutter, die mich in der Karre vor sich herschiebt. Sie ist hübsch, meine Mutter, sehr jung, und ich weiß, dass sie bald nicht mehr da sein wird.

– Deine Mutter ist abgehauen, sagte die Großmutter. Die Fabrik war ihr egal. Dein Vater und ich waren ihr egal, du warst ihr egal. Sie war lieber ein Hippie-Mädchen, deine Mutter.

Im Dunkel, an das sich meine Augen inzwischen gewöhnt hatten, griff ich nach der Flasche und goss das Glas noch einmal voll. So war es gewesen: Ein raffgieriger Zementfabrikant führte sich wie ein beleidigter Patriarch auf und entließ die Zementarbeiter, um sie für niedrigere Löhne wieder einzustellen. Unterstützt, ja, angetrieben von ihren Frauen, streikten die Arbeiter und besetzten den Betrieb. In den siebziger Jahren wirkte so ein Streik wie eine Sensation. Nicht nur in Erwitte, in NRW, im ganzen Land wachte man auf. Bis dahin war man von der Idee benebelt gewesen, Arbeiter und Unternehmer säßen in einem Boot. Erinnerte sich heute noch jemand an den Streik?

Meiner Mutter war er damals schon egal gewesen. Mit einem der Studenten, die gekommen waren, um den kämpfenden Arbeitern den Unterschied zwischen Lohnarbeit und Kapital zu erklären, war sie abgehauen. Der Mensch (*das*

Mensch, sagte meine Großmutter) hatte Edo geheißen. Man hat mir nicht gesagt, wohin sie gegangen ist. Später, wenn von ihrem Tod die Rede war, nahmen die Gesichter einen Ausdruck an, den ich als Kind nicht deuten konnte. Er besagte: »Sie hat Schande über uns gebracht.« Schande. Über Edo wurde nicht gesprochen. Ich hab nie erfahren, was aus ihm geworden ist.

Ich saß im Dunkeln, in mir die Wodka-Klarheit nach dem zweiten Glas, und war überrascht von der Einfachheit der Geschichte, an die ich so lange nicht hatte denken wollen. Eine junge Frau verliebt sich in einen Mann, der aus einer anderen Welt kommt. Er redet von Freiheit, macht ihr ein Kind und verschwindet. Sie will ihn nicht vergessen und haut einfach ab. Da ist das Kind zwei und bleibt bei der Großmutter. Die tut, was sie kann. Eine Zeit lang geht das gut, aber irgendwann kann der Junge die Einsamkeit nicht mehr ertragen, das Loch, wie er das Gefühl bei sich nennt. Er beginnt zu trinken, vielleicht fühlt er die Enge, die seine Mutter gefühlt hat.

So einfach war das gewesen.

Es ging mir am nächsten Tag nicht schlecht, obwohl ich im Hotel erst gegen Morgen eingeschlafen war. Im Traum war ich nach Dortmund zurückgekehrt. In der Südkurve war die Hölle los, weil ein Dortmunder Spieler vom Platz gestellt worden war. Ich schrie und tobte wie die Fans um mich herum. Und ich beobachtete eine Szene zwei Reihen unter mir. Sah, wie ein Mann, den ich schon länger beobachtete, einer Frau, die ich noch nie gesehen hatte, ein Päckchen verkaufte. Wir wussten, dass seit einiger Zeit in der harten Fanszene Drogen eine Rolle spielten. Aber wir wussten weder, woher das Zeug kam, noch, wer wirklich davon profitierte. Bei dem Kerl da unten würde ich auf Granit beißen. Aber die

Frau, die Schöne, bei der könnte ich anfangen. Sie war nicht von hier … Ihre Haare leuchteten gelb, und plötzlich saß sie nackt auf meinem Bauch, aber der Traum wurde dünn und durchlässig, und das Geräusch des Staubsaugers vor der Tür meines Hotelzimmers machte ihm ein Ende.

Ich ging nach dem Frühstück hinüber in die Dienststelle, setzte mich an den Schreibtisch und sah aus dem Fenster.

Von draußen kam Glockengeläut herein, die Totenglocke von St. Laurentius. So hatte es geklungen, als mein Großvater beerdigt worden war. Ich musste hier raus.

Vor der Dienststelle stand der Einsatzwagen. Ich fuhr los – und geriet in eine Lkw-Kolonne, die sich langsam fortbewegte. Ich bildete mir ein, es sei die reine Verzweiflung, die mich irgendwann in Richtung der Steinbrüche abbiegen ließ, einfach nur die Hoffnung, etwas schneller fahren zu können.

Der Verkehr wurde tatsächlich weniger, und irgendwann geriet ich auf eine breite, zerfahrene Straße, Sträucher und Gräser an den Seiten waren hell von Staub. In der Ferne sah ich die Silhouetten der Zementfabriken.

Irgendwann erreichte ich den Rand eines Steinbruchs. Ich stieg aus. Vor mir, neben mir, hinter mir, auf der anderen Seite der Straße lag eine aus Steinbrüchen zusammengeflickte Landschaft. Gruben, vierzig, fünfzig Meter tief, geschichtete Wände, groß, größer als Hunderte von Fußballfeldern, oben an den Rändern vereinzelt Andeutungen von Fahrwegen, auf denen staubige Lkw herumkrochen, weit entfernt, sodass ihre Motorengeräusche nicht zu hören waren. Die Stille und die aus Steinbrüchen zusammengesetzte Landschaft ließen mein Herz laut schlagen. Etwas war in mir, eine Erinnerung, ein Klumpen aus schwarzem Schlamm, der an die Oberfläche wollte. Ich musste nur stehen bleiben, auf die geäderten Wände der Steinbrüche starren, und ich würde …

Das Diensttelefon in meiner Jackentasche läutete.

– Der Stadtverordnete … möchte Sie sprechen, sagte eine Frauenstimme, und gleich darauf sprach ein Mann.

– Herzlich willkommen bei uns, mein Lieber. Sie können sich denken, dass wir froh sind, Sie hier zu haben. Wir müssen uns kennenlernen. Lassen Sie uns zusammen essen. Wie ist es heute Abend? Ich komm rüber ins Hotel, um sieben, passt es Ihnen um sieben?

Wenn ich dann noch nüchtern bin, dachte ich, sagte: Ja, gern, das ist eine gute Idee.

– Da gibt es eine merkwürdige Geschichte, vielleicht können Sie der Sache mal nachgehen, nichts Besonderes, eine Frau ist verschwunden, soll ja vorkommen, dass eine das häusliche Leben satthat, aber die – na ja, bis heute Abend dann.

Ich ging zum Auto zurück. Bevor ich einstieg, kroch ein grauer Lkw auf der Straße in Richtung Zementwerke an mir vorüber.

Im Büro hatte sich nichts verändert. Die Aktenstapel lagen dort, wo sie schon gestern gelegen hatten, und warteten darauf, dass ich mich ihrer erbarmte.

Ein Handwerker, Fliesenleger, zeigte einen Hausbesitzer an, der ihn nicht bezahlt hatte. Ein Foto des Hauses lag dabei; eine merkwürdige Mischung aus Schloss und Bungalow, drum herum eine Mauer samt Eingangstor und Torwärterhaus. Hollywood in Erwitte.

Zwei Zuführungen waren nötig, weil Personen vergessen hatten, ihre Haftstrafen anzutreten; eine davon eine Frau mit drei Kindern.

Eine junge Frau hatte eine Vergewaltigung angezeigt, die in einem leer stehenden Gebäude am Rand des Stadtparks stattgefunden haben sollte.

Aufmerksame Besucher wollten in dem Freiluftcafé vor dem Marien-Hospital Drogengeschäfte beobachtet haben.

Ich ließ die Akten liegen und ging hinüber ins Hotel. Ich würde mich um die Frau mit den drei Kindern kümmern, die vergessen hatte, ihre Gefängnisstrafe anzutreten. Aber erst morgen, heute musste ich den Stadtverordneten treffen.

Pünktlich um neunzehn Uhr betrat ich das Hotelrestaurant. Der Stadtverordnete winkte mir vom Stammtisch aus zu. Ich setzte mich zu ihm und bestellte ein Bier. Dann wurde ich einer Art Examen unterzogen, bei dem es hauptsächlich darum ging, dass ich einmal Bürger von Erwitte gewesen war. Es wurde schnell klar, dass wir uns nicht besonders mochten, und so kam das Gespräch bald auf die Sache, derentwegen er mich sprechen wollte.

– Ich weiß, Sie haben viel zu tun hier, sagte er, aber uns ist daran gelegen, Klarheit zu schaffen. Diese Leute, der Mann, um den es geht, dessen Frau verschwunden ist, gehört zu unseren besten Steuerzahlern …

– Zement?

Mein Gegenüber nickte.

– Man will nicht, dass die Presse Wind bekommt. Ich hab keine Ahnung, wie der sich das vorstellt. Er hat die Hausangestellten in Urlaub geschickt und hofft wohl …

– Der »Patriot« hat stillgehalten?

– Ist doch klar. Ich hab dem Mann gesagt, dass Sie nicht von hier sind. Ihre Kollegen würde er wohl nicht ins Haus lassen. Ihre Anwesenheit ist ihm sehr recht.

Ich mochte den Stadtverordneten nicht, ich mochte den Zementfürsten nicht, noch bevor ich ihn gesehen hatte. Ich hätte gern ein zweites Bier getrunken, aber man hatte anderes mit mir vor.

– Wenn es Ihnen recht ist, dann nehme ich Sie gleich mit zu ihm – nachdem Sie gegessen haben.

– Danke, sagte ich, bringen wir es hinter uns. Sie können mich dann unterwegs in die Einzelheiten einweihen.

Der Stadtverordnete kannte keine Einzelheiten. Er war angerufen worden. Der Fürst persönlich hatte ihn zu sich bestellt und darum gebeten, einen kompetenten Mann mitzubringen, der seine Frau suchen sollte. Dann hatte er aufgelegt.

Wir fuhren schweigend durch dunkle Straßen, bis wir vor einem Haus standen, das ich aus den Akten kannte. Es war nicht zu übersehen, hell beleuchtet bis in den letzten Winkel, so hell, dass die Nachbarn in den umliegenden Häusern gezwungen gewesen waren, vor den Fenstern Jalousien anzubringen. Die umliegenden Häuser, ordentliche Mittelstandseinfamilienhäuser, die ohne das Monstrum des Fürstenhauses in ihrer Mitte einen gewissen bürgerlichen Wohlstand ausgestrahlt hätten, sahen aus wie Gesindewohnungen, die sich um das Schloss gruppierten. Das Schloss, in dem der Fürst wohnte, der den Fliesenleger nicht bezahlte, der ihm eines seiner vielen Badezimmer renoviert hatte. Ich war nicht neugierig darauf, den Mann kennenzulernen.

Wir traten durch das Eingangstor, die Haustür öffnete sich automatisch, und bald erschien ein kräftiger älterer Mann in einem sauberen Overall, der uns winkte, ihm zu folgen.

Das Haus war innen so hässlich wie außen. Ich blieb vor einem Bild stehen – groß, wie alles in diesem geschmacklosen Schuppen –, das eine Frau zeigte, die, vielleicht, schön anzusehen gewesen wäre, wenn der Maler mehr Talent gehabt hätte. Sie wirkte klein auf dem riesigen Bild, mit schwarzem Pullover und Faltenrock, Kniestrümpfen und Lackschuhen. Ich war sicher, dass die Frau in Wirklichkeit anders aussah. Der Maler hatte gemalt, was sein Auftraggeber sehen wollte.

Der Raum, in dem wir schließlich landeten, war mindestens hundert Quadratmeter groß. Der Mann, der uns empfing, maß etwa einen Meter sechzig, war rund wie eine Tonne, schwarz gekleidet, mit langsamen Bewegungen und längeren, fusseligen Haaren.

Er forderte uns auf, Platz zu nehmen, mit einer Stimme, die sehr laut und sehr tief war und ihm nicht zu gehören schien.

Wir setzten uns.

– Weiß er, worum es geht?

Der Stadtverordnete nickte.

– Ich hab keine Ahnung, sagte ich. Wenn ich helfen soll, brauche ich die ganze Geschichte.

Voller Wut sah mich der Dicke an. Er erinnerte mich an einen Gangster aus dem Film »Der Malteser Falke«, hatte aber nicht dessen Format.

– Sie sind zum Schweigen verpflichtet, brachte er hervor.

– Selbstverständlich, sagte ich, solange ich nicht von Dingen erfahre, die ein offizielles Eingreifen erfordern.

Ich sah deutlich, dass der Hausherr uns am liebsten sofort vor die Tür gesetzt hätte. Er holte tief Luft, bevor er die Informationen hervorzuwürgen begann, die er bereit war, von sich zu geben.

– Sie ist verrückt geworden, sagte er, und dann war sie weg.

– Das haben Sie am Telefon …

– Sie ist verrückt geworden, wenn ich es sage.

– Und dann ist Ihre Frau verschwunden, einfach so?

Der Dicke starrte mich an, ohne zu antworten. Es gibt Methoden, schweigende Menschen zum Sprechen zu bringen, aber ich hatte keine Lust, sie anzuwenden. Ich stand auf und ging zur Tür. Hinter mir blieb es einen Augenblick still, bis ein ungewöhnlicher Grunzlaut die Stille zerstörte. Ich wandte mich um. Der Stadtverordnete war aufgesprungen, wagte aber nicht, auf den Sessel zuzugehen, in dem der weinende Hausherr saß. Ich ging zurück, wir setzten uns wieder und sahen zu, wie er heulte. Ich war noch nie zuvor Zeuge eines solchen Schmierentheaters gewesen.

– Ich würde gern die Räume Ihrer Frau sehen, sagte ich irgendwann.

Kurz darauf erschien der Mann im Overall und bedeutete

mir, ihm zu folgen. In den Zimmern, in die er mich führte, fand sich nichts, das darauf hinwies, dass eine Frau dort gelebt hätte.

– Was ist hier passiert?

– Keine Ahnung, wir hatten Urlaub, und als wir wiederkamen, war alles weg.

– Wir?

– Die Köchin und ich.

Wir verließen die Räume, von denen der eine wohl als Schlafzimmer und der andere – ja, als was gedacht gewesen war? Als Aufenthaltsraum, Büro, Bibliothek, Gymnastiksaal? Ich war sicher, dass auch die gründlichste Spurensicherung hier keine Hinweise auf das Verschwinden der Frau finden würde. Wir gingen zurück, und im Gehen nahm ich ein Buch auf, das auf der Erde lag. Der Titel lautete »Change« und sagte mir nichts. Ich steckte das Buch in die Tasche.

Der Stadtverordnete war in ein Gespräch mit dem Hausherrn verwickelt, der alle Trauer um seine verschwundene Frau abgelegt hatte.

– Was uns erwartet, sagte er, ist ein Aufschwung, der auch der Stadt zugutekommen wird. Meine Frau war allerdings der Meinung, alle Zementfabriken müssten umgehend geschlossen werden. Dieses Klimading. Sie verstehen, sie war ein bisschen überdreht, die Gute. Betonschutz ... Man kann da natürlich nicht bei den Weihnachtsmärkten stehen bleiben. Frühlingsmärkte, Herbstmärkte, Mensch, wie viele Wochenmärkte werden den Betonschutz vor wild gewordenen Lkw-Terroristen brauchen.

Ich hatte das Bedürfnis, aufzuspringen und nach draußen zu laufen.

– Kann es sein, dass Ihre Frau Menschen kannte, die ihre Meinung teilten?, fragte ich stattdessen.

Der Hausherr wandte sich seinem Gesprächspartner zu. Beide lächelten sich an.

– Hier bei uns?, sagte der Stadtverordnete, man merkt, mein Lieber, dass Sie lange nicht hier waren. Solche Leute haben wir hier nicht. Ökofritzen. Hier gehen die Kinder freitags noch in die Schule.

Wir fuhren zurück, ohne dass wir irgendeinen Anhaltspunkt bekommen hätten, der mir bei der Suche nach der verschwundenen Frau nützlich gewesen wäre.

– Es kann doch sein, sagte der Mann neben mir nach einer Weile, dass die Verschwundene wieder auftaucht. Wer weiß, was mit der Frau los war, isoliert …

– Isoliert?

– Können Sie sich vorstellen, dass eine lebendige, junge Frau sich in dem Haus wohlfühlt? Sie kann doch das Bedürfnis gehabt haben, einfach mal auszubrechen …

Wir hielten vor dem Rathaus. Ich sah den Mann an, seine Bemerkung machte ihn mir plötzlich sympathisch.

– Da könnten Sie recht haben, antwortete ich. Warten wir noch ein paar Tage.

– Vorsichtig umhören können Sie sich ja, aber bevor wir ein Fass aufmachen …

Wir verabschiedeten uns, und ich ging ins Hotel.

Am nächsten Morgen war der Aktenhügel auf meinem Schreibtisch nicht kleiner geworden. In der Dienststelle war es sehr still, die Art von Stille, die schlecht auszuhalten ist. Ich ging wieder nach draußen, nahm den Dienstwagen und fuhr ins Krankenhaus. Vielleicht war es möglich, von der Frau, die ich dort abgeliefert hatte, ein paar Auskünfte zum Tathergang zu erhalten.

– Wir haben sie operiert, sagte der junge Arzt, zu dem man mich schickte. Da war nicht mehr viel heil geblieben. Wäre schön, wenn Sie den Kerl erwischen könnten, der ihr das angetan hat.

Ich konnte sie nicht sprechen, nur einen Blick durch das Glasfenster werfen auf ein verkabeltes, umwickeltes bewegungsloses Bündel.

Ich bedankte mich und ging zurück zum Auto. Weshalb ich auf dem Rückweg von der Straße abbog und zu den Steinbrüchen fuhr, weiß ich nicht. Da war so ein Gefühl …

Ich hatte die Fünfundfünfziger kaum verlassen, als mir der erste mit Bruchsteinen beladene Lkw auf der verstaubten Straße entgegenkroch. Ich fuhr rechts ran, um das Gefährt durchzulassen, aber der Fahrer wurde noch langsamer, stoppte neben mir und versuchte, auf meiner Seite das Fenster hinunterzukurbeln. Ich stieg aus und ging zu ihm.

– Hallo, Chef, sagte der Mann, neu hier? Ich hab dich gestern schon gesehen. Suchst du was Bestimmtes?

– Kommt drauf an, was so rumliegt.

– Aha, sagte der Fahrer.

Seine Haare waren weiß vom Staub, und die Haut im Gesicht war grau. Er und sein Lkw passten gut in die Landschaft.

– Keine Ahnung, was du suchst, aber wenn ich du wäre, würde ich mich ranhalten. Viel Betrieb hier heute.

Der Mann fuhr an, ohne sein Fenster zu schließen. Weißlicher Staub wirbelte auf, schien ihn aber nicht zu stören. Weshalb auch, er war ja schon weiß. Ich sah dem langsam davonkriechenden Lkw nach, bis er in die Straße einbog, die zu den Zementwerken führte.

Wenn ich du wäre, würde ich mich ranhalten …

Ich nahm den Weg, auf dem der Lkw gekommen war. Es fühlte sich seltsam an, zwischen den Steinbrüchen zu fahren, so, als könne die Straße jederzeit wegrutschen. Ich hielt auf einem Weg, der im Nirgendwo endete, stieg aus und ging an den Rand des Steinbruchs. Der Anblick, der sich mir bot, war schön, wenn man darüber hinwegsah, dass er Zerstörung und Tod bedeutete – Zerstörung der Erdoberfläche, Tod all dessen, was einmal grün und lebendig gewesen war. Weit entfernt krochen drei Lkw, deren Motorengeräusche nicht zu hören waren.

Ich ging zurück zum Auto und fand im Kofferraum ein Fernglas. Ein bisschen lächerlich kam ich mir vor, so wie jemand, der etwas tut, nur um beschäftigt zu wirken; aber nur so lange, bis ich das dunkle Bündel entdeckte, das fünfzig Meter weiter an der Wand des Steinbruchs lag.

Ich wusste, dass ich die Frau gefunden hatte, die aus dem Haus des Dicken verschwunden war.

Ich verständigte die Feuerwehr, und während ich auf sie wartete, kam die Erinnerung so heftig, dass meine Knie weich wurden. Ich setzte mich auf das weiße Gras und starrte auf die Wand des Steinbruchs. Ich hatte damals die Kleider meiner Mutter erkannt. Sie war am Abend vorher bei uns gewesen. Die Großmutter hatte sie nicht ins Haus gelassen. Sie war dann, aber das erfuhren wir erst später, in irgendeine Kneipe gegangen. Einer von den Gästen hatte sie später mitgenommen und an der Straße abgesetzt. Das musste einer gewesen sein, der die Gegend nicht kannte, sonst hätte er gewusst, dass es dort weit und breit kein Haus gab.

Ich kaufte nach der Schule was zu essen, dort, wo sie am Abend vorher gewesen war.

– Da war gestern eine, die hat behauptet, deine Großmutter hätte sie rausgeschmissen.

– Ich weiß, sagte ich. Was ist mit der?

– Die war nicht besonders gut drauf, sollte mich nicht wundern, wenn sie die Steinbrüche besucht hätte.

– Quatsch, hatte ich gesagt, mein Fahrrad genommen und einen Augenblick überlegt. Ich war ziemlich cool gewesen, als ich losfuhr.

Als ich sie da liegen sah, war ich nicht mehr cool. Ich lag im Staub und flennte und es ging mir gar nicht gut.

Endlich trafen die Kollegen von der Feuerwehr ein. In einer routinierten Bergungsaktion holten sie den Körper der Frau nach oben. Man hatte ihr Müllsäcke über den Kopf und über die Füße gezogen und an der Körpermitte zusammengebunden. So war das bei meiner Mutter nicht gewesen. Die Frau trug einen roten Rock und irgendetwas Schwarzes darüber, auch die Strümpfe waren schwarz.

Ich blieb noch zwei Tage in Erwitte. Die Kollegen aus Lippstadt, die ich angerufen hatte und die die kriminaltechnischen Ermittlungen übernahmen, begannen mit ihrer Arbeit. Ich gab einem von ihnen das Buch, das ich aus dem Haus des Zementfürsten mitgenommen hatte. Er blätterte kurz darin.

– Schau an, sagte er, sogar was unterstrichen. »Es sind die Eigentümer schmutziger Unternehmen, die ihre Augen vor den schädlichen Konsequenzen ihres Tuns verschließen.«

Ich war die Geschichte los. Ich nahm mir zwar vor, den Fortgang der Ermittlungen zu verfolgen, aber dabei blieb es dann auch. Mir war gar nicht klar gewesen, wie sehr mir die Arbeit in Dortmund gefehlt hatte. Ich musste erst wieder in der Süd stehen, damit ich begriff, wo meine Familie war. Sicher waren auch da schwarze Schafe dabei, es gehörte zu meiner Arbeit, sie zu erwischen. Aber das Gefühl, wenn sich unten auf dem Platz die Mannschaft vor uns aufstellte, weil sie gelobt werden will, und wir, fünfundzwanzigtausend, wie ein Mann den Mund halten, und keine Hand rührt sich, das hat schon was. Auf jeden Fall hilft es dabei, überflüssige Erinnerungen zu vergessen.

– Lass die da in der VIP-Lounge ihren Kaviar schlürfen, sagte der Typ neben mir beim Rausgehen. Wir und die Spieler, das ist was anderes.

– Klar, sagte ich, Familie eben, und wunderte mich über mich selbst.

Die Krimi-Cops

Das Chamäleon von Fröndenberg

Fröndenberg. Toskana des Ruhrgebiets. Schön war es hier. Ein Ort zum Verweilen, ein Platz, um sich nach einem erfüllten Berufsleben seelenfroh niederzulassen.

Geschäftlich verschlug es mich schon zum dritten Mal in den malerisch schönen äußersten Süden des Kreises Unna. Schwungvoll lenkte ich meinen Toyota auf den Parkplatz neben dem Glasstudio Borowski. Ein grün-metallenes Chamäleon mit langer, ausgerollter Metallzunge grinste mich an.

Gleich gegenüber befand sich das kleine, schmucke »Hofcafé Lieblingsplatz«, in dem ich mit meiner Klientin verabredet war. In einer Stunde.

»Sehr gut.«

Ich kam immer mindestens eine Stunde zu früh. Das hatte sich bewährt, war wichtig. Manchmal lebenswichtig. Beruflich löse ich nämlich Probleme. Hartnäckige Probleme. Wenn nötig, bringe ich Menschen um.

Die Frau, die mir eine Stunde später im Café gegenübersaß, hatte das sanfte Gesicht eines Engels. Hellblonde, kinnlange Haare umspielten porenreine Haut. Große, sympathische Augen leuchteten in einem unschuldigen Mattblau.

Sie kam sofort zur Sache: »Schaffen Sie mir diesen verdammten kranken Drecksack vom Hals!«

Das Engelhafte verabschiedete sich schlagartig. Okay, was hatte ich erwartet? Engel trieben sich nicht auf der Suche nach einem Auftragskiller im Darknet rum.

Sicherheitshalber fragte ich nach. »Vom Hals schaffen im Sinne von ›vom Hals schaffen‹? Oder im Sinne von ›so ganz, ganz vom Hals schaffen‹?«

Sie beugte sich über den Bistrotisch. »Ich denke, unser vereinbartes Honorar spricht für sich. Ich möchte, dass dieses Problem aus meinem Leben verschwindet. Für immer.«

Ich nickte. Die zwischen uns vereinbarte Summe war tatsächlich mehr als ausreichend, um ein Problem abschließend zu behandeln. Sie war keine Frau, die halbe Sachen machte. Den Eindruck hatte ich schon bei meiner Internetrecherche gewonnen.

»Noch einen W-Wunsch?«, unterbrach uns ein Kellner, dem die Einsicht in die weiße Bluse meines Gegenübers ein Stottern vors W befohlen hatte.

Lena Wagner lehnte sich zurück und zupfte mit schnellem Griff ihre Bluse zurecht. Was für sich genommen schade war. Aber ich hatte mich, wie gesagt, auf dieses Treffen gut vorbereitet und im Darknet mehr als nur beeindruckende Oben-ohne-Fotos meiner Auftraggeberin gefunden. Fotos von vor und nach einer die Natur und die Brüste stützenden Schönheitsoperation.

»Nein, danke«, orderte ich den Kellner vom Tisch weg.

Dann beugte ich mich vor. »Ich wiederhole: Sie leben hier in Fröndenberg allein auf einem großen Reiterhof und werden seit einigen Monaten von einem Stalker belästigt, der zuletzt auch bei Ihnen eingedrungen ist. Und der Stalker soll jetzt weg.«

»Richtig. Ich möchte nicht ins Detail gehen, aber in meinem Leben wurde bereits mehr als genug herumgekramt. Wer immer es ist, der Typ muss weg!«

»Verstehe.« Bei meinen Hintergrundrecherchen hatte ich herausgefunden, dass meine so unschuldig aussehende Klientin vor ungefähr einem Jahr im Zusammenhang mit dem plötzlichen Verschwinden ihres Ehemanns in den Fokus polizeilicher Ermittlungen geraten war. So was nervte. Niemand wusste das besser als ich.

»Die erste Hälfte Ihres Honorars habe ich schon wie abgesprochen an Sie überwiesen«, fuhr Lena Wagner fort. »Die zweite Hälfte wird folgen, wenn der Stalker …«

»… Sie nicht mehr stalken kann, alles klar.«

»Wie lange werden Sie brauchen?«

»Ich arbeite gern sehr zügig.«

»Das gefällt mir.«

Es funkelte verwegen in ihren blauen Augen. Süß. Zehn Minuten später stieg Lena Wagner auf dem Parkplatz in ihren weißen Jeep und rollte davon. Ein grob angerosteter dunkelblauer Opel Kadett machte sich hinter ihr her. Sein Nummernschild war so verdreckt, dass ich nur das UN, zwei nicht zu erkennende Buchstaben und eine Zahl entziffern konnte. So wie es aussah, hatte ich es aber offensichtlich nicht mit einem besonders intelligenten Stalker zu tun, sondern eher mit einem Depp.

Bei der Erkundung der Gegend entdeckte ich auf dem Weg zum Wagner'schen Reiterhof auf der Werner-von-Siemens-Straße das Hinweisschild auf einen Swinger-Club.

»Ach.«

Und ich dachte, die hätten zugemacht. Mein erster Job in Fröndenberg hatte mich seinerzeit nämlich genau dorthin geführt. Die drall-blonde Gattin eines Zahnarztes aus Dortmund-Lanstrop hatte sich während der Arbeitszeit ihres Gatten außerehelich gepflegt und niveauvoll bohren lassen, was diesem einerseits missfiel, er seiner Gattin aber auch nicht hatte ausreden können. Als aus dem knisternden Swingen eine ernsthafte Affäre mit einem viagrapotenten Apotheker aus Grevenbroich-Hemmerden wurde, die hier in diversen Themenzimmern frivol ausgelebt wurde, wendete sich der Zahnklempner mit einem zunächst final formulierten Auftrag an mich.

Ich hatte vorab kassiert und geplant, die Leichenteile des Arzneihändlers gleich nach der Tat auf der Weide gegenüber klein geschnibbelt unters Futter gemischt an die berühmten Fröndenberger Heckrinder zu verfüttern.

Im allerletzten Moment machte mein Auftraggeber allerdings einen Rückzieher. Ich brauchte lediglich ein paar Vorderzähne auszuschlagen, die ein Kollege meines Klienten später aufwendig ersetzte.

Nun denn.

Knapp zwanzig Minuten später erreichte ich den Reiterhof. Ein beeindruckendes Anwesen. Edle Kletterpflanzen rankten sich nobel den teuren Backstein hinauf. Lena Wagners Jeep stand in der mit weißen Kieseln ausgelegten Zufahrt, in der man einen Öltanker hätte wenden können.

Von dem rostigen Opel keine Spur.

Ich machte es mir im Toyota bequem und nutzte die Gelegenheit, den neuen Job beim Warten noch ein wenig durchzugrübeln. Ich empfand Lena Wagners Reaktion auf den Stalker doch als ein bisschen drastisch. Ich hinterfragte die Motive meiner Klienten in der Regel nicht ernsthaft – aber jemanden killen zu lassen, nur weil er einem hinterherschnüffelte? Eine zertrümmerte Kniescheibe hätte es doch auch getan. Oder irgendwas mit den Fingernägeln. Oder den Hoden.

Ich war gerade zu dem Schluss gekommen, dass meine blonde Klientin nicht mit ganz offenen Karten spielte, als sie aus dem Haus kam und sich so eilig mit ihrem Jeep davonmachte, dass die Kieselsteine in der Zufahrt hochwirbelten. Ich hatte Mühe, mit meinem Toyota hinterherzukommen.

Eine knappe Viertelstunde später rangierte Lena Wagner ihren Jeep vor dem Golf-Club Gut Neuenhof in eine Parklücke. Eine gepflegte, wahrlich beeindruckende Anlage.

Und, sieh an, zwischen Limousinen der gehobenen Preisklasse tröpfelte ein dunkelblauer Opel Kadett einen Ölfleck aufs Gepflasterte.

Hastig glitt ich aus meinem Wagen und folgte der Wagner ins Clubhaus. Sie war flott unterwegs, und fast hätte ich sie im Eingangsbereich verloren. Im letzten Moment sah ich sie rechts um eine Ecke gleiten.

Hinterher!

Es ging an einem großzügigen Gastronomiebereich vorbei nach unten in den Keller. Lässig grüßte ich einen mir entgegenkommenden Golfer, der seinen Golfersack mit entschlossener Miene gen Tageslicht zerrte. Die teuren japanischen Schlägerköpfe funkelten im Neonlicht.

Unten angekommen, schlug mir der Geruch teuren Leders entgegen, durchsetzt mit einem Hauch faulig-grasiger Feuchtigkeit. Nicht gerade der optimale olfaktorische Background für ein romantisches Date. Ich drückte mich mit dem Rücken gegen die Wand.

Mit gepresster Stimme redete meine Klientin auf jemanden ein.

»Das ist doch jetzt hier viel zu gefährlich«, knurrte eine männliche, bärig-dunkle Stimme mit vorwurfsvollem Unterton.

Lena Wagner zischte eine Antwort. Ich konnte kein Wort verstehen. Näher rangehen wollte ich nicht, viel zu gefährlich. Im Grunde hatte ich genug erfahren. Die schöne Lena hatte gleich nach unserem Gespräch nichts Eiligeres zu tun gehabt, als sich mit einem heimlichen Liebhaber zu treffen. Denn nur einen heimlichen Lover trifft man zwischen muffigen Golfsäcken und nach Schweiß stinkenden Golferschuhen.

Vorsichtig trat ich den Rückzug an.

»Kann ich irgendetwas für Sie tun?«, sprach mich aus dem Nichts kommend plötzlich ein junger Mann an, der seinem Outfit nach zu urteilen zum Personal des Clubs gehörte.

»Gern. Wo geht's denn hier zum Schwimmkurs?«

»Wir sind ein ... Golfclub. Also, wir bieten Golfkurse an.«

»Das ist ja wohl klar. Aber wie sieht's mit Schwimmen aus?«

»Äh ...«

»Schon gut«, sagte ich und drückte mich energisch an dem jungen Mann vorbei nach draußen auf den Parkplatz, bevor Lena Wagner oder ihr mir noch unbekannter Begleiter auf mich aufmerksam werden konnten.

Nur knappe drei Minuten später kam Lena heraus und fuhr mit ihrem Jeep davon. Ich porkelte eine Zigarette heraus und lehnte mich an eine steinerne Skulptur neben dem Eingang.

Der Mann, der fünf Minuten später nachdenklich das Gebäude verließ, war um die vierzig Jahre alt. Er trug seine Haare zu lang und zu dunkel und einen hellen, cremefarbenen Anzug. Er sah aus wie ein Golflehrer, und wahrscheinlich war er auch einer.

Ich winkte mit meiner Zichte. »Haben Sie vielleicht Feuer für mich?«

Er schaute mich an, als hätte ich ihm auf den Anzug gekotzt, der bärig-dunkle Klang seiner Stimme war unverkennbar. »Ich rauche nicht.«

Er schob sich an mir vorbei, und ich merkte mir das Kennzeichen des grauen SUV, mit dem der Typ davonbrauste.

Ich blickte rüber zu den anderen abgestellten Fahrzeugen, aber da rostete kein Opel Kadett mehr vor sich hin. Mist.

Ich schnippte die Zigarette in die gepflegte Außenanlage. Ich rauche nämlich auch nicht.

Auf dem Hirschberg, Hausnummer 9, wohnen in Fröndenberg einige sehr interessante Menschen – meist aber nur vorübergehend.

Justizvollzugsoberinspektor Benno Bernhard zerquetschte seine Kippe im Ascher. »Als du vorhin an der Pforte geklingelt hast, hab ich erst gedacht, du hast 'nen Haftbefehl offen und musst dich melden.«

Wir saßen gegenüber des JVK Fröndenberg in einem Bistro.

»Ich lasse mich nicht mehr erwischen.«

»Das sagen sie alle.«

»Bin ich alle?«

Benno grinste schräg. Das sah nicht schön aus. Die Fliegen an der Decke erschraken sich.

Der zweite Job, der mich seinerzeit beruflich nach Fröndenberg geführt hatte, hatte dies nur indirekt getan. Beim Versuch, einem Rechtsanwalt aus Mönchengladbach-Giesenkirchen entscheidende Unterlagen in einer Erbschaftsangelegenheit aus dem Tresor zu entwenden, hatte ich mir bei einer Verfolgung das rechte Bein gleich mehrfach gebrochen und war von den Bullen eingesackt worden. Verbockt hatte das Ganze mein damaliger Partner mit falschen Informationen über die Abwesenheit des Anwalts im Büro. Während meines dann folgenden siebenwöchigen Aufenthalts im Justizkrankenhaus Fröndenberg hatte ich mich mit dem bärbeißigen Benno Bernhard angefreundet. Wir hatten ähnliche finanzielle Interessen und ähnlich flexible moralische Ansichten.

Bei der Justiz war ich mit einem blauen Auge davongekommen – und mein damaliger Partner war inzwischen nach einem Unfall mit seiner Honda in der Eifel mein ehemaliger Partner. Aber das nur am Rande.

»Also, du Klappspaten, was willst du von mir?« Benno war kein Freund von Smalltalk.

»Ich brauche ein paar Informationen.«

»Gute Informationen sind teuer.«

»Teuer ist relativ.«

»Nicht bei mir«, grunzte Benno tief und trocken, einige der Fliegen an der Decke suchten das Weite.

Ich brachte Benno so weit wie nötig auf Ballhöhe.

»Lena Wagner.«

Benno grinste. »Okay. Großes Thema hier im Ort. Vor einem guten Jahr hat sie ihren Ehemann vermisst gemeldet. Ingo Wagner. Das war ein hohes Tier bei einer lokalen

Baufirma. Die Bullen hatten den Verdacht, dass er gar nicht richtig vermisst, sondern fachgerecht entsorgt wurde. Aber es wurde keine Leiche gefunden. Sie haben das komplette Grundstück der Wagners auf links gedreht, mit Hunden gesucht und 'nem Bagger gebuddelt, aber sie haben keinen toten Ehemann gefunden. Man hat der schönen Lena Wagner ziemlich zugesetzt, aber ohne Leiche …«

»Hat es nicht mal für Untersuchungshaft gereicht.«

»Richtig. Die örtliche Presse hatte sich ebenfalls auf sie eingeschossen. Im Grunde genommen ist die Alte hier im Ort ziemlich unten durch. Alle rechnen damit, dass sie den Reiterhof demnächst verkauft. Spätestens, wenn die Lebensversicherung zahlt, die es geben soll. Den Hof zu verkaufen, das soll sie zu Lebzeiten ihres Gatten auch schon vorgehabt haben.«

»Ach?« Ich erkannte ein Motiv. »Aber der Gatte wollte nicht?«

Benno grinste tückisch, und ein paar Fliegen fielen tot von der Decke.

Ich fuhr mir übers Kinn. »Nächste Frage: dunkelblauer Opel Kadett, Klapperkiste. Kennzeichen UN.« Ich nannte ihm den Rest der Nummer, den ich unterm Dreck hatte grob erkennen können.

»Totales Wrack, mehr Rost als Vaterlandsliebe?«

Ich nickte.

»Kalle Hertelt. Harmloser Blödmann, arbeitet Teilzeit als Caddy im Golfclub. Den Kadett kennt hier im Ort jeder. UN–KH. KH für Kalle Hertelt. Harmloser Spanner, hängt im Sommer an der Ruhr rum, glotzt den Weibern die nackten Titten vom Körper und kriegt dafür immer wieder von deren Typen auf die Fresse.«

Wunderbar. Das passte mir ganz besonders gut in den Plan. »Danke, Benno.«

Benno schnaufte. »Nix ›danke, Benno‹. Dafür spendierst

du mir nächstes Mal eine Runde Rudelficken im Swingerclub.«

Ich stand auf. »Auch das. Wenn dir eine Drall-Blonde aus Dortmund-Lanstrop vors stramme Gemächt kommt, bestell ihr schöne Grüße. Und pass auf deine Vorderzähne auf, du Wildsau!«

Mit einsetzender Dunkelheit parkte ich am Rathaus und war überrascht, was sich hier in Fröndenberg städteplanerisch in den letzten Jahren entwickelt hatte. Ich konnte mir sehr gut vorstellen, dass der Immobilienmarkt boomte, was ja nicht uninteressant war, wenn man eine Immobilie besaß. Oder plante, eine zu erwerben.

Zügigen Schrittes wechselte ich in die Parkanlage und passierte den beeindruckenden vierzehn Meter hohen, dunklen Fröndenberger Trichter, ein Relikt der ehemaligen Papierfabrik Himmelmann.

Schnell trat ich an die Seitentür der Kettenschmiede. Das Schloss war so alt wie die schweren Ankerketten, die den gepflasterten Vorplatz des Gebäudes zierten, und ließ sich problemlos öffnen.

Ich schlüpfte hinein.

Natürlich war das ehemalige Magazingebäude der alten Kettenfabrik menschenleer. Ich knipste meine Taschenlampe an. Der Lichtkegel strich sacht über die von der Decke baumelnden Ketten, einen gigantischen Amboss, einen beeindruckenden Schmiedeofen und einen imposanten Fallhammer, der einen bizarren Schatten warf. Doch. Der Ort war gut gewählt.

Ich fummelte einen Zettel mit einer Telefonnummer aus dem Jackett. Dem Kennzeichen des SUV vom Golfclub hatte ich im Darknet problemlos wie vermutet einen Golflehrer aus Fröndenberg zuordnen können und diesem wiederum mühelos eine Handynummer. Ich wählte.

»Hallo?«, krächzte die tiefdunkle Stimme.

»Armin Fischer?«, fragte ich.

»Mit wem spreche ich?« Der Golflehrer klang ziemlich genervt.

»Das tut nichts zur Sache, Herr Fischer. Es geht um Ihren Garten.« Ich war vorhin bei ihm vorbeigefahren. Er hatte ein schönes Haus und dahinter einen großzügigen Garten mit allem, was dazugehörte – Rasen, Büschen, Blumen und Bäumen.

»Meinen Garten? Und?«

»Und um Ingo Wagner.«

Am anderen Ende der Leitung blieb es still.

»Kommen Sie zur Kettenschmiede. Sofort und unauffällig. Da reden wir weiter. Die Seitentür ist unverschlossen.«

»Aber …«

»Sie verstehen, dass ich mich hier und jetzt am Telefon nicht konkreter einlassen werde. Immerhin geht es um Mord.«

»Ich verstehe nicht …«, stammelte Fischer nach kurzer Pause, in der sein Entsetzen nachgerade hörbar war.

»Beeilen Sie sich!«

Ich legte auf, lehnte mich an den eisernen Fallhammer und warf einen Blick auf meine Armbanduhr. Ich lag sehr gut in der Zeit.

»Ich weiß überhaupt nicht, was das soll«, behauptete Armin Fischer, was natürlich nicht stimmte. Das bärig-dunkle Timbre in der Stimme wollte sich irgendwie nicht einstellen.

Er war schon nach fünf Minuten in der Kettenschmiede aufgetaucht. Sehr hektisch, sehr blass.

Ich lächelte gnädig. »Seit wann haben Sie ein Verhältnis mit Lena Wagner?«

»Was soll der Scheiß?«, knurrte Fischer und machte einen Schritt auf mich zu.

Ich zog blitzschnell meine Pistole hervor und richtete

das gefährliche Ende mit dem Schalldämpfer auf seine breite Golflehrerbrust.

Er schreckte zurück, wurde noch blasser. »Sind Sie wahnsinnig?«

Der Mann machte mich verrückt. Konnte der noch was anderes als Fragen stellen? »Seit wann? Antworten Sie einfach!«

»Das werde ich nicht ...«

Ich drückte ab. Die Kugel summte an seinem Schädel vorbei und drillte sich mit einem trockenen Plopp auf der gegenüberliegenden Seite des Raumes in einen rustikalen Holzschrank hinein.

»Die nächste Kugel macht dir ein Loch in die Brust«, sagte ich. »Versprochen. Also?«

»S-seit zwei Jahren, verdammt«, stammelte Fischer. »Was soll das jetzt alles?«

Ich schürzte die Lippen. »Soso, seit zwei Jahren. Und der gute Ingo Wagner ist seit gut einem Jahr unter der Erde.«

»Er wird vermisst«, versuchte Fischer etwas hilflos zu korrigieren.

»Nein, nein. Nicht wirklich. Sie wissen doch genau, wo er ist. Wo in Ihrem schönen Garten haben Sie ihn zusammen mit Lena Wagner denn vergraben, damit die Polizei die Leiche nicht findet? Hinten, bei den Büschen? Oder unter den Blumen?«

Fischer wurde noch einen Ticken blasser. »Woher ...?«

»Lena Wagner hat mich engagiert, damit ich in ihrem Leben ein wenig aufräume«, formulierte ich meinen Auftrag zugegeben ein wenig vage und frei.

»Aufräumen?« Er riss entsetzt die Augen auf, und dann brach es aus ihm heraus. »Verdammt! Das mit Ingo war Lenas Idee, alles. Auch dass er bei mir im Garten ... Ich meine, es war doch klar, dass die Bullen bei ihr auf dem Hof jeden Stein umdrehen würden.«

Fischers Beine zitterten. Er drohte jetzt jeden Moment in die Knie zu gehen.

Mir reichte, was ich gehört hatte. Und was das In-die-Knie-Gehen anging, da war ich ihm nun behilflich. Ich drückte ab und machte ihm das versprochene Loch in die Brust.

Kalle Hertelt fuhr erschrocken hoch, als ich ihm sanft die Hand auf die Schulter legte. Wie man eben so hochschreckt, wenn man mitten in der Tiefschlafphase von einem Unbekannten geweckt wurde, der neben dem Bett stand und einem eine Knarre mit Schalldämpfer auf die Stirn drückte.

»Guten Morgen«, grüßte ich höflich.

Kalle sagte nichts, blinzelte unkontrolliert mit den Augen und konzentrierte sich wahrscheinlich darauf, sich nicht einzunässen. Wofür ich sogar Verständnis hatte, da ich eine schwarze Wollmütze mit Augenschlitzen trug. Das wirkte meist ziemlich verstörend auf ein Gegenüber.

»Kein Grund zur Aufregung, mein Freund.« Ich streckte ihm ein Handy entgegen. »Halt mal kurz.«

Ungelenk ergriff Kalle mit fragendem Blick das Handy. So richtig wach war er immer noch nicht. Musste er auch nicht sein.

»Danke, mein Freund, das reicht.« Ich nahm ihm das Handy wieder aus den Fingern. Die Mündung meiner Waffe blieb da, wo sie war, nämlich mitten auf seine Stirn gerichtet.

»Also – du stellst der Lena Wagner nach, richtig?«

Er nickte sacht.

»Die sieht super aus, das ist eine tolle Frau, richtig?«

Er nickte. Zaghaft.

»Und siehst du, jetzt hat deine tolle Lena Wagner doch tatsächlich mich beauftragt, dich umzubringen, weil du ihr nachstellst.«

Kalle schluckte. »Ich will doch nur ...«

»Aber das ist nur die halbe Wahrheit«, unterbrach ich. »Soll ich dir mal – so unter guten Freunden – die ganze Wahrheit erzählen?«

Sie riss schon nach dem siebten Klingeln die Haustür auf. Ich drückte mich an ihr vorbei ins Haus.

»Was soll das denn jetzt?«, maulte Lena Wagner.

»Auftrag ausgeführt. Ihr Stalker war Kalle Hertelt. Schon mal gehört?«

»Was? Ist er …«

»Er wird Sie nie wieder stalken.«

»Gut.« Sie strich sich durchs Haar. Auch mit zerzauster Frisur und Schlaffalten im Gesicht sah sie umwerfend aus. Jetzt nicht mehr wie ein Engelchen, aber Lena Wagner wusste zu gefallen. Zumal sich ihre Gesichtszüge nun ein wenig entspannten. »Das ging tatsächlich schnell. Das Schwein ist also tot?«

Ich nickte. »Ja. Das Schwein ist tot. Erschossen. Eine Kugel. In die Brust.«

Sie nickte. »Das ist gut.« Ihre Gestalt straffte sich. »Ich … Sie bekommen natürlich die zweite Hälfte Ihres Honorars umgehend.«

»Nicht so schnell«, sagte ich. »Ich bin jetzt hier, weil sich da ja quasi irgendwie eine neue Situation aufgetan hat.«

»Was soll das denn heißen?«, fragte sie misstrauisch.

Das Unschuldig-Engelhafte wollte sich heute bei ihr einfach keine Bahn brechen.

»Er war sofort tot, er hat nicht gelitten. Also, ich rede nicht von Kalle Hertelt. Ich meine Armin Fischer.«

»Was?«

»Dem Kalle geht's gut. Nein, nein, das war ja in Wirklichkeit so: Zusammen mit Armin Fischer haben Sie vor einem Jahr Ihren Gatten umgebracht. Hier auf dem Hof hat die Polizei die Leiche gesucht, aber nicht gefunden. Wie auch?

Er lag ja bei Ihrem heimlichen Lover im Garten unter den Blumen.«

»Unsinn!«

»Durch seine Stalkerei wusste Kalle Hertelt allerdings viel mehr über Sie und Armin Fischer, als Ihnen lieb war. Zum Beispiel, dass Sie diese Affäre miteinander hatten. Und zwar schon lange, bevor Ihr Gatte … verschwand.«

»Kalle Hertelt glaubt doch keiner im Ort auch nur irgendwas.«

»Ach, dann kennen Sie ihn also doch?«

»Was wollen Sie?«

»Sehen Sie, die Bullen können ganz gut hinhören, wenn etwas Interessantes gesagt wird, kein Scheiß. Deswegen war Kalle eine ständige Gefahr für Sie und den schönen Armin. Er musste also am besten dauerhaft von der Bildfläche verschwinden, bevor er sich womöglich an die Polizei wenden konnte. Deshalb konnten Sie ihn auch nicht so einfach bei den Cops wegen Stalking anzeigen. Zu groß war die Gefahr, dass Kalle dann bei den Bullen plaudern und die Leichenspürhunde doch noch auf die richtige Fährte führen würde. Nein, Sie wollten die hundertprozentige Lösung. Deshalb engagierten Sie mich, damit ich Kalle aus dem Weg räume.«

»Das ist doch Unsinn!«

»Ja. Fand ich auch«, gab ich ihr an dieser Stelle gern recht. »Deshalb hatte ich mir schon seit dem Beginn unserer Zusammenarbeit gedacht, dass ich besser einen Plan B haben sollte. Und das war gut so!«

Sie starrte mich an. »Was …«

»Also, ergeben hat sich jetzt Folgendes: Ich erschieße Armin Fischer. Dann nehme ich sein Handy an mich. Ich bringe Kalle Hertelt dazu, auf dem Gerät Fingerabdrücke zu hinterlassen. Damit erreiche ich erstens, dass Kalle tut, was ich sage, denn im Zweifelsfall würde ein vom Tatort entwendetes Handy des Opfers, auf dem sich seine Fingerabdrücke befinden, für die Cops einen mehr als hinreichenden Tatverdacht für den Mord an Armin Fischer darstellen. Und Kalle wird zweitens angesichts solch eines Druckmittels gegen sich aus unserem Leben verschwinden.«

»Aus … unserem Leben?«

»Ja. Ich trage mich schon seit Längerem mit dem Gedanken, mich aus dem Geschäft zurückzuziehen. Mich zur Ruhe zu setzen. An einem Ort, an dem man es sich gut gehen lassen kann. Und hier in Fröndenberg habe ich mich meistens sehr wohlgefühlt.«

Sie blinzelte irritiert, was schon fast wieder engelhaft aussah. »Was soll das heißen?«

»Das soll heißen, dass Sie hier ausziehen und ich hier einziehe.«

»Das werde ich nicht tun …«

»Doch, doch. Aber Sie müssen mir noch schnell sagen, wo genau in Armins Garten Ihr Gatte jetzt ruht. Den möchte ich zusammen mit einem guten Bekannten, noch bevor man die Leiche von Armin Fischer in der Kettenschmiede findet, wirklich professionell und gründlich entsorgen. Bevor ihn doch noch irgendwer versehentlich ausgräbt.«

»Ja, sicher«, flüsterte Lena Wagner verstehend und sackte in sich zusammen.

»Fröndenberg ist toll. Wird mir guttun«, seufzte ich zufrieden.

Ich sah mich im breiten Hausflur um und hatte schnell eine Stelle gefunden, an der sich das grün-metallene Chamäleon von Borowski super machen würde.

Bernhard Aichner

Zeppelinallee 32 a – 45879 Gelsenkirchen

GEORG

Ich bin mir sicher, meine Frau betrügt mich. Keine Ahnung, wie lange schon. Mit wem. Wie oft. Es macht mich verrückt. Ich kann kaum atmen. Bekomme keine Luft, wenn ich daran denke. Es sind diese vielen kleinen Dinge, die sie verraten. Dinge, die sie nicht tut. Kein vorwurfsvoller Blick, wenn ich die eben geleerte Milchpackung einfach zurück in den Kühlschrank stelle. Kein Schweigen, wenn ich mich am Abend verspäte. Keine Vorwürfe, dass ich mich zu wenig bewege, wenn ein durchtrainierter Kerl an uns vorbeijoggt. Seltsam kommt mir alles vor. Seit Wochen schon.

Stimmt schon, ich bin eifersüchtig. Denn die Frau, die ich liebe, ist etwas Besonderes. Ich verehre sie. Gebe ihr das Gefühl, dass sie das einzig Wichtige in meinem Leben ist. Ich bemühe mich, ihr Freiräume zu lassen. Trotzdem gibt es Grenzen. Ich würde es nicht gut finden, wenn sie den Abend allein mit einem anderen Mann verbringt. Einem frisch geschiedenen Deutschlehrer zum Beispiel, der mit ihr zum Yoga geht. Ein paar Drinks nach dem Sport in irgendeiner Bar. Ich würde es nicht ertragen. Weil ich weiß, wozu wir fähig sind.

Es ist der Mensch im Allgemeinen, dem ich nicht traue, der von Urinstinkten getriebene Homo sapiens. Zudem steigt, rein mathematisch betrachtet, mit der Anzahl der Gelegenheiten auch die Wahrscheinlichkeit zu betrügen. Es ist also besser, sich von potenziellen Geschlechtspartnern fernzuhalten. Seit Jahren mache ich das so. Und erwarte dasselbe auch von meiner Frau. Entweder man will die Ehe oder eben nicht.

Ich starre das Telefon an, das vor mir auf dem Küchentisch liegt. Ich hadere mit mir, während sie sich in der Sauna entspannt. Nach zehn Jahren und vier Monaten Beziehung nehme ich das Gerät, das sie von mir zu Weihnachten bekommen hat, in die Hand und entsperre den Bildschirm. Ihren Code kenne ich. Ein Kinderspiel ist es. Mit Leichtigkeit dringe ich in ihre Welt ein, entdecke, was sie vor mir verbirgt. Ich öffne den Ordner mit den Fotos. Und nach wenigen Augenblicken schon sehe ich ihn. So einfach, so schnell, ich musste nicht einmal suchen. Ein Selfie, sein Arm liegt auf ihrer Schulter, beide lachen in die Kamera. So glücklich habe ich meine Frau schon lange nicht mehr gesehen. Eine Serie von Bildern zieht vor meinen Augen vorbei. Intime Momente sind es. Ein Fremder, der sie anlächelt. Auf dem letzten Bild küssen sie einander. Ich starre das Telefon an. Lege es weg. Meine Hände werden kalt.

Langsam gehe ich nach unten. Ich ziehe mich aus, setze mich neben sie in die Sauna. Ich lege meine Hand auf ihr Bein. Ihre Augen sind geschlossen. Sie ist sehr schön.

»Betrügst du mich?«, frage ich.

Sie setzt sich auf. »Ich liebe dich nicht mehr«, sagt sie. Als ob sie schon lange auf diesen Moment gewartet hätte.

YUMA

Da, wo mein Herz war, ist jetzt ein Loch. Es ist unendlich und dunkel. Ich atme ein und aus, als ob ich es müsste. Aber ich bin tot, weil er tot ist. Atmen ändert daran nichts.

Der international bekannte Opernsänger René Ludwig ist gestern an den Folgen eines Herzinfarktes gestorben.

Im blauen Licht meines Laptops lese ich die Nachricht immer wieder. Die Zeit ist stehen geblieben. Wenn ein geliebter Mensch geht, verschwindet auch ein Teil von einem selbst. In meinem Fall der Großteil. Eigentlich fast alles.

Er hatte gefragt, ob ich seine Frau werden will. Ich hatte Ja gesagt. Ja zu dieser neuen Welt. Ja zu Gelsenkirchen, wo auch immer das war. Ja, Ja und noch mal Ja zu meinem neuen Leben.

Ich hatte wie besessen Deutsch gelernt. Es war unglaublich schwer, aber in Tokio zu leben war unerträglich geworden für mich. Mit achtundzwanzig war ich bereits zu alt, um unverheiratet zu sein. Ich war zu unhöflich, zu dick, zu lustig, zu interessiert an der Welt, in den Augen unserer Eltern war ich eine unnütze Versagerin. Meine Schwester war immer das Lieblingskind gewesen, obwohl sie, im Unterschied zu mir, keine Arbeit und keine Wohnung hatte. Akika war schöner als ich. Klüger. Sie konnte Dinge verbiegen.

Der Blick meiner Schwester war glatt und leer, als ich ihr von meinen Plänen erzählte. Die Hochzeit, Deutschland, das Glück mit einem Mann, der mich liebte. Ein Opernsänger, erfolgreich, großzügig.

Akika war sprachlos. Schenkte Tee nach. Starrte mich an. Und begann irgendwann damit, mir Fragen zu stellen. Sie bemühte sich. Ich dachte wirklich, dass sie sich für mich freute. Dass das der einzige Grund für ihre Neugier war.

Wie er hieß, wollte sie wissen. Was er gern mochte, welche Farben er liebte, worüber er lachte. Akika fragte mich über meinen Geliebten aus. Wo ich ihn kennengelernt hätte, wo er wohnte, welche Art von Küssen ihm gefielen. Sie sammelte Informationen. Das Miststück kicherte.

Neun Wochen später hatte Akika mir alles genommen. Sie hatte sich mein Leben angezogen, als wäre es ein Mantel. Sie war es, die mit meinem Geliebten nach Deutschland flog, nicht ich. René hatte sie geheiratet, nicht mich. Als wäre es dasselbe gewesen. Als hätte ich nie etwas für ihn empfunden. Als wäre es egal gewesen, welche Schwester er fickt.

René Ludwig. Im Internet sehe ich mir Bilder von ihm an. René bei Interviews, auf der Bühne, bei Premierenfeiern. Hand in Hand mit seiner japanischen Frau. Akika im Musiktheater von Gelsenkirchen. Meine Schwester neben ihm, im blauen Abendkleid. Farblich passend zu dem Wandbild im Hintergrund. Ich sehe sie an. Und hasse sie. Aus dem Loch in meiner Brust tropft Wut.

GEORG

Ich muss gehen. Kann nicht bleiben. Keine weitere Stunde in ihrer Nähe. Ich will ihre Blicke nicht mehr ertragen, diese Kälte. Meine Frau steht neben mir, während ich packe. Sie schaut mir dabei zu. Wir reden kein einziges Wort. Ich höre sie atmen. Spüre ihre Erleichterung. Sie scheint sich zu freuen, dass ich aus ihrem Leben verschwinde. Ohne Kampf, ohne Streit. Ich sehe kein Mitleid in ihrem Blick. Nur Freude.

Dieses Haus ist eine Lüge. Ich werde es nie wieder betreten. Meine Liebe wird hier nicht mehr gebraucht, sie hat keinen Wert mehr. Nur fünfzig Minuten nachdem ich die Fotos auf ihrem Handy entdeckt habe, gehe ich. Die Tür fällt hinter mir ins Schloss. Ich durchquere den Garten, steige in meinen Wagen und fahre hinaus aus meinem alten Leben. Enttäuscht und traurig. Hilflos. Ich stehe unter Schock. Starre auf die Straße, stehe an der Ampel, schaue den Vögeln nach. Auf vertrauten Wegen durch die Stadt. Hier bin ich aufgewachsen. Gelsenkirchen. Die Glückauf-Kampfbahn, das Blaue Band, der Zoo, der alte Kanalhafen, die stillgelegten Zechen, wo wir uns als Kinder herumtrieben, der Mythos Schalke. Bedeutungslos alles jetzt.

Erschöpft komme ich an. Mein Zufluchtsort. Unweit des Zentrums, direkt am Stadtgarten gelegen. Ein altes Hotel, seit Jahren wurde nicht renoviert, nur eine Erinnerung an gute alte Zeiten ist es. Siebziger oder achtziger Jahre, muffige Teppiche und Tapeten, viel Gold und Holz, es riecht nach trauriger Vergangenheit. Meine Frau und ich haben hier unsere Hochzeit gefeiert. Ein großes Fest war es. Für immer wollten wir zusammenbleiben. Wie lächerlich mir das plötzlich vorkommt.

»Willkommen im Maritim«, sagt ein junger blonder Mann an der Rezeption zu mir. Er bemüht sich zu verbergen, dass er es hasst, hier zu arbeiten. Ich nehme die Schlüsselkarte, gehe auf mein Zimmer und beginne, die Minibar leer zu trinken. Es ist mir egal, dass es gerade erst kurz nach Mittag ist. Auch dass ich mich zwei Stunden später auf dem beigen Zimmerteppich übergebe. Das Gefühl, versagt zu haben, übermannt mich. Ich habe alles falsch gemacht. Das Glück nicht fest genug gehalten. Meine Ehe ist gescheitert. Unaufhörlich hämmert es auf mich ein. Gedanken an die letzten Jahre. Wie es angefangen hat. Und wie es vor wenigen Stunden aufhörte. Eine große Einsamkeit löst die Hilflosigkeit der letzten Stunden ab. Ich muss hier raus. Mich bewegen, etwas tun. Egal was.

In der Hotellobby greife ich nach einem Prospekt des Musiktheaters im Revier. Als Student bin ich zum letzten Mal dort gewesen. Betäubt spaziere ich durch den nahe gelegenen Stadtgarten. Scheuche die Tauben auf. Überlege mir, mich im

Teich zu ertränken. Ich fühle mich wie ein Narr. Die Feldmarkstraße wird zum Laufsteg für mich. Ich habe das Gefühl, dass alle mich anstarren. Dass alle wissen, was passiert ist, und ich der Einzige bin, der nichts von ihrer Affäre geahnt hat. Ich verfluche mich. Atme schwer.

Nass geschwitzt komme ich an. Betrete das Musiktheater, steige die Treppen nach oben und bleibe vor einem der übergroßen Wandgemälde stehen. Es ist blau. Es ist wunderschön. Kurz vergesse ich, was passiert ist. Ich tauche ein, verliere mich in dieser Farbe, werde aufgesogen. Ich stehe einfach nur da. Und schaue nach oben. Ich weiß nicht, wie lange. Wie viel Zeit vergeht. Es tröstet mich.

Bis das Vibrieren in meiner Tasche mich zurückholt. Meine Frau will wissen, wann ich meine restlichen Sachen abhole. Sie möchte, dass alles von mir so schnell wie möglich aus ihrem Leben verschwindet.

Ich soll sachlich bleiben, sagt sie. Ich soll die Tatsachen akzeptieren. Eine unglaubliche Wut packt mich. Alles bricht aus mir heraus. Verzweiflung, Vorwürfe, Drohungen, meine Liebe zu ihr. Ich stehe vor dem Bild und wüte. Bis sie auflegt.

YUMA

Diese Stadt ist magisch. Ich habe sie mir genau so vorgestellt, wenn René mir von ihr erzählte. Ein Hauch von Industrie, stille Leere, Häuser wie Spielzeug, die Bäume, das Licht, alles ist kleiner als bei uns, leiser und scheinbar auseinandergerückt.

Schwarz gekleidet verlässt Akika das Haus. Beim Aufrichten fährt ein kalter Schmerz durch meine Knie, meinen Rücken.

Der lange Flug und das Hocken im Unterholz haben mir zugesetzt. Ich strecke mich, nehme den Rucksack mit meiner Ausrüstung, schlage ein Kellerfenster ein und betrete die Villa.

Es trifft mich härter als erwartet. Das wäre mein Leben gewesen. Ich gehe von Raum zu Raum, sehe alles klar und deutlich vor mir. Akika hat dieses verdammte Baby nie zur Welt gebracht. In diesem Haus wohnt kein Kind. Die Schwangerschaft war eine Lüge, wie auch ihre Liebe zu ihm eine Lüge war. Sie hat ihn mir weggenommen. Mit allen Mitteln.

Ich öffne Schubladen und Schränke. Trage Handschuhe. Einen Anzug aus Plastik, wie ihn in Krimis die Leute von der Spurensicherung tragen. Eine eng anliegende Haube bedeckt mein Haar. Ich hinterlasse keine Spuren. Keine unnützen Tränen. Geduldig warte ich, bis Akika nach Hause kommt.

Ich verberge mich und beobachte sie. Wie sie in der Küche steht und Käse in Stücke schneidet. An einem Glas Wein nippt. Sie trägt eine weiße Wollweste. Wenn alles vorbei ist, werde ich sie ihr ausziehen. Ich werde die Weste behalten. Sie gefällt mir.

Die japanische Axt liegt in meiner Hand. René war Sammler. Ich habe die Waffe von der Wand in der Diele genommen und mir alles noch einmal genau überlegt. Ich habe keine Zweifel mehr. In ihrem Schlafzimmer zähle ich die Minuten. Als sie hereinkommt, stehe ich hinter der Türe. Mit einem einzigen Hieb beende ich es. Akika geht zu Boden. Zufrieden schaue ich meiner Schwester beim Sterben zu. Wie sie ihr Blut verliert.

Auch ich kann Dinge verbiegen.

GEORG

Ich stolpere aus dem Musiktheater hinaus in die Nachmittagssonne. Laufe über die Straße und verkrieche mich zwei Straßen weiter in einem chinesischen Restaurant.

Mit ihrer Stimme im Ohr bestelle ich ein Glas Rotwein. Dann noch eines. Meine Hände zittern. Ich sollte etwas essen. Entscheide mich aber dagegen. Nicht hier. Ich will zahlen, ziehe meine Brieftasche aus der Jacke. Und mit ihr ein kleines Stück Papier. Es gehört mir nicht. Die Schrift ist mir fremd, ich weiß nicht, wie es in meine Tasche gekommen ist.

Du möchtest wissen, was macht deine Frau?
Zeppelinallee 32 a, 45879 Gelsenkirchen
Komm zu mir. Jetzt gleich.

Ich verstehe es nicht. Frage mich, wer mir diese Nachricht zugesteckt hat. Scham befällt mich. Jemand weiß, was passiert ist. Einer, der sie kennt, hat vielleicht Mitleid mit mir. Weiß, wie lange das schon geht. Seit wann sie mich betrügt. Und mit wem. Wer es ist, der in mein Haus ziehen und in meinem Bett liegen wird, wenn die Scheidung durch ist.

Schlampe, denke ich wieder. Interessiert mich nicht. Kann mir doch egal sein, mit wem sie es treibt. Doch ich lüge mich an. Mehr als alles andere will ich es wissen. Alles, was mir derjenige zu sagen hat, der mir diese Nachricht hat zukommen lassen.

Ich brenne. Bezahle und mache mich zu Fuß auf den Weg. Die Zeppelinallee kenne ich gut, sie liegt ganz in der Nähe meiner ehemaligen Realschule. Viele alte Villen stehen hier, eine davon hätten wir beinahe gekauft vor Jahren. Damals. Meine Frau und ich. Doch alles, was schön war, liegt in Trümmern. Ich leide körperliche Schmerzen. Es ist, als ob mich ein Auto angefahren hätte, jeder Knochen, jeder Muskel, der Kopf, die Augen, alles tut weh. Sogar die Tränen, die aus meinen Augen laufen. Sie verwässern meinen Blick. Ich bin nicht vorbereitet auf diese Art von Untergang. Auch wenn ich es geahnt habe, es zieht mir den Boden unter den Füßen weg.

YUMA

Er hat gelacht, sich mit mir im Kreis gedreht und gesagt, dass wir gemeinsam in den Nordsternpark gehen werden. Er werde mit mir in der Urbanus-Kirche eine Kerze anzünden und mir anschließend sein geliebtes Musiktheater zeigen. René hat geschwärmt.

»Du wirst dieses Blau lieben«, hat er gesagt. »Genauso wie diese Stadt, in der ich mit dir leben werde.«

Ich habe leise gekichert damals. Ihn mit verliebten Augen angesehen. Ihm geglaubt. Ich wollte, dass dieser Traum wahr wird. Ein Teil von mir will es immer noch. Obwohl er und Akika jetzt tot sind, stehe ich vor dem imposanten Glasgebäude und erinnere mich. Das Musiktheater im Revier, als Opernhaus einer der bedeutendsten europäischen Theaterbauten der Nachkriegszeit. Bevor ich zurückfliege, will ich es mir ansehen. Sein Blau erleben. Vielleicht wird es mein Herz wieder zum Schlagen bringen, mich aufwecken aus diesem Alptraum.

Die Türen stehen offen, im Haus scheint geprobt zu werden. Bühnenarbeiter bauen ein Gerüst ab. Ich trage einen Kapuzenpulli, auf den Überwachungsvideos wird man mich nicht erkennen können. Unbehelligt gehe ich an der Kasse vorbei die Treppen nach oben.

René hat nicht zu viel versprochen, dieser Ort ist ein Gedicht. Das Wandgemälde wunderschön. Ich weiß nicht, warum, aber mir ist zum Weinen zumute. Wenn dieser Mann nicht wäre, würde ich losheulen. Er steht plötzlich neben mir. Telefoniert. Bemerkt mich nicht. Er verliert völlig die Fassung, er schreit. Und holt mich aus meinen Gedanken zurück in die Wirklichkeit.

Ein Glücksfall ist es. Schicksal vielleicht. Dieser arme Tropf wird es sein, der mir hilft. Er ist das perfekte Opfer. Verletzt, hilflos, betrogen wie ich. Er sagt seiner Frau, dass er sie liebt, er beschuldigt sie, erniedrigt sich selbst. Er weint. Jedes Wort, das er sagt, erinnert mich an den Moment, als ich es erfahren habe. Überall war nur noch Schmerz und Enttäuschung.

»Du möchtest wissen, was dein Zukünftiger so treibt?«, hat mich eine Arbeitskollegin damals gefragt. Was ich erfuhr, hat mich erschlagen.

Mit einem Lächeln schreibe ich die Nachricht auf einen Zettel. Ohne dass es der Fremde bemerkt, stecke ich ihm das Stück Papier zu. Ich habe nicht den geringsten Zweifel, dass er seine schweißigen Hände in seine Taschen stecken und zu mir kommen wird.

GEORG

Zeppelinallee 32a. Eine Villa. Schräg gegenüber dem Tennisklub. Das Gartentor steht offen. Ich läute, warte. Eine Asiatin öffnet mir. Sie spricht gebrochen Deutsch. Ihr Name ist Akika. Sie bietet mir Tee an, berührt meine Hand, sagt, dass sie weiß, wie es mir geht. Ich frage mich, was mit mir passiert. Wie ich hierhergekommen bin. Woher sie mich kennt. Völlig verrückt ist das alles, doch ich bleibe.

Ihr Mann sei verstorben, sagt sie. Sie wisse, was es bedeute, jemanden zu verlieren. Ich bin dankbar, dass sie da ist und mit mir spricht. Sie wirkt gebildet, ihre Haut ist unglaublich glatt, ihr Blick sanft, und immer wieder berührt sie mich, wie zufällig. Alles wird gut, denke ich. Sanft nimmt sie meinen Kopf und küsst mich. Ich drücke meine feuchten Augen an ihren weichen Körper, ihren Bauch, ihre Brüste. Ich versinke, lasse alles los.

Akika. Alles an ihr ist fremd, ihr Geruch, ihr knochiger Rücken, ihr Stöhnen, ihr dichtes Schamhaar, ihre festen Brüste. Ihre Leidenschaft reißt mich mit, ohne jegliches Zögern dringe ich tief in sie ein. Wie ein Traum ist alles. Nur ungern wache ich daraus wieder auf.

Einmal noch trinken wir gemeinsam Tee. Mit Stolz zeigt sie mir die japanischen Waffen in der Diele. Ihr Mann habe sie gesammelt, sagt sie. Während ich auf eine Antwort warte, was sie über meine Frau weiß, nehme ich die Axt, die sie mir reicht. Schön, sage ich und gebe sie ihr wieder zurück. Dann lächelt sie mich an, bittet mich um meine Visitenkarte und verlangt, dass ich gehe. Kein Wort mehr verliert sie über meine Frau.

YUMA

Es läutet. Er ist schneller da, als ich erwartet habe. Ich ziehe meine Handschuhe aus und öffne die Türe. Er riecht nach Alkohol und Schweiß. Georg ist sein Name. Alles an ihm ist weich und gibt unter Druck nach, auch sein Geist. Artig macht er, was ich sage. Er trinkt Tee mit mir, er ist verzweifelt, lässt sich ohne Mühe verführen. Ein Kinderspiel ist es. Vorgetäuschtes Begehren, Trost für ihn, Georgs und Akikas letztes Mal.

Der jämmerliche Orgasmus eines Mannes. Seine Lust gesammelt in einem Kondom. Ich nehme es von seinem Glied und verstecke es im Bad. Jeden Gegenstand, den ich berühre, werde ich später abwischen. Man darf keine Fingerabdrücke von mir finden. Nur seine und die von Akika.

Ohne Worte ziehe ich mich an.

»Woher kennst du meine Frau?«, fragt er.

»Das besprechen wir beim nächsten Mal«, antworte ich. Bevor ich ihn wegschicke, zeige ich ihm noch die Axt. Drücke ihm die Mordwaffe in die Hand. Ehrfürchtig hält er sie fest und fragt erneut, was ich über den Betrug weiß. Ich küsse und vertröste ihn. Sage ihm, dass ich jetzt allein sein muss. Georg geht. Ich werde ihn nicht wiedersehen.

Ich streife mir die Handschuhe wieder über und ziehe den Teppich, in den ich Akika eingewickelt habe, unter dem Bett hervor. Ich zerre ihn wieder an die Stelle, an der er gelegen hat, als Akika aufgehört hat zu atmen. Ich stecke die Axt in die Wunde ihres Schädels und verteile den Inhalt des Kondoms mit meinen Fingern in ihrem Mund und auf ihren Brüsten. Dann putze ich alles, was ich berührt habe. Wische alle meine Spuren weg. Georgs Visitenkarte lege ich in eine Schale auf der Küchenanrichte. Ohne Zweifel wird man sie irgendwann finden.

GEORG

Ununterbrochen denke ich an diese fremde Frau. Seit drei Tagen warte ich auf ihren Anruf. Ich plane die nächsten Schritte. Wohnung suchen, Termin mit dem Anwalt vereinbaren, die Arbeit in der Bank nicht vernachlässigen.

Gut, dass wir keine Kinder haben, denke ich und laufe meine tägliche Morgenrunde. Ich fahre ins Büro. Tagsüber stabilisiert sich die Lage. Nachts hingegen nicht.

Die Nächte sind viel zu lang. Ich verstecke mich im Hotel, kann schwer einschlafen. Vielleicht war unsere Ehe doch nicht so gut, wie ich gedacht habe. Vielleicht habe ich mir etwas vorgemacht. Meine Vergangenheit stürzt in sich zusammen. Ich trinke weiter. Auch wenn ich weiß, dass es mir nicht guttut. Ich betäube mich. Und denke an Akika.

Zeppelinallee 32 a. Wenn sie morgen nicht anruft, gehe ich bei ihr vorbei und läute. Ich möchte sie unbedingt wiedersehen. Es war unglaublich, was sie mit mir gemacht hat. Ich spüre Sehnsucht. Mit jeder Stunde, die vergeht, denke ich weniger an meine Frau.

Alles wird gut. Doch dann stürmen die Beamten in mein Büro. Bestehen darauf, mit mir zu reden. Sie stellen mir Fragen.

»Kennen Sie Akika Ludwig? Wann haben Sie Frau Ludwig das letzte Mal gesehen? Hatten Sie Sex mit ihr? Warum haben Sie sie umgebracht?«

Ich verstehe es nicht. Habe keine Ahnung, was mit mir passiert. Warum mich die Beamten bitten, mit auf das Präsidium zu kommen. Warum ich stundenlang verhört werde. Und warum niemand mir glaubt.

Alles, was ich sage, klingt wie eine Lüge.

Die Wahrheit gibt es nicht mehr.

YUMA

Die Stewardess bringt das Essen. Ich bin wieder auf dem Weg nach Hause. Tokio wird mich verschlucken und an mir nagen, so, wie es diese Stadt immer schon getan hat. Gern wäre ich noch geblieben. In meiner Villa, meinem Garten, meinem Pool. Ich wäre vielleicht glücklich geworden in Gelsenkirchen, aber mein Plan sieht etwas anderes vor.

Ich werde nie wieder nach Deutschland zurückkehren. Ich werde in meiner Einzimmerwohnung weiterleben und darauf warten, dass der Notar mich kontaktiert. Er wird mir mitteilen, dass meine Schwester gestorben ist und dass ich alles erben werde. René hatte keine Familie. Und Akika hatte nach dem Tod unserer Eltern nur noch mich. Mit dünner Stimme werde ich sagen, dass ich es nicht glauben kann.

»Warum hätte jemand sie töten sollen?«, werde ich fragen. Das Haus werde ich verkaufen. Alles wird so sein, wie ich es mir ausgedacht habe.

Ich habe alle Spuren verwischt, alle Hinweise verschwinden lassen. Die Plastikhandschuhe, den Overall, die Bettwäsche mit meinen Hautschuppen. Sie werden nichts finden, das mich mit Akikas Tod in Verbindung bringt. Niemand wird auf die Idee kommen, dass ich es war. Dass ich in ihrem Schlafzimmer war, um sie dafür zu bestrafen. Ich werde mit alldem davonkommen, ein anderer wird die Schuld auf sich nehmen.

Darauf trinke ich. Ich bestelle Champagner. In zehntausend Meter Höhe feiere ich meinen Sieg. Auch wenn es im Hinterland meiner Kindheit regnet und die Erinnerung an Akika für einen Moment laut ist. Ich hebe mein Glas. Und lächle.

GEORG

Neunter Tag in U-Haft. Die Beweislast ist erdrückend. Ich bin gesehen worden, in der Zeppelinallee 32 a, als ich das Haus betreten habe. Auf der Mordwaffe wurden meine Fingerabdrücke gefunden. Bei der Untersuchung der Leiche wurde meine DNA gesichert. Also egal, was ich sage, keiner glaubt mir. Meine Version der Geschichte will niemand hören.

Auch mein Anwalt nicht. Er prophezeit mir, dass ich für immer in einer Zelle verschwinden werde, wenn ich nicht aussage, dass ich Akika getötet habe. Innerhalb weniger Stunden hat er mich dazu überredet, ein Geständnis abzulegen. Es wird sich positiv auf mein Strafmaß auswirken, sagt er. In zehn Jahren werde ich wieder ein freier Mann sein.

Dass ich Akika nur einmal in meinem Leben gesehen habe, spielt keine Rolle mehr. Auch nicht, dass keine Fingerabdrücke von mir auf der Leiche gefunden wurden und ich den Beamten von der Nachricht erzählt habe, die mir zugesteckt wurde. Dass mir womöglich irgendjemand eine Falle gestellt hat, ist genauso unglaubwürdig wie meine Behauptung, dass Akika auf den Tatortfotos, die mir der Kriminalbeamte zeigte, völlig anders aussah, als ich sie in Erinnerung habe. Jedes weitere Aufbäumen ist sinnlos. Deshalb füge ich mich. Auch wenn ich mir das alles immer noch nicht erklären kann und mich ständig frage, ob ich verrückt geworden bin. Ob ich sie vielleicht tatsächlich getötet habe.

Mir wurde gesagt, dass Menschen im Affekt zu furchtbaren Dingen fähig sind, ohne sich daran zu erinnern. Aus einer extremen Belastung heraus kann man in den Wahnsinn kippen. Ich habe aus Verzweiflung gehandelt. War außer mir, weil meine Frau mich betrogen hatte. Ich war betrunken und wütend, habe die Kontrolle verloren. Ich habe mit Akika geschlafen und ihren Schädel gespalten. So schaut es aus. Und so wird es stehen bleiben. Wohl für immer.

Katja Bohnet

Roxanne

Hagen sehen und sterben

1990 erhielt ich eine Auszeichnung. Den Edmund-Hassmann-Preis. Das war noch ein Preis! Mit zehntausend D-Mark dotiert. Wofür ich ihn bekommen habe? Für »Roxanne«. Zahlte damit einen brandneuen Opel an. Dass ich die Auszeichnung für die beste Reportage bekam, überraschte niemanden. Weniger bedeutsame Trophäen standen schon im Regal. Ich war jung. Andere sahen schlechter aus. Vor mir war die Ehrung schon zweiunddreißig Männern zuteilgeworden. Und sieben Frauen. Der Text hatte es verdient. Er war gut. Nicht so gut wie viele andere von mir. Aber auch nicht der schlechteste.

Ich muss schreien. Es kommt einfach über mich. Wie ein Virus. Zwei Mädchen wechseln die Straßenseite. Richtung Bahnhof, Ecke Stresemann. Es ist kalt, und dieser beschissene Winter kann sich nicht zwischen Frost und Regen entscheiden. Ich brülle noch ein bisschen rum.

Arschlöcher, Wichser, Niemandsland.

Niemandsland? Mein Gehirn ist weich wie Butter. Ich verstehe nicht mehr, wie es funktioniert. Früher arbeitete es astrein. Heute sondert es nur noch Unrat ab. Die Leute denken, dass ich gefährlich bin. Unberechenbar. Bin ich nicht. Nur verrückt. Ich sage lieber »verrückt« als »krank«. Mein Vater war krank. Egokrank. Ein Narzisst. Meine Mutter war auch krank. Blutgerinnungsstörung.

Ich nehme Medikamente. Wegen der Ausbrüche. Chemie soll die Folgen der Chemie kurieren. Zu viel Chemie in

Zeiten der Chemie. Ich glaube, mein Bewusstsein versucht, vor mir zu fliehen. Es möchte sich befreien. Die Tabletten unterdrücken das Zucken und den Impuls auszurasten. Aber kein System ist lückenlos.

»Lars Bäckers messerscharfe Analyse zeigt auf, wie Literatur das Leben abbildet. Wie Frauen zuerst in der Realität zu Opfern werden und danach in der Literatur. Brillant verbindet er Textgeschehen und die Geschichte der Roxanne Billwerder zu einem Lehrstück über Sexismus und Misogynie.«

Auch wenn ich viele Dinge vergessen habe, an diese Sätze werde ich mich immer erinnern. Zehntausend-Mark-Sätze. Der Opel Kadett war rot lackiert. Sportsitze. GSi. Heute besitze ich kein Auto mehr. Ich habe nicht mal mehr eine Wohnung. Kein Zimmer. Kein Bett.

Roxanne.
Du darfst nicht
wollen müssen.
Am Abend
bist du still.

Alle lästern über Hagen. Ich mag die Stadt. Jede Straße kenne ich wie meine Westentasche. Obwohl ich nicht mehr viel durch die Gegend streife. Herausforderungen meide ich. Ich ließ sie hinter mir.

Wohin du gehst, nur Hügel hier. Die Stadt liegt in einem Kessel. Das passt zu mir. Ich bin wie der Bodensatz. Von Hamburg über Hildesheim nach Hagen. Städte mit dem Anfangsbuchstaben H scheinen die einzige Konstante in meinem Leben zu sein.

Und Roxanne.

In der Umgebung des Bahnhofs feiern sie den Beton. Ein

ehrliches Material. Authentisch wie die Stadt. Sie möchte weder schillern noch blenden. Hier wird nichts aufpoliert. Nicht mal der Stahl, den sie hier produzierten. Ein wenig glamouröses Material. Steigst du den Berg nach Wehringhausen hoch, steht ein Altbau neben dem anderen. Die Fassaden sind intakt, aber innen läuft das Wasser die Wände hinunter. Ich muss es wissen. Vor ein paar Jahren habe ich dort noch übernachtet. Die Fenster beschlagen von innen, die Toiletten laufen über. Es ist kalt, aber kein Vergleich zu draußen. Im Sommer sind die Scheiben blind vom Staub, die Etagenklos stinken zum Himmel. Ich nehme an, man könnte hier sanieren, aber für wen? Nur Verlierer wandern zu, Gewinner wandern ab.

Es regnet, und die Luft riecht nach Harz und Rauch. Der Geruch gefällt mir, ich sauge ihn ein. Er überdeckt meinen eigenen nach Schweiß und Urin. Ich stehe an der Ecke Graf-von-Galen-Ring und Hugo-Preuß-Straße. Seit einer Stunde warte ich auf sie. Seit es kalt geworden ist, trägt sie eine weiße Felljacke. Ihre langen Haare fließen über den Kragen wie ein Wasserfall.

Manchmal komme ich durcheinander. Welchen Wochentag haben wir heute? Dienstag oder Donnerstag? Am Mittwoch gehe ich duschen. Wenn ich noch stinke, muss es Dienstag sein.

Sie kommt immer hier vorbei und nimmt den Zug. Keine Ahnung, wohin sie fährt. Bahnhöfe. Einige fahren weg, andere kommen an. Nur ich bleibe. Ich gehe nicht mehr weg. Wohin sollte ich noch gehen? Und warum?

Der Regen läuft mir in den Kragen. Ich ziehe meine Kapuze über den Kopf, frage mich, wie viel Uhr es ist. Es muss Vormittag sein, denn die Tics kommen selten. Gegen Nachmittag und am Abend sind sie der Teppich, auf dem ich gehe. Ich werde dann nervös. Manchmal sahne ich eine Pille ab. Aber nur, wenn Akhmad einen guten Tag hat.

Akhmad.

Akhmad gehört der Kiosk in der Bahnhofstraße. Wenn ich mit meinem Schlafsack Richtung Innenstadt gehe, bewundere ich die Ironie. Nur drei Hauseingänge trennen Akhmads Kiosk von der Polizeiwache. Er nutzt den Feind als Deckung. Die Penner, die Asylanten, die Bewohner, sogar die Skater grüßen die Polizisten hier mit »Hallo, Chef!«. Solange die Hierarchien stimmen, stimmt auch das Geld. Davon verstehe ich etwas.

Man könnte meinen, Akhmads Laden geht es gerade deshalb gut. Akhmad spricht nicht viel darüber. Aber wenn ich vor dem Kiosk abhänge, sehe ich, dass die Geschäfte bestens laufen. Und damit meine ich nicht die Energydrinks, die mittlerweile drei Viertel seines Kühlschranks einnehmen. Oder die Zigaretten, die sich seit den darauf abgedruckten Krebsgeschwüren und verdreifachten Preisen noch besser verkaufen. Oder die Süßigkeiten, die die kleinen Kinder mit den schwarzen Zähnen mögen. Die Menschen wollen ihr Unglück. Sie lassen sich nicht davor warnen. Egal ob es Nikotin ist oder Zucker. Oder Neonazis.

Akhmad kenne ich schon ewig. Man könnte meinen, dass wir nichts gemeinsam haben. Haben wir aber. Auch er hat eine Journalistenschule absolviert, die in Berlin. Wir lernten uns bei einem Seminar kennen. »Die Kunst der Reportage«. Akhmad hat kein Wort gesagt. Er hatte schon damals diese dunklen Augen. Freundlich, wie bei einem jungen Hund. Konnte trinken wie ein Loch, schrieb nur kurze Sätze. Für seine tschetschenische Familie war Akhmad so was wie eine Missgeburt. Journalismus? Wie sollte er damit der Familie nutzen?

Akhmad hat nicht lange als Journalist gearbeitet. Schwängerte direkt nach seinem Einstieg bei einem Stadtmagazin eine Cousine, danach kam ein Kind nach dem anderen. Mit fünfundzwanzig hatte er schon vier. Korrekter wäre es zu sagen, dass seine Frau die Kinder hatte. Er fuhr mit seinen Jungs zum Tauchen ans Rote Meer, während seine Frau die Blagen fütterte, manchmal auch in dieser Zeit gebar. Jetzt lebt Akhmad von und für die Familie. Import, Export. Gemüseläden, Kiosks, Chemie. Wir haben den Journalismus beide hinter uns gelassen. Nur auf unterschiedlichen Wegen. Als ich den Preis für »Roxanne« bekam, war er einer der Ersten, der gratulierte. Damals rief man sich noch an.

Als wir uns das erste Mal wiedertrafen, arbeitete ich bei der »Hagener Allgemeinen«. Die Zeit dort kommt mir wie Stochern im Nebel vor. Manchmal verwechselt meine Erinnerung die Redaktionsräume von »Das Zeitgeschehen«, »Wohnglück« und der »Allgemeinen«. In dem einen Augenblick war ich noch Autor, dann Redakteur und danach frei. Wobei niemand leibeigener ist als freie Journalisten. Die Profession im freien Fall.

Es muss eine Geschichte gewesen sein, die ich über Akhmad schreiben sollte. Die Chefin vom Dienst verlangte von mir »Tenor: multikulturelles Leben in der Stadt«.

»Das Zeitgeschehen« hatte acht Jahre vorher dichtgemacht. Der Lebeque-Skandal. Du kannst Göring-Briefe fälschen, du kannst dir Kriegsgeschichten ausdenken und nie im Krieg gewesen sein, aber einen Kanzlerkandidaten mit falschen Quellen in den Tod treiben kannst du nicht. Zwei Fehltritte hätten die Abonnenten vielleicht verziehen. Aber in dem Abschiedsbrief eines Politikers erwähnt zu werden, versetzte der Zeitschrift den Todesstoß. Damit wurden die letzten Unternehmen, die noch Anzeigen schalteten, verschreckt. Auch die wenigen Leser, die noch an den Journalismus glaubten, zogen sich zurück. Die Anteile an der Zeitschrift, das Ersparte, ich hatte alles schnell verspielt. Wenn Tausende auf der Straße stehen, bleiben manche eben dort.

Bei »Wohnglück« bin ich rausgeflogen. Ich hatte mich geweigert, mit dem Chefredakteur zu schlafen. Da erwies es sich als hinderlich, erfolgreich und gut aussehend zu sein. Einen Preis zu haben. Wir schrieben über den Charme des Einbauschranks, hippe Apartments in Kopenhagen und Leuchten aus Sperrholz, nachhaltig. Nur über Besetzungscouchs schrieben wir nicht. Vielleicht, weil Sperma auf recycelbaren Hanfbezügen sich in Hochglanzblättern nicht gut macht.

Akhmad gab mir also damals ein Interview. Aus Spaß bedienten wir für den Bericht jedes Klischee, das über Ausländer kursierte. Die Chefin vom Dienst tobte später in der Redaktion. Danach tranken wir ein Bier auf Akhmads Kosten. Akhmad trug jetzt einen langen Bart, an dem der Bierschaum abperlte.

Wir tranken auch, nachdem sie die Redaktion der »Allgemeinen« dichtgemacht hatten. Da gab Akhmad Wodka am Stehtisch aus. Ich erfuhr es an einem Mittwoch. Am folgenden Tag mussten wir die Büros räumen. Bevor wir einen Anwalt einschalten konnten, war die Zeitung abgewickelt. Eins muss man dem Kapitalismus lassen: Er war schon immer schneller als die Menschen, die er frisst. Akhmad sagte: »Du hast doch diesen Preis bekommen. Du kommst schon unter.«

Akhmad ist leider kein Prophet. Und die Presse ist keine Familie. Mit Familien kannte Akhmad sich aus. Sein Kiosk war schäbig, aber er fuhr einen Maserati. Meistens stand das Auto in der Garage. Reich zu sein war okay, reich auszusehen out. Gelegentlich fuhr er den Wagen aus. »Steig ein!«, forderte er mich auf. Da bewarb ich mich noch. Schrieb Lebensläufe. Lebte von der Abfindung der »Allgemeinen«.

Wichser, Arschlöcher, Dichten!

Wir fuhren raus ins Westfälische. Hagen. Deutschlands waldreichste Stadt. Wo Wald ist, sieht man nichts.

Den Preis wollte ich versetzen. Das verzerrte Antlitz aus Metall. Auch hier in Hagen spielte Metall mal eine große

Rolle. Danach Verschuldung und Verfall. Eine Kollegin hat mir die Trophäe abgekauft, als mein Vermieter mir die Wohnung kündigte. Sie arbeitete mittlerweile als stellvertretende Chefredakteurin bei »Das Neue Zeitgeschehen«. »Verliehen wird mir ohnehin keiner«, sagte sie und meinte Preise.

Was nimmst du auf die Straße mit? Ganz sicher keinen Bronze-Kopf.

Roxanne.
Einsamkeit.
Aus Schnee
ein Hochzeitskleid.

Roxanne Billwerder wurde 1989, kurz vor der Wende, von ihrem Mann mit einer Axt auf offener Straße erschlagen. Er war nüchtern, bei klarem Verstand. Er hatte sie jahrelang misshandelt. Krankenhausakten dokumentierten das. Die Polizei hatte ein paarmal an der Wohnungstür geklingelt. Nachbarn beschwerten sich regelmäßig über den Lärm. Aber die Polizisten zogen jedes Mal wieder unverrichteter Dinge ab. Niemand erstattete Anzeige. Niemand war tätig geworden. Auch das Nichtstun wurde in den Akten dokumentiert. Roxanne Billwerder wollte mit den Kindern (zehn und vierzehn) ausziehen. Als sie eines Morgens früher als gewohnt das Haus verließ, folgte er ihr. War nicht zu seiner Arbeit als Assistent an der biologischen Fakultät gegangen. Hatte am Tag zuvor die Axt aus dem Keller geholt. Das Werkzeug war nagelneu. Es wurde viel darüber spekuliert, dass er die Axt nur zu diesem einen Zweck Monate zuvor in einem Baumarkt gekauft hatte. Er überfiel sie an einem Zebrastreifen. Ein Amateurfilmer hielt mit seiner Videokamera drauf. In den Nachrichten brachten sie die wackeligen Bilder von der Enthauptung. Das war vor Youtube und ging doch viral.

»Wie können wir jemals wieder Kriminalromane schreiben, in denen Frauen ermordet werden? Schrift muss bei dem Versuch erstarren, diese Realität abzubilden. Männer müssen Opfer bringen. Zu Opfern werden. Besonders in der Literatur. Eine neue Zeitschreibung beginnt mit der Ermordung der Roxanne Billwerder.«

Meine beinahe jugendliche Wut. Sie spielten damals den Song »Roxanne« rauf und runter im Radio. Nach dem Preis wurde ich auf jeder Veranstaltung Feminist genannt. Oder als Frauenversteher vorgestellt.

Der Kadett ist bestimmt verschrottet. Neigte ohnehin zum Rosten. Wie der Mensch besitzt jede Automarke Schwachstellen.

»Lars Bäckers Reportage leitet eine Zeitenwende ein. Nie wurde ein Plädoyer gegen eheliche Gewalt eindrücklicher und schmerzhafter formuliert.«

Die Laudatio hielt mein damaliger Chefredakteur. Ironisch im Nachhinein, weil er sich nach seiner Scheidungsschlacht jahrelang weigerte, Unterhalt zu zahlen. Nur eine der vielen Facetten von Gewalt.

Ich habe nie geheiratet. Freiheit war das wichtigste Gut für mich. Das galt, als Enid, Volontärin, abtrieb; als Susa, Kollegin aus der Dokumentation, anfing, sich zu ritzen; als Lara Kinder wollte, ich aber lieber ein Coupé.

Nur ein Mal fühlte ich mich bereit für eine Ausnahme. Francesca. Hat mich dann aber verlassen für einen aufstrebenden Star. Dunkelhaarig, hochgewachsen. Er sah aus wie der perfekte Schwiegersohn. Edelfeder. Emotionale Schreibe. Eher Pauke als Violine. Intelligent, noch ehrgeiziger als ich. Wenn Francesca und ich uns drei Jahre früher getroffen hätten, wäre ich das noch gewesen.

Wichser, Arschlöcher, Nadelkissen!

Ich habe damals drei Tage lang geheult. Mich betrunken. Habe ihr Briefe geschrieben, habe vor der Tür auf sie gewartet. Bis ich wegen einer einstweiligen Verfügung das Warten einstellte. Sie arbeitet immer noch als Journalistin. In einem Job, der mal meiner war. Hauptsächlich für die Online-Redaktion. Inhalt heißt jetzt Content, Titel sind entweder »online« oder »digital«. Manchmal lese ich in Akhmads Laden Zeitschriften. Relikte aus Papier in kleinen Auflagen. Dann blättere ich schnell weiter, wenn ich ihre Autorinnenzeile sehe. Akhmad hat mich früher gefragt, warum ich mir das antue. Jetzt fragt er gar nichts mehr. Entweder, weil ihm keine Fragen mehr einfallen, oder, weil er die Antworten mittlerweile kennt.

Ich torkele hin und her. Schreie. Weiße Punkte in der Luft? Ist das ein letztes Zucken der Synapsen oder Schnee? Die Menschen meiden mich. Sie senken ihren Blick, wenn ich in ihre Nähe komme, weichen aus. Ich habe meine Medikamente seit, seit … seit Tagen nicht genommen. Ich will nicht mehr. Mein Geist will frei sein. Frei von Beziehungen, frei von Arbeitszwängen, frei von Chemie. Die Tics kommen wie ein Gewitter über mich. Wieder und wieder. Blitz und Donner. Einschläge.

Arsch…, Wich…, Not…!

Es muss fast Abend sein. Ich lehne an einer Wand. Die Kälte dringt aus dem Beton, sie greift nach mir. Im Wind flattert ein rot-weißes Band. Überall Baustellen. Diese Stadt ist genauso kaputt wie ich. Sie haben den Bürgersteig aufgerissen. Hagen wird neu und schön gemacht. Im Windschatten des Containers pfeift kein Wind. Einzelne Steine liegen daneben. Der Boden sieht wie eine frische Wunde aus. Ich kratze mich am Bein. Die junge Ärztin in dem Sprinter von der Caritas, der einmal in der Woche hinter dem Bahnhof parkt, äußerte sich zufrieden. Unter dem Verband verheilt das Geschwür. Ich kratze, bis der Schorf bricht. Zerbrösele trockene Blutkrümel zwischen den Fingerspitzen. Körperflüssigkeiten. Blut, Eiter, Spucke, Urin. Jede hat ihren eigenen Geruch. Was da riecht, bin ich. Ich habe Durst, aber ich darf nicht an Flaschen denken.

Wenn es dunkel wird, kommt sie mit dem Zug zurück. Ich stehe auf. Zum ersten Mal an diesem Tag überquere ich die Ampel. Ich warte. Auf sie. Am Anfang erinnerte sie mich an Francesca. Aber sie sieht völlig anders aus. Während ich über den Bahnhofsvorplatz wanke, tritt sie aus dem Gebäude. Geräusche eines abfahrenden Zuges dringen an mein Ohr. Auf dem Ring stoppt an der Ampel der Verkehr. Die Motoren tuckern. Das Leben hält inne. Eine Zäsur. Ich weiß, es ist wegen ihr.

Sie trägt einen Minirock. Schwarze Strumpfhosen, die Jacke aus hellem Fell. Ihr Haar quillt über den Jackenkragen. Ich möchte mich abstützen, aber für mich gibt es hier auf diesem leeren Platz keinen Halt. Ich unterdrücke den Impuls, schreie in mich hinein. Sie macht lange Schritte. Ich weiß, wo sie arbeitet. »Roxanne«. In meinem Kopf spielt das alte Lied.

Geliebt.
Verletzt.
Besiegt.

Die Straßenlampen gehen alle auf einmal an. Ein magischer Moment. Ich sehe die Poren auf ihrer Haut, die Augen sind schwarz geschminkt. Sie kommt auf mich zu. Sie weicht nicht aus. Sie lächelt mir zu. Es dauert eine Zehntelsekunde. Sie geht an mir vorbei. Urin läuft an meinem Bein hinab.

Akhmad will wissen, wo ich heute schlafe. Früher habe ich im Männerasyl übernachtet. Ich deute auf meinen Schlafsack. Ein graues Bündel, das ich hüte. Das grelle Neonlicht in seinem Laden befeuert meine Tics.

»Wenn du rumschreist, musst du gehen!«

Ich sehe nach den Zeitschriften, laufe hin und her. Akhmad ruft mir etwas zu. Als ich an die Kasse herantrete, schiebt er mir über den Tresen zwei bunte Pillen zu. Er nickt. Ich bedanke mich abgehackt und verlasse den Kiosk. Akhmad schaut mir nach. Er dealt, ich putze Platte. Wir sind die Zukunft. Jeder auf seine Art. Meine Hände zittern. Kaum gelingt es mir, die Pillen auf meine Zunge zu schieben. Ich schreie ein wenig herum, bis der Drang nachlässt, sinke an einer Wand zu Boden, betrachte meine schwarzen Fingernägel.

Roxanne Billwerder hinterließ zwei Kinder. Eines davon bin ich. Wir kamen in eine Pflegefamilie, die uns später auch adoptierte. Ich nahm den Namen Bäcker an, denn Billwerder zu heißen hatte Signalwirkung. Wie den Namen Sharon Tate zu tragen. Normalerweise dürfen nur die Täter Namen haben. *»Dass Opfer benannt werden, ist eine Errungenschaft.«*

Bäcker. Nur wegen des Nachnamens habe ich meine Pflegeeltern geliebt. Weil es nicht der meiner Mutter war. Sie verhielten sich freundlich, waren verständnisvoll und großzügig. Haben keine Unterschiede zwischen mir und meiner jüngeren Schwester gemacht. An kalten Nachmittagen tranken wir heißen Kakao, an warmen Tagen leckten wir Vanilleeis.

Als ich mich für die Journalistenschule bewarb, kam es mir vor, als hätte ich schon ewig bei den Bäckers gewohnt. Wie stehen die Chancen des Sohnes eines Mörders und einer Ermordeten? Man muss nicht alle Antworten haben oder kennen. Zukunft. Ich war bei den Bäckers groß geworden. Mein neues Leben verschmolz mit einer Phantasie von der

Vergangenheit. Meine Mutter, meine Schwester, Francesca, sie. Frauen, abwesend.

Roxanne.
Wohin fliegen
die Schwäne
bei Nacht?

Es schneit. Dicke Flocken. Der Stein wiegt schwer in meiner Hand. Glatte Oberfläche, an den Seiten rau behauen. Gerade war er noch grau, jetzt ist er rot. Die Frau muss meine Mutter sein. Ich kann mich nicht irren. Auf ihrer Felljacke sehe ich dunkle Flecken. Auch ihre langen Haare hat sie rot gefärbt. Wann hat sie das gemacht? Selbst meine Hände sind befleckt. Ich habe Angst. Der Stein klebt an mir. Ich muss ihn gewaltsam von meiner Hand entfernen. Still liegt sie vor mir. Ihr Mund ist leicht geöffnet. Wie mitten im Schrei erstarrt. Ihr Gesicht spiegelt mich. Ich werfe ihren Körper in die Baugrube. Damit schließe ich die Wunde der Straße, die auch meine ist. Die Straße weint. Ich muss nicht weinen, nicht mehr schreien. Ich bin still. So still wie an jenem Tag in Altona.

Weiße Rauchschwaden steigen von meinen Lippen auf. Atem. Zeichen meiner Existenz. Ich weiß, sie suchen mich. Meine Mutter ist tot, und ich muss etwas damit zu tun haben. All diese Roxannes, Mütter, Frauen. Ich spüre es. Was ist, wenn sie mich kriegen? Erst laufe, dann renne ich. Was ist, wenn sie erfahren, wer ich bin? »Bäcker, Lars«, flüstere ich. *Lars Billwerder.*

Erst erahne ich sie, dann sehe ich sie in ihren blauen Uniformen. Sie kennen mich. Aber heute ist alles anders. Alles neu.

Carsten Sebastian Henn

Tod & Soest & Pumpernickel

Walburger-Osthofen-Wallstraße 2, 59494 Soest
Polizeiwache und Kriminalpolizei

PHK Rehme: Noch mal vielen Dank, dass Sie sich die Zeit genommen haben, zu uns auf die Polizeiwache zu kommen und uns bei den Ermittlungen zu unterstützen!

Linus Loosen: Klar, immer gern.

PHK Rehme: Nachdem ich Sie eben über Ihre Rechte und Pflichten aufgeklärt habe und die Personalien geklärt sind, können wir jetzt loslegen. Das Band läuft ja schon.

Linus Loosen: Hätten Sie vielleicht was zu trinken? Die Luft hier ist so tierisch trocken.

PHK Rehme: Kaffee? Wasser?

Linus Loosen: Wasser. Ohne Sprudel.

PHK Rehme: Hol ich Ihnen. (geht hinaus, kommt kurz danach mit einem Glas Wasser zurück) Ist leider nicht kalt.

Linus Loosen: Macht nix. (trinkt das Glas in einem Zug leer) Na, dann legen Sie mal los. Können Sie mir sagen, worum genau es geht? Ihre Kollegen, die mich geholt haben, meinten, nur Sie dürften mir da Auskunft geben.

PHK Rehme: Wir möchten Sie zu einem Verbrechen befragen und hoffen, dass Sie uns Hinweise auf den Täter geben können.

Linus Loosen: Ein Verbrechen? Ich hab keins beobachtet. Und auch keins begangen oder so.

PHK Rehme: Wir vermuten den Täter in einer Gruppe, der Sie angehört haben. Sehen Sie sich doch bitte einmal dieses Foto an. Kennen Sie diese Frau hier?

Linus Loosen: Nee, nie gesehen.

PHK Rehme: Schauen Sie sich das Bild genau an. So eine Frau vergisst man doch nicht.

Linus Loosen: Das brauch ich mir nicht genau anzuschauen, die kenne ich nicht.

PHK Rehme: Die Frau hat mit Ihnen an der Soester Menü-Safari am 22. März teilgenommen.

Linus Loosen: Kann sein. Da waren echt viele Leute.

PHK Rehme: Zwölf, um genau zu sein. Plus den Stadtführer, Herrn Susatum.

Linus Loosen: Ich hab nicht so auf die anderen geachtet. Mir ging es ja um die Stadtführung und das Essen, nicht um die Leute. Das war ja kein Single-Treff oder so.

PHK Rehme: Nein, da haben Sie natürlich recht.

Linus Loosen: Eben. War's das? Kann ich dann jetzt gehen?

PHK Rehme: Herr Bökenbrink hat uns gesagt, dass Sie sich sehr intensiv mit der Frau auf diesem Foto unterhalten haben. Ihr Name ist übrigens Mercedes de Sousa, gebürtige Brasilianerin. Ihre beste Freundin hatte ihr die Menü-Safari zum Geburtstag geschenkt.

Linus Loosen: Schön für sie.

PHK Rehme: Sie haben mehrfach mit ihr geredet. Sagt nicht nur Herr Bökenbrink.

Linus Loosen: Na gut, kann sein.

PHK Rehme: Herr Loosen, ich bitte Sie …

Linus Loosen: Hören Sie, es waren viele Leute da, und es war schon dunkel …

PHK Rehme: Herr Loosen, ernsthaft? Wollen Sie mir sagen, dass Sie in leichter Dämmerung kein Gesicht mehr erkennen können?

Linus Loosen: Bin nachtblind.

PHK Rehme: Wenn Sie mich hier verarschen wollen, kann ich auch andere Saiten aufziehen! Die Gruppe der Menü-Safari war im Brauhaus Zwiebel, im Wilden Mann, im Ratskeller St. Georg und im Pilgrim-Haus zum Essen. Wir reden hier von beleuchteten Räumen!

Linus Loosen: Ja, ja, ist ja gut. Ich hab mit der Frau gesprochen. Mehrmals, die war nett.

PHK Rehme: Warum haben Sie mich dann eben angelogen?

Linus Loosen: Weil ich dachte, dann komm ich schneller wieder weg von hier.

PHK Rehme: Damit haben Sie jetzt eher das Gegenteil erreicht. Erzählen Sie bitte alles, was Sie wissen, und Sie können gehen.

Linus Loosen: Was ist denn passiert?

PHK Rehme: Ein Verbrechen, wie ich schon sagte.

Linus Loosen: Wer soll der Täter sein? Wenn Sie ein bisschen konkreter wären, könnte ich Ihnen sicher mehr helfen.

PHK Rehme: Zum jetzigen Zeitpunkt darf ich Ihnen leider nicht sagen, um wen aus der Gruppe es sich handeln könnte. Ihre Aussagen müssen unbeeinflusst von unserem Ermittlungsstand sein.

Linus Loosen: Find ich echt ineffektiv, aber okay, Sie sind der Bul… Polizist.

PHK Rehme: Zurück zu Mercedes de Sousa. Sie haben sie angebaggert?

Linus Loosen: Nee, nur ein bisschen geflirtet. Bei so einer Frau ja vollkommen normal.

PHK Rehme: Oder waren Sie auf eine angetrunkene Frau aus, die schon ein paar Zwiebelbier intus hat?

Linus Loosen: Was? Nein, seh ich aus, als ob ich so was nötig hab?

PHK Rehme: Sie sehen auch nicht aus wie der typische Pumpernickelesser.

Linus Loosen: Nee, echt nicht. Ist so überhaupt nicht meins.

PHK Rehme: Aber auf der Menü-Safari gibt es gerade Pumpernickel in etlichen Formen. Als Westfälisches Abendmahl mit Schinken, dann bei den Schweinemedaillons in Pumpernickelsoße, und sogar Pumpernickelparfait wird serviert. Danach hat auch der Letzte geschluckt, dass Pumpernickel in Soest erfunden wurde. Sie verstehen den Scherz, oder?

Linus Loosen: Superwitz.

PHK Rehme: Herr Loosen, was ich nicht verstehe, und das ist jetzt wirklich eine ganz persönliche Frage … Dürfte ich die Ihnen stellen?

Linus Loosen: Ja, klar, wenn es dadurch schneller geht.

PHK Rehme: Warum sind Sie viermal aus Bielefeld nach Soest gefahren, um an der Menü-Safari teilzunehmen, wenn Sie kein Pumpernickel mögen? Sehen Sie hier, die Kopien Ihrer Anmeldungen. Viermal in einem halben Jahr. Jedes Mal unter anderem Namen, aber die Handynummer ist immer dieselbe. Warum haben Sie das gemacht? Sollte das ein Spaß sein, oder was?

Linus Loosen: Fand ich lustig.

PHK Rehme: Deshalb haben Sie sich auch immer anders gekleidet, oder? Herr Bökenbrink hat ein sehr gutes Gedächtnis für die Teilnehmer seiner Gruppen. Beim ersten Mal kamen Sie im Businessanzug, Haare zurückgegelt, beim zweiten Mal mit Jeans und Lederjacke, eine Baseballcap auf dem Kopf, dann mit Wanderschuhen, Goretex-Jacke und Brille, und zuletzt …

Linus Loosen: Ich weiß selbst, was ich anhatte. Ja, ich hab mir einen Spaß draus gemacht. Na und? Ich dachte, ich soll Ihnen was über ein Verbrechen sagen. Oder einen Verdächtigen – also meiner Meinung nach war es der braun gebrannte Muskelmann aus der Gruppe. Der hatte so was Kriminelles an sich. Dem würde ich einen Mord zutrauen.

PHK Rehme: Ich habe nicht von einem Mord gesprochen.

Linus Loosen: Mein Gott, das war nur eine Vermutung! Ich meine das Verbrechen, wegen dem ich jetzt hier bin.

PHK Rehme: Sie haben sich noch gar nicht erkundigt, um was für ein Verbrechen es überhaupt geht.

Linus Loosen: Weil ich hier nur wegwill, okay? Und es ist mir auch egal, echt. Nennen Sie mich herzlos, aber egal, was es ist, mich betrifft es nicht.

PHK Rehme: Sind Sie mit Mercedes de Sousa nach dem Ende der Menü-Safari zusammengeblieben?

Linus Loosen: Was soll das? Geht es jetzt doch um mich? Ich will sofort einen Anwalt!

PHK Rehme: Wieso denn? Wir reden doch nur.

Linus Loosen: Tun wir nicht! Sie spielen irgendein krankes Spiel.

PHK Rehme: Warum sollte ich das tun?

Linus Loosen:	Weiß ich nicht. Kann ich jetzt gehen?
PHK Rehme:	Sie gehen viermal zu einer Menü-Safari, auf der es hauptsächlich Pumpernickel zu essen gibt, das Sie nicht leiden können. Sie reservieren unter verschiedenen Namen und ziehen sich immer anders an.
Linus Loosen:	Ist doch alles nicht strafbar, oder? Ich gehe jetzt.
PHK Rehme:	Mercedes de Sousa ist verschwunden. Seit diesem Abend.
Linus Loosen:	Ich sag Ihnen: Es war der Blonde. Ganz sicher. Der hat die so angeguckt, so gierig.
PHK Rehme:	Frau de Sousa verhielt sich während des ersten Teils der Stadtführung wohl ganz normal. (er blickt auf einen Ausdruck) Also auf der Strecke Paulikirche, Paulistraße, Richtung Haus zur Rose, Petristraße, Petrikirche, Dom. Beim zweiten Teil allerdings, also Am Seel, Vreithof, Teich, Wiesenstraße, Wiesenkirche, Schwarzeborngasse, Loerbach, Teichsmühle und Schweinemarkt, soll sie sich merkwürdig aufgeführt haben. Die Straßennamen sagen Ihnen jetzt vermutlich nichts.
Linus Loosen:	Nee.
PHK Rehme:	*(legt ihm einen Stadtplan vor)* Hier, schauen Sie es sich auf der Karte an. Ab der Einkehr im Ratskeller, der befindet sich hier, also ab Viertel nach acht, benahm sich Frau de Sousa dann anders.
Linus Loosen:	War wahrscheinlich betrunken.
PHK Rehme:	Das haben wir zuerst auch vermutet, aber sie hat dafür nicht genug Alkohol zu sich genommen. Können Sie sich vielleicht er-

	klären, warum sich ihr Zustand so schnell verschlechtert haben könnte?
Linus Loosen:	Keine Ahnung.
PHK Rehme:	Auch eine Vermutung würde uns helfen.
Linus Loosen:	(bläst die Wangen auf) Tja, also der Blonde war ja immer ganz nah bei ihr, also auch wenn wir was gegessen oder getrunken haben. Der könnte ihr K.-o.-Tropfen ins Glas getan haben, ohne dass es jemand mitbekommen hat.
PHK Rehme:	K.-o.-Tropfen?
Linus Loosen:	Ja, aber das ist nur eine Vermutung. Ich kenne mich mit so was ja nicht aus.
PHK Rehme:	Schauen Sie sich das mal an. Es ist eine Aufzeichnung über den Kauf von K.-o.-Tropfen in einem dubiosen Online-Shop. Und der ist von Ihnen.
Linus Loosen:	Das will mir einer unterschieben!
PHK Rehme:	Es heißt immer, im Internet gäbe es keine Spuren, aber das ist ein Irrtum. Man muss nur wissen, wo man zu suchen hat.
Linus Loosen:	...
PHK Rehme:	Herr Loosen?
Linus Loosen:	Ich brauch die Tropfen zum Einschlafen, okay? Die richtig harten Hämmer. Die bekommt man nicht einfach so in der Apotheke.
PHK Rehme:	Warum haben Sie mich dann gerade angelogen und behauptet, Sie würden sich mit so was nicht auskennen?
Linus Loosen:	Weil es mir peinlich war.
PHK Rehme:	Sie haben mich jetzt bereits mehrfach belogen.
Linus Loosen:	Ich will einen Anwalt.

PHK Rehme:	Den können wir Ihnen natürlich gern rufen. Haben Sie denn den Eindruck, dass Sie einen brauchen?
Linus Loosen:	Ich hab keinen Bock mehr auf Ihr Scheißspiel.
PHK Rehme:	Sie halten das alles für ein Spiel, ja?
Linus Loosen:	Ich sag gar nichts mehr, Sie können mir nix anhängen.
PHK Rehme:	*(legt ihm einige weitere Fotos vor)* Für diese Frauen hier war es ganz bestimmt kein Spiel! Schauen Sie sich diese Fotos hier an, Sie sehen das ja nicht zum ersten Mal, nicht wahr? Die Gesichter wurden mit kochend heißem Wasser verbrüht und die Kiefer zerschmettert, um eine Identifizierung unmöglich zu machen. Drei Frauen aus Soest und Umgebung. Drei junge, attraktive, alleinstehende Frauen, die bei Menü-Safaris waren, an denen Sie ebenfalls teilgenommen haben. Erwürgt und dann in den ehemaligen Klärteichen bei Hattrop entsorgt. Ein Hobbytaucher hat sie gefunden.
Linus Loosen:	…
PHK Rehme:	Wollen Sie mir vielleicht etwas sagen, Herr Loosen?
Linus Loosen:	Woher wollen Sie wissen, wer die Frauen sind und wo sie herkommen? Die sind doch gar nicht mehr zu erkennen.
PHK Rehme:	DNA-Analyse, Herr Loosen. Ganz einfach.
Linus Loosen:	Scheiße …
PHK Rehme:	Was haben Sie gesagt?
Linus Loosen:	Scheiße, die armen Frauen.
PHK Rehme:	Ja, klar. Dann kommen wir mal zu dem

hier. (legt einen Gegenstand in einem Plastikbeutel der Spurensicherung auf den Tisch) Mit diesem Hammer wurden die Kiefer der drei Frauen zerschlagen. Man könnte annehmen, dass sich so ein Werkzeug gut reinigen ließe. Aber ein Hammer, der oft benutzt wird, weist viele kleine Risse auf, in die Wasser und Seife manchmal nicht eindringen, in denen Knochensplitter sich aber verhaken können. Sie wissen ja, wo wir ihn gefunden haben.

Linus Loosen: Den kenne ich nicht, den muss einer in meinen Schuppen gelegt haben.

PHK Rehme: Sie wissen also, woher er stammt.

Linus Loosen: Wo sollte so was denn sonst liegen? Das ist kein Beweis, dass ich irgendwas wusste.

PHK Rehme: Ich fasse zusammen: Sie haben mich im Lauf unseres Gespräches mehr als einmal angelogen, Sie haben die Tatwaffe als aus Ihrem Schuppen stammend identifiziert, und Sie räumen den Kauf von K.-o.-Tropfen im Internet ein.

Linus Loosen: Ich ... Das ist ...

PHK Rehme: Wir kriegen Sie dran, Loosen! Das ist Ihnen hoffentlich klar? Falls Sie irgendeine Aussicht auf mildernde Umstände oder Hafterleichterung haben wollen, kooperieren Sie jetzt mit uns und sagen mir, wo wir die Leiche von Mercedes de Sousa finden.

Linus Loosen: Sie bluffen doch!

PHK Rehme: Herr Loosen, Sie können es sich schwer machen, oder Sie kooperieren und gestehen. Denken Sie an Ihre Familie, an Ihre Frau und Ihren Sohn. Was die in nächster

Zeit durchmachen müssen, wenn Ihre abscheulichen Taten durch die Medien gehen! Machen Sie es denen wenigstens leichter, indem Sie gestehen. Legen Sie die Karten auf den Tisch. Wenn Sie es nicht für sich tun, dann für die beiden.

Linus Loosen: Ich will einen …

PHK Rehme: Es ist vorbei, Loosen! Sie werden nie wieder auf freien Fuß kommen. Sie werden nie wieder einem Menschen etwas antun.

Linus Loosen: …

PHK Rehme: Gut, dann nicht. Dann auf die harte Tour. Ich verspreche Ihnen, dass ich höchstselbst dafür sorgen werde, dass Sie in Deutschlands miesestem Gefängnis in Einzelhaft kommen.

Linus Loosen: Möhnesee.

PHK Rehme: Was haben Sie gerade gesagt?

Linus Loosen: Möhnesee! Da finden Sie die Frau. Mercedes …

PHK Rehme: Wir müssen die genaue Stelle wissen! Haben Sie die Leiche wieder mit einem Sack Steinen versenkt?

Linus Loosen: Pumpernickel mit Schinken und dazu ein dunkles Zwiebelbier.

PHK Rehme: Wie bitte?

Linus Loosen: Ich will was zu essen. Pumpernickel mit Schinken und dazu ein dunkles Zwiebelbier. Dann sag ich Ihnen alles. Jedes Detail aller Morde. Vorher sag ich nichts.

PHK Rehme: Wollen Sie mich verarschen? Hier wird nicht gefeilscht! Sie sind ein vierfacher Mörder, verdammt noch mal!

Linus Loosen: (lacht)

PHK Rehme: Das hier ist schon lange nicht mehr zum Lachen.

Linus Loosen: Vierfacher Mörder. (schmunzelt) Wissen Sie, in Wirklichkeit mag ich dieses Dreckspumpernickel echt gern. Deswegen bin ich auch immer wieder nach Soest. In Hamburg konnte ich den Labskaus nicht ausstehen, oder heißt es das Labskaus? Auch egal. Und in Köln diese warme Blutwurst, meine Herren! Von München und den Weißwürsten und den Halloren-Kugeln in Halle will ich erst gar nicht reden. Was man nicht alles tut, um seine Opfer zu finden.

PHK Rehme: Sie haben …?

Linus Loosen: Ich werde als der »Kulinarische Killer« in die Geschichte eingehen, verstehen Sie? True-Crime-Dokus … Bücher … ein Kinofilm vielleicht … Einen kulinarischen Killer hat es noch nie gegeben, weltweit. Eigentlich hab ich in jeder Stadt nur einmal gemordet. Aber Pumpernickel und dunkles Zwiebelbier, verdammte Scheiße, das musste ich immer wieder haben! Und wenn ich das schon esse, hab ich mir gedacht, dann kann ich auch gleich noch eine umbringen. Das ist dann ja sozusagen ein Aufwasch. Ich hätte nie nach Soest kommen dürfen. Dann wäre ich jetzt nicht hier in diesem beschissenen Verhörzimmer, sondern auf dem Weg nach Jever, wo ich heute Abend schön ein Bier zischen würde, und würde Sonntag in Aachen Printen verdrücken.

PHK Rehme: …

Linus Loosen: Also, geben Sie mir Pumpernickel und Zwiebelbier! Und danach rühre ich das Zeug nie wieder an. Nennen Sie es meine Henkersmahlzeit. Aber wehe, ich werde als Pumpernickel-Bestie bekannt, dann widerrufe ich, haben Sie das verstanden?

PHK Rehme: (lächelt unmerklich und notiert sich »Pumpernickel-Bestie« auf einen Zettel) Selbstverständlich, alles, was Sie wollen …

Jens Henrik Jensen

Engel über Unna

Aus dem Dänischen von Friederike Buchinger

»Was zum Teufel wird das hier?«

»Eine gute Tat. Es ist ganz einfach. Du …«

(kurze Pause, als er das Gaffer-Tape über den aufgerissenen Mund klebt)

»… wirst gleich diese Welt verlassen. Und was könnte passender sein, als ein mordendes Schwein wie dich auf einem solchen Monster ins Jenseits reiten zu lassen? Zumal es weiß, wo es hinmuss. Es kennt den Weg. In die Hölle.«

Wie oft hatte er diesen Dialog nun schon in Gedanken abgespult. Er konnte die Sätze auswendig, und mit ihnen erwachten auch jedes Mal die Bilder zum Leben.

Ganz besonders heute. Natürlich ging es um das dritte Kapitel. Die Drei war keine gewöhnliche Zahl. Eins war nur eins allein. Zwei war auch nichts Besonderes. Aber drei … Drei war kein Zufall. Drei war das Ergebnis einer Kalkulation. Drei war ein *Statement*. Drei war eine Serie.

Drei war eine Serie. Manfred Gottschalck lächelte, als er die Haustür der verwahrlosten Villa in der Unteren Husemannstraße hinter sich zuzog. Sein Blick streifte das Namensschild aus Messing. »Bärbel Gottschalck« war dort in Schreibschrift eingraviert. Darunter klebte ein laminierter Zettel. »Manfred Gottschalck«, stand mit Kugelschreiber darauf.

Er nahm den flachen Aktenkoffer aus Aluminium und schloss die Hand fest um den Griff. Dieses beschissene Namensschild gehörte in den Müll. Seine ewig alles kritisierende Mutter, das alte Gespenst, war schließlich schon vor über einem Jahr krepiert. Bereits als der Sargdeckel zugeklappt wurde, hatte ihn eine wohlige Wärme durchströmt. Seitdem war er spürbar aufgelebt. Sein Rücken war gerader geworden, sein Brustkorb breiter, sein Appetit größer.

Er trat auf den Bürgersteig. Seine Schritte waren federnd, als wäre er vierzig Jahre jünger. Heute war sein großer Tag.

Als er die Treppen zur Fußgängerunterführung hinunterging, dachte er darüber nach, wie glücklich sich die Dinge für ihn entwickelt hatten.

Das Ganze hatte mit seiner alljährlichen Führung durch den Stolz Unnas begonnen, das Zentrum für Internationale Lichtkunst in der ehemaligen Lindenbrauerei. Dort, in dem unterirdischen Gang, in dem ein Stroboskoplicht Wassertropfen in einen Korridor aus glitzernden Diamanten verwandelte – dort unten hatte er ein Gesicht gesehen. *Das* Gesicht, das er nie hatte vergessen können. Es war älter geworden und faltig, aber es war immer noch *das* Gesicht.

Jimmy »King« Lüdekings Gesicht …

Der Anblick hatte ihn so schockiert, dass er fast ohnmächtig geworden war. Er hatte die Führung abgebrochen und draußen auf einer Bank nach Luft gerungen, aber während er sich noch von dem Schreck erholte, war eine Idee in ihm gekeimt. Je länger er darüber nachgedacht hatte, desto besser war es ihm gegangen. Es hatte sich dasselbe warme Gefühl der Ruhe eingestellt wie nach dem Tod seiner Mutter. Dennoch war er skeptisch geblieben. Bis zu dem Moment, in dem er einen starken Lufthauch im Gesicht gespürt und die verschwommene Gestalt eines weißen … Engels vor sich gesehen hatte. Am helllichten Tag. Mitten in Unna.

Der Engel war vor ihm gelandet, hatte die Hände vor dem Gesicht gefaltet, ihm zustimmend zugenickt – und war, wie auf ein Fingerschnipsen hin, wieder verschwunden. Gottes Gesandter hatte ihm die Stärke gegeben, den Gedanken »Was wäre wenn?« zu Ende zu denken.

Die Erinnerung ließ ihn gut gelaunt »Wind of Change« pfeifen, seine Lieblingsmelodie. Wie oft war er diesen Weg schon gegangen, unter den Bahngleisen hindurch und auf der anderen Seite wieder hoch, von der Unteren in die Obere Husemannstraße, nur wenige Gehminuten bis zu seiner Arbeitsstelle. Und immer mit dem Gefühl, ein Versager zu sein. Ab heute wehte wahrlich ein neuer Wind …

Seine Finger schmerzten, so fest umklammerte er den Griff seines Alukoffers. Vielleicht hätte er ihn sich ans Handgelenk ketten sollen? Bei der Vorstellung musste er grinsen. Nein. Das gab es nur im Film.

Rechter Hand tauchte sein alter Arbeitsplatz auf: das Polizeirevier Unna. Keine uniformierten Ex-Kollegen in Sicht, zum Glück. Oder leider. Gerade heute hätte er Großmut gezeigt. Ein Mensch von Format musste verzeihen können.

Er hatte vor Kurzem seinen Abschied eingereicht. Aufgegeben. Vor dem Gerede kapituliert, das hinter seinem Rücken stattfand.

»Ich stelle Sie zu unserem Experten für Fahrraddiebstahl durch, er heißt Manfred Gottschalck.«

»Was haben Sie gesagt, Frau Sowieso? Eine Beule im Kotflügel? Ich verbinde Sie mit unserem Kommissar Gottschalck, den Fall löst er im Nullkommanichts.«

Auf gewisse Weise hatte er sie sogar verstanden, die Kollegen. Am Ende war er nur noch die Karikatur des hartgesottenen, scharfsinnigen Kriminalkommissars gewesen, der er früher hatte werden wollen. Also hatte er seinen Hut genommen und sich still und leise durch die Hintertür davongeschlichen, nach Hause in die Untere Husemannstraße, dreiundsechzig Jahre alt, labil und nervlich angeschlagen.

Hätte der Teufel aller Teufel, Jimmy »King« Lüdeking, ihm heute angetan, was er ihm vor neununddreißig Jahren angetan hatte, dann wäre man ganz anders damit umgegangen. Heute hätte man ein ganzes Team von Spezialisten damit beauftragt, ihm zu helfen.

Damals hatte es niemanden interessiert, dass ihn die Todesangst lähmte, seit der King ihn gezwungen hatte, sich auf den nackten Betonboden der Lagerhalle zu knien – bereit für einen Schuss ins Genick.

Die Erinnerungen verfolgten ihn immer noch, aber zum Glück war er noch nicht zu alt für Träume. Nicht zu alt für Erfolg. Seine Hand schloss sich noch ein bisschen fester um den Griff des Aktenkoffers. Heute war sein großer Tag.

Er ging am Polizeirevier und dem Blumengeschäft nebenan vorbei. Auch wenn es ein Umweg war, folgte er seiner üblichen Route durch die Stadt – und doch war heute alles anders. Das hier war seine Ehrenrunde. Und sie würde erst am Bahnhof enden.

Als er direkt gegenüber von Taxi Brügmann der Witwe Walter begegnete, nickte er ihr mit einem breiten Lächeln zu. Wie immer tat sie, als wäre er Luft, aber das kümmerte ihn nicht. Nicht heute.

Damals war er so runter mit den Nerven gewesen, dass er sich irgendwann vor *allem* gefürchtet hatte.

Er hatte Angst davor gehabt, nach Königsborn gerufen zu werden, zu den ständigen Auseinandersetzungen zwischen Bürgern »anderer ethnischer Herkunft«. Angst davor, im Dunkeln einem bewaffneten Einbrecher zu begegnen. Angst vor großen, kräftigen Besoffenen. Angst vor kleinen, provozierenden Straßenjungs mit Messern in den Taschen. Angst vor Junkies mit irrem Blick. Angst vor … seinem eigenen Schatten …

Natürlich waren seinem Chef die Anzeichen dieser Talfahrt nicht entgangen. Über Jahre hinweg hatte man ihn geschont – und ihn so zum ungekrönten König der harmlosen Vergehen und Rechtsverstöße gemacht. Geschont – und verhöhnt.

Er ging weiter in Richtung Katharinen-Hospital. Auf der anderen Straßenseite befand sich das Medical Center II, eine große Tafel bot Überblick über die einzelnen Praxen. Er lächelte. Er kannte sie fast auswendig. Im Erdgeschoss war er zur Kraniosakraltherapie gewesen und beim Ohrenarzt, im ersten Stock hatte er die Ernährungsberatung aufgesucht und einen Meditationskurs belegt, im zweiten Stock eine Psychotherapie gemacht.

Es hatte alles nicht geholfen. Er hatte immer noch Angst, Angst, Angst gehabt … Wäre ihm der Engel doch einfach schon früher erschienen.

Sein Blick fiel auf die schwarz-gelbe Werbetafel des zweiten Taxi-Unternehmens in der Straße. Taxi Adler … Adler … wie der Erfolgsautor Jussi Adler-Olsen … Vielleicht würden sich eines schönen Tages ihre Wege kreuzen?

Drei war eine Serie.

Nummer eins war eine reine Aufwärmübung gewesen. Nein, der Begriff »Prolog« erschien ihm passender. In einem *Prolog* ging es darum, einen Charakter einzuführen. Und eine *Signatur* zu etablieren.

Er hatte sich einfach nur einen der Namen aussuchen müssen, die ganz oben auf der Liste der übelsten Schwerkriminellen im Polizeibezirk standen. Ohne Zögern hatte er sich für Otto Vogel entschieden. Er war ein bekannter Drogendealer, ein großer Fisch, den die Polizei aufgrund juristischer Spitzfindigkeiten immer wieder vom Haken hatte lassen müssen.

Mit seinen Kenntnissen der örtlichen Unterwelt hatte er einen Kontakt zu Otto Vogel hergestellt. Sie hatten sich spätabends auf dem Westfriedhof verabredet, vorgeblich, um ein paar krumme Geschäfte zu besprechen. Treffpunkt war das Grab mit der großen weißen Engelsskulptur gewesen – nur wenige Meter von dem beeindruckenden Grabmal der Familie entfernt, die einst die Lindenbrauerei gegründet hatte.

Mit einer Hand, deren Zittern von Diazepam und seinem neu entdeckten Mut in Schach gehalten wurde, hatte er einfach seine Pistole gezogen und Vogel mit einem durch den Schalldämpfer kaum hörbaren »Puff« mitten in die Stirn geschossen. Vogel war rücklings umgekippt und hatte mit großen, leeren Augen vor dem Grabstein gelegen und den weißen Engel angestarrt.

Er selbst hatte sich neben die Leiche gekniet und sorgfältig seine Signatur auf der Brust des Toten platziert: einen kleinen Engel, zurechtgebogen aus diesen dünnen, neonleuchtenden Knicklichtern, die es in allen Regenbogenfarben zu kaufen gab.

Er hatte sich für Rot entschieden, und sein Engel hatte hübsch in der Dunkelheit des Westfriedhofs geschimmert. Laut Herstellerangabe würde er bis zu acht Stunden leuchten.

Mittlerweile hatte er den Platz erreicht, an dem sich das Zentrum für Information und Bildung und das Zentrum für Internationale Lichtkunst befanden. Er ging an der Bank vorbei, wo ihm der Engel erschienen war. Hier war auch das Kino, in dem er so oft davon geträumt hatte, ein anderer zu sein. So oft, dass er sich schon als Teil der Familie fühlte, die das Kino seit zwei Generationen betrieben hatte. Inzwischen gab es einen neuen Besitzer, den er nicht kannte, oder besser gesagt: Der Kinobetreiber kannte *ihn* nicht. Noch nicht.

Als zweites Opfer hatte er sich Holger Neumann ausgesucht. Einen kleinen bösartigen Zuhälter, Bordellbesitzer und Frauenhändler. Er führte seine Geschäfte in Dortmund, residierte aber in Unna.

»Im Namen der Frauen dieser Welt«, hatte er ganz poetisch zu Neumann gesagt und ihm dann in die Stirn geschossen. Danach hatte er ihn am Torbogen vor dem blauen Zelt des Circus Travados im Kurpark aufgehängt. Zum Schluss

hatte er sorgfältig seine Signatur an Neumanns Mantel geheftet. Hübsch und hell hatte der Engel geleuchtet.

Er hatte noch eine Dreiviertelstunde, bis sein Zug nach München fuhr. Er blieb stehen und betrachtete das schmucke Fachwerkhaus auf der anderen Seite der Fußgängerzone. Es war verlockend ... Doch, dafür war auf jeden Fall noch Zeit.

Mindestens einmal in der Woche schaute er im »Senfladen« vorbei, begrüßte die freundliche Inhaberin und bestellte ein Würstchen mit Brot – und Senf natürlich. Am liebsten eine Thüringer Bratwurst oder das, was heute im Angebot war: die »spritzige Currywurst«.

»Hello, Mrs. Mustard.«

Er lächelte breit und winkte der Ladenbesitzerin zu. Eigentlich müsste er sie Frau Senf nennen, aber wie albern klang das denn, bitte? Und außerdem hatte es längst nicht den Drive, den die beiden M und der aufgesetzte britische Akzent mitbrachten.

Mrs. Mustard hatte mehr als dreihundert Sorten Senf im Angebot. An diesem besonderen Tag entschied er sich für einen alten Bekannten, den Senf mit Aprikosen. Süße und Schärfe vereint, das Ganze kombiniert mit einer Thüringer.

Er aß in aller Ruhe. Als es Zeit war zu gehen, überlegte er kurz, ob er Mrs. Mustard von seiner Fahrt nach München erzählen sollte und von dem, was ihn dort erwartete. Aber gerade da kam eine Mutter mit zwei Kindern in den Laden, und so beließ er es bei einem Lächeln und winkte ihr zum Abschied zu.

»Goodbye, Mrs. Mustard.«

»Auf Wiedersehen, Herr Gottschalck.«

Kurz darauf erreichte er den Marktplatz, der vor Leben nur so brummte. Es war Dienstag und damit Markttag. Normalerweise nahm er sich immer viel Zeit für seine Runde zwischen den Wagen und Ständen. Es war jedes Mal eine kleine kulinarische Reise durch die Region, seine Heimat. Käse, Wurst, Brot, Fisch, Gemüse. Und dazu Bratwurst vom Grill.

Als er den Marktplatz überquert hatte, blieb er vor der Buchhandlung Hornung stehen. Nicht mehr lange, und ...

Der Buchhändler tauchte zwischen den Werbepostern im Schaufenster auf. Für einen kurzen Moment begegneten sich ihre Blicke. Sie kannten sich nicht. Der Buchhändler tauschte eins der Plakate aus, und kurz darauf hing ein lächelnder Sebastian Fitzek hinter der Scheibe.

Er ging weiter, vorbei an der Holzofenbäckerei, und kam kurz in Versuchung. Zwei Cremeteilchen für die Fahrt wären schön, aber er hatte einen Platz in der ersten Klasse gebucht – und da konnte er doch nicht aus der Tüte essen wie ein dahergelaufener Proletarier. Er war ja eigentlich durch und durch ein Zweite-Klasse-Mensch, der in seinem fortgeschrittenen Alter erst noch lernen musste, wie man sich in der ersten Klasse verhielt.

Er bog nach rechts ab in das kleine Sträßchen, das die Bahnhofstraße mit dem Kirchplatz verband. Der Anblick von Unnas prächtiger Stadtkirche erfüllte ihn mit Ehrfurcht. Jetzt war er dem Kulminationspunkt seines Werks so nah, wie man nur sein konnte. Wie kleine Ameisen wirkten die Handwerker, die hoch oben auf dem Gerüst mit den Restaurierungsarbeiten beschäftigt waren.

Einen Augenblick später stand er exakt an der Stelle, an der er seine alte Rechnung mit Jimmy »King« Lüdeking beglichen hatte. Otto Vogel und Holger Neumann waren nur Namen, die ihm dazu gedient hatten, die Serie zu vervollständigen, zwei Trittsteine auf dem Weg zur Vollendung. Mit King dagegen war es etwas ganz anderes. Seine Inszenierung hatte er filigraner gestaltet. Und äußerst persönlich.

Er strich der zwei Meter langen Figur zu seinen Füßen über den Kopf, kraulte sie kurz hinter den Ohren. Die Figur war grimmig. Rache war süß. Beides zusammen war ein bisschen wie ... Aprikosensenf.

Er lächelte zufrieden. Ja, wahrhaftig, mit Worten umgehen, das konnte er.

Die Statue war einer der Höllenhunde, eines der vier zweieinhalb Tonnen schweren monströsen Fabeltiere der Stadtkirche. Es waren Wasserspeier, dazu gedacht, das Regenwasser vom Kirchendach abzuleiten. Aber statt aus dem Maul der Hunde zu spritzen, war es zuletzt an der Fassade heruntergelaufen und hatte das Mauerwerk beschädigt. Jetzt lagen die Höllenhunde auf dem Kirchplatz und warteten darauf, restauriert und wieder hoch oben am Turm befestigt zu werden.

Er starrte auf die Fangzähne der Bestie. In jener Nacht hatte er Blut zu schmecken bekommen, der Köter ... Lüdeking hatte geblutet wie das Schwein, das er war. Die dunklen Überreste an den Pranken waren immer noch zu erahnen, obwohl seitdem mehrere Monate vergangen waren.

Er hatte Jimmy Lüdeking einen handschriftlichen Brief in den Briefkasten seiner riesigen, herrschaftlichen Wohnung in der Innenstadt gesteckt. Sowohl auf dem Klingelschild als auch am Briefkasten hatte zwar »Martina und Jimmy Ehrlich« gestanden, aber er war schnell dahintergekommen, dass Ehrlich der Mädchenname der Ehefrau war. In Bezug auf Jimmy war dieser Name der Witz des Jahrhunderts.

In dem Brief hatte er King einen Vorschlag unterbreitet. Ein lukratives »Geschäftsangebot«, das er spätabends im Schutz der Kirchenmauern mit ihm besprechen wollte, in dem schmalen Gässchen zwischen Kirchstraße und Nicolaiviertel.

Die Neugier hatte den alten Verbrecher nachts um halb drei zum Treffpunkt gelockt. Die Vorsicht hatte ihn allerdings dazu veranlasst, ein Schießeisen einzustecken.

Er wurde kurz aus seinen Gedanken gerissen, als einer der Bauarbeiter hoch oben am Kirchturm irgendetwas rief und einer seiner Kollegen ihm etwas antwortete, aber Sekunden später war er wieder zurück im Geschehen.

Als Jimmy Lüdeking misstrauisch geworden war und seine Waffe ziehen wollte, hatte er seinen Taser abgefeuert und Lüdekings alten Körper mit einem Fünfzigtausend-Volt-Stoß ausgeknockt.

Danach war es ein Leichtes gewesen, ihn am Kragen zu packen und an seinen Bestimmungsort zu verfrachten.

Rund um die Kirche waren zum Schutz der alten Gebäudeteile mehrere Zäune aufgestellt worden. Dahinter lagen Steinquader, Säulenstücke und Ornamente, und auch sie … die vier Höllenhunde, geboren aus dem Reich der Finsternis, mit abstehenden Ohren, gefletschten Zähnen und so ausgehungert, dass man ihre Rippen zählen konnte.

Er hatte die Kette des Bauzauns mit einem Bolzenschneider durchtrennt und King ohne größere Schwierigkeiten auf dem Rücken des braven Hundes platziert, den er sich zu diesem Zweck auserkoren hatte. Er hatte ihn sorgfältig festgezurrt und ein Stück Gaffer-Tape vorbereitet, um dem Alten den Mund zuzukleben, falls er auf die Idee kommen sollte loszuschreien, sobald er wieder zu sich kam.

Reglos hatte er dagestanden und die Szenerie genossen: das Bild, das er sich in Gedanken ausgemalt hatte, der Höhepunkt dieses Crescendos, das seinesgleichen suchte. »Höllenhund mit Reiter auf dem Heimweg« wäre ein passender Titel dafür gewesen – oder »Der Engel über Unna fällt ein Urteil«.

Gerade als er damit fertig gewesen war, den King in Position zu bringen, hatte er ein Geräusch in der Gasse gehört. Er war zusammengezuckt und hinter dem Höllenhund in Deckung gegangen. Mit der Pistole im Anschlag hatte er sich schließlich vorsichtig herangeschlichen. Im Licht der Straßenlaterne hatte er erst ein umgefallenes Fahrrad und im nächsten Augenblick eine gestreifte Katze gesehen, die auf der Mauer saß.

Er hatte das Fahrrad betrachtet. Ein Mountainbike, neongrün, mit großen orangenen Buchstaben auf dem Rahmen. Es war nicht abgeschlossen gewesen, aber auch so ramponiert, dass es sowieso niemand klauen würde. Denn wenn sich hier jemand mit Fahrraddieben auskannte, dann er … Er hatte sich umgeschaut, während die Katze ihn reglos anstarrte. Aber er war nicht umsonst Polizist, oder besser gesagt Ex-Polizist, und konnte natürlich logische Schlüsse ziehen: Die Mauer war hoch, die Katze saß etwas über Kopfhöhe, folglich hatte sie das Fahrrad, das an der Mauer lehnte, als Absprunghilfe benutzt und – zack, war es umgekippt. *No shit, Sherlock …*

Unterdessen war Lüdeking wieder zu Bewusstsein gekommen, aber es hatte noch einige Minuten gedauert, bis der Alte seine Lage erfasste.

Er hatte seine Waffe auf Kings Bauch gerichtet. Es würde ein langsamer und schmerzhafter Tod werden. Er hatte große Schweißperlen auf der Stirn seines Opfers bemerkt, aber noch besser hatte ihm der dunkle Fleck gefallen, der sich in Kings Schritt ausbreitete.

»Piss dir ruhig in die Hose. Das wärmt zwar nur einen Augenblick, aber viel länger hast du sowieso nicht mehr, Jimmy Lüdeking. Oder soll ich lieber … ›King‹ sagen? So wie in alten Zeiten? Wolltest du nicht immer so genannt werden? Der König. Und jetzt ›Ehrlich‹? Ausgerechnet du?«

»Woher kennst du meinen Namen?«

Er hatte wortlos mit den Schultern gezuckt und den Anblick der großen, ängstlichen Augen genossen.

»Ich kann dir Geld geben«, hatte der alte Verbrecher ihm jammernd angeboten. »Eine halbe Million Euro? Eine Million? Ich habe Kinder … Und ein Enkelkind, das bei mir … aufwächst.«

Ein Kind bei King? Seine Mundwinkel zuckten bei der Vorstellung, und er schüttelte stumm den Kopf. Kings Stimme war brüchig geworden.

Die Sätze, die ihm durch den Kopf gegangen waren, als er vor einer Stunde die Haustür abgeschlossen hatte, kamen ihm wieder in den Sinn:

»Was zum Teufel wird das hier?«

»Eine gute Tat. Es ist ganz einfach. Du …«

(hier folgte die kurze Pause, als er ihm das Gaffer-Tape über den aufgerissenen Mund klebte)

»… wirst gleich diese Welt verlassen. Und was könnte passender sein, als ein mordendes Schwein wie dich auf einem solchen Monster ins Jenseits reiten zu lassen? Zumal es weiß, wo es hinmuss. Es kennt den Weg. In die Hölle.«

Er hatte King gnadenlos das Gaffer-Tape in die Visage geklebt, aber das eine Wort, das der Alte stoßweise wiederholte, hatte er dennoch herausgehört: »Warum?« Tatsächlich erinnerte sich an alles, was in jener Nacht noch gesagt worden war.

»Warum? Das kann ich dir sagen … Vor neununddreißig Jahren … Lagerhalle 118, Bremerhaven. Du hast meinen Kollegen getötet. Er hieß Karl. Er war sechsundzwanzig Jahre alt und gerade Vater einer kleinen Tochter geworden. Mein Name ist Manfred Gottschalck. Ich war sein Partner. Ich war erst vierundzwanzig. Du hast mich gezwungen, mich hinzuknien. Und du hast abgedrückt – nur ein einziges Mal –, aber dann waren plötzlich aus allen Richtungen die Martinshörner der Einsatzwagen zu hören, die uns zu Hilfe kamen, und du bist abgehauen, zusammen mit deinen beiden Handlangern.«

Er hatte eine Kunstpause eingelegt und dann in aller Ruhe seinen Monolog im Dunkeln fortgesetzt: »Deine Pistole hatte damals offenbar eine Ladehemmung. Sie klickte, weißt du noch? Aber mit meiner Waffe ist alles in Ordnung ...«

Puff, puff ... Zwei schallgedämpfte Schüsse in den Magen. Dann hatte er sorgfältig seinen Engel mit einer Sicherheitsnadel an Kings Jacke befestigt. Der Engel leuchtete rot. Kings aufgerissene Augen schimmerten vor Schmerz und Verwunderung, bis alles Leben aus ihnen verschwunden war.

Erneut wurde er aus seinen Gedanken gerissen, als ein Teenager mit Schulrucksack auf dem Rücken an ihm vorbeiradelte. Jetzt hier entlangzugehen, durch die Stadt, in der er geboren worden war, vorbei an der Stadtkirche, auf dem Weg zu seinem großen Triumph, und sich im selben Moment von der Erinnerung an die Angst in Kings Blick berauschen zu lassen – was mehr konnte man sich wünschen?

Die Kirche war fast siebenhundert Jahre alt. Sie war eine würdige Augenzeugin seiner guten Tat. Wie er selbst hatte sie schon so viel Schreckliches erlebt. Vier Unglücksjahre hatte sie überstanden: 1660 war der Turm eingestürzt und hatte neun Menschen in den Tod gerissen. 1723 hatte ein verheerender Brand die Kirche und einen großen Teil der Stadt erfasst, 1860 hatte der Turm gebrannt, nachdem er von einem teuflischen Blitz getroffen worden war – und 2018 hatte Sturmtief »Friederike« schließlich so große Schäden am Turm verursacht, dass er erneut renoviert werden musste.

Aber so hatte alles auch sein Gutes. Ohne die Schäden hätten die Höllenhunde ihn nicht zu seiner großartigen Rache für sein eigenes Unglücksjahr inspirieren können. Er ging die kleine Treppe zum Nicolai-Haus hinunter und schaute auf seine Armbanduhr. Er hatte immer noch reichlich Zeit, aber als er das Kopfsteinpflaster des Güldenen Trog erreichte, beschleunigte er seinen Schritt. Er wollte nicht in letzter Sekunde auf den Bahnsteig hetzen.

Vergangenheit, Gegenwart und nicht zuletzt eine goldene

Zukunft verschmolzen in seinen Gedanken, während er zügig durch den Stadtgarten eilte, Unnas kleine grüne Oase zwischen Ringstraße und den Resten der alten Stadtmauer.

Am Ende des Parks fiel sein Blick auf das Kriegerdenkmal. Jemand hatte zwei leere Bierflaschen vor dem Relief mit den beiden Soldaten abgestellt – und noch einige mehr zerschlagen, denn überall lagen grüne Glasscherben herum. Seit er das letzte Mal hier vorbeigekommen war, waren weitere Messingbuchstaben von der Inschrift an der Mauer verschwunden. Irgendwann würden die Worte überhaupt keinen Sinn mehr ergeben. Buchstaben – und Worte … Sein Talent, sie zusammenzusetzen und ihnen einen formvollendeten Fluss zu verleihen, hatte ihm spät im Leben eine großartige Chance eröffnet. Er war dankbar.

Heute würde er sich in eine Riege großer Namen einreihen, allesamt Kriminaler wie er, ehemalige oder aktive. Landsleute wie Eckard Mordhorst, der bereits verstorbene Polizeipräsident von Bremen. Nicht zu vergessen: Norbert Horst, der immer noch in Bielefeld ermittelte. Oder die »großen« Skandinavier, wie der ehemalige Chefermittler Jørn Lier Horst aus Norwegen, der Kriminologe Leif G. W. Persson aus Schweden – und, in einem thematisch ähnlichen Berufsfeld, die frühere norwegische Justizministerin Anne Holt.

Er blieb an der Fußgängerampel gegenüber von McDonald's stehen und wartete auf Grün. Hatte er nicht sein Leben lang auf Grün gewartet? Jetzt war Schluss damit. Er konnte schon hören, wie sie bei den ersten öffentlichen Veranstaltungen in den Ecken tuscheln würden. »Ist das nicht ein Riesenknüller, dieser Polizist? Gottschalck?« Und die anderen würden nicken, ehrfürchtig und bestätigend.

Heute Abend würde er den Vertrag unterschreiben, bei einem Abendessen im kleinen Kreis mit der Verlagsspitze. Das ganze Manuskript – ausgedruckt auf Papier und sicher verwahrt in seinem Aluminiumkoffer – würde er als besondere Geste signieren und dem Verleger persönlich überreichen.

»Angenommen – ein Meisterwerk, Herr Gottschalck.« Er kannte die Antwort des Lektors in- und auswendig. Morgen sollte er dann dem ganzen Team des Verlags vorgestellt werden. Bejubelt, wie ein römischer Heerführer nach der Heimkehr.

Ein Teenager kam auf seinem Mountainbike den Kiesweg herunter. Er hatte die Kapuze seines Pullis tief ins Gesicht gezogen. Das Rad war neongrün, mit flammenden orangenen Buchstaben auf dem Rahmen. Langsam rollte er von hinten an den älteren Herrn heran, der auf Grün wartete. Er hatte seinen Schulrucksack auf dem Rücken. Aus der Nähe hätte man das Namensschild lesen können, auf dem »Andreas Lüdeking« stand. Dann hob der Junge entschlossen seinen rechten Fuß und trat mit aller Kraft zu.

Der Tritt in die Lende schickte den Alten taumelnd auf die Fahrbahn. Sekundenbruchteile später wurde er von einem Auto erfasst, das mit hoher Geschwindigkeit auf das schwarze Loch des Ringtunnels zuraste.

Die alte Dame saß auf einer Bank im Stadtpark und ruhte sich aus, so wie sie es immer tat, wenn sie nach dem Einkaufen auf dem Heimweg war. Sie hörte den hässlichen Knall. Sie sah den Körper, der durch die Luft geschleudert wurde, hoch über die Motorhaube, nur um gleich darauf von dem nächsten Auto getroffen zu werden. Und auf einmal segelten überall weiße Seiten herum, durcheinandergewirbelt vom böigen Wind.

Eine blieb an ihrem Mantel hängen. Es war ein … leeres Blatt Papier … Sie drehte es um. Nein, da stand doch etwas. Nur eine einzige Zeile. Sie las:

»Der Engel über Unna – von Manfred Gottschalck«.

Ralf Kramp

Herr Müller kommt nach Lüdenscheid

Darf ich vorstellen, das ist Wulf-Dietrich Müller aus Stuttgart. Der kleine, fast kahlköpfige Mann mit dem unmodern geschnittenen dunkelblauen Anzug. Er ist vierundsechzig Jahre alt, geschieden, Vater zweier Kinder. Seine Tochter Beate hat in der Schweiz Medizin studiert und lebt heute mit ihrer Lebensgefährtin in der Nähe von Mailand. Sein Sohn Gereon hat die Möbelpolsterei der Schwiegereltern in Hamburg übernommen. Herr Müller sieht seine Kinder und die beiden Enkelkinder nur selten. Seine Exfrau Elke sieht er noch seltener, was ihm nicht ungelegen kommt.

Er ist Beamter im Vorruhestand, leidet unter Asthma, einem Reizmagen und mehreren Lebensmittelallergien.

Es gibt nicht sehr viele Ziele, die Herr Müller sich in seinem Leben gesteckt hat. Und bei den meisten davon ist er gescheitert. Er wurde niemals Klassensprecher, beim Wehrdienst erreichte er keinen höheren Dienstgrad, und auch im Amt blieb ihm jede Beförderung versagt.

Aber heute ist er Erster Vorsitzender der »Humorfreunde Vicco von Bülow Gesellschaft e. V.«, kurz »HuVivoBüGe«, die zweihundertsiebenundvierzig Mitglieder hat, hauptsächlich im baden-württembergischen Raum.

Seine Mutter ist Zweite Vorsitzende – allerdings nur nominell, denn sie verlässt mit ihren dreiundneunzig Jahren nur noch selten das Haus –, sein Vetter Uli ist Kassenwart. Den verantwortungsvollen Posten des Vereinsvorsitzenden hat sich Wulf-Dietrich Müller nach dem Tod des Gründungsmitglieds Dr. Friedrich Schorlemmer nicht eben erkämpfen müssen. Die Wahl entschied er in Ermangelung eines Gegenkandidaten gleich im ersten Wahlgang für sich.

Seit achteinhalb Monaten leitet er nun die Geschicke des Vereins, der sich die Wahrung des Andenkens an Deutschlands größten Humoristen auf die Fahne geschrieben hat, und in eben dieser Funktion steigt Herr Müller heute, am späten Sonntagnachmittag, nach fast sechsstündiger Fahrt aus dem Zug, der mit knapper Verspätung in den Lüdenscheider Bahnhof eingefahren ist. Es gibt nur ein Gleis. Der Himmel ist grau verhangen, es nieselt.

Lüdenscheid – Herr Müller weiß so gut wie nichts über diese Stadt. Er kann sich nicht erinnern, überhaupt jemals im Sauerland gewesen zu sein. Nur dass die Bundesverdienstkreuze von einer hiesigen Firma produziert werden, das hat er einmal gehört. Nun, ein Bundesverdienstkreuz wird er in seinem Leben wohl kaum noch verliehen bekommen. Aber für seinen Verein, da wird er, solange er im Amt ist, alles tun! Dafür gibt es zwar keinen Orden, aber sein Engagement wird so gewaltig sein, dass man ihm dafür durchaus einen verleihen könnte.

Die Stadt Lüdenscheid will nun also in die Liste der offiziellen Loriot-Gedächtnisstätten aufgenommen werden, die von der HuVivoBüGe geführt wird. Um diesen Antrag zu prüfen, ist er hierhergereist. Denn auf diese exklusive Liste kommt nicht Krethi und Plethi. Das muss man präzise abwägen.

Er schaut an der Waggonreihe des Zugs entlang. Wenn er den Stadtplan richtig gelesen hat, ist er vorhin genau durch das Tal zwischen den beiden evangelischen Friedhöfen gefahren. Um einen dieser beiden Friedhöfe geht es. Dort hinten liegt sein Namensvetter Hans Müller – immerhin schon einmal ein kleiner Pluspunkt für diese Stadt.

Er schreitet gedankenverloren mit seinem kleinen Köfferchen den Bahnsteig entlang, zwischen den Angekommenen hindurch und denen, die ihre Fahrt erst antreten, bis er das Ende der Waggonreihe erreicht hat. Ja, dort hinten, das ist der Friedhof Wehberg, da liegt dieser Herr Müller.

Zugtüren knallen, ein Zischen wird laut, ein kurzes Pfeifen gibt das Signal – der Zug setzt sich sehr langsam mit einem Quietschen in Bewegung.

In diesem Moment strauchelt Wulf-Dietrich Müller. Er weiß nicht, ob er mit dem Fuß gegen irgendetwas gestoßen ist, eine Unebenheit im Pflaster womöglich, ob er auf die eigenen Schnürsenkel getreten ist oder ob ihn jemand angerempelt hat.

Er lässt das Köfferchen los, taumelt auf die Bahnsteigkante und den langsam anrollenden Zug zu, rudert mit den Armen und fängt sich im letzten Moment.

Eine Szene wie aus einem Loriot-Sketch. Loriot war der Meister des intelligenten Slapsticks. »Das Bild hing schief« … Besser kann man so was gar nicht machen als der große Komödiant.

Herr Müller bleibt schwer atmend stehen und öffnet den obersten Hemdknopf. Er holt sein Asthmaspray hervor und inhaliert tief. Kein gutes Omen, denkt er. Lüdenscheid, du wirst es schwer haben.

Dann hebt er seinen Koffer auf und geht in Richtung Innenstadt. Moderne Betonbauten, so weit das Auge blickt. Alles ist grau. Wenn da nicht noch was anderes kommt, sieht er schwarz für einen Platz auf der Liste der HuVivoBüGe.

Er hat schon ein paarmal versucht, den Herrn von der Verwaltung zu erreichen, der ihn eingeladen hat. Mit seinem Mobiltelefon, das so alt ist, dass man nichts anderes damit tun kann als telefonieren. Nun, es ist Wochenende, und der Mann, dessen Namen er sich nicht entsinnen kann, wird sich erholen wollen. Morgen ist auch noch ein Tag.

Darf ich vorstellen, das ist Dr. Konstantin Brösecke aus Kiel. Der dickliche Mann da mit der grauen Stoppelfrisur und der klobigen Brille mit den starken Gläsern. Er ist zweiundsechzig Jahre alt und ledig. Seit vierundzwanzig Jahren führt er eine Fernbeziehung zu Brigitte Fröstel aus Passau, einer ehemaligen Brieffreundin.

Die beiden verbringen jeden Monat ein Wochenende miteinander und fahren gemeinsam in Urlaub. Für Dr. Brösecke kommt aus beruflichen Gründen kein Umzug in Frage. Er müsste seine Professur am Institut für Pflanzenernährung und Bodenkunde aufgeben. Frau Fröstel zieht einen Umzug nach Kiel erst für die Zeit nach dem Ableben ihres inzwischen dreiundzwanzigjährigen Labrador-Rüden »Thoelke« in Betracht. Dr. Brösecke hat zwei Dutzend Patente aus verschiedensten Bereichen des menschlichen Alltags auf seinen Namen angemeldet. Er dirigiert am Abend in seinem Wohnzimmer mit Vorliebe klassische Konzerte und sammelt Zuckerwürfel mit Werbeaufdruck.

Seit drei Jahren ist Dr. Brösecke zudem Vorsitzender des Vereins »Erste unabhängige Vereinigung der Loriot-Enthusiasten Deutschlands e.V.«, kurz »E.U.V.D.L.E.D.«. In einer Kampfabstimmung schlug er seinerzeit acht Mitbewerber aus dem Feld. Seine erste Amtshandlung war eine Satzungsänderung, durch die nun die Dauer des Vorsitzes auf Lebenszeit festgelegt ist.

Dr. Brösecke ist mit dem Auto nach Lüdenscheid gekommen. Mitten in der Altstadt gibt es ein kleines Parkhaus, in dem er seinen Opel für zwei Tage abgestellt hat.

Er ist sich sicher, dass sein Vortrag »Loriot – ein Leben für die Knollennase« am kommenden Abend in der Bibliothek am Engelbertplatz ein voller Erfolg werden wird. Lüdenscheid ist immerhin der Ort, in dem der Filmregisseur Müller lebte. Müller und Vicco von Bülow haben einander vermutlich nie persönlich kennengelernt, und doch gibt es ein Band, das diese beiden Kulturmenschen miteinander verbunden hat.

Als Dr. Brösecke vor dem kleinen Hotel gegenüber dem Kulturhaus angekommen ist, muss er zufrieden schmunzeln.

Er sieht es schon von Weitem. Im Fenster steht eine Bronzestatue von Loriots badenden Herren. Herr Müller-Lüdenscheidt und Herr Dr. Klöbner. Nicht gerade lebensgroß, aber doch wunderbar nachgebildet. Was für ein herzlicher Empfang.

Ein Kleintransporter kommt von rechts, ein Taxi mit ausgeschalteter Leuchte von links; Dr. Brösecke wartet, bis er die Straße überqueren kann. Noch ein Auto, noch eins ...

Da erwischt ihn ein Stoß in den Rücken. Er wird nach vorn geworfen, sodass ein Radfahrer mit Klingeln und wütendem Geschrei ausweichen muss. Instinktiv packt Dr. Brösecke nach einem der metallenen Poller und verhindert somit im letzten Augenblick, dass er der Länge nach auf die Straße fällt und von einem Auto überrollt wird.

Seine Brille ist zu Boden gefallen. Irgendwo hier, zwischen den kleinen Sträuchern am Rand des Beets. Tastend sucht er danach und tapst zwischen den Zweigen herum. Er kommt sich vor wie Opa Hoppenstedt, der durch Berge von Weihnachtsgeschenkpapier watet. Als er sie schließlich findet und aufsetzt, ist sie gottlob unbeschädigt. Ihm ist plötzlich sehr heiß. Mit einem Mal fühlt er sich gar nicht mehr so willkommen hier im Sauerland. Gleich, wenn er mit Brigitte telefoniert, wird er nichts von dem kleinen Zwischenfall erzählen. Sie ängstigt sich immer so leicht.

Herr Müller hat ein mulmiges Gefühl. Nicht nur, dass er in einer fremden Stadt ist, nein, auch sein schlimmster Feind ist hier: Dr. Brösecke von der E.U.V.D.L.E.D., diesem halbseidenen Sammelsurium von selbst ernannten Loriot-Kennern. Er hat ihn gesehen, als er aus dem Parkhaus kam, und hat ihn gleich erkannt. Er kann das Gefühl kaum beschreiben. Es ist, als würde eine kalte, klamme Hand ihm über den Rücken streichen, sich ihm in den Nacken legen, sein Herz packen und fest zudrücken. Dr. Brösecke – sie sind einander noch nie begegnet, aber er weiß alles über ihn und seine Machenschaften. Man muss den Feind kennen!

Hunger hat Herr Müller auch. Die Butterbrote, die er sich zu Hause für die Bahnfahrt geschmiert hat, haben nicht lange vorgehalten. Und diese modernen Bordbistros wird er nicht unterstützen. Die verdienen an ihm keinen Pfennig.

Als er das Hotel verlässt, hat es schon begonnen, dämmrig zu werden. Im Vorbeigehen sieht er noch einmal die beiden badenden Männer im Fenster. Morgen beim Frühstück muss er unbedingt den Platz gleich daneben ergattern. Wer sonst sollte dort sitzen als er! Er biegt in Richtung Altstadt ab, so wie man es ihm geraten hat. Und da ist Herr Müller aber jetzt mal erfreut, als er die kreisrund um die Erlöserkirche angeordneten Gassen und Häuserzeilen erreicht. So hatte er sich das erhofft: liebevoll restaurierte alte Häuser, romantisches Kopfsteinpflaster … so was mag er. Auf dem Weg vom Bahnhof hierherauf hatte sich sein Schrecken vom Rathausplatz mit seinen komischen Kunstwerken nach und nach verflüchtigt, als langsam immer mehr historische Gebäude entlang der Fußgängerzone auftauchten. Jetzt ist er fast restlos besänftigt.

Morgen früh wird er das Grab von diesem Hans Müller besuchen, jenem Filmregisseur, der von 1909 bis 1977 hier gelebt hat. Loriot erfuhr von seinem Sketchpartner Edgar Hoppe, dass in der Kantine des SWF in Baden-Baden oft mehrere Müllers zu Mittag aßen und dass die Dame von der Telefonzentrale zur besseren Unterscheidung jeweils den Wohnort anhängte, wenn sie einen von ihnen ausrief. Und so wurde Loriot angeblich zu seinem Müller-Lüdenscheidt inspiriert. Aber ob das reicht, um auf die Liste zu kommen? Der Geburtsort Brandenburg an der Havel, der Wohnort Ammerland am Starnberger See, die Stationen Berlin und Stuttgart, Bremen mit dem Original-Loriot-Sofa, eine Herrenboutique in Wuppertal und einige andere wichtige Orte aus Loriots Leben – ob da Lüdenscheid hineinpasst?

Herr Müller kehrt im Wirtshaus »Zum Schwejk« ein. Das sieht schon von außen besonders rustikal aus. Die Speisekarte ist reichhaltig und international, aber mit Garnelen und Tintenfisch braucht ihm keiner zu kommen. Er isst im Lokal stets Pasta. Und ein kleines Stückchen einer Nudel pappt er sich an die Unterlippe. Das ist ein alter Brauch bei der HuVivoBüGe. Wenn die Nudel so lange kleben bleibt, bis der Kellner oder ein anderer Gast sagt »Sie haben da was«, bringt das Glück.

Herrn Müllers Nudel fällt schon beim ersten Schluck aus seinem Bierglas herunter. Das ist nicht gut. Das liegt an Dr. Brösecke. Dieses Subjekt bereitet ihm Magenschmerzen. Es gehört … es gehört … ausgelöscht!

Dr. Brösecke macht einen Spaziergang durch die Altstadt. Müller hier! Dieser Wicht!

Es ist in den letzten Tagen merklich kühler geworden, und Dr. Brösecke ist froh, den Übergangsmantel mitgenommen zu haben. Es muss etwas geschehen wegen diesem Müller von der dilettantischen Truppe von angeblichen Loriot-Experten! Wenn überhaupt, finden sich solche Fachleute in der E.U.V.D.L.E.D.! Sie sind es doch, die alljährlich den Erwin-Lindemann-Preis an die beste Laiendarstellung eines Loriot-Sketchs in elf verschiedenen Kategorien verleihen. Sie richten den bundesweiten Knollennasen-Malwettbewerb aus! Sie sind es, die sich Loriots berühmtes »Holleri du dödel di!« auf ihre Vereinsflagge haben sticken lassen!

Die HuVivoBüGe ist dagegen nichts mehr als eine Bande von ignoranten Wichtigtuern. In Deutschland ist kein Platz für zwei Loriot-Gesellschaften! Und in Lüdenscheid ist kein Platz für zwei Vorsitzende!

Dr. Brösecke schleicht um das Wirtshaus »Zum Schwejk«. Dort drin sitzt er, dieser Müller. Vermutlich schmiedet er Pläne, wie er Bröseckes morgigen Vortrag stören kann. Ja, vom Neid zerfressen ist Müller. Vom Neid zerfressen und von der Missgunst durchtränkt. Zu Recht, denn der große Knüller folgt in zwei Monaten! Bei dem berühmten ZDF-Quiz »Wer weiß das wohl?« wird nämlich ein lupenreiner Vicco-von-Bülow-Kenner auftreten und der gebannt zuschauenden Fernsehnation sein profundes Fachwissen präsentieren. Und das wird nicht Müller sein! Nicht Müller, sondern er – Dr. Brösecke!

Die Soße war ein bisschen zu pikant für Herrn Müllers Geschmack. Er hat das Gefühl, die Sanitäranlagen des Gasthauses gar nicht schnell genug erreichen zu können. Sein ohnehin empfindlicher Magen leidet sehr unter der Situation. Es geht ihm wirklich nicht besonders gut. Sein Puls rast, und er findet gerade noch rechtzeitig Erleichterung auf der Toilette. Er muss wieder an Dr. Brösecke denken. Diese Fernsehproduktion hat ihm doch allen Ernstes mitgeteilt, dass sie die Anfrage für »Wer weiß das wohl?« sowohl an ihn als auch an diesen Hochstapler verschickt hat! Eine Entscheidung, wer der geeignetere Quizkandidat ist, stehe noch aus! Wie können die nur so was machen?

Er steht am Waschbecken und ringt um Luft. Er will nach seinem Asthmaspray greifen, aber es ist nicht an seinem Platz! Er tastet, wühlt … schneller, fahriger, hektischer. Wie kann das sein? Der Atem bleibt ihm weg, die Lunge quält sich ab, kämpft, aber scheint gar keine Luft mehr aufnehmen zu können. Herr Müller japst und keucht, es pfeift in den Bronchien … Wo ist das verflixte Spray? Es ist immer im Jackett! Immer!

Er ist bereits zu Boden gesackt, als ein Mann hereinkommt und ihm sogleich zu Hilfe eilt. »Ich bin Arzt«, sagt er sachlich und öffnet rasch die Knöpfe von Herrn Müllers Hemd.

Interessiert betrachtet Dr. Brösecke die nostalgisch anmutenden Straßenlaternen und die Rankgitter an den Fassaden der kleinen stuckverzierten, meist zweigeschossigen Altstadthäuser.

Vor der Stadtbibliothek plätschert das Wasser in einen großen, achteckigen Brunnen. Er versucht, in das Bibliotheksgebäude hineinzuspähen. Hängt da irgendwo ein Plakat, das auf seine morgige Veranstaltung hinweist? Er kann nichts erkennen und beschließt, zurückzuschlendern. Wenn diese Vortragsreise zu Ende ist, wird er sich an die Fertigstellung seines nächsten Buchs machen: »Die Familienchronik der Hesketh-Fortescues«. Dr. Brösecke kann den ganzen berühmten Loriot-Sketch um die Programmansage der sechzehnteiligen englischen Krimiserie »Die zwei Cousinen« buchstabengetreu auswendig wiedergeben. Er kann überhaupt jeden Loriot-Sketch auswendig. Und er hat auf zweihundertdreiundachtzig Seiten die gesamte Familienhistorie der Cousinen Priscilla und Gwyneth Molesworth von North Cothelstone Hall schriftlich fixiert und mit einem kunstvoll gezeichneten Stammbaum versehen.

Er legt den Kopf in den Nacken und blickt nach oben. Da sind all diese formvollendeten schmiedeeisernen Schilder über den Geschäften und Lokalen. Sind die historisch? Nein, dazu sind sie zu gut erhalten.

Das da ist aber besonders hübsch. Was stellt das dar? Ein Pferd, das eine Kutsche zieht? Wirklich gelungen. Und da ist noch etwas. Ein kleiner, feiner Draht, der sich durch den dunklen Abendhimmel spannt. Das Licht der Laterne wird für einen kurzen Moment auf seiner Oberfläche reflektiert, sonst würde Dr. Brösecke ihn gar nicht bemerken.

Mit einem Mal knirscht es laut durch die Stille. Die Halterung löst sich mit einem dumpfen Krachen aus der Wand, Schrauben springen in die Tiefe und tanzen klimpernd über den steinernen Boden davon. Im nächsten Augenblick stürzt der schwere Werbeausleger auf Dr. Brösecke zu, der gerade noch zur Seite springen kann.

Das Metall trifft mit einem gewaltigen Scheppern auf das Pflaster. Dr. Brösecke schnappt nach Luft. Sein Herz hämmert wie eine Dampfmaschine.

Dieser Müller, denkt Dr. Brösecke schwer atmend, dieser Müller muss weg!

Herr Müller erreicht das Hotel in einem Zustand äußerster Erschöpfung. Wenn dieser Arzt ihm nicht rechtzeitig geholfen hätte, nicht auszudenken …

Er steigt die knarzenden Holzstufen zu seinem Zimmer hinauf. In der Apotheke hat er sich am Notdienstschalter ein neues Asthmaspray besorgt. Ob er überhaupt wird schlafen können? In Hotelzimmern träumt er immer das Gleiche. In guten Träumen bekommt er auf großer Bühne feierlich ein Jodeldiplom überreicht. In schlechten Träumen sucht ihn Vic Dorn, der Horrordarsteller aus dem Loriot-Sketch »Die Maske« heim.

Es war keine gute Idee, nach Lüdenscheid zu kommen. Die Gefahr lauert hier an jeder Straßenecke. Die Gefahr in Gestalt von Dr. Brösecke aus Kiel.

Dr. Brösecke schleppt sich schwerfällig zum Hotel. Sein Knöchel schmerzt. Er hat ihn sich beim rettenden Sprung zur Seite irgendwie verdreht. Wenn das morgen nicht besser ist, muss er einen Arzt aufsuchen.

Wahrscheinlich wird er nicht schlafen können. Nun, er wird es wieder mit Möpse-Zählen versuchen. Eine endlose Reihe von fröhlich hechelnden Mopsrüden, die einer nach dem anderen über sehr, sehr niedrige Hürden springen – das hilft meistens.

Ob es wirklich eine gute Idee war, der Einladung nach Lüdenscheid zu folgen? Immerhin ist dieser Müller aus Stuttgart auch hier. Und dieser Müller ist zu allem fähig, das ahnt er schon lange.

Herr Müller öffnet die Zimmertür und tastet nach dem Lichtschalter. Da legt sich etwas über seinen Mund. Ein Tuch, das einen kräftigen, medizinischen Geruch verströmt. Er spürt seine Beine nicht mehr. Es wird dunkel.

Dr. Brösecke schiebt die Tür des Hotelzimmers auf und lässt den Schlüssel in seine Manteltasche gleiten. Da packt ihn jemand von hinten und drückt ihm mit Gewalt etwas auf Mund und Nase. Etwas Weiches. Es riecht giftig, und er verliert das Bewusstsein.

Es ist nicht nur der Nebel der Betäubung, der sich nach und nach verzieht. Es hängen auch Dampfschwaden in der Luft. Auf den grünblauen Kacheln liegt ein feuchter Film von kondensiertem Wasser. Viel Schaum ist nicht in der Badewanne. Es riecht nach einer Fichtennadelessenz. Das Wasser hat eine angenehme Temperatur. Herr Müller und Dr. Brösecke empfinden das gleichermaßen, als sie beide fast zur selben Zeit die Augen öffnen.

Endlich, nach der langen Zeit inbrünstiger Feindschaft, sitzen sie einander gegenüber. Auge in Auge. Dr. Bröseckes Brillengläser sind beschlagen, er sieht alles nur undeutlich. »Müller«, knurrt er.

»Brösecke«, ächzt Müller.

»Verlassen Sie sofort meine Badewanne!«

»Das ist meine Badewanne!«

»Mein Hotelzimmer, meine Badewanne!«

»Von wegen!«

Sie wollen beide kraftvoll und aggressiv klingen, aber ihre Stimmen sind brüchig und matt. Sie überlegen beide fieberhaft, wie sie hierhergekommen sind. Nackt, gemeinsam in einer etwas antiquierten Hotelbadewanne. Sie erinnern sich undeutlich an den jeweiligen Moment vor ihrer Bewusstlosigkeit.

»Ich bringe Sie um, Sie Wurm«, haucht Müller, und das Wasser läuft ihm beinahe in den Mund. »Sie machen mir den Platz bei ›Wer weiß das wohl?‹ nicht streitig!«

»Von wegen. Ich werde Sie zuerst töten!« Dr. Brösecke würde gern die Gläser seiner Brille abwischen, aber seine Hände scheinen hinter dem Rücken zusammengebunden zu sein. Er muss aufpassen, dass er nicht mit dem Gesicht unter die Wasseroberfläche rutscht. »Wenn einer als Loriot-Fachmann im Fernsehen auftritt, dann ich!«

»Hoch lebe die ›Humorfreunde Vicco von Bülow Gesellschaft e. V.‹!«

»Ach was. Nichts geht über die ›Erste unabhängige Vereinigung der Loriot-Enthusiasten Deutschlands e. V.‹!«

»Wir führen das Andenken an Deutschlands größten Humoristen in die Zukunft!«

»Nein, wir bewahren das kulturelle Erbe des größten Komödianten deutscher Zunge bis in alle Ewigkeit!«

»Ein Klavier, ein Klavier!«

»Kosakenzipfel!«

Plötzlich räuspert sich jemand vernehmlich. Sie wenden die Köpfe zur Badezimmertür. Dort steht ein korpulenter Mann in offensichtlich fortgeschrittenem Alter, mit einer blonden Mähne, die unmöglich echt sein kann.

Darf ich vorstellen, das ist Karl-Heinrich Kleinschmidt aus Aachen. Er ist dreiundsechzig Jahre alt und verwitwet. Seine Tochter Fritzi ist gehörlos und arbeitet als Partnerin eines international berühmten Messerwerfers, und seine Tochter Ilse feiert seit fast drei Jahrzehnten große Erfolge als Interpretin deutscher Volkslieder auf zahllosen Bühnen der Vereinigten Staaten. Herr Kleinschmidt hat als Linienbusfahrer bei den Aachener Verkehrsbetrieben gearbeitet und ist seit einer Nierentransplantation Frührentner. Er spielt mit Begeisterung sämtliche gängigen Brettspiele außer Halma und legt Puzzles ab zweitausend Teilen aufwärts.

Vor allen Dingen aber ist Karl-Heinrich Kleinschmidt der Erste Vorsitzende des Vereins »Deutscher Heinz Erhardt Verein Heiterkeit von 1998 e. V.«, kurz DHEVH, und er ist willens und bereit, diesen Verein beim Quiz »Wer weiß das wohl?« zum Sieg zu führen.

Er lacht die beiden fröhlich an und klatscht beglückt in die Hände. »Und übrigens war der letzte Spielfilm, bei dem Hans Müller Regie führte, ›Drillinge an Bord‹ mit Deutschlands größtem Humoristen Heinz Erhardt!« Er zwinkert ihnen lustig zu. »Hach, ich hab mal wieder den Schalk im Nacken und ihr den Tod vor Augen!«

Als er den Haartrockner einschaltet, übertönt der die wütenden Proteste der beiden badenden Männer. »So, Leute, noch 'n Gedicht: Es braust der Föhn, die Wellen schlagen, den beiden geht's jetzt an den Kragen!«

Und mit einem »Was bin ich heute wieder für ein Schelm!« wirft er das lärmende Elektrogerät in hohem Bogen in das wohlduftende Badewasser.

Horst Eckert

Das Holzwickede-Komplott

Die Welt hatte Löcher, in die ich fiel, um fern von meiner Emscherquellgemeinde an Orten aufzuschlagen, an die ich gar nicht wollte. Zumindest fühlte ich mich manchmal so.

»Wollen wir mal wieder dem Kampf der geschnitzten Figuren frönen?«, fragte mein alter Freund Kai Sebring eines Morgens am Telefon.

Ich wunderte mich. Seit Kai den Job als Chauffeur bei Jacobi angenommen hatte, waren wir nicht mehr zum Schachspielen gekommen.

»Jacobi hat mir gekündigt«, erklärte Kai, bevor ich nachfragen konnte. »Der blöde Arsch. Ich hab rausgekriegt, dass er der Typ war, wegen dem Sylvie mich verlassen hat. Aber der feine Anwalt hat sie schon wieder abserviert. Das hat sie nun davon.«

»Verstehe.«

»Also, lass uns mal wieder die grauen Zellen trainieren!«

Ich überlegte, wie ich ihm seinen Wunsch abschlagen konnte, ohne ihn zu verletzen.

»Außerdem muss ich dir was Hochbrisantes zeigen«, sagte er. »Ich brauche deinen Rat als Medienprofi. Da könnte eine Menge für uns rausspringen, wenn wir ins Geschäft kommen. Ich hab schon mit Nele gesprochen, aber das war ein Schuss in den Ofen.«

»Nele?«

»Nele Baumann. Damals, Schumann-Gymnasium.«

Eine vage Erinnerung regte sich, aber Kai war schon weiter: »Du kennst doch Jan Böhmermann, oder? Hast du mal gesagt!«

Hatte ich das? Ich war freiberuflicher Kameramann beim

WDR in Dortmund und gelegentlich für andere Sender. Aber weder da noch dort war mir Böhmermann je begegnet.

»Also, was ist?«, drängte Kai

Meine Neugier war geweckt. Wir verabredeten uns für den Abend bei ihm.

Sophie konnte Kai nicht leiden. Ich erklärte meiner Frau, dass mein alter Freund Trost brauchte, nachdem er zuerst seine Freundin und jetzt auch seine Arbeit verloren hatte.

»Warum setzt er sich auch angetrunken hinters Steuer?«, sagte Sophie.

»Woher weißt du das?«

»Hast du mir das nicht erzählt?« Wieder etwas, woran ich mich nicht erinnern konnte. »Aber geh ruhig«, sagte sie. »Und tröste ihn!«

Sie nahm ihren Mantel von der Garderobe, und mir fiel ein, dass sich heute der Vorstand des Kulturvereins traf. Ich gehörte zu den Gründungsmitgliedern, aber während ich die Lust an der Sache verloren hatte, war Sophie in den Vorstand aufgerückt.

»Heute wählen wir die neue Vorsitzende«, sagte sie.

»Habt ihr Frau Jacobi endlich abgesägt?«

»Nein, sie hat hingeworfen. Völlig überraschend. Hat ihre Stelle im Haus Opherdicke aufgegeben und ist nach London gegangen.«

Ich fragte mich, was das für ihre Ehe bedeutete. Ihr Mann, der Schürzenjäger, hatte einige Beziehungen auf dem Gewissen, wie man in Holzwickede munkelte. Nun hatte es offenbar seine eigene erwischt. Mein Handy klingelte. Auf dem Display die Nummer von Kai.

»Bei dir wird es sicher spät.« Sophie hauchte mir einen Abschiedskuss auf die Wange.

»Ich hoffe nicht«, sagte ich und nahm das Gespräch an.

»Planänderung«, sagte Kai. »Ich komme zu dir.«

»Was ist denn passiert?«

»Die sind bei mir eingebrochen. Alles durchwühlt, das reinste Chaos.«

Ich fragte mich, wer »die« waren.

»Aber sie haben es nicht gefunden. Denn ich hab's immer bei mir.«

»Was denn?«

»Eine Bombe! Wird dich aus den Socken hauen.«

Mein Häuschen lag am Rand der Gemeinde, im Ortsteil Hengserholz zwischen Ruhr und A 1. Meine Eltern hatten es in den Siebzigern gebaut, und ich hatte es dann in den Neunzigern geerbt. Die Zimmer waren klein, und Sophie beschwerte sich immer wieder über das alte Gemäuer. Sie hatte fast sämtliche Zwischenwände im Erdgeschoss einreißen lassen und eine große, helle Wohnküche geschaffen – als Innenarchitektin setzte sie sich in solchen Fragen natürlich durch.

Der Keller war eher mein Bereich, und dort Ordnung zu halten, würde ich wohl nie schaffen. Ich brauchte mehr als eine halbe Stunde, um mein altes Schachspiel zu finden. Im Wohnküchen-Loft platzierte ich die Figuren auf das Brett. Ausgerechnet die weiße Dame fehlte. Ich ersetzte sie durch einen Salzstreuer. Dann entkorkte ich eine Flasche Wein und fragte mich, wo Kai blieb.

Um einundzwanzig Uhr rief ich ihn an, doch es meldete sich nur die Mailbox.

Ich sagte mir, dass ich froh sein sollte, denn mir würde der Frust einiger verlorener Schachpartien erspart bleiben. Und ich müsste mir keine endlosen Tiraden über das Versagen der Regierung und die Gier der Eliten anhören.

Doch der Gedanke an den Einbruch, von dem Kai berichtet hatte, beunruhigte mich. Also entschied ich mich, nach dem Rechten zu sehen.

Kai wohnte unweit meiner alten Schule in einem der beiden Hochhäuser Holzwickedes. Um diese Uhrzeit brauchte ich mit meinem Ford Transit keine zehn Minuten. Als ich in die Buchholzstraße einbog, empfing mich Blaulichtgeflacker, und ich hoffte, dass die Kreispolizei Unna nicht wegen meines Freundes ausgerückt war.

Ich parkte hinter dem Streifenwagen. Beim Aussteigen knirschten Glasscherben unter meinen Sohlen. Es stank nach verschmortem Kunststoff. Nach wenigen Schritten stoppte mich rot-weißes Flatterband, und mein Blick fiel auf das verkohlte Gerippe eines VW Scirocco.

Am übergroßen Heckspoiler erkannte ich, dass es sich um Kais Wagen handelte. Große Flocken Löschschaum am Wrack sagten, dass die Feuerwehr im Einsatz gewesen war.

»Was ist passiert?«, fragte ich aufgeregt den Uniformierten, der in seinem Wagen saß und etwas schrieb. Weil er nicht reagierte, zeigte ich ihm mein Kärtchen. »WDR Dortmund.«

»Mal wieder den Funk abgehört, was?«

»Reden Sie schon, wir tun hier beide nur unseren Job.«

»Suizid.«

»Wie bitte?«

»Die Kollegen von der Kripo meinen, der Mann hat sich selbst mit einer Autobombe in die Luft gejagt, nachdem er seine Wohnung da oben im achten Stock verwüstet hat.«

»Suizid mit einer Autobombe? Das glauben Sie doch …«

»Er war ein Trinker, sagen die Nachbarn. Wenn Sie wüssten, wie viele Menschen heutzutage an Depressionen leiden.«

Aber nicht Kai, dachte ich.

Das Unglück hatte sich kurz vor zwanzig Uhr ereignet, also unmittelbar nach seinem Anruf bei mir. Mehr bekam ich aus dem Beamten nicht heraus.

Ich blickte mich um. Ein paar Gaffer standen noch an der Absperrung, vermutlich Nachbarn. Ich holte meine Kamera aus dem Transit, hob die Mühle auf die Schulter und drehte einige Einstellungen vom Unglücksort, die ich der »Aktuellen Stunde« oder zumindest der »Lokalzeit« verkaufen würde. Das war ich meinem Job schuldig.

Vom Fahrersitz des Scirocco war kaum mehr übrig als ein paar Stahlfedern.

»Die sind bei mir eingebrochen ...«

Wieder fragte ich mich, wer »die« waren.

»Aber sie haben es nicht gefunden ...«

Hinter was waren sie her, die Leute, die Kai getötet hatten? Denn nie und nimmer hatte er sich selbst in die Luft gesprengt.

Als ich wieder in meinen Transit stieg, wusste ich, dass ich Kai etwas schuldig war. Sein Tod durfte nicht ungesühnt bleiben.

Ich lag im Bett, ohne Schlaf zu finden, als Sophie gegen Mitternacht nach Hause kam. Sie verschwand kurz im Bad, dann kroch sie neben mir unter die Decke. Ich roch ihre Fahne. Müde erzählte sie, dass man sie zur Vorsitzenden des Kulturvereins gewählt hatte und man darauf noch ein Glas getrunken habe. Ich gratulierte ihr, und sie antwortete mit einem leisen Schnarchen.

Der Gedanke an Kais Tod ließ mir keine Ruhe. Ich wälzte mich von einer auf die andere Seite, bis ich das Grübeln leid war. Ich schlich aus dem Haus und fuhr noch einmal an den Tatort.

Über der Freizeitanlage »Schöne Flöte« graute die Dämmerung. Kein Streifenwagen mehr am Straßenrand, doch noch immer hing der Gestank des verbrannten Autos in der Luft. Ich stieg über das Absperrband und erkundete den Ort im Lichtschein meiner Taschenlampe. Mehrere Autos neben Kais Scirocco waren in Mitleidenschaft gezogen worden. Scherben und Trümmer bedeckten die Straße, den Platz zwischen den Garagen und den schmalen Rasenstreifen vor den beiden Hochhäusern. Ich leuchtete alles ab, wusste aber nicht, wonach ich suchte.

Ein Fenster wurde aufgerissen. »Was machen Sie da?«

Sofort knipste ich die Lampe aus. In meiner Phantasie rief der Anwohner die Polizei. Weil ich nichts weniger gebrauchen konnte als eine Nacht in Gewahrsam, trat ich den Rückzug an.

Etwas knackte unter meinen Sohlen. Es war ein Teil eines Notebook-Bildschirms. Noch einmal schaltete ich die Lampe ein, deckte sie mit der Hand ab und erblickte Plastikteile, eine verschmorte Platine, Teile der Tastatur.

Nur durch Zufall sah ich dann ein paar Meter weiter etwas Kleines, Silbriges im Licht schimmern, das sich als USB-Stick entpuppte. Ich ließ den kleinen Datenträger in meiner Hosentasche verschwinden.

Mein Blick wanderte zurück zur Hausfassade. Dunkle Fenster, kein Mensch zu sehen.

Doch in einem weißen SUV an der Kreuzung machte ich eine Gestalt aus und fühlte mich ertappt. Rasch stieg ich in meinen Transit und machte, dass ich wegkam.

Folgte mir jemand, oder litt ich an Paranoia? Im beginnenden Tageslicht meinte ich, einen dunklen Sportwagen hinter mir zu erkennen, Mercedesstern auf dem Kühler. Ich bog ein paarmal ab, dann war ich mir sicher. Meinem Verfolger war es offenbar egal, dass ich ihn bemerkte.

Statt nach Hause fuhr ich auf die B 1 in Richtung Dortmund. Ohne jeden Plan beschleunigte ich. Der Mercedes blieb dran. Keine Chance, ihn abzuhängen.

Ich tastete nach dem USB-Stick in meiner Tasche. Der Wunsch zu erfahren, was auf ihm gespeichert war, ließ mich jede Vorsicht vergessen. Als vor mir die Westfalentankstelle auftauchte, riss ich im letzten Moment das Steuer herum und trat auf die Bremse. Der Transit schlingerte an den Zapfsäulen vorbei, der dunkle Sportwagen raste auf der Schnellstraße weiter.

Vermutlich würde er auf der Standspur vor der nächsten Ausfahrt auf mich warten. Das kannst du lange tun, dachte ich und ließ meinen Transporter über eine lange, mit Gras bewachsene Böschung rumpeln, bis ich die parallel verlaufende Emschertalstraße erreichte, die mich zurück nach Holzwickede brachte.

Genau wie der Keller gehörte der Dachboden meines Hauses zu meinem Reich. Er bestand aus zwei Räumen. Der eine diente als Archiv, der zweite war mein Arbeitszimmer. Hier hatte ich mir einen Videoschnittplatz eingerichtet, um meinen Kunden nicht nur Rohmaterial, sondern auch fertig bearbeitete Nachrichtenfilme anbieten zu können.

Ich steckte den Stick an den PC und wurde enttäuscht. Das Verzeichnis des Datenträgers versprach rund tausend Fotos von Kais letztem Mallorca-Urlaub sowie zwei Videos. In Erwartung einer verwackelten Strandszene klickte ich auf das erste Filmsymbol.

Zwei Stunden später wusste ich, was Kai mir versprochen hatte. Ich kopierte die beiden Videos auf meine Festplatte. An der Perspektive der Aufnahmen erkannte ich, dass sie mit versteckten Handys gemacht worden waren. Sie dokumentierten Meetings in ein und demselben Büro.

Video Nummer eins zeigte drei prominente Politiker, jeder von ihnen eine Spitzenkraft seiner Partei, wie sie eine Koalition nach der Wahl im kommenden Jahr vereinbarten.

Die Bombe daran war, dass in der Öffentlichkeit zwei der Ränkeschmiede absolut nichts mit dem dritten zu tun haben wollten. Weil er ihnen jetzt aber zusicherte, dass sich seine Fraktion von ihrem rechtsextremen, völkischen Flügel trennen würde, schien er plötzlich zum respektablen Partner zu werden.

Ich wusste, wie Kai über den Mann gedacht hatte. In seinen Augen war er ein Faschist. In meinen auch.

Als gegen Ende des Videos Schnaps serviert und Zigarren ausgepackt wurden, bekam ich Angst um dieses Land.

Im zweiten Filmchen präsentierte sich der Faschotyp gegenüber einem von seinen Lakaien umgebenen Managertypen als künftiger Verkehrsminister unseres Landes.

Der Manager krempelte währenddessen die Ärmel hoch und bediente sich aus einer Schale mit Kirschen, deren Kerne er auf den Boden spuckte, während er zuhörte und beifällig nickte. Der zukünftige Minister stellte den Verkauf des Schienennetzes der Bahn in Aussicht und versprach, dass der Staat natürlich die Instandhaltung weiterhin subventionieren würde. Also null Risiko. Die Bahn als Mieter der Schienen würde ihrem Besitzer auf viele Jahre gewaltige Gewinne garantieren.

Als Gegenleistung brachte der Politiker ganz unverhohlen Spenden für seinen bevorstehenden Wahlkampf ins Gespräch. Eine Hand würde die andere waschen, und mir war klar, dass ich als Steuerzahler und Bahnkunde am Ende die Rechnung zahlen würde.

Man ging mit einem kumpelhaften Handshake auseinander.

Eine Bombe! Kai hatte recht gehabt.

Aber wie war er an das Material gekommen?

Ich sah mir alles noch einmal an und achtete auf die Kleinigkeiten am Rande. Mir blieb unklar, wo und wann die Gespräche stattgefunden hatten. Außer den drei Parteivertretern, deren Namen jeder Anne-Will-Stammzuschauer kannte, konnte ich niemand Bekannten ausmachen.

Bis auf eine Frau, die plötzlich durchs Bild huschte.

Ich spulte zurück und stoppte, als ihr Gesicht zu erkennen war. Mein Herz schlug schneller.

Sophie.

In diesem Moment klingelte es an der Haustür.

Ich warf einen Blick aus dem Dachfenster.

Vorm Haus parkte der weiße SUV, der mir im Morgengrauen in der Nähe von Kais explodiertem Wagen aufgefallen war.

Mein Besucher klingelte Sturm.

Zum ersten Mal bedauerte ich es, keine Waffe im Haus zu haben.

»Nele?« Die Frau vor der Tür hatte kurzes blondes Haar. Sie wirkte, als hätte sie die Nacht durchgemacht. Nele Baumann, ehemalige Mitschülerin aus dem Clara-Schumann-Gymnasium. Die meisten Jungs in der Klasse waren scharf auf sie gewesen, aber sie hatte jeden abblitzen lassen. Sie hatte Schriftstellerin oder Schauspielerin werden wollen, das wusste ich noch.

»Was willst du?«, fragte ich.

»Wir sind hinter der gleichen Sache her. Bist du beim Autowrack fündig geworden?«

»Hast du Kai in die Luft gejagt?«

»Nein, natürlich nicht.«

»Was willst du?«, wiederholte ich.

»Du weißt ja, dass ich im Autorenteam von Böhmermann arbeite …«

Nein, wusste ich nicht. Aber ich fand, dass der Job zu ihr passte.

»Kai wollte mir Material verkaufen. Hast du das jetzt? Dann könnten wir beide ins Geschäft kommen.«

»Komm erst mal rein, Nele.«

»Das heißt, wir sind im Geschäft?«

Im Wohnküchen-Loft machte ich erst einmal Kaffee. Nele befingerte den Salzstreuer auf dem Schachbrett. Ich verriet ihr nichts über den USB-Stick und die beiden Videos. Sie dagegen redete umso mehr.

Kai habe ihr von kompromittierenden Aufnahmen erzählt, die sogar die österreichische Ibiza-Affäre in den Schatten stellten. »Er brauchte Geld«, sagte Nele. »Job weg, Frau weg, er war am Arsch. Wir wollten da was ausdealen, bloß …« Bloß hatte er ihr die Videos nie gezeigt.

Nele gab zu, dass sie nur früher einmal kurz frei für Böhmermann gearbeitet hatte. Kais Videos wären ihr Rückkehrticket gewesen. Falls sie hielten, was Kai versprochen hatte.

»Er träumte da von einer halben Million«, sagte sie. »Absolut utopisch. Aber er kam davon nicht runter.«

»Er hat dir nicht getraut«, erwiderte ich. »Deshalb hat er wohl mich als Vermittler einspannen wollen. Aber wie hast du mich überhaupt gefunden?«

»Routine. Dein Kennzeichen und ein Kontakt zur Polizei. Hast du die Videos? Sei ehrlich.«

Ich behauptete, von Kais Aufnahmen nichts zu wissen. Nele glaubte mir nicht, das sah ich ihr an. Sie zuckte mit den Schultern. »Na gut. Wenigstens haben wir uns mal wiedergesehen.«

Ich brachte sie hinaus, und als ich zurückkam, stand Sophie im Zimmer.

»Wer war das?«, fragte sie.

»Kai wurde umgebracht.«

»Machst du Witze?«

Ich finde heraus, was sie mir verheimlicht, dachte ich. Was meine Frau mit dem Mord an Kai zu tun hat.

Sophie hatte es eilig, ins nahe Dortmund zu fahren, wo sie halbtags in einem Laden für Designmöbel arbeitete. In den nächsten Stunden schnitt ich aus dem Material vom Tatort Kurzbeiträge, die ich an ein paar Sender verkaufte. Weil die Polizei zu Kais Tod eine Pressemeldung veröffentlicht hatte, war die Nachfrage ganz gut.

Am Nachmittag meldete sich mein Appetit. Ich fuhr ins Zentrum, wenn man bei unserer Gemeinde von einem Zentrum sprechen kann, und betrat das Eiscafé Ravello. Alberto, der Wirt, nahm die Bestellung auf und setzte sich zu mir. Er gehörte ebenfalls zu den Mitbegründern des Kulturvereins. Im Unterschied zu mir war er dort noch aktiv.

»Wurde gestern ja ganz schön spät bei eurer Sitzung«, sagte ich.

»Ach was. Sophies Wahl war reine Formsache. Nach einer Stunde waren wir durch.«

Bei mir fiel endlich der Groschen.

»Ist Sophie danach noch mit wem losgezogen?«, erkundigte ich mich.

Er senkte den Blick. Sein Adamsapfel hüpfte.

»Alberto, sei ehrlich zu mir«, ermahnte ich ihn.

»Dr. Jacobi«, antwortete er.

Das Essen kam, aber der Appetit war mir vergangen.

Als ich nach Hause kam, gab die Haustür nach, bevor ich den Schlüssel umgedreht hatte. Ich zögerte einen Moment, dann betrat ich den Flur. Sämtliche Schubladen der Kommode waren herausgerissen.

»Sophie!«

Keine Antwort. So leise wie möglich bewegte ich mich voran. Im Wohnzimmer lagen die Sofakissen zerschlitzt auf dem Boden. Der Schrank war geöffnet, Bilder abgehängt, der Safe zerkratzt, aber noch verschlossen.

Ich rannte nach oben. Mein Arbeitszimmer war verwüstet. Laptop und PC fehlten. Ich checkte die Kameras und das übrige Equipment – sämtliche Speichermedien waren geklaut worden.

Ich tastete nach dem USB-Stick in meiner Hosentasche, und mir fielen die Worte von Kai ein, dem toten Freund: *Die sind bei mir eingebrochen.*

Ich nahm mir vor, ab jetzt auf der Hut zu sein.
Vor allem vor Autobomben.

Kriminalbeamte nahmen meine Anzeige auf und schickten die Spurensicherung. Ich gab ihnen den Stick, von dem ich sicher war, dass er von Kai stammte. Natürlich hatte ich mir Kopien von den Videos gezogen. Dass darin kurz meine Frau auftauchte, offenbarte ich der Polizei nicht.

Am nächsten Tag erfuhr ich von der Kripo, dass der Einbrecher in meinem Arbeitszimmer DNA-Spuren hinterlassen hatte, die mit solchen in Kais Wohnung übereinstimmten. Also hatte derselbe Täter unsere Wohnungen durchsucht. Und nicht nur das. Er war zudem an einer Kindsentführung in Leipzig und einem Doppelmord in Neapel beteiligt gewesen.

Ich beschloss, bis auf Weiteres meinen Transit stehen zu lassen, und benutzte stattdessen wechselnde Leihwagen, um Sophie zu verfolgen. Sie fuhr zur Arbeit nach Dortmund sowie zu Privatkunden, die sie in Einrichtungsfragen beriet. Sie besuchte ihre Mutter oder ging zum Sport. Kein Anhaltspunkt für ein Doppelleben.

Ich begann, Alberto zu verfluchen, der mich zu absurden Spekulationen verleitet hatte. Es war doch nichts dabei, wenn Sophie nach einer Vorstandssitzung des Kulturvereins noch ein Glas trinken ging. Auch nicht, wenn Jacobi dabei war.

Am Samstag packte Sophie nach dem Frühstück ihre Sporttasche. Ich folgte ihr nicht, sondern machte mich in einem frisch gemieteten Mini auf den Weg zum Ravello, um mir einen Espresso zu genehmigen und Alberto die Meinung zu geigen.

Ein Funke Misstrauen ließ mich dann doch den kleinen Umweg über die Bahnhofstraße nehmen. Vor Mrs. Sporty, dem Fitnessstudio, spähte ich nach dem Wagen meiner Frau. Nichts.

Ich fuhr ostwärts durchs Alte Dorf, nahm die Allee, die durch die Felder führte, und erreichte die Massener Heide. Schicke Häuser, beste Lage, die Besitzer scheuten sich nicht, ihren Reichtum auszustellen.

In der Auffahrt des Hauses, das ich suchte, stand Sophies Auto.

Säulen am Portal, Zierbäumchen umrahmten die Rasenflächen. Die Villa des renommierten Anwalts Dr. Jacobi war das prächtigste Anwesen weit und breit.

Meine Überraschung hielt sich in Grenzen. Ich hatte Gewissheit – fast ein gutes Gefühl.

Sophie kam später als sonst nach Hause und erzählte etwas von einem angeblichen Power-Yoga-Kurs. Ich führte sie nach oben und zeigte ihr das zweite Video auf meinem großen Bildschirm. Als sie durchs Bild huschte, hielt ich die Einstellung an. »Kannst du mir das erklären?«

»Das bin ich nicht«, sagte sie mit geröteten Wangen.

»Hier läuft eine Riesenschweinerei, und ich will wissen, was du damit zu tun hast.«

»Nichts!«

»Wer ist der Typ, der das Schienennetz der Bahn kaufen will?«

»Keine Ahnung. Ich war nur zufällig da, weil ich dem Wohnungsbesitzer eine Sitzgarnitur verkauft habe.«

»Das ist keine Wohnung, sondern ein Büro. Vielleicht die Kanzlei von Dr. Jacobi an der Opherdicker Straße?«

Sophie lief nach unten. Ich hörte, wie sie leise telefonierte. Dann packte sie im Schlafzimmer ihren Koffer. »Du warst schon immer ein Versager!«, giftete sie. »Ich verlasse dich!«

Am Montag traf ich mich mit einem guten Bekannten von der Kripo in Unna, der mich ab und zu mit Informationen versorgte. Ich nannte ihm Jacobis Kanzlei als Drehort der

Videos. Möglicherweise hatte Kai, der als Fahrer dort Zugang hatte, heimlich die Handys für die Aufnahmen platziert. Und der Anwalt steckte hinter dem Mord an Kai. Für mich eine klare Sache.

Zu meinem Erstaunen winkte mein Bekannter ab. Die Spur weise ins Ausland zur 'Ndrangheta, sagte er. Beim entführten Baby in Leipzig handelte es sich um das Kind eines Bordellbesitzers, beim Doppelmord bei Neapel um einen Fall von Blutrache. Die Videos interessierten die Staatsanwaltschaft nicht die Bohne. Auch nicht die drei prominenten Politiker oder der Kirschkernspucker, von dem ich noch immer nicht wusste, wer er war.

Es schien eine Weisung von ganz oben zu geben, diesem Aspekt des Falls nicht weiter nachzugehen. Und obwohl mich das nicht überraschte, kochte in mir die Wut hoch. Ich fing an zu telefonieren.

Am nächsten Tag hatte ich die Aufnahmen an Spiegel und Süddeutsche Zeitung verkauft. Seit sie seinerzeit den Ibiza-Skandal aufgedeckt hatten, kannten sie sich mit solchen Sachen aus – und sie zahlten auch das höchste Honorar.

Danach buchte ich einen dreiwöchigen Seychellen-Urlaub, zu dem ich Nele einlud.

Nach unserer Rückkehr befand sich die Republik in heller Aufregung. Spitzenpolitiker waren zurückgetreten. Vorgezogene Neuwahlen standen bevor. Der CEO eines DAX-Konzerns saß in Untersuchungshaft. Ich fragte mich, ob er in der Zelle seine Kirschen bekam.

Für seinen Anwalt Dr. Jacobi, dem man unterstellte, der Urheber der Videos zu sein, war Deutschland verbrannte Erde. Er war nach London abgehauen.

Meine Frau war zu ihrer Mutter gezogen. Dort konnte sie von mir aus bleiben.

Ich bot Nele, mit der ich auf den Seychellen sehr gut ausgekommen war, an, zu mir in mein Häuschen zu ziehen. Sie sagte Ja, und wir ließen die Korken knallen. Die Welt war schön, nicht nur auf den Seychellen, auch in Holzwickede.

Am nächsten Morgen erwachte ich mit einem dicken Schädel. Das Telefon klingelte, mein Bekannter von der Polizei war dran. Er hatte ein paar Infos für mich.

Eine Windbö hatte ein Leichtflugzeug kopfüber in eine Baumkrone gedrückt. Drüben beim Segelflugplatz, keinen Kilometer von mir entfernt. Wenn ich mich beeilte, würde ich noch Bilder von der Bergung der überlebenden Insassen für das Morgenmagazin bekommen.

In Windeseile zog ich mich an, drückte der schlafenden Nele einen Kuss auf die Stirn und lief nach draußen zu meinem alten Transit, in dem meine Ausrüstung bereitlag.

Ich zog die Fahrertür zu und drehte den Schlüssel.

Hitze, grelles Licht, ein Stich durchfuhr meinen Leib.

Den Knall und das Zersplittern der Fensterscheiben in ganz Hengserholz bekam ich bereits nicht mehr mit.

Die Welt hatte Löcher, durch die man fiel, ob man wollte oder nicht. Vor allem, wenn man jemandem in die Quere kam, der imstande war, solche Löcher zu bohren.

Krischan Koch

Das Skelett von Iserlohn

Wenn du in eine Höhle gehst, nimm nichts mit, lass nichts zurück, zerstöre nichts und schlage nichts tot.
Schrifttafel am Eingang der Dechenhöhle

»Vorsichtig, mitm Kopf aufpassen!« Der Mann von der Dechenhöhle leuchtet mit seiner Taschenlampe auf die tief herabhängenden Stalaktiten. Die drei Kinder sehen staunend nach oben. Die erwachsenen Teilnehmer des Rundgangs durch die Tropfsteinhöhle ziehen brav die Köpfe ein. Für den Höhlenführer dagegen sind die Steinzapfen kein Problem. Mit seinen gerade mal ein Meter sechzig ist er für den Job in der Tropfsteinhöhle wie geschaffen.

»Dat war reiner Zufall, dat die Höhle entdeckt wurde«, führt der Mann in schönstem westfälischen Dialekt aus. »Im Jahre 1848 ist einem Arbeiter von der Bahn sein Hammer in eine Felsspalte gefallen. Er hat ihn gesucht und dabei die Höhle entdeckt.«

»Und auch die Höhlenbärenbabys?«, ruft ein kleines Mädchen mit einer großen roten Brille vorlaut dazwischen.

»Is richtig. Waldnashörner, Mammuts und Höhlenbärenbabys. Aber die wurden erst jetzt vor ein paar Jahren gefunden …«

»Wie alt waren die Höhlenbärenbabys denn?«, will das Mädchen aufgeregt wissen. »Noch ganz klein, ein halbes Jahr oder so?« Sie drückt ihren Teddy fest an sich. In der anderen Hand hat sie eine grüne Kindertaschenlampe.

»Ach wat, nä, die sind um die zweihunderttausend Jahre alt.« Der Mann von der Dechenhöhle denkt in größeren Zeiträumen.

Er führt die Besucher vorbei an spektakulären, sich fast berührenden Stalagmiten und Stalaktiten, die wie die versteinerten Haarzotteln eines riesigen Höhlenungeheuers aus der Decke wachsen. Als die Gruppe in der sogenannten »Kanzelgrotte« angekommen ist, schaltet er an einem Stahlkasten die Beleuchtung ein. Augenblicklich schimmern die wie mit Zuckerguss überzogenen Steinzapfen abwechselnd in allen erdenklichen Bonbonfarben. Ein anerkennendes Raunen geht durch die Besuchergruppe.

»Der Höhlenforscher Johann Carl Fuhlrott hatte damals in einer anderen Höhle gerade ein Skelett des berühmten Neandertalers gefunden«, fährt der Höhlenführer fort. »Hier in der Dechenhöhle hoffte er, wieder so einen Fund zu machen. Er hat auch Knochen gefunden. Aber dat war kein menschliches Skelett, dat waren die Knochen von …«

»… von einem Höhlenbärenbaby!«, funkt das kleine Mädchen wie aus der Pistole geschossen dazwischen.

»Is richtig. Fuhlrott fand hier damals Knochen von Höhlenbären, Nashörnern und so weiter.« Der Führer wendet sich erneut dem Kasten mit der Lichtsteuerung zu. »Und jetzt wollen wir mal gucken, wie sich die Menschen damals hier in der Höhle gefühlt haben. Elektrisch Licht gab es vor hundertfünfzigtausend Jahren bekanntlich noch nich.«

Die bonbonfarbene Steinwelt erlischt mit einem Schlag. Dem Mädchen fällt vor Schreck sein Teddy aus der Hand. »Teddy, wo bist du?«

»Oh Gott, ist das dunkel!«, ruft eine Besucherin erschrocken aus. Eine andere muss kichern. »Und ganz schön kalt hier«, stellt die erste Frau fest und zieht sich ihre Regenhaube noch enger über die Dauerwelle.

»Teddy?«, ruft das Mädchen erneut.

»Psst«, ermahnt der Höhlenführer die Gruppe. »Wenn Sie jetzt ganz ruhig sind, dann können wir das Tropfen der Steine hören und vielleicht auch den Flügelschlag der Fledermäuse, die hier leben …« Er senkt die Stimme, um die Spannung zu steigern. »Oder wir begegnen einer großen Höhlenradnetzspinne. Aber die schleicht sich ganz leise an.«

Die Frau juchzt erneut auf. Dann ist das Scharren von ein paar unsicheren Schritten zu hören. Ein kleiner Stein kullert irgendwo hinunter.

»Vorsichtig, keine Panik, einfach stehen bleiben!«, ermahnt der Höhlenführer die Besucher. Es wird ruhiger. Aber ein Stück entfernt ist noch ein Tapsen zu hören. Ein weiterer Stein fällt in die Tiefe. Dann knarzt ein Wanderschuh, ein Reißverschluss sirrt, einer der Höhlenbesucher atmet schwer.

Auf einmal ist es ganz ruhig. Alles horcht. Nach einer Weile kann man tatsächlich das Tropfen hören. Die ganze Gruppe lauscht andächtig. Immer lauter treffen die Tropfen auf den Stein. Alle atmen tiefer und ruhiger. Es ist wie in einem Yogakurs.

Und dann lässt der Höhlenführer die Bonbonfarben wieder aufflammen. Im ersten Moment blendet das Licht. Die Besucher frösteln. Sie treten von einem Fuß auf den anderen und reiben sich die klammen Hände.

Die Frau mit der Regenhaube blickt sich suchend um. »Emilie!« Zuerst klingt es noch zaghaft, doch dann platzt es aus ihr heraus. »Wo ist Emilie? Emilie!«

»Wer ist denn Emilie?«, fragt einer.

»Meine Enkelin! Das Mädchen mit dem Teddy!«

»Und den Höhlenbärenbabys«, ergänzt ein anderer.

»Wo ist die Kleine denn hin?«

Die Höhlenwanderer sehen sich ratlos um.

»Emilie!«, ruft die Frau. Sie wird immer panischer. Die Regenhaube rutscht ihr in der Aufregung halb vom Kopf.

Der Höhlenführer leuchtet mit seiner Taschenlampe die Felsen ab, die nicht von dem Bonbonlicht erfasst werden. Auch in dem tiefer liegenden dunklen, niedrigen Gang, der abwärts aus der »Kanzelgrotte« herausführt, ist nichts von

Emilie zu sehen. »Wat hab ich die ganze Zeit gesagt? Stehen bleiben.« Der Mann von der Dechenhöhle wird ungemütlich.

»Oma …?« Das kleine Mädchen taucht aus einem Gang unter mehreren Stalaktiten auf und sieht die Gruppe mit großen Augen durch ihre rote Brille an.

»Emilie, was machst du denn?«, ruft die Regenhaube vorwurfsvoll, aber auch erleichtert.

»Guckt mal, ich hab auch ein Skelett gefunden.« Stolz streckt sie den Höhlenbesuchern ihre Hand mit mehreren verschmutzten Knochen entgegen. In der anderen Hand hält sie die müde glimmende Kindertaschenlampe und den Teddy, der sich bei der Tour mächtig eingesaut hat.

»Emilie, leg das sofort wieder hin. Nicht anfassen!«, ruft ihre Großmutter.

»Wo hast du dat denn her?« Der kleine Mann von der Dechenhöhle kann es gar nicht fassen.

»Da hinten liegt noch mehr …« Das Mädchen zeigt in den Gang. »Ein ganzes Skelett … von einem großen Höhlenbärenbaby!« Die Kleine sieht den Mann mit großen Augen fragend an. »Ein Bär in einem Anorak und mit einem alten Rucksack. So gut konnte ich das nicht sehen, meine Taschenlampe ist nicht so hell.«

Der Höhlenführer nimmt ihr den Knochen aus der Hand. »Dat is … Dat kann doch nich sein.« Er beleuchtet die Knochen mit seiner Taschenlampe. »Dat is kein Bär. Dat sieht mir nach den Handknochen von einem Menschen aus.«

Die drei Bankräuber, die an einem sonnigen Julivormittag im Jahr 2001 während des 101. Deutschen Wandertages in Iserlohn die Filiale der Märkischen Bank stürmten, trugen Wanderschuhe und nagelneue Trekkinghosen in grellen Farben. Zwei hatten den Talisman des Wandertages, einen kleinen metallenen Wanderschuh am Lederband, den es überall für sieben Mark fünfzig zu kaufen gab, an ihrer Jacke hängen. Bis auf die Strumpfmasken waren sie von den anderen Teilnehmern des Wandertages kaum zu unterscheiden. So konnte das Gangstertrio nach der Tat auch unauffällig zwischen der Wimpelwandergruppe des Sauerländischen Gebirgsvereins und der badischen Trachtengruppe Alt-Hotzenwald untertauchen. Die Einsatzkräfte der Polizei waren mit den Tausenden von überall angereisten Wanderfreunden, die durch das »Land der tausend Berge« zogen, schwer beschäftigt.

Die Kurrat-Bande hatte sich das genau überlegt. Das größte Problem bei einem Bankraub war der Fluchtweg. Der Überfall selbst war für die drei die leichtere Übung. Es war schließlich nicht ihr erster Raub. Hoppy Kurrat und seine Komplizen Aki und Stan hatten Routine. Auch in der Märkischen Bank in Letmathe lief alles reibungslos. »Frisch auf durchs schöne Sauerland«, hatte Hoppy den Slogan des Wandertages von 2001 mit heiserer Stimme in die Schalterhalle gerufen. »Aber vorher sammeln wir hier noch mal schnell dat Bargeld ein.«

Stan hatte mit seiner Spielzeugmaschinenpistole wild in der Luft herumgefuchtelt. »Alle schön brav bleiben, dann passiert keinem wat!«, blaffte er die Mitarbeiter und Kunden der Bank an.

Ein verschreckter junger Vater mit einem Kleinkind auf dem Arm ging hinter der mitten in der Halle in einem Steinring platzierten Hydrokultur in Deckung.

Hoppy machte eine sportliche Hockwende über den Banktresen. Er warf der Frau hinterm Schalter seinen Wanderrucksack zu. »Alle Scheine hier rein.«

»Und keine Fisimatenten«, bellte Aki die Anwesenden an, während er den Lauf seiner Schreckschusspistole gen Rigipsdecke gereckt hielt. Zwei erschrockene Wanderer drängten sich mit erhobenen Händen so nah an den Geldautomaten, dass sie fast in dem Gerät verschwunden wären.

»Und vor allem die Tausendmarkscheine nich vergessen.« Hoppy zeigte auf das Sonderfach in der Geldschublade. Die Kassenfrau ließ ein Notenbündel nach dem anderen mit zittriger Hand in den Rucksack fallen.

Schon nach wenigen Minuten war der Spuk vorbei. Der große Wanderrucksack war prall bis oben hin mit den Scheinen aus den beiden Kassen gefüllt. Angesichts des Wandertages hatte die Märkische Bank ausreichend Bargeld vorgehalten. Hoppy hüpfte über den Tresen zurück zu seinen Komplizen.

Die Frau am Schalter atmete schwer. Die Wanderer am Automaten sahen ängstlich zu Boden, während die drei Maskierten mit ihrem Rucksack die Bank verließen und auf der Hagener Straße im fröhlichen Wandervolk untertauchten.

Hoppy und Stan machten seelenruhig im Schnellimbiss »Moby Dick« Zwischenstation, während sich Aki mitsamt Rucksack einer Gruppe der deutlich in die Jahre gekommenen oberfränkischen Wanderjugend anschloss. Mit einem einheimischen Führer vom Sauerländischen Gebirgsverein pilgerte die Gruppe an der Felsformation »Pater und Nonne« vorbei zur Dechenhöhle.

Bei der Besichtigungstour durch die Höhle entfernte sich der Bankräuber unerlaubterweise von der Gruppe. Von der »Kanzelgrotte« aus verdrückte er sich samt Rucksack durch einen engen Gang in eine Nebenhöhle. Der oberfränkischen Wandergruppe fiel das überhaupt nicht auf, der verloren gegangene Höhlenbesucher gehörte schließlich nicht zu ihrem Verein. Der einheimische Wanderführer Gerd Cyliax, ein strenger, drahtiger Typ mit akkurat gezogenem Seitenscheitel und gebügeltem Holzfällerhemd, war am Ende der Tour dann aber noch einmal in die Höhle zurückgelaufen, hatte die Suche jedoch schnell wieder aufgegeben. Die nächste Besuchergruppe wartete bereits.

Zu dem vereinbarten Treffen der drei Bankräuber an einer

Holzhütte oberhalb des Pillingser Tals am Tor zum Sauerland kam es nicht mehr. Denn anders als geplant blieben Hoppy und Stan in der Ringfahndung hängen, die die Polizei nach dem Überfall sofort eingeleitet hatte. Zwei berittene Beamte fischten die beiden Bankräuber auf einem Waldweg aus einer Siegerländer Wandergruppe heraus. Den Siegerländern waren Stan und Hoppy ohnehin schon durch ihre fabrikneuen Klamotten und die fehlende Textsicherheit im Wanderliedgut aufgefallen.

Seine Schnelligkeit und sein Geschick halfen Stan diesmal nicht. Bisher hatte er seine Verfolger immer mit cleveren Finten und Körpertäuschungen abschütteln können wie sein Namensgeber, der legendäre »Flankengott vom Kohlenpott« Stan Libuda. »Stan kann sie alle inne Telefonzelle austanzen«, hatte Aki einmal nach einer erfolgreichen Verfolgungsjagd mit der Polizei beim Bier geprahlt. Doch das Naturschutzgebiet »Auf der Saat« war keine Telefonzelle.

Die in den sommerlichen Mischwald fliehenden Bankräuber wurden von den berittenen Polizisten überwältigt und anschließend von Mitarbeitern und Kunden der Märkischen Bank vor allem anhand der farbenfrohen Trekkinghosen identifiziert. Beim großen Finale des Wandertages am Danzturm saßen zwei der »Wander-Gangster«, wie der Iserlohner Kreisanzeiger titelte, längst hinter Schloss und Riegel. Wegen einer ganzen Serie von Raubüberfällen wurden sie zu langjährigen Haftstrafen verurteilt. Von der Beute in Höhe von angeblich vierhunderttausend D-Mark und von ihrem Komplizen Aki Schmidt fehlt bis heute jede Spur.

Stan und Hoppy verbüßten ihre Strafe in der JVA Drüplingsen. Jetzt, achtzehn Jahre später, werden die beiden Mitglieder der Kurrat-Bande gemeinsam entlassen. Sie tauschen die Anstaltskleidung gegen die kaum getragenen Wanderklamotten von damals. All die Jahre während ihrer

Haft haben sie sich den Kopf zermartert, ob ihr Kumpel Aki auf sie wartet oder ob er sich mit den vierhunderttausend D-Mark aus dem Staub gemacht hat. Zumindest, so nehmen sie an, wird er die Beute inzwischen in Euro umgetauscht haben.

Hoppy und Stan laufen in ihren farbigen Trekkinghosen, die inzwischen wieder schwer in Mode sind, zur nahe gelegenen Bushaltestelle »Kaltes Stück«. Das erste Bier zur Feier des Tages genehmigen sie sich in einem Stehimbiss am Bahnhof. Von dem Vorhaben, ein paar weitere Bierchen folgen zu lassen, nehmen sie allerdings sofort wieder Abstand. In einer auf einem Stehtisch herumliegenden Ausgabe des Iserlohner Kreisanzeigers fällt ihnen die Schlagzeile über das »Iserlohner Höhlenskelett« ins Auge. Die Identität des männlichen Toten ist offenbar noch ungeklärt. An dem halb verrotteten Anorak hing der kleine stählerne Wanderschuh für sieben Mark fünfzig und über den Schultern des Skeletts ein erstaunlich gut erhaltener Rucksack aus Synthetik. Die darin befindliche Eintrittskarte für die Dechenhöhle dagegen war stark verwittert und das Motto in der Broschüre des Deutschen Wandertages 2001 »Wunderbar – Wanderbar« kaum mehr lesbar. Eine Verletzung an dem Schädel des Toten weist auf eine Fremdeinwirkung hin. Die für Iserlohn zuständige Hagener Mordkommission ermittelt und bittet um Hinweise. »Wer hat 2001 diesen Rucksack gesehen?«, ist unter einem Foto des Rucksacks zu lesen.

Hoppy und Stan durchfährt es wie ein Blitz. »Verdammte Scheiße, dat is unser Geld-Rucksack«, platzt es aus Stan heraus, dass sich die Leute in dem Stehimbiss überrascht umdrehen.

»Psst«, ermahnt Hoppy ihn. »Klar is dat unser Rucksack. Aber Aki werden wir wohl nich wiedererkennen.«

»Dat Geld war offenbar nich mehr im Rucksack«, flüstert Stan.

»Hat Aki das da noch irgendwo versteckt?«, überlegt sein

Komplize. »Oder ist er erschlagen worden und sein Mörder hat die Kohle?«

Die beiden Haftentlassenen machen sich sofort auf den Weg zur Dechenhöhle. Irgendwie haben sie das Gefühl, dass sie sich beeilen müssen. Sie müssen der Polizei zuvorkommen, ehe die mögliche Täter ermittelt und die Beute findet.

Hoppy und Stan lösen eine Eintrittskarte. Sie haben keine Ahnung, ob sie durch die Höhlenbesichtigung schlauer werden. Aber sie wissen nicht, wo sie sonst mit ihrer Suche beginnen sollen. Und dann entdecken sie, während sie im Museum mit dem Modell des Höhlenbären auf den Beginn der Tour warten, die Galerie mit den Fotos früherer Führungen.

Hauptkommissar Tilkowski leitet die Ermittlungen der Hagener Mordkommission. Die Rechtsmedizin hat die für den Tod ursächliche Verletzung am Schädel und den Verdacht auf Fremdeinwirkung bestätigt. Die Identität des Höhlenskeletts konnte allerdings noch nicht geklärt werden. Immerhin wissen Tilkowski und sein Team jetzt, wann der ominöse Tote die Dechenhöhle besucht hat. Anhand der verwitterten Nummer auf der Eintrittskarte lässt sich der Zeitpunkt der Führung genau feststellen. »Die Eintrittskarten sind über all die Jahre durchnummeriert worden«, hat der Mitarbeiter der Dechenhöhle die Ermittler aufgeklärt. So kann Tilkowski rekonstruieren, dass der Unbekannte in der Höhle während des Deutschen Wandertages 2001 in Iserlohn getötet wurde. Daraufhin arbeitet sich Assistent Assauer im Archiv durch unzählige Artikel über den damaligen Wandertag. Die Zeitungsfotos zeigen reihenweise Übergaben von Wimpelbäumen, Wanderer mit Wadenkrämpfen und Seniorentrachtengruppen in Ekstase beim »Tanzen für Jung und Alt« in der Iserlohner Fußgängerzone.

Bei der Sichtung der Artikel stößt er natürlich auch auf Meldungen über den Bankraub in Letmathe. Und dann hat

Assauer eine Idee. Er zeigt auf das am Pinboard hängende Foto des Skeletts. »Das könnte der dritte flüchtige Bankräuber sein!«

»Dann wäre er nach dem Coup nicht besonders weit gekommen«, brummt der Leiter der Mordkommission.

»Chef, ganz klar.« Assauer ist sich sicher. »Die drei Täter sind wegen der Beute in Streit geraten und haben ihren Komplizen erschlagen. Es ging immerhin um vierhunderttausend Mark. Die bis heute verschwunden sind!« Er deutet auf die Fotokopie eines Zeitungsartikels von damals über die »Wander-Gangster«.

»Mit den D-Mark werden sie heute ihre Probleme haben. Aber wenn Sie recht haben, Assauer, dann werden die beiden Komplizen des Toten vermutlich nach der Beute suchen. Und das ist unsere Chance.«

Hoppy und Stan sind von der Dechenhöhle regelrecht elektrisiert. Und das liegt nicht an den bunt beleuchteten Tropfsteinen, sondern an den im Museum ausgestellten Fotos früherer Besichtigungstouren. Das Foto der Höhlenführung vom 6. Juli 2001 während des Deutschen Wandertages haben sie sofort gefunden. Obwohl sein Gesicht kaum zu sehen ist, haben die beiden ihren Komplizen inmitten der fröhlich in die Kamera winkenden Wandergruppe gleich entdeckt. Er hat die Kapuze seines Anoraks eng um den Kopf gezogen und wendet sich als Einziger von der Kamera ab. Der neben ihm stehende Mann im Holzfällerhemd, der wie der Reiseleiter wirkt, blickt prüfend zu ihm hinüber.

»Dat is Aki«, raunt Hoppy seinem Freund mit heiserer Stimme zu.

»Ganz klar! Eindeutich!« Stan ist aufgeregter als bei dem Bankraub damals, fast etwas euphorisch. Dass sein Kumpel mittlerweile nur noch ein Skelett ist, realisiert er in dem Moment gar nicht.

Auf der Tour durch die Höhle können sich die beiden Bankräuber gar nicht auf die spektakulären Steingebilde konzentrieren. Sie werfen immer wieder hektische Blicke in die Nebengänge und stellen dem Höhlenführer neugierige Fragen nach dem Fundort des Skelettes. Aber noch viel mehr interessiert die beiden das Foto von der Höhlentour während des Wandertages im Juli 2001.

»Waren Sie damals auch schon hier?«, will Hoppy wissen, als sie zurück im Museum sind.

»Ich war schon immer hier. Ich hab hier schon die Mammuts gehütet.« Der kleine Mann verzieht keine Miene. »Nä, im Ernst, ich hab hier schon über tausend Führungen gemacht.«

»War diese auch dabei?«, fragt Stan und zeigt auf das alte Foto.

»Da kann ich mich tatsächlich noch gut dran erinnern.« Der Dechen-Mann muss nicht lange überlegen. »Ich weiß noch, einer aus der Gruppe war auf einmal verschwunden.« Er mustert die Trekkinghosen der beiden. »Hatte auch so 'ne schicke Hose an. Der Cyliax hatte ihn noch gesucht, aber nich gefunden. Er war vollkommen außer Atem, als er zurückkam, hatte sich verletzt, die Hand voller Blut, und darin steckte die lange Spitze von einem abgebrochenen Stalaktiten. Den wollte er unbedingt mitnehmen. Aber dat is verboten! Den Tropfstein hab ich ihm gleich abgenommen. Liegt seitdem da oben.« Er deutet auf einen Felsvorsprung.

Hoppy horcht sofort auf. »Ist das dieser …?« Er zeigt auf den streng blickenden Typ in dem Holzfällerhemd.

»Ja, der Cyliax vom SGV.« Der Höhlenführer tut so, als müsse das jeder wissen.

»Wat is SGV?«, fragt Stan nach. »Fußball?«

»Nä, Sauerländischer Gebirgsverein. Der Cyliax is eigentlich Wanderführer, aber er macht dat seit Jahren nich mehr. Lebt jetzt zurückgezogen, noble Villa im Bürgergarten. Muss wohl zu Geld gekommen sein.«

Hoppy und Stan bekommen immer längere Ohren. »Wo wohnt der?«

»Sach ich doch, im Bürgergarten. So heißt die Straße. Aber wie gesacht, der is kein Wanderführer mehr.«

Während die beiden verbliebenen Mitglieder der Kurrat-Bande die Türschilder im Bürgergarten absuchen, sind auch Hauptkommissar Tilkowski und Assistent Assauer im Rahmen ihrer Ermittlungen inzwischen in der Dechenhöhle gelandet.

»Hier waren grade eben schon mal zwei, die sich nach dem Skelett erkundigt haben … letzte Vormittagsführung …«

»Was wollten die wissen?« Tilkowski wird natürlich gleich hellhörig.

»Wo wir das Skelett gefunden haben. Aber vor allem haben sie sich für dieses Foto von damals interessiert und sich nach dem Cyliax erkundigt.«

»Cyliax?«

»Der Wanderführer vom SGV, der dabei war.«

Der Mann von der Dechenhöhle fasst noch einmal in knappen Worten zusammen, was er vorhin den beiden Besuchern erzählt hat. Tilkowski und Assauer konfiszieren den Stalaktiten als mögliche Tatwaffe. Und dann haben sie es auf einmal ganz eilig.

»Der Tote ist tatsächlich der dritte Bankräuber, und dieser Cyliax hat ihn umgebracht«, ist Assauer inzwischen überzeugt. »Seine Komplizen können es nicht gewesen sein, die wurden während der betreffenden Höhlentour gerade verhaftet.«

Wanderführer Cyliax sitzt währenddessen an einen Stuhl gefesselt in seinem mit Wandertags-Plakaten tapezierten Hobbykeller. Sein rechter Daumen klemmt in einer Schraubzwinge. Doch auf dem eben noch schmerzverzerrten Gesicht spiegelt sich nur noch blankes Entsetzen. Fassungslos muss er mit ansehen, wie Hoppy und Stan die säuberlich gestapelten Goldbarren aus dem geöffneten Tresor in einen Pappkarton umpacken.

»Das könnt ihr nicht machen!«, winselt der Wanderführer. »Hört zu: Ich geb euch einen Anteil. Das Gold hier ist inzwischen das Vierfache von den vierhunderttausend Mark wert, da bleibt doch für jeden genug.«

»Klappe!«, blafft Stan ihn an. »Für den Mord an Aki sollten wir dich hinrichten.«

»Aber im Gegensatz zu dir sind wir keine Mörder.« Hoppy streichelt zärtlich über einen der Goldbarren. »War trotzdem sehr freundlich, dat du unsere Beute während unserer Abwesenheit gut angelegt hast.«

Wenig später fahren die Kommissare Tilkowski und Assauer im Bürgergarten vor. Sie finden den Mörder gefesselt und mit eingeklemmtem Finger in seinem Hobbykeller vor und konfrontieren ihn mit angeblichen Blutflecken auf dem Mordwerkzeug. Mit verängstigtem Blick auf den Stalaktiten und seinen Finger in der Schraubzwinge gesteht Gerd Cyliax nach längerem Verhör den Mord an dem Unbekannten in der Höhle.

Die beiden Bankräuber brausen derweil schon durch die wilden Wälder Westfalens. Der Allrad-Pajero vom Cyliax liegt durch den schwergewichtigen Karton mit den Goldbarren etwas tiefer.

Hinter einer Kurve schaltet Stan in den höheren Gang und tritt aufs Gas. Er grinst zu Hoppy auf dem Beifahrersitz hinüber. »Frisch auf durchs schöne Sauerland!«

Antti Tuomainen

Kamen est omen

Aus dem Finnischen von Niina Katariina Wagner und Jan Costin Wagner

Der Weihnachtsmarkt füllte das Zentrum der kleinen Stadt. Im Herzen war die Eisbahn, die fünfzehn mal fünfzehn Meter maß und auf der sich Läuferinnen und Läufer jeden Alters tummelten.

Weitere Attraktionen, neben der Eisbahn, waren ein kleines, bunt blinkendes Karussell sowie weihnachtlich geschmückte Buden, die Crêpes, Bratwürste, Bier, Glühwein und überdimensionierte Lebkuchen anboten. Auf den Lebkuchen standen mit Zuckerguss geschriebene Sinnsprüche.

Hirvonen verstand nur einen von ihnen.

Ich liebe dich.

Es war Montag, kurz nach fünf. Es regnete.

Hirvonen ließ den Lebkuchenstand links liegen, lief weiter, vergrub seine Hände tief in den Jackentaschen. Seine Finger tasteten nach dem Kugelschreiber, den er im Hotelzimmer vorgefunden hatte. Auch dieser Stift war beschriftet, Hirvonen hatte den Satz vor Augen. *Kamen, Leben und mehr.*

Aus den Lautsprechern drang ein britisches Weihnachtslied, das die Freuden einer Schlittenfahrt feierte. Hirvonen war Finne. Er wusste, dass eine Schlittenfahrt keineswegs so freudvoll war, keineswegs ein Fest der Freiheit. Auf einem Schlitten konnte es verdammt kalt sein, man zitterte so heftig, dass die Nieren zerplatzen wollten. Mit anderen Worten, Schlittenfahren war wie das Leben selbst. Eine schwankende Fahrt durch den beißenden Frost.

Der pittoreske Marktplatz war schon im Mittelalter das

Zentrum dieser Stadt gewesen. Die Dame am Empfang im Hotel hatte Hirvonen ein angeblich gemütliches Restaurant empfohlen, auf dessen Karte lokale Spezialitäten standen.

Aber er würde dort nicht hingehen. Auch das Mittelalter interessierte ihn nicht im Geringsten. Die Zukunft betrachtete er keineswegs als verlockend, und er beabsichtigte auch nicht, eines dieser *Carpe-diem*-Leben zu führen, das Menschen in seinem Alter gern für sich entdeckten.

Er lächelte, es fühlte sich nach Dunkelheit an. Früher hätte man ihn womöglich in die Irre führen können mit derartigem Geschwätz. Aber jetzt nicht mehr. Nie mehr.

Denn er war nach Kamen gekommen, um zu sterben.

Am nächsten Tag trank Hirvonen einen Kaffee im Café einer Bäckerei und verzehrte gerade das dritte Stück Kuchen, als sein Blick einen älteren Herren streifte. Der Mann trug einen beigen Mantel und trank Tee. Er starrte Hirvonen an. Ganz sicher. Kein Zweifel. Es war kein aufdringlicher Blick. Kein böser oder provokanter Blick. Er sah ihn einfach forschend an. Als würde er ihn studieren, sehr interessiert.

Vor dem Mann auf dem Tisch stand nur das hohe Teeglas. Hirvonen seinerseits hatte neben seiner Kaffeetasse und den drei Kuchentellern noch ein kleines Mandelgebäck vor sich. Der Mann schien darüber zu schmunzeln, Hirvonen wandte sich hastig ab. Vielleicht war es aber schon zu spät. So, wie es manchmal einfach passiert, selbst wenn wir alles tun, um es zu verhindern.

Natürlich gab Hirvonen sein Bestes: Er strich sich mit der Serviette über die Lippen, schob die Teller zur Seite, warf sich seinen Schal um den Hals, ließ keinen Zweifel daran, dass er im Begriff war aufzubrechen. Obwohl er eigentlich noch hatte bleiben wollen, denn es war noch etwas von seinem Mandelstückchen übrig und auch eine halbe Tasse Kaffee.

Aber der Mann hatte sich bereits erhoben und stand ihm gegenüber.

»Sie gestatten? Darf ich mich für einen Moment zu Ihnen setzen?«

Hirvonen nickte, obwohl sich vor seinen Augen alles zu drehen begonnen hatte. Der Mann setzte sich.

»Sie essen wie einer, der nicht mehr viel zu verlieren hat.«

Er sprach Englisch, mit starkem deutschem Akzent. Fast noch klarer, präziser als ein Muttersprachler. Zumindest war das Hirvonens Eindruck. Vielleicht lag es daran, dass sein eigenes Englisch, nun ja, ausgesprochen finnisch klang.

»Oder täuscht mein Eindruck?«, fragte der Mann.

Es gab Charakterzüge, die Hirvonen in diesen Tagen als Makel empfand. Zum Beispiel seine Ehrlichkeit. »Spielt keine Rolle«, murmelte er. »Nichts spielt eine Rolle.«

Der Deutsche nickte. »In der Tat«, sagte er. »Wir sind offenbar beide zu dem Schluss gekommen, dass es nur noch den einen Weg gibt.«

Die beiden Männer sahen sich an. Der Deutsche war ein wenig älter als Hirvonen, zwischen fünfzig und sechzig. Seine Haare waren frisch geschnitten, und er war frisch rasiert. Unter seinem perfekt sitzenden Mantel trug er ein teures Hemd und an den Füßen dunkelbraune Lederschuhe. Er sah eigentlich keineswegs unglücklich aus.

»Das ist meine persönliche Einschätzung«, sagte Hirvonen.

»Es ist auch die meine«, sagte der Deutsche. Er nickte wieder. »Aber Sie fragen sich vermutlich … warum.«

Hirvonen schwieg. Das alles kam ihm merkwürdig vertraut vor. Er hatte keinen Appetit mehr auf sein Mandelstückchen. Er wollte aufstehen und gehen. Raus, an die frische Luft. Durchatmen. Möglich, dass der Mann es bemerkte.

»Wollen wir ein paar Schritte laufen?«, fragte er.

Draußen war es klar und kalt. Der gestrige Tag, dunkel und verregnet, schien weit weg zu sein. Der Deutsche stellte sich vor. »Helmut«, sagte er, reichte Hirvonen die Hand, die sich warm anfühlte, obwohl es so winterlich kühl war.

»Hirvonen«, sagte Hirvonen. Das schien Helmut auszureichen. Er hatte offenbar vor, ihm die Stadt zu zeigen.

Merkwürdig, dachte Hirvonen. Vor allem, wenn man in Betracht zog, was der Mann gerade eben im Café gesagt hatte.

Sie liefen recht zügig. Helmut zeigte nach oben. »Es gibt verschiedene Theorien darüber, warum dieser Kirchturm schief ist«, sagte er. »Eine besagt, dass es einfach ein Versehen beim Bau war. Eine andere, dass die Baumeister die Richtung des Windes mitdenken wollten. Wieder andere vermuten, dass es mit dem Brandschutz zu tun hat. Sollte der Glockenturm in Brand geraten, würde er nach vorn fallen und nicht in die Kirche. Dann gibt es noch die Version, nach der es mit der deutschen Sparsamkeit zusammenhängt. Demnach wurde Material gekauft, das nicht richtig zusammenpasste, und man war zu geizig, um entsprechend neu zu bestellen.«

Hirvonen betrachtete den Kirchturm, der den blauen Himmel in zwei Teile zerschnitt, dann suchte er Helmuts Blick. Er wartete darauf, dass er weitersprach, aber es kam nichts mehr. Das Rätsel fand keine Lösung. Stattdessen fragte Helmut, so beiläufig, als würde er sich nach der Uhrzeit erkundigen: »Warum Kamen? Warum haben Sie ausgerechnet Kamen gewählt als Ort Ihres Todes?«

Da er grundehrlich war und Helmut ohnehin vieles schon zu wissen schien, wich Hirvonen der Antwort nicht aus. Die übliche Geschichte. Klischee. Konkurs. Millionenschulden. Scheidung. Die sogenannten Freunde hatten sich verabschiedet, der Ruf war ruiniert, die Scham hatte das Regiment übernommen. Aber das war natürlich keine Antwort auf die ursprüngliche Frage.

»Ich habe einfach das erstbeste vergünstigte Flugticket

gekauft, das mir angeboten wurde. Ein Flug nach Düsseldorf. Und dort lag im Ticketautomaten der Bahn eine Quittung von jemandem, der hierhergefahren ist. Nach Kamen. Also bin ich auch hierhergefahren. Ich habe mich im erstbesten Hotel eingemietet.«

»Verstehe«, sagte Helmut. »Vielleicht habe ich eine Lösung für Ihr Problem.«

Sie ließen die Kirche hinter sich, erreichten ein stilles, von noblen Villen geprägtes Wohngebiet. Immer größer, immer pompöser ragten die Häuser vor ihnen auf. Sie bogen einmal nach rechts, einmal nach links ab, spazierten für eine Weile geradeaus, dann blieb Helmut vor dem Gartentor eines modernen Einfamilienhauses stehen.

»Willkommen«, sagte er und schenkte Hirvonen zum ersten Mal ein Lächeln.

Hirvonen legte seinen Schal und seinen Mantel ab, zog seine Schuhe aus und folgte Helmut auf Strümpfen ins Wohnzimmer des Hauses, das weit und hoch war und von der zweifelhaften Gemütlichkeit einer Flughafenhalle.

Sie durchquerten einen langen Flur, blieben vor einer Tür stehen. Helmut hatte einen Schlüssel, schloss auf. Hirvonen bemerkte, dass es eine massive Tür war. Sie stiegen die steile Treppe hinunter in einen Keller. Helmut drehte an einem Regler an der Wand, und Hirvonen hatte den Eindruck, dass er Zeuge des schnellsten Sonnenaufgangs aller Zeiten wurde. Hinzu kam, dass er noch nie zuvor in einem so seltsamen Raum wie diesem gewesen war.

Gewehre und Revolver.

Drei Wände waren mit Waffen bedeckt.

Helmut breitete seine Arme aus. »Das sollte reichen, oder?«

Hirvonen suchte den Blick seines Gegenübers. Er sah verändert aus. Anders als im Café. Dort hatte Hirvonen eine starke Verbundenheit wahrgenommen, eine Art Schicksalsgemeinschaft. Dieses Empfinden hatte sich deutlich abgemildert. Etwas davon war noch da … aber es schien seine Form zu verändern. Wie bei einem Radio, aus dem auf einmal ein anderes Programm erklang, weil kaum merklich die Schwelle zur nächsten Frequenz überschritten worden war.

»Ich bin nicht sicher«, sagte er.

»Sie sind doch aus bestimmten Gründen hierhergekommen«, sagte Helmut. »Hier liegt die Lösung vor Ihren Augen. Unsere gemeinsame Lösung.«

»Gemeinsam?«

Helmut lief zur Wand, griff nach einem der Revolver, es schien eine zufällige, beiläufige Wahl zu sein. Er brachte Hirvonen die Waffe. Hirvonen wollte sie eigentlich nicht entgegennehmen, aber er griff ganz automatisch danach. Der Revolver war überraschend schwer. Natürlich hatte Hirvonen früher schon Feuerwaffen in den Händen gehalten. Er hatte in Finnland den Wehrdienst absolviert, aber das war etwas anderes gewesen. Er war im Wald oder auf dem Schießstand gewesen, meistens mit einem Sturmgewehr. Jetzt war er in Deutschland, in einer kleinen Stadt, die lange vom Kohleabbau gelebt hatte, in einem Keller voller Waffen. Mit einem Mann, den er gerade erst kennengelernt hatte.

Hirvonen fragte sich, ob sie überhaupt noch über dasselbe Thema sprachen, Helmut und er. Etwas hatte sich verändert. Dessen war sich Hirvonen inzwischen sicher. Er versuchte, klar zu denken. Was genau wollte er eigentlich hier? Was war sein Anliegen? Ja, er fühlte sich des Lebens müde, aber warum genau war er jetzt hier?

»Sie haben jetzt, was Sie brauchen«, sagte Helmut.

Hirvonen betrachtete die Pistole in seiner Hand. Es fühlte sich nicht gut an. Absolut nicht. *Falsche Zeit, falscher Ort.* Für solche Momente musste dieser Ausspruch erfunden worden sein. Hirvonen wollte die Waffe ablegen und machte einen Schritt Richtung Wand, als Helmut sagte: »Wenn Sie die Waffe ablegen, schieße ich.«

Hirvonen hielt inne. Fragte sich, ob er richtig gehört hatte. Er drehte sich um und sah, dass Helmut eine Pistole in der Hand hielt. Der Lauf zielte auf Hirvonens Brust.

»Ich verstehe nicht ganz …«, sagte er.

»Ich versuche Ihnen klarzumachen, dass Sie hier nur gewinnen können«, sagte Helmut. »Sie haben unmissverständlich zu erkennen gegeben, dass Sie beabsichtigen, sich das Leben zu nehmen. Also lassen Sie uns die Sache durchspielen. Sie könnten sich erschießen. Falls Sie das aber nicht tun möchten, werde ich Sie erschießen. Und damit nicht genug. Lassen Sie uns doch den Einsatz ein wenig erhöhen. Wenn Sie nicht mich innerhalb eines noch festzulegenden Zeitraums ausschalten, werde ich Sie ausschalten. Wenn Sie versuchen, mich auszuschalten, mit anderen Worten, mich zu erschießen, werde ich mich selbstverständlich verteidigen. Ich werde also versuchen, Ihnen zuvorzukommen. Verstehen Sie?«

Hirvonen, der von Beruf Ingenieur war, konnte auch komplizierte Sachverhalte durchaus nachvollziehen. Sogar die, die unzweifelhaft auf einen Kurzschluss hinausliefen.

»Ja«, sagte er.

Er sah jetzt klar. Dieser Mann, Helmut, war nicht mehr derselbe, der ihn im Café angesprochen hatte. Und auch er selbst hatte sich verändert. Die Müdigkeit, der Überdruss waren verflogen. Er dachte über die Alternativen nach, die Helmut ihm offeriert hatte. Keine fühlte sich allzu verlockend an.

»Ich werde versuchen, Sie zuerst zu erwischen.«

Jetzt lächelte Helmut. Kein freudvolles, glückliches Lächeln. Eher ein spöttisches, hochmütiges.

Hirvonen dachte nach, seine Gedanken überschlugen sich. »Lassen Sie uns zunächst mal die Waffen niederlegen«, sagte er. »Und dann finden wir eine Lösung.«

Helmut reagierte prompt. »Okay«, sagte er. Er ließ die Pistole mit einem Scheppern auf den Tisch fallen.

Hirvonen tat es ihm gleich. Dann entschied er sich intuitiv um, machte einen Schritt nach vorn und griff hastig nach Helmuts Pistole.

»Nicht schießen!«, rief Helmut.

Hirvonen hatte nicht die Absicht, irgendjemanden zu erschießen. Weder sich selbst noch diesen Mann. Das Frühstück im Café, die Angst, die Trostlosigkeit waren weit weg. Er hielt dennoch eine Waffe auf Helmut gerichtet. Schwieg. Er machte einen Schritt zur Seite, dann noch einen. Helmut lächelte nicht mehr. »Wohin gehen Sie?«

Hirvonen schwieg. Er bewegte sich langsam auf die Treppe zu.

»So läuft das nicht!«, rief Helmut. »So spielen wir nicht!«

Ein Spiel, dachte Hirvonen. Für diesen Mann war es ein Spiel. Ein irrsinniges, böses Spiel. Der Mann war wütend, und die Wut wuchs schnell.

»Na gut, okay. Jetzt fängt das Spiel erst an!«, rief Helmut.

Hirvonen erreichte die Treppe. Er stieg hinauf, Stufe für Stufe. Helmut brüllte: »Kamen ist eine kleine Stadt! Ich werde Sie finden!«

Hirvonen erreichte sein Hotel innerhalb von fünfzehn Minuten. Er betrat die Lobby, wollte an der Rezeption vorübereilen, als er eine vertraute Stimme hörte.

»Herr Hirvonen«, sagte die blonde Frau hinter der Theke. »Es gibt da ein Problem. Mit Ihrer Kreditkarte.«

Hirvonen hielt inne. Erinnerte sich. Natürlich. Da war kein Guthaben, kein Geld. Weil er inzwischen bereits hätte tot sein sollen. »Vielleicht möchten Sie in bar bezahlen?«, fragte die Blonde. Sie hob die Hände, eine Art beschwichtigende Geste. Als wolle sie sagen, dass alles halb so wild sei, kein Problem.

Aber Hirvonen hatte nichts mehr. Er hatte nicht mal mehr

eine verirrte Münze in der Jackentasche. Er hatte den letzten Cent für Kaffee und Kuchen ausgegeben. Apropos Jackentasche. In einer seiner Taschen ruhte immerhin eine Pistole. Aber Geld … dergleichen hatte er nicht zu bieten. Die Dame an der Rezeption versteifte sich kaum merklich. »Es gibt doch kein Problem, oder?«, fragte sie.

Hirvonens Gedanken rasten. Wenn er nicht zahlte, würde sie vermutlich die Polizei verständigen. Das wäre einerseits gar nicht so schlecht. Dann würde er den Polizisten die Waffe übergeben und berichten, was ihm widerfahren war. Andererseits würde er dann aber auch erklären müssen, wie er im Keller dieses Wahnsinnigen namens Helmut gelandet war. Hirvonen verspürte keinerlei Lust, darüber Auskunft zu geben. Er wollte niemanden in die suizidalen Gedanken einweihen, die ihn angetrieben hatten.

Hirvonen, Finne, kerngesund, hatte sich den Tod herbeigewünscht. Was war mit ihm los gewesen? Er wollte nichts mehr davon wissen. Mit niemandem darüber sprechen.

»Nein, kein Problem«, sagte er. Er nahm seine Geldbörse, fischte die Kreditkarte heraus, die auf die Firma lief. Sein Unternehmen, das Konkurs angemeldet hatte. Er überreichte der Dame die Karte. »Versuchen Sie es mit dieser hier.«

»Danke, Herr Hirvonen«, sagte die Dame. Sie schien aufrichtig erfreut zu sein. Sehr freundlich. Wie eigentlich alle, denen Hirvonen hier in Kamen begegnet war. Von Helmut einmal abgesehen. Freundliche Leute, die sagten, sie könnten kaum Englisch sprechen, es dann aber doch taten. Hilfsbereit waren sie.

»Es tut mir leid, aber diese Karte scheint auch nicht zu funktionieren«, sagte die Rezeptionistin. Jetzt klang sie aufrichtig enttäuscht.

»Dann weiß ich, woran es liegt«, sagte er. »Es muss irgendwas mit der Internetverbindung zu tun haben. Nach Finnland.«

»Aha?«, sagte die Rezeptionistin.

»Finnland ist kalt. Also, manchmal frieren die Leitungen ein.«

Die Frau sah ihn an. Die Situation war schwer erträglich. Er hatte keinen Cent, konnte folglich nicht in diesem Hotel bleiben, aber auch nicht abreisen. Und ihm war ein Mann auf den Fersen, der, vorsichtig geschätzt, etwa hundert Feuerwaffen besaß. Hirvonen konnte niemandem davon erzählen, ohne zugleich seine eigenen Abgründe, seine eigenen irren Pläne offenzulegen.

»Es tut mir leid, aber ich benötige …«, begann die Blonde.

»Ich lasse Ihnen meine Geldbörse da«, sagte er. »Und meinen Pass.« Er tastete seine Brusttasche ab. Seinen Pass brauchte er nicht. Er hatte nicht die Absicht, abzureisen.

»Ich brauche dann aber spätestens morgen …«

»Natürlich«, sagte er. »Das reicht mir vollkommen aus.«

Wofür eigentlich?, dachte Hirvonen, als er endlich in seinem Zimmer war. Durchatmen. Wofür sollte irgendwas ausreichen? Er setzte sich auf die Bettkante, ohne den Mantel abzulegen, und betrachtete die Welt hinter dem Fenster. Dunkle Baumspitzen, weiße Häuserwände. Heute Morgen hatte er den Anblick als deprimierend empfunden, jetzt konnte er darin eine raue Schönheit entdecken.

Nach einigen Minuten gestand er sich ein, dass er nicht einfach hier so sitzen bleiben konnte. Es würde ihm nicht weiterhelfen. Außerdem begann ein Gedanke Raum zu greifen. Er hatte beiläufig in einer Broschüre über die Sehenswürdigkeiten dieser kleinen Stadt geblättert. Eine lohnende Lektüre. Er hatte eine Art Plan.

Hirvonen verließ sein Zimmer, ging so beiläufig an der Rezeption vorüber, wie es ein mittelloser Mann in akuter Lebensgefahr eben tun konnte.

Das städtische Museum erreichte er in wenigen Minuten.

Es war ein kleines Museum, aber durchaus umfassend ausgestattet. Im Archiv, das bis ins 14. Jahrhundert zurückreichte, fand er, wonach er gesucht hatte.

Der Museumswärter war wie alle anderen, die er in Kamen kennengelernt hatte (abgesehen von Helmut), sehr nett, freundlich, hilfsbereit. Er schien allein im Museum zu arbeiten, das passte Hirvonen durchaus ins Konzept.

Aus der Broschüre wusste Hirvonen, dass sich im Keller des Museums historische Arrestzellen befanden. Der Museumswärter zeigte ihm diesen Bereich des Hauses gern, Hirvonen prägte sich alles ein, bis ins Detail. Er hatte nie zuvor auf diese Weise planvoll gedacht und auch noch nie einen Plan wie diesen gehabt. Seine Lebensgeister waren zurückgekehrt, das Feuer war neu entflammt. Er hatte schon einige Male gehört, dass Veränderungen den Keim von etwas Großem, Gutem in sich tragen konnten. Er hatte es für Unsinn gehalten, aber jetzt war er sich dessen gar nicht mehr so sicher.

In einem schmalen, kurzen Gang befanden sich drei karge Zellen, alle von gleicher bescheidener Größe. Sie waren vollgestellt mit irgendwelchem Zeug, aber das war kein Problem. Wichtig waren die Türen, und die schienen ganz stabil zu sein.

Der Museumswärter ging voran, und Hirvonen, der ihm folgte, schob die Tür zum Keller so vorsichtig zu, dass sie nicht ganz einrastete. Sie kehrten zurück nach oben, ins Erdgeschoss. Hirvonen bedankte sich für den Rundgang und steckte noch einen ganzen Stapel an Material zur Kamener Historie ein, ehe er ging.

Der Nachmittag verdunkelte sich, die Sonne ging unter. Nieselregen setzte ein. Hirvonen sah auf die Uhr, spürte Nervosität in sich aufsteigen. In fünfundzwanzig Minuten würde das Museum schließen.

Er war durch die Stadt spaziert, mitten durchs Zentrum, hatte darauf geachtet, ein wenig aufzufallen. Jetzt erreichte er die Kreuzung, an der an einem längst vergangenen Tag eine Straßenbahn entgleist und einfach auf der Straße weitergefahren war, bis sie eine Wand durchstoßen und in den Geschäftsräumen eines Unternehmens zum Stillstand gekommen war. Natürlich war von diesem Unfall inzwischen keine Spur mehr zu sehen. Nicht mal die Straßenbahngleise existierten noch.

Hirvonen bog ab. Ihm waren einige Zweifel gekommen. Vielleicht war dieser Helmut einfach ein Opfer dieser, nun ja, merkwürdigen Zeiten. Ein Mensch, der irgendwie den Verstand verloren hatte, die Orientierung, einer von denen, die sich verfolgt fühlten? Oder verfügte er über einen besonders eigenartigen, zynischen Humor? Im besten Fall war er ein Störenfried alter Schule. Einer, der gern leere Drohungen ausstieß.

An der Straßenecke war ein Restaurant mit einer Bar. Er trat ein. Hinter der Theke hing ein Spiegel, und in diesem Spiegel sah Hirvonen einen beigen Mantel, der ihm vertraut war. Helmut hatte ihn entdeckt. Und er folgte ihm.

Hirvonen verließ die Bar, lief zügig zum Museum.

Dort angekommen, grüßte er betont beiläufig den Museumswärter. Er sagte ihm, dass er noch einmal gekommen sei, um die schönsten Exponate ein zweites Mal in Augenschein zu nehmen. Der Museumswärter kehrte in sein Büro zurück. Hirvonen ging nach oben in den ersten Stock. Er hörte das Knirschen der Tür, jemand hatte nach ihm das Museum betreten. Helmut.

Oben bewegte sich Hirvonen so, dass man ihn unten hören musste. An der Treppe blieb er stehen. Lauschte. Ja, da war jemand. Helmut war schon oben. Hirvonen ging wieder nach unten, jetzt jeden Schritt behutsam setzend. Er wollte vor allem nicht, dass der Museumswärter noch einmal aus seinem Büro kam. Er erreichte die Eingangshalle, wartete. Auch Helmut kam nach unten, nahezu geräuschlos, aber Hirvonens Sinne waren so geschärft, dass er es wahrnehmen konnte.

Hirvonen lief nach unten, in den Keller. Die Tür ließ sich öffnen, so, wie er das geplant hatte. Der Gang mit den Zellen war dämmrig beleuchtet. Hirvonen verbarg sich hinter einem Schrank, auf Höhe der zweiten Zelle. Hirvonen nahm ein Stückchen Metall und warf es mit Schwung gegen die Wand der Zelle. Das Metallstückchen schlug gegen Holz.

Helmut kam rasch näher, passierte Hirvonen, Hirvonen sah einen Revolver in seiner Hand. Vor der Zelle hielt Helmut inne, dann trat er ein, mit ausgestrecktem Arm, den Revolver in die Dunkelheit richtend.

Hirvonen zögerte nicht. Mit zwei schnellen Schritten war er bei ihm, stieß ihn in die Zelle. Helmut verlor das Gleichgewicht, der Revolver fiel zu Boden, dann stolperte und stürzte er. Hirvonen verließ die Zelle, schloss ab. Helmut war, wo er hingehörte.

Vollkommene Stille.

Hirvonen wartete. Positionierte sich so, dass ihn selbst ein Zufallstreffer aus Helmuts Revolver durch die massive Tür nicht würde streifen können. Dann öffnete er die kleine Luke, durch die den Häftlingen in früheren Zeiten die Mahlzeiten angereicht worden waren. Er fischte die Pistole aus seiner Jackentasche, wischte sie sorgfältig ab und schob sie durch die Luke. Ließ sie in die Zelle fallen, sie schlug drinnen hart auf dem Steinboden auf.

»So spielen wir nicht!«, schrie Helmut.

»Sie können allein weiterspielen«, sagte Hirvonen. »Zu Ihrer Information, ich werde in Kürze die Polizei verständigen und über Ihren Waffenkeller Bericht erstatten. Und darüber, dass Sie in Ihrer Freizeit Menschen jagen.«

»Was … was wollen Sie damit erreichen?«

»Ich habe vorhin ein wenig im Archiv dieser Stadt gestöbert. Ungeklärte Todesfälle. Drei in den vergangenen fünf Jahren. Vielleicht interessiert die Ermittler in diesem Zusammenhang der Hinweis auf einen Mann, der Spiele spielt. Sie wissen, welche ich meine.«

Hirvonen verschloss die Luke.

Er stellte sicher, dass die Zelle wirklich fest verriegelt war, dann ging er. Er verschloss auch die Tür zum Keller und kehrte ins Erdgeschoss und dann in den ersten Stock des Museums zurück, der die meisten Exponate beherbergte. Er drehte noch einmal eine Runde, sah auf die Uhr. Es war eine Minute nach sechs.

Der Museumswärter erwartete ihn an seiner Bürotür. Er trug seinen Mantel, war auf dem Sprung in den Feierabend. Hirvonen hielt sich an seiner Seite, bis der Mann die Tür zum Museum abschloss. Dann trennten sich ihre Wege.

Am nächsten Morgen erschien Hirvonen spät zum Frühstück. Es war im Zimmerpreis inbegriffen. Die letzte Mahlzeit, mit der er, mittellos und ohne Barschaft, planen konnte. Er hatte Hunger. Auch dieses Gefühl war also zurückgekehrt. Das Frühstück mundete, das Leben schmeckte nach mehr.

Hinter dem Fenster sah er einen Spalt des blauen, klaren Himmels, der zwischen den Häusern durchschimmerte. Er aß sechs gekochte Eier, vier halbe Brötchen mit Schinken, Emmentaler und Kirschmarmelade. Trank drei Tassen Kaffee.

Hirvonen saß lange im Frühstücksraum, dann ging er auf sein Zimmer, packte seine Sachen. Er fuhr nach unten, lief durch die Halle, drückte die Klingel an der Rezeption. Die blonde Frau kam aus dem Hinterzimmer.

»Herr Hirvonen … es ist schrecklich, haben Sie schon gehört?«

»Bedaure«, sagte Hirvonen.

»Schrecklich«, sagte die Frau. »Im Museum wurde ein

Toter aufgefunden. Offenbar Suizid. Er hat sich erschossen. Es heißt, der Mann sei ein Mörder gewesen. Er soll mindestens drei Menschen ermordet haben.«

»Das … das klingt ja wirklich …«

»Wir alle hier sind natürlich dankbar, dass dieser Mann … also, dass er …«

»Ja, ich verstehe«, sagte Hirvonen.

»Aber Sie wollen sicher auschecken«, sagte sie. »Ich habe ja noch Ihre Karten. Also. Es gibt immer noch ein Problem.« Sie sah ihn an. Auf merkwürdige Weise vertraut und vertraulich. »Wir denken, dass der Fehler nicht in Finnland zu suchen ist«, sagte sie. »Es liegt an uns. Wir haben Probleme mit dem Strom.«

»Mit dem Strom?«, fragte Hirvonen. Sekunden vergingen. »Nun, vielleicht kann ich helfen? Ich bin gelernter Ingenieur und Elektroinstallateur.«

Sie sah ihn an, er wich nicht aus. »Was halten Sie davon, kostenfrei zu wohnen und im Gegenzug die Technik hier im Haus am Laufen zu halten?«

»Gern. Ich habe tatsächlich schon darüber nachgedacht, noch für eine Weile zu bleiben.«

Hirvonen streifte seinen Overall über, sortierte sein Handwerkszeug und fand den Fehler innerhalb einer halben Stunde. In seinem Lohn war auch eine warme Mahlzeit enthalten. Er hatte kein Geld, aber ein schönes Zimmer, ein weiches Bett und die wohlschmeckend deftige lokale Küche. Das war aber noch nicht das Beste. Das Beste war das Leben selbst.

Elisabeth Herrmann

Der Lünen-Code

Es war eine nette Bäckereifachverkäuferin, die die Leiche entdeckt hatte. Morgens, auf dem Weg von der Bushaltestelle zum Café am Technologiezentrum hatte sie die Abkürzung durch die Büsche genommen und wäre fast über ein Paar Beine gestolpert – Damenbeine, hübsch, genau wie die dazugehörende Tote und das Seidentuch, das eng um ihren Hals geschlungen war. Sehr eng. Tödlich eng.

»Kennen Sie die junge Frau?«

Kriminalhauptkommissar Jens Wegener hatte sich der Zeugin vorgestellt und ihr seinen Ausweis gezeigt, den sie, tränenblind und zitternd, wohl gar nicht richtig gesehen hatte. Um sie herum rotierte Blaulicht, arbeiteten Menschen in weißen Papieroveralls, wurden Absperrbänder gezogen. Dahinter sammelten sich die Neugierigen und die, die darauf warteten, dass das Café endlich öffnete.

»Das Opfer«, erinnerte Jens Wegener sie. »Kannten Sie …«

»Ja. Nein, also nur vom Sehen. Sie war noch nicht lange hier.«

Sie hieß Susanne Meyer und arbeitete jetzt schon seit drei Jahren in dem Café. Eine hübsche Frau, eindeutig unter Schock stehend und sehr dankbar, dass mit Wegener jemand aufgetaucht war, der ihr half, sich zurechtzufinden. So war das immer, wenn Unschuldige plötzlich in den Strudel einer Mordermittlung gerieten. Jens Wegener kannte das. Er musste sich nichts darauf einbilden und nahm ihr bezauberndes Lächeln also nicht persönlich. Dann sah er sich um.

Das Gewerbegebiet in Lünen-Brambauer war ein weitläufiges Gelände, auf dem sich hauptsächlich Technikfirmen angesiedelt hatten. Daher der Name Lüntec. Eigentlich hätte hier auf der ehemaligen Zeche Achenbach einmal die Werkstatt des weltberühmten Designers Luigi Colani entstehen sollen. Warum es nicht dazu gekommen war, darüber stritten sich die Politiker und Stadthistoriker heute noch. Dafür, dass man sein Genie verschmähte, hatte der Designer-Papst der Stadt seinerzeit noch ein Ei ins Nest gelegt. Auf einem ehemaligen Fördergerüst thronte, vergleichbar mit einem riesigen weißen Basketball, das Colani-Ei. Ein kühner Wurf in den Himmel, erreichbar nur über einen Fahrstuhl oder die Feuertreppe. Es war heute der Grund, weshalb das Industrieareal auch bei Touristen beliebt war.

Wegener, der schon ein paarmal dort oben gewesen war, erinnerte sich an plüschige Teppiche, verwegene Bartresen und ein Gefühl, wie im Schnellen Raumkreuzer Orion hoch über der Erde zu schweben.

Die Tote hatte einen Pass bei sich gehabt, mehr wusste Wegener bisher noch nicht über sie.

»Betty Chan«, fragte er die Zeugin. »Wissen Sie, wo sie gearbeitet hat?«

Susanne Meyer schüttelte den Kopf. »Vielleicht da hinten? Im Invention Park. Bei Luen-Solutions.«

Sie deutete auf einen Backsteinbau mit gläsernen Fronten.

Wegener verabschiedete sich und lief vorbei an den Absperrungen und den Leuten von der Spurensicherung, die immer noch das Gebüsch durchkämmten, auf das Haus zu. Die Lichthalle, auch so ein Relikt aus dem Industriezeitalter, war noch geschlossen. Wegener hätte gern einen Blick hineingeworfen – sein Großvater hatte auf der Zeche Achenbach als Steiger gearbeitet … Aber er war hier, um einen Mord aufzuklären. An so einem herrlichen Sommertag, der schon zu dieser frühen Stunde den Duft glühender Holzkohle und leckeren Grillgeruch mit sich trug.

Die Quelle dafür entdeckte er, als er um die Ecke bog: ein

riesiger Grill, auf dem das Mittagessen für mindestens eine Kohorte in Form von Bratwürstchen brutzelte.

Am Empfang der Firma musste er nicht lange warten. Ein jugendlicher Mensch, kaum älter als Mitte zwanzig, stellte sich als Elias Schwermer, »Chief Executive Officer von Luen-Solutions«, vor.

»Wir sind ein rasant gewachsenes Start-up«, sprudelte er angesichts von Wegeners Dienstausweis gleich etwas atemlos hervor. »Angefangen haben wir tatsächlich in einer Garage. Und jetzt? Achtzig Mitarbeiter! – Wollen Sie eine?«

Wegeners Blick war wohl zu sehnsüchtig hinaus zu den Bratwürsten abgeschweift. Ein junger Mann mit Grillschürze wedelte gerade einen unwiderstehlichen Duft zu ihnen herüber.

»*Casual Friday*«, erläuterte Schwermer. »Bier und Würstchen für das Team. Was kann ich denn für Sie tun?«

»Heute früh wurde eine junge Frau in der Nähe der Bäckerei dort hinten tot aufgefunden.« Der hibbelige Elias schien noch nervöser zu werden. »Sie hatte einen Reisepass bei sich, ausgestellt auf den Namen Betty Chan.«

»Betty? Tot? Das ist ja furchtbar!« Elias' Augen weiteten sich vor Entsetzen. »Sie ist … Sie war einer unserer kreativsten Köpfe. Wir arbeiten an der Revolution der *daily delivery*, also, wir liefern alles, und zwar rund um die Uhr und noch bevor Sie wissen, dass Sie es wollen.«

»Wann und wo haben Sie Frau Chan zum letzten Mal gesehen?«

»Mein Gott!« Elias trat schockiert einen Schritt zurück. »Wir waren gestern Abend noch auf dem Weinfest!«

Wegener zückte seinen Block. »Von wann bis wann? Und mit wem noch?«

»Nur … ähm, wir zwei. Und schätzungsweise ein paar tausend Besucher. Sie ist dann um neun nach Hause. Nehme ich an.«

»Wo ist das?«

»In der Altstadt, Marienstraße, glaube ich.«

»Und Sie?«

»Ich? Also …« Elias gab sich große Mühe nachzudenken. »Ich bin da hängen geblieben. Ein paar Stände weiter hatten die da einen weißen Muskateller, ich sage Ihnen …«

Wegener nickte ungeduldig. »An welchem Stand waren Sie mit Frau Chan zuletzt?«

»Warten Sie mal … Der letzte rechts vor der Brücke über die Lippe. Wenn man von der Altstadt her kommt.«

Wegener sagte dem nervösen Start-up-Chef, dass er das später noch zu Protokoll geben müsse, und kehrte zu seinem Auto zurück, nicht ohne einen letzten Blick in Richtung Bäckerei zu werfen. Er hatte ein Faible für Streuselschnecken, und diese dort hatten ausgesprochen verführerisch ausgesehen. Genau wie die nette Bäckereifachverkäuferin … Aber nein, er war im Dienst.

Wegener nahm den »Highway to Heaven« zurück nach Lünen – so nannten die Einheimischen die B 236 zwischen Brambauer und Lünen, aber nur, wenn es Richtung Lünen ging! Weinfest in Lünen, das erinnerte ihn an feuchtfröhliche Abende in lauen Sommernächten, an das Bummeln von Stand zu Stand und die Tausenden Besucher, die das Fest täglich anzog. Nicht einfach, da Zeugen zu finden für Betty Chans letzten Abend …

Es war kurz nach zwölf Uhr mittags, als er in der Lünener Fußgängerzone am Ochsenzug vorbeikam, einem Bronzedenkmal, das an die großen Zeiten der Stadt als Station am Handelsweg zwischen Dänemark und Köln erinnerte. Im Vorübergehen strich er dem bronzenen Leitochsen fast liebevoll über den Kopf. Das sollte Glück bringen, und das konnte er gebrauchen.

Die Stände des Weinfestes hatten noch nicht geöffnet,

waren aber schon besetzt. Der letzte rechts vor der Brücke gehörte einem Weingut von der Mosel. Der Besitzer drückte gerade die Seitenklappe der Bude nach oben und sah dabei irritiert auf Wegeners Ausweis.

»Bin ich zu früh dran?«

»Nein.« Wegener scrollte in seinem Handy nach dem Bild der Toten, das ihm seine Kollegen inzwischen zusammen mit Betty Chans Meldedaten geschickt hatten. »Erinnern Sie sich an diese Frau? Sie war gestern Abend hier.«

Der Winzer, ein stämmiger Mann mit grüner Schürze, der aussah, als ob er noch jeden Tag selbst in die Rebhänge stieg, runzelte die Stirn. »Lassen Sie mich überlegen. Ja, ich glaube schon. Sie war eine der Letzten, die ging.«

»Wann war das?«

»Gegen Mitternacht.«

»War sie allein?«

»Nein. So ein Typ war bei ihr, ein ganz smarter. Haben Englisch miteinander gesprochen und sich irgendwann in die Haare bekommen.«

Wegener steckte das Handy weg. Da hatte Elias Schwermer ihm einen ganz schönen Bären aufgebunden. Zwischen neun Uhr abends und Mitternacht konnte viel geschehen …

»Sie können sich in einer Stunde auf dem Revier einfinden.«

»Was?«

»Sie müssen jemanden für mich identifizieren. Es tut mir leid. Haben Sie keine Hilfe, die den Stand öffnen kann?«

Der Mann grummelte vor sich hin, aber Wegener ließ sich nicht auf Diskussionen ein. Noch auf dem Weg zur Polizeiwache in der Merschstraße ordnete er telefonisch Elias Schwermers Vorführung an.

Läuft ja wie am Schnürchen, dachte er und tätschelte auf dem Rückweg noch einmal das mächtige Haupt des Bronzeochsen.

Betty Chans Wohnung lag im ersten Stock eines kleinen Fachwerkhauses in der Marienstraße, im kleinen, dafür umso hübscheren Altstadtkern der Stadt, nicht weit von der Fußgängerzone entfernt. Die Kollegen hatten den Vermieter ausfindig gemacht, der nebenan wohnte und Wegener hineinließ. So stand Wegener dann in einer picobello aufgeräumten, ja, fast unbewohnt wirkenden Einzimmerwohnung.

»Sie hat zum Monatsende gekündigt«, sagte Herr Fröde, der draußen in dem engen Treppenhaus bleiben musste. »Wann kann ich denn rein?«

»Später«, rief Wegener ihm zu. Auf dem Bett lagen zwei gepackte Koffer. Er streifte sich die Latexhandschuhe über und öffnete die Schränke – leer. Das kleine Badezimmer – leer. Angebrochene Kosmetika lagen im Mülleimer. Betty Chan hatte ihren Pass bei sich gehabt, und Wegener hätte wetten können, dass sich auf ihrem sichergestellten Handy eine Bordkarte befand. Sie war auf dem Sprung gewesen, bereit, Lünen zu verlassen. Aber was hatte sie dann nachts noch einmal zurück an ihren Arbeitsplatz geführt?

»Das weiß ich doch nicht!«, schrie Elias Schwermer, als Wegener ihm wenig später auf dem Revier gegenübersaß. »Ich wusste ja noch nicht mal, dass sie wegwollte! Das wäre auch gar nicht gegangen, gerade jetzt nicht ...« Schwermer brach ab.

»Warum nicht?«, fragte Wegener.

»Tut mir leid, das ist ein Betriebsgeheimnis.«

»Bei Mord gibt es keine Geheimnisse mehr. Warum hätte Frau Chan nicht gehen können?«

Schwermer seufzte, fuhr sich durch die Haare, scharrte mit den Füßen und begriff schließlich, dass ihm das alles nichts half. »Sie hat an einem ganz großen Ding gearbeitet. Einem Code, der Algorithmen auswertet und berechnet, was jemand in einem bestimmten Moment tut.«

»Ja – und?«

Schwermer seufzte abgrundtief. »Das ist ja der springende Punkt. Wir können mit neunzigprozentiger Sicherheit sagen, ob Sie heute noch ausgehen oder zu Hause bleiben. Die übliche algorithmusgesteuerte Werbung liefert dazu dann nur die Anzeige aus. Aber wir liefern das ganze Paket! Zu Hause Pizza essen? Schon da! Ins Kino? Karten sind reserviert! Tank leer? Billigste Tankstelle in der Gegend. Über unsere App erhalten Sie Vorschläge für Ihren Ist-Zustand, zusammengestellt aus Ihrem Bewegungsprofil, Ihrer Bildschirmzeit, den letzten Einkäufen …«

»Hat Frau Chan auch ein eigenes Profil in dieser Super-App?«

»Klar. Ihren Entwickler-Account. Moment.« Schwermer zückte sein Handy. Seine Finger glitten über das Display, und nach wenigen Sekunden hielt er Wegener das Gerät unter die Nase. Zu sehen waren die Website der Air China und eine Flugbestätigung.

»Verdammt!«, murmelte Schwermer.

»Wieso?«

»Ihre eigene App hat ihr gesagt, dass sie verschwinden muss!«

Wegener nahm ihm das Handy ab und scrollte durch den Verlauf. »Ihre Arbeitszeiten, ihr geliefertes Essen, ihre Wegstrecken, ihre Telefonate – die schauen wir uns noch genauer an. Und das alles zusammen ergibt eine Art Handlungsanweisung für den User? Oder sein Tageshoroskop?«

»Checken Sie es doch selbst.« Er tippte etwas in sein Handy. »Ich schick Ihnen den Link für die App. Offiziell gibt es die natürlich noch nicht. Soll ich?«

Wegener nickte, und einige Sekunden später ploppte auf seinem Handy ein neues Symbol auf. Eine kreiselnde Spirale, die schon beim Hinschauen schwindelig machte.

»Das hört gleich auf. Sie zieht nur grade alles aus dem Internet, was es über Sie gibt.«

Wegener wurde etwas mulmig. »Und dann?«

»Setzt Betty es zu Ihrem Direkt-Profil zusammen.«

»Betty?«

Schwermer nickte traurig. »So haben wir sie genannt. Nach ihrer Erfinderin.«

Eine weibliche Stimme kam aus dem Lautsprecher. »Willkommen, Kriminalhauptkommissar Jens Wegener! Ich bin Betty und führe Sie ab sofort durch Ihr Leben. Wenn Sie das wollen …«

Wegener kappte die Verbindung, nahm Schwermers Handy und reichte es an den Polizisten weiter, der an der Tür wartete. »Tut mir leid. Wir arbeiten noch nach althergebrachten Methoden wie Anruflisten und Geodaten auswerten. Sie bekommen Ihr Gerät umgehend zurück, sobald wir es ausgelesen haben. Wer hat noch Zugriff auf die Daten der App?«

»Nur wir drei. Betty, ich und …« Schwermer sprang auf. »Geben Sie mal her!«

Er riss dem Polizisten sein Smartphone aus der Hand, wischte sich über diverse Bildschirme, tippte etwas ein und stöhnte auf. »Leon! Verdammt! Leon hat sich gelöscht!«

»Wer ist Leon?«

»Leon Horstmeyer. Die Betty-App ist unser gemeinsames Baby. Wir werden Millionäre damit! Aber warum zum Teufel …« Er wählte eine Nummer, aber niemand meldete sich. »Wir drei sind die Ersten, die den LüCo testen.«

»LüCo?«

Schwermer ließ das Handy sinken. »Der Lünen-Code. Die Programmierung, die Betty erst richtig zum Leben erweckt … Oh mein Gott. Wie sich das jetzt anhört, wo die echte Betty tot ist!«

»Haben Sie ein Foto von diesem Leon?«

»Die sind alle auf unserem Firmenprofil gespeichert.«

Wenig später zeigte Wegener in einem anderen Raum der Wache dem Winzer vom Altstadtfest die Fotos, mit denen sich »Das Team« von Luen-Solutions auf der Firmenhomepage vorstellte. Aufgeregt deutete der Mann auf den Bildschirm. »Das ist sie!« Damit meinte er Betty Chan. »Und das ist der Typ, mit dem sie gestritten hat!«

Sein Zeigefinger wies direkt auf das Gesicht eines Mannes, den Wegener an diesem Tag schon einmal gesehen hatte: Er war der Bratwurst-Grillmeister beim Casual Friday gewesen. Und sein Name war Leon Horstmeyer.

Minuten später schon raste ein Streifenwagen mit Blaulicht zurück nach Brambauer. Aber es war zu spät. Der Grill war kalt und Leon Horstmeyers Arbeitsplatz verwaist.

»Das gibt's doch nicht!«, brüllte Schwermer, den Wegener kurzerhand mitgenommen hatte. Der Chief Executive Officer von Luen-Solutions war kurz davor, die Nerven zu verlieren. Hektisch tippte er auf dem Laptop in seinem Chefbüro herum. »Es ist alles gelöscht«, sagte er mit zitternder Stimme. »Alles!«

»Dann stellen Sie es wieder her!«, sagte Wegener. »Sicherheitskopie, Back-up … irgend so was …«

Schwermer rieb sich den Schweiß von der Stirn. Seine Mitarbeiter standen mit sorgenvollen Gesichtern vor der Glasscheibe, die das Chefbüro von den übrigen Räumen abtrennte. Doch dann begann er, erneut wie wild auf der Tastatur herumzuhacken.

Eine Stunde später stand Schwermer immer noch kurz vorm Nervenzusammenbruch, und Wegener bekam die ersten Ergebnisse der Großfahndung nach Leon Horstmeyer, die er eingeleitet hatte. Dieser war untergetaucht. Seine Wohnung, nicht weit von Betty Chans Apartment, war verwaist. Die Überprüfung der Flughäfen ergab, dass kein Leon Horstmeyer einen Flug gebucht hatte.

Die Stunden vergingen. Zwischendurch ging Wegener auf einen Sprung hinüber in das Café der Bäckerei.

»Haben Sie denn schon einen Verdacht?«, fragte Susanne Meyer, als sie ihm einen Kaffee hinaus an den Tisch brachte.

»Wir stehen noch am Anfang.«

»Oh, ja. Natürlich.« Sie war blond, und wenn sie lächelte, zeichneten sich zwei bezaubernde Grübchen auf ihren Wangen ab. Jetzt wurde sie tatsächlich rot. Aber darauf brauchte er sich nichts einzubilden, das war normal für Leute, die sonst nichts mit der Polizei zu tun hatten.

Er kehrte zurück in Schwermers Start-up, doch da hatte sich noch nichts Neues ergeben. Erst als die Sonne rot glühend hinter dem Colani-Ei unterging, seufzte Schwermer endlich erleichtert: »Ich hab's!« Die Haare hingen ihm wirr ins Gesicht, die Augen waren rot gerändert. »Ich konnte einen Teil unseres Programms wiederherstellen. Und das sagt mir«, auf dem Bildschirm ploppten unendliche Zahlenreihen und Buchstabenkolonnen auf, »dass jemand gestern Nacht den ganzen Quellcode auf ein externes Medium runtergespeichert hat. Stick oder Micro-HD oder so.«

»Wer?«, fragte Wegener gespannt.

Schwermer schloss die Augen. »Betty. Betty Chan. Sie hat alles kopiert und wollte damit abhauen.«

»Und Leon …?«

»Leon steckte offenbar mit ihr unter einer Decke. Ich hab mir ihre Daten angesehen. Sie waren zusammen in Köln, haben zusammen übernachtet, sich mit chinesischen Geschäftsleuten getroffen und dabei wahrscheinlich unser Programm verkauft.« Schwermer vergrub das Gesicht in den Händen. »Ich wette, Betty musste sterben, weil Leon den Kuchen nicht teilen wollte.«

Wegener fragte: »Und was ist Leons nächster Schritt? Kann da diese App nicht …«

Wieder gab Schwermer neue Befehle in den Computer

ein. »Betty weiß im Moment nicht, wo er ist. Aber er liebt deftige Küche, wohnt in der Altstadt und hat seit heute Mittag nichts mehr gegessen, dafür aber mehrere Telefonate geführt. Wenn ich Betty eine Vorhersage machen lasse, sagt sie, dass er in zehn Minuten was essen wird … im Brauhaus Drei Linden.«

Wegener kannte das Restaurant – ein Traditionshaus mit einer langen Geschichte und hervorragender Küche. Als er kurz darauf mit Schwermer das Brauhaus erreichte, stand schon ein Streifenwagen vor der Tür.

Im Gastraum fiel ihm sofort der junge Mann auf, der mit zwei Chinesen an einem Tisch saß. Leon Horstmeyer. Vor sich hatten alle drei die Westfälische Kartoffelsuppe mit Mettwurstscheiben. Wegeners Magen, der den ganzen Tag nach Streuselschnecken gegiert hatte, schwenkte auf deftig um und begann leise zu knurren.

»Kriminalpolizei«, sagte er, als die drei fragend zu ihm aufsahen.

Leon Horstmeyer sprang auf und wollte davonstürzen, aber da hatte Wegener ihm schon den Weg versperrt. Hinter ihnen tauchten die Polizisten auf und dann Schwermer, bleich, verstört und mit Tränen in den Augen.

»Du hast Betty umgebracht«, stammelte er. »Warum? Warum denn bloß?«

»Sie wollte den Deal allein machen!«, schrie Horstmeyer und wehrte sich gegen den eisenharten Griff der Beamten. »Ganz allein! Unsere App ist Millionen wert. Millionen!«

»Sie ist ein Fake«, sagte Elias Schwermer mit erstickter Stimme. Die beiden Geschäftsleute aus China sahen ihn irritiert an.

»Fake?«, fragte der eine. *»Why? What do you mean?«* Horstmeyer wurde von den beiden mit keinem Blick mehr gewürdigt.

»Betty hat uns beide hinters Licht geführt!« Schwermer

weinte beinahe. »Und wir sind auf sie hereingefallen. – Und ihr auch«, sagte er zu den Chinesen am Tisch.

Die beiden standen auf und wollten gehen, wurden von Wegener aber noch darum gebeten, bei den Streifenbeamten ihre Personalien zu hinterlassen.

»Wieso ein Fake, Elias?« Leon Horstmeyer beruhigte sich nur langsam. »Hier saßen zehn Millionen Dollar am Tisch! Die hätten uns gehören können.«

Schwermer schniefte. »Seit wann wusstest du es?«

Horstmeyer wurde blass.

»Wann hat sie es dir gesagt?«, bohrte Schwermer. »Komm schon. Du bist der beste Programmierer, den ich kenne. Du musst es geahnt haben, dass Betty uns hinters Licht geführt hat. Sag es endlich!«

Leon Horstmeyer ließ sich auf einen Stuhl fallen. »Gestern Abend. Ich hab sie auf dem Weinfest getroffen, da war sie schon auf dem Weg nach Hause. Ich hab ihr gesagt, dass mir irgendetwas seltsam vorkommt am Quellcode der App. Sie hat abgewiegelt, und ich hab verlangt, dass sie mit mir noch mal in die Firma fährt und mir ein paar Sachen erklärt, die ich in ihrem Code gefunden habe. Und als wir dann da waren, habe ich ihr gezeigt, was ich wirklich gefunden hatte. Sie hat da ein Riesending vorbereitet, um uns alle abzuzocken. Sie wollte heute hier mit den beiden Chinesen den Deal abschließen und dann abhauen. Als sie begriffen hat, dass ich ihr auf die Spur gekommen war, ist sie … ist sie … einfach abgehauen …«

Er fuhr sich mit der Hand über die Augen.

»Und Sie sind ihr gefolgt?«, fragte Wegener. »Um sie zum Schweigen zu bringen?«

»Ich wollte das nicht«, schluchzte der junge Mann. Seine Schultern bebten. »Das müsst ihr mir glauben! Ich hab sie eingeholt und rumgerissen, sie ist gestürzt … und als sie da lag, war sowieso alles zu spät. Da dachte ich …«

»Da dachtest du«, vollendete Schwermer den Satz, »mach einfach für Betty weiter mit dem Betrug, kassiere die Kohle von den Chinesen und such das Weite.«

»Abführen«, bat Wegener die Kollegen von der Schutzpolizei.

Und während Leon Horstmeyer draußen in den Streifenwagen verladen wurde, vibrierte Wegeners Handy.

»Hallo, Jens«, empfing ihn die Stimme der App mit der kreiselnden Spirale. »Glückwunsch, dein Arbeitseinsatz ist beendet. Du hast dich in letzter Zeit suboptimal ernährt und zu wenig bewegt. Der Umweg zur Bäckerei in Brambauer beträgt zwei Komma sieben Kilometer. Dein Zögern heute Morgen um elf Uhr zweiunddreißig auf dem Weg zu deinem Wagen betrug eins Komma drei zwei Sekunden. Wenn du wirklich dorthin zurückkehren willst, empfehle ich dir, das Auto einen Kilometer vor dem Zielort stehen zu lassen und den Rest des Weges zu Fuß zurückzulegen. Susanne Meyer, Angestellte in der Bäckerei der Lüntec, hat dich heute drei Mal gegoogelt. Das Profil von Susanne Meyer und deines haben eine Übereinstimmung bei den Hobbys und Aktivitäten von …«

Die Stimme brach ab, und der Bildschirm fror ein.

Schwermer kam aus dem Brauhaus und sah sich suchend um. Er entdeckte Wegener und kam auf ihn zu.

»Ich habe das ganze Programm gelöscht«, sagte er.

»Ist auch besser so.« Wegener nickte und steckte das Handy, nicht ohne einen ganz leisen Anflug von Bedauern, ein. Susanne Mayer hatte ihn also gleich drei Mal gegoogelt …

Auf dem »Highway from Heaven« drehte er AC/DC voll auf und nahm die Abfahrt zur Lüntec mit quietschenden Reifen.

Benedikt Gollhardt

Horrido, Bönen!

Gott wohnt in Bönen. In einem gesichtslosen Ort, zerschnitten von der Autobahn, überschattet vom Förderturm einer stillgelegten Zeche und zwei riesigen Warenlagern, das eine voller Discountklamotten, das andere verlassen und umwuchert von Unkraut. Hier ist Gott Schützenkönig. Ich werde nach Bönen fahren und ein ernstes Wort mit ihm sprechen. Und wenn er uneinsichtig ist? Ich weiß nicht, was ich dann tun werde. Vielleicht werde ich Gott töten …

Als meine Literaturagentin Jana mich anrief, genau vor drei Wochen, war ich gerade mitten in meiner zweistündigen Morgenroutine aus Frühstück, Zeitungs- und Internetlektüre, Toilettengang und einer kurzen Runde um den Block.

»Hallo, Dominik, stör ich?«

»Nein, geht schon.« Mein Mund war voll, und ich gab mir keine Mühe, es zu verbergen. Sie sollte merken, dass sie störte.

»Du, ich schicke dir gleich mal ein Manuskript, einen Romananfang, dreißig Seiten, vielleicht hast du Lust, da mal reinzuschauen.«

Ich schlürfte demonstrativ am Kaffee. »Ich lese keine Manuskripte von Kollegen.«

»Er ist kein Kollege«, sagte sie, und ihre Stimme klang zögerlich. »Er ist ein Fan von dir.«

»Fanfiction?«

»Ich weiß, nicht dein Ding. Aber schau einfach mal rein.«

»Fans sind Fans. Sie sollen nicht an meinen Geschichten herumschreiben. Sie sollen sie lesen.«

»Das hab ich nicht gehört, Dominik.«

Im selben Moment gab mein Laptop einen Signalton ab.

Jana hatte die Mail also schon vorbereitet gehabt. Ich verabschiedete mich schnell und biss in mein Marmeladenbrötchen, der süße Abschluss des langen Frühstücks. Ich würde die Mail ganz bestimmt nicht öffnen. Niemals.

Würde ich die Dauer meiner Frühstücke der letzten Monate in einer Grafik darstellen, käme eine Kurve heraus, die erst sanft, dann steiler und schließlich exponentiell ansteigt. Mit jeder Woche verbrachte ich mehr Zeit in der Küche und weniger an meinem Schreibtisch. Der Gang die Stufen hinauf in mein kleines Arbeitszimmer unterm Dach war mit jedem Tag mühsamer geworden, die Kaffeetasse in meiner Hand schwerer. Hier war ich einmal zu Hause gewesen, zwischen Bücherwänden, Magnetleisten mit inspirierenden Fotos und Zeitungsausschnitten, der Ablage voller Recherchematerialien, dem schweren Ledersessel und dem Jesus aus Hartgummi auf der Fensterbank, der meine Arbeit mit gütigem Blick überwachte. In der Geborgenheit meines Dachzimmers habe ich innerhalb weniger Jahre eine sechsteilige Krimireihe geschrieben, deren Bände zuverlässig die Bestsellerlisten hinaufkletterten, in elf Sprachen übersetzt und erfolgreich in eine Fernsehserie verwandelt wurden. Ich hielt Lesungen vor Tausenden Zuschauern ab, gab Interviews, besuchte Krimifestivals in ganz Europa, ließ mich vom Verlag auf der Buchmesse herumreichen, betrank mich mit Kollegen an Hotelbars, wechselte freundliche Worte mit Lesern, verbrachte Nächte mit Leserinnen – und verlor darüber erst meine Ehefrau und meine beiden Kinder und dann meine Lust am Schreiben. Meine Frühstücksdauer-Kurve belegte: Ich war kein Schriftsteller mehr, sondern nur noch der Verwalter meines eigenen Erfolges. Und ich litt unter einer kapitalen Schreibblockade.

Mein Lektor Martin spürte es vor mir. Wir waren über die Jahre Freunde geworden, er hatte mich nach der Scheidung ein paar Monate bei sich aufgenommen und mir bei einem unserer abendlichen Weingelage das pikante Geständnis gemacht, dass er Krimis hasste, meine allerdings ein bisschen weniger als die anderen. Spannungsliteratur sei ihm einfach zu mechanisch, und bitte bloß kein Wort zu niemandem. Ausgerechnet Martin war der Erste, der aus meinem letzten Manuskript herauslas, dass ich nicht mehr der Alte war. Er vermisste das Funkeln und die Originalität, die meine Geschichten zum Leuchten brachten. Schon die letzten beiden Bücher seien ihm ein bisschen langweilig vorgekommen. Ich konterte, er verstehe halt nichts von Krimis, ahnte aber, dass mein Lektor den Schatten spürte, der seit zwei Jahren meine Seele verdunkelte. Doch wo sollte ich das verdammte Licht wiederfinden?

Drei Tage nachdem mir Jana die Mail mit dem Romananfang geschickt hatte, rief sie wieder an und fragte, ob ich in das Manuskript geschaut hätte. Ich verneinte, und Jana drängte: »Komm schon, zwei Seiten schaffst du. Ich bin an deiner Meinung interessiert.«

Ich ließ sie noch eine Woche schmoren und zweimal anrufen, dann, an einem Montag, nach einem auf inzwischen drei Stunden gestreckten Morgenprogramm, saß ich wie ferngesteuert vor meinem Rechner und klickte das Manuskript an. Einzeilig, zu schmaler Rand, hässlicher Schrifttyp, Fanfiction, ganz eindeutig.

Widerwillig überflog ich die ersten Zeilen, wurde langsamer, sprang zurück zum Anfang und las noch einmal genauer, vergaß zu atmen, spürte den Schweiß in meinen Handflächen und wusste: In diesen Zeilen brannte mein verlorenes Licht. Heller und strahlender, als es je bei mir geleuchtet hatte. Meine Serienfiguren begannen plötzlich ein neues Leben, sie zeigten bisher unbekannte Abgründe und Träume, sie hatten eine Seele, wie ich sie bei ihnen nie entdeckt hatte. Der neue Krimiplot, der sich andeutete, war originell und trotzdem glaubhaft. Alles war frisch, alles lebte, alles funkelte. Allein:

Es war alles nicht von mir. Ich fühlte mich wie ein Schüler, dessen hingekritzeltes Bild vom Lehrer mit einigen lässigen Pinselstrichen in ein Meisterwerk verwandelt wurde.

Ich schaltete den Rechner aus und starrte auf den Hartgummi-Jesus, der mich von der Fensterbank aus anlächelte, seine Hand berührte sanft das flammende Herz auf der Brust. Diese Zeilen, schoss es mir durch den Kopf, musste jemand geschrieben haben, dem göttliche Gnade widerfahren war. Nein, sie mussten von Gott persönlich stammen.

»Hallo, Jana«, begann ich meine Mail an meine Agentin. »Interessant, das Manuskript. Von wem ist es?«

Wenige Minuten später ihre Antwort: »Jan Greipel aus Bönen. Lass uns mal telefonieren.«

Ich rief die Suchmaschine auf und durchforschte das Netz. Wer war dieser Mann? Ein Kollege, der sich einen Scherz erlaubt hatte? Ein Buchhändler? Ein Journalist? Bald darauf erschien auf dem Bildschirm das Foto eines Mannes um die vierzig mit dichtem Haarwuchs und breitem Lächeln. Er trug eine grüne, etwas steife Uniform mit einem grünen Filzhut, an dem eine Fasanenfeder steckte. Über seinem stattlichen Bauch hing eine lange Kette aus silbernen Orden, neben ihm stand eine strahlende Frau im Festkleid, mit einem Blumenstrauß in der Hand und Diadem auf dem Kopf. »Jan Greipel holte auf dem Schützenfest in Bönen-Nordbögge mit dem 279. Schuss den Vogel von der Stange. Zur Königin erwählte die neue Majestät seine Ehefrau Klara.«

Gott ist ein Schützenkönig, hallte es durch meinen Schädel. Ich griff zum Hörer.

»Das ging aber schnell«, begrüßte mich Jana.

»Das hat nicht dieser Vogel aus Bönen geschrieben, oder?«

»Doch, doch. Ich hab mich umgehört, er ist Fördermitglied im örtlichen Lesetreff und hat auch schon mal eine Kurzgeschichte für die Lokalzeitung geschrieben. Er ist der Hammer, oder?«

»Ja, nicht schlecht. Soll ich ihm ein Buch signieren?«

Jana schwieg, es dauerte nur zwei Sekunden, aber die Stille dröhnte in meinen Ohren. »Ich dachte eher, der Text könnte dich für dein neues Buch inspirieren. Du weißt, dass du eigentlich schon in diesem Herbst rauskommen solltest. Der Verlag scharrt jetzt schon mit den Hufen wegen des Frühjahrsprogramms.«

»Ich soll bei einem Fan abschreiben?« Von meinem Nacken aus lief eine heiße Welle über meine Kopfhaut.

»›Abschreiben‹ ist ein großes Wort. Ich glaube …«, sie wählte ihre Worte gut, »die Leser würden Spaß daran haben, mal so was zu lesen. Es wäre … erfrischend. Das findet auch der Verlag.«

»Du hast ihnen doch nicht etwa das Manuskript gezeigt?«

»Umgekehrt. Sie haben mir das Manuskript gezeigt. Die Verlagsleiterin hat mich gebeten, es an dich weiterzuleiten.«

Ich ärgerte mich schon beim Sprechen über den weinerlich-aggressiven Ton in meiner Stimme: »Und warum gibt sie es dann nicht gleich in den Druck, wenn sie so begeistert ist?«

»Die Überlegungen gingen tatsächlich in die Richtung«, sagte Jana. »Der Verlag hat bei diesem Greipel die Rechte angefragt und ein Angebot gemacht. Er hätte nichts gegen eine Veröffentlichung und würde sogar auf eine Nennung als Autor verzichten.«

»Darauf verzichtet kein Autor. Der Kerl ist ein Bluff!«

»Ich sag nur, wie es ist. Das Buch könnte unter deinem Namen erscheinen.«

»Ich soll meinen Namen für das Manuskript eines Schützenkönigs aus Bönen hergeben?«

»Schau mal, du wärst nicht der erste Schriftsteller, der einen Ghostwriter hat. Denk nur an James Patterson. Und wer hat schon einen Ghostwriter, der wie ein Gott schreibt?«

Da war es. Wenn er für Jana ein Gott war, dann war er ein Gott.

»Du meinst, dieser Greipel ist besser als ich?«, krächzte ich.

Sie schwieg wieder kurz. »Willst du es wirklich hören?«

»Ja.«

Ich hatte Jana immer schon für ihre klaren Worte geschätzt, sie durfte mir mehr sagen als einst meine Ehefrau.

»Er ist besser«, sagte sie trocken.

»Warum schreibt er dann Fanfiction und nicht sein eigenes Buch, verdammt?«

»Ganz einfach, er will kein Schriftsteller sein. Er will in Ruhe in Bönen leben, sein Reisebüro weiterführen, den Lesezirkel besuchen und im Schützenverein aktiv sein. Diese Geschichte hat er aus Langeweile angefangen, als er eine Woche mit einem gebrochenen Bein im Krankenhaus lag.«

»Eine Woche ...« Mir wurde schwindelig. »Und wenn ich meinen Namen nicht hergebe?«

»Dann lieferst du entweder bald dein neues Buch ab, und zwar ein gutes, oder der Verlag wird alles daransetzen, dass Greipel deine Reihe weiterschreibt, unter welchem Namen auch immer.«

»Das kann er nicht! Es gibt immer noch so was wie ein Urheberrecht!«, empörte ich mich.

Janas Stimme klang mitleidig: »Vielleicht erinnerst du dich, dass deine Krimireihe auf Anregung deines Lektors entstanden ist. Deshalb gehören die Figurenrechte dem Verlag, das ist schon durch die Rechtsabteilung überprüft worden. Also, überleg dir, ob du dein Lebenswerk an einen Schützenkönig aus Bönen abtreten willst oder dir von ihm als Ghostwriter das Konto füllen lässt. Du wirst mit ihm hunderttausend Bücher verkaufen, ohne einen Finger krümmen zu müssen.«

Ich ging wie in Trance durch mein Haus, mein großes, stilles Haus – die Treppe hinunter in die Designerküche, deren Spüle von dreckigem Geschirr überquoll, weiter ins Wohnzimmer mit den schmutzigen Kelimteppichen, die von alten Zeitungen, ungeöffneten Briefen und leeren Asia-Imbiss-Aluschalen übersät waren, durch die Terrassentür aus stumpfem Glas hinaus auf die Terrasse, wo ich durch ein Meer aus Bier- und Weinflaschen watete, dann mit immer schnellerem Schritt ins hohe Gras des Gartens, in dem ich nur ein Jahr zuvor mit meinen Kindern Boule gespielt hatte, und schließlich rennend zum brombeerüberwucherten Komposthaufen, auf den ich mich zuckend übergab.

Sie wollen mich fertigmachen, schoss es mir durch den Kopf. Sie wollen meinen Körper mit einem fremden Manuskript ausstopfen, mich als Zirkuspferd über die nächste Buchmesse treiben. Ich soll wie eine Marionette vor Mikrofone und Kameras gestellt werden, um mein neues Buch – das Buch eines Bönener Schützenkönigs – zu bewerben. Nur über meine Leiche!

Ich ging in meine Dachkammer und setzte mich voll grimmigem Tatendrang an den Schreibtisch. Es war so weit, jetzt. Ich würde einen neuen Roman raushauen, fünfzig Seiten in einer Woche, nein, in fünf Tagen! Ich würde diesem Schützenbruder zeigen, wer der Schriftsteller von uns beiden war! Ich würde ihm sein geladenes Gewehr in den Hintern rammen!

Nach drei Stunden, in denen ich wütend Sätze in den Laptop getippt und wieder gelöscht hatte, wanderte meine Hand zu Greipels Manuskript. Mit spitzen Fingern begann ich zu blättern, zu lesen, zu suchen. Erschrocken schob ich es beiseite und verharrte einen langen Moment in völliger Starre. Jesus warf mir einen mitleidigen Blick zu, und ich fegte ihn mit einem Wutschrei von der Fensterbank. Ich war leer. Unfähig. Geliefert.

Zwei Wochen später sitze ich im Auto und fahre durch Bönen. Zum Schützenfest. Die Luft steht still. Die Nachmittagssonne brennt auf den Asphalt der baumlosen Einkaufsstraße, viele Fensterläden sind geschlossen, weder Mensch noch Hund lassen sich blicken.

Ich suche das Zentrum, doch dieser Ort hat keines, er ist ein Haufen zusammengeklebter Dörfer. Kein alter Lindenbaum, unter dem sich die Menschen treffen, kein Café am leer gefegten Marktplatz. Wo hat Jan Greipel das Geschichtenerzählen gelernt? Ich habe zehn Jahre und unzählige abgelehnte Manuskripte gebraucht, wie hat er es hier, in diesem gesichtslosen Kaff, gelernt?

Am Ende der Straße rollt plötzlich ein Streifenwagen im Schritttempo vorbei, dahinter eine lange Prozession von vielleicht hundert Männern in dunkelgrünen Uniformen. Auf ihren Revers blitzen Orden, auf den Köpfen tragen sie Hüte, manche mit Federschmuck. Vorneweg gehen einige Trommler neben mehreren Fahnenträgern mit weißen Handschuhen: Glaube, Sitte, Heimat. Der Schützenverein des Bönener Ortsteils Nordbögge eröffnet das diesjährige Fest. So steht es auf einem Plakat im Schaufenster einer Metzgerei, an der ich vorbeikomme. Heute ist der letzte Amtstag von Jan Greipel als Schützenkönig.

Ich steige aus und mische mich unter die Schaulustigen, die die Parade durch die glühenden Straßen begleiten. In dem Marsch der Uniformierten liegt Ironie, man lacht und scherzt, alles wirkt unaufgeregt. Unruhig überfliegen meine Augen den Pulk der Grünkittel. Einige Meter entfernt winkt Jan Greipel den Anwohnern zu, die sich aus ihren Fenstern lehnen und dem Zug mit Bierflaschen zuprosten. Greipel wirkt jung, sein bubenhaftes Gesicht strahlt Frohsinn aus. Er lacht breit und quittiert jeden hingereichten Handschlag mit einem Spruch. Ein Mensch unter Menschen. Meine Kehle brennt.

Nach einem schier endlosen Marsch die Bahnhofstraße hinunter, vorbei an dem schönsten Gebäude des Ortes, einer alten, aber völlig deplatzierten Windmühle, kommen wir zu Greipels braun verklinkertem Einfamilienhaus. Vor der Garage steht der Lieferwagen eines Getränkemarktes. Bänke, Biertische mit Schnittchenplatten, Getränkekisten werden nach hinten in den Garten getragen. Ich postiere mich unauffällig hinter einer schütteren Hecke und schaue auf eine große Wiese mit Plastikschaukel und Trampolin. Die Grünkittel marschieren ein, bedienen sich an den Getränken und verteilen sich auf die Bierbänke. Rechts von mir drängeln sich drei Kinder mit Eistüten in der Hand, um einen freien Blick auf die kleine Bühne im Garten zu bekommen, wo sich drei ältere Männer mit prächtigen grün-weißen Federn an den Hüten postieren. Der kleine Junge neben mir klärt mich auf, dass der Oberst, der Major und der Hauptmann jetzt die Beförderungen verkünden.

Nach einer halben Stunde trägt der König mit seinen Kindern einen hölzernen Vogel zur Bühne, eine Mischung aus Adler und Huhn, die Flügel einen Meter weit ausgebreitet, auf dem Kopf eine kleine Krone. Der Junge neben mir deutet auf den Vogel und erklärt mir, dass das Tier jetzt getauft würde. Der Vogel soll Ikarus heißen. Ein Zufall?, denke ich. Ahnt Greipel vielleicht, dass er drauf und dran ist, zu hoch zu fliegen, sich die Flügel zu verbrennen und in die Tiefe zu stürzen? Das Eis des Jungen tropft auf meinen Schuh.

Die meisten Schützen haben ihre Jacketts ausgezogen, einer reicht mir durch die Hecke eine Flasche Bier. In meiner Stadt bin ich es gewohnt, erkannt und bevorzugt behandelt zu werden, hier muss es mein bemitleidenswerter Anblick gewesen sein, den ich mit meinem verschwitzten Polohemd und dem roten Gesicht mache.

Ein Ausruf des Obersts reißt mich aus den Gedanken. »Wir bedanken uns bei unserem Gastgeber mit einem dreifachen kräftigen Horri-« Die Schützen brüllen: »-do!« – »Horri-do! Horri-do!«

Der Spielmannszug beginnt zu trommeln, und die Grünkittel ziehen weiter. Es geht durch die flirrende Abendhitze zum nördlichen Ortsrand, wo uns ein riesiges Festzelt mit einem Imbisswagen und einem Getränkestand erwartet. Auf der angrenzenden Wiese erhebt sich ein Stahlmast zehn Meter in die Höhe, von dessen Spitze am nächsten Tag der Vogel heruntergeschossen werden wird.

Im Zelt setzt sich das Königspaar mit den anderen Schützen zum traditionellen Eisbeinessen an die langen Tische. Ich stürze zwei Gläser Bier hinunter. Auf eine Currywurst folgen zwei weitere. In der Ecke des Zeltes steht eine Bühne, auf der eine Kapelle Schlager spielt. Ich sehe den dicken Schützenkönig, der fröhlich mitsingt, der schwitzt und lacht und sein Eisbein vertilgt. Und plötzlich fühle ich mich beschwingt. Hatte Jana nicht gesagt, dass Greipel sein Leben gar nicht verändern will? Er hat sein Glück in Bönen gefunden. Ich beneide ihn sogar darum. Greipel ist vernünftig, denke ich, er wird es mit der Fanfiction lassen, damit ich, genauso wie er, meinen Platz im Leben wiederfinde.

»Ich habe Sie gar nicht erkannt, Sie sehen viel älter aus als auf den Fotos«, begrüßt er mich, als ich mich vorstelle.

Ich versuche zu lächeln und nehme einen kräftigen Schluck von meinem siebten Bier. Ein Grünkittel fragt laut, ob ich Lehrer sei, und Greipel ruft seinen Kumpels zu, ich sei ein berühmter Schriftsteller, sie sollen bloß vorsichtig sein, was sie sagen, sonst komme das ins nächste Buch. Greipel zieht mich auf die Bank und drückt mir ein neues Bier in die Hand. Er sei ein großer Fan von mir, erklärt er, auch wenn er sich manchmal wünschen würde, dass meine Figuren etwas unberechenbarer wären. Ich lächle dünn und komme sofort zum Punkt: »So wie in Ihrem Text, nehme ich an.«

Greipel wiegt bescheiden den Kopf: »Ich hab da nur mal was ausprobiert, ich bin kein Schriftsteller. Obwohl die vom Verlag mir das einreden wollen. Die haben mich dreimal angerufen und gefragt, ob ich den Krimi nicht als Vorlage für Sie schreiben könnte.«

Ich versuche mir den Stich nicht anmerken zu lassen. Der Verlag, *mein* Verlag, hofiert den Dieb, der *mich* mit seinem

Fanfiction-Geschreibsel bestohlen hat. »Haben Sie denn eine Idee, wie die Geschichte weitergehen soll?«

Greipel lächelt. »Nicht wirklich. Ich hab mal so hin und her überlegt, aber ich weiß nicht.«

Ich schöpfe Hoffnung, vielleicht hat sich das ganze Problem schon längst erledigt, beendet durch Phantasielosigkeit. »Es ist noch kein Meister vom Himmel gefallen«, sage ich. »Erzählen Sie mal!«

Greipel trinkt sein Bier in einem Zug und skizziert mir in kurzen Worten den Plot seiner Geschichte. Es sind meine Figuren und meine Orte, und doch entfaltet sich vor meinem inneren Auge eine völlig neue Welt, wie ich sie nie erschaffen könnte, ein Plot, so elegant verwoben, dass ich, kaum hat Greipel ausgeredet, stumm zum nächsten Bier greife und es hinunterstürze.

»Gar nicht schlecht«, würge ich heraus.

»Wirklich? Vielleicht sollte ich es doch aufschreiben.«

»Überlegen Sie es sich gut. Sie haben sich hier so viel aufgebaut im schönen Bönen, die Familie, der Verein. Das Schriftstellerleben ist einsam, die langen Monate vor dem Rechner, die Lesereisen, die Nächte in Hotels. Da kann viel kaputtgehen.«

»Verstehe.« Greipel nickt nachdenklich. »Aber ich denke, ich mach's trotzdem. Nur das eine Buch. Die Verlegerin hat mir einen Vorschuss versprochen.« Er senkt seine Stimme: »Hoch fünfstellig!«

Ich verschlucke mich am Bier.

Er klopft mir auf den Rücken. »Sie bekommen das Buch natürlich als Erster. Bestimmt finden Sie gleich ein paar Fehler.«

Mein Blick geht ins Leere. Um mich herum beginnen die Grünkittel zu applaudieren, ein DJ betritt die Bühne, eine Nebelmaschine bläst Trockeneisschwaden ins Zelt, Bässe wummern los, einige Schützen und Schützinnen steigen auf die Bänke und fangen an zu tanzen. In meinem Kopf beginnt ein einfacher Satz im Takt der Musik zu dröhnen. Er schwirrt dort schon seit Tagen umher, kaum hörbar, nur ein dunkler Gedanke, nur ein Spiel. Jetzt wird er laut und klar: Greipel muss sterben.

Mit schweren Schritten schleppe ich mich hinaus auf die trockene Wiese und atme tief durch. Es ist mittlerweile Nacht geworden über Bönen. Der Schützenkönig sitzt wie eine Bienenkönigin im Festzelt, um ihn herum hundert Freunde, von denen mich Dutzende schon begrüßt haben. Wie soll ich ihn töten? Womit? Ich, der ich mir Dutzende raffinierte Morde ausgedacht habe, bin ratlos. In Bönen wird niemand getötet, schon gar nicht Gott.

Voll dunkler Gedanken erleichtere ich mich hinter dem Imbiss. Der rothaarige Junge, der darin den ganzen Abend Currywürste zerschnitten hat, steht in der Schlange vor dem Klowagen und trinkt mit dem Oberst aus einer Wodkaflasche. Ich habe Hunger. Der Imbisswagen ist nicht abgeschlossen, *glückliches Bönen*, denke ich und schleiche hinein. Unter der Theke stehen Kartons mit halbgefrorenen Fritten und Plastikbeutel voller Grillwürste. Ich fische ein trockenes Brötchen aus einem Papiersack und spüle es mit einem halben Becher warmer Cola hinunter, der auf der Theke vergessen wurde. Dabei streift mein Arm eine kleine Wasserflasche aus Plastik. Sie taumelt und bevor ich sie greifen kann, fällt sie hinter den Tresen, hinein ins braune, brodelnde Öl der Frittierwanne.

Die Fettexplosion katapultiert mich rückwärts aus dem Imbisswagen. Auf dem Rücken liegend sehe ich den riesigen Feuerball, der das Zelt erfasst und sofort in Flammen setzt. Die Schreie der Menge übertönen die Musik, der Himmel ist voller Funken, und ich muss plötzlich lächeln: Ikarus, vom Feuer versengt und auf die Erde zurückgeschickt. Das bin ich. Es wird dunkel.

Vom fünften Stock des Krankenhauses aus kann man weit über die westfälische Ebene bis nach Bönen sehen. Die Rauchsäule, die vorgestern Nacht dort aufgestiegen ist, ist längst verflogen. Die lokale Presse meldet, dass das Unglück glimpflich verlaufen sei, keine Toten, die zwölf verletzten Schützenbrüder und Schützenschwestern müssten noch einige Tage ärztlich beobachtet werden. Darunter ich und Jan Greipel. Der Schützenkönig hat mittlere Verbrennungen an Armen, Gesicht und Händen und liegt standesgemäß in einem Einzelzimmer am Ende des Flures, nur einige Türen hinter meinem Dreibettzimmer.

Greipel hat heute viel Besuch empfangen, man hat gelacht und gesungen. Jetzt schläft er fest, sein Gesicht und die Arme sind bandagiert, der mächtige Bauch hebt und senkt sich ruhig. Ein Tropf versorgt ihn mit Schmerzmittel, dem gleichen Morphin, das ich in einer Spritze in meiner Bademanteltasche habe. Gestern habe ich mich ein bisschen umgeschaut auf der Station. Der Medikamentenschrank steht im Arztzimmer, die Schwestern nehmen es nicht so genau damit, ihn abzuschließen.

Ich löse den Zugang an Greipels Handgelenk und spritze die durchsichtige Flüssigkeit hinein. Die Ladung sollte reichen. Seine Atmung verlangsamt sich. Der Ausblick aus seinem Zimmer ist phantastisch, unter mir liegt das Kamener Kreuz mit seinem breiten Band Richtung Osten, wo es von einem kleinen schmucklosen Ort umschlossen wird.

Ich mag Bönen, die Leute haben alte Bergarbeiterseelen, sie wissen, wo sie hingehören. Vielleicht werde ich dort eine Lesung machen, in einem neuen Schützenzelt, von mir gestiftet, wenn mein neuer Roman abgeschlossen ist. Er wird ein Bestseller, ganz sicher. Ich fange gleich an zu schreiben.

I. L. Callis

Das Judengrab von Selm

Mein Name ist nicht von Bedeutung, ich bin nur einer von vielen. Meine Opfer wird man vielleicht wiedererkennen.

Ich betrat die Gaststätte Kamphaus, das Vereinslokal des Schachclubs Turm Selm 1932 e. V., zum ersten Mal an einem nebligen Abend Anfang November. In meiner Manteltasche steckte der Zeitungsartikel über eine Erbstreitigkeit, der mich nach Selm geführt hatte. Der Wirt hinter der Schank spülte Gläser, an fast allen Tischen saßen Männer beim Feierabendbier. Sie rauchten, spielten Karten oder Schach. Aus der Jukebox tönte der Schlager des Jahres, »Tom Dooley«.

Ich entdeckte ihn beinahe sofort.

Er saß in einer Ecke, vor sich das Schachbrett, daneben einen halb vollen Bierkrug. Niemand schenkte mir Beachtung, als ich das Lokal durchquerte, man ist an Kriegsversehrte gewöhnt. Neben seinem Tisch nahm ich Aufstellung. Mit dem Anblick des antiken Schachspiels mit den Elfenbeinfiguren hatte ich nicht gerechnet, doch ich schaffte es, meinen Schreck zu überwinden und die schlichten Züge des Spielers zu verfolgen und sogar hin und wieder bewundernd zu nicken. Endlich sah er zu mir hoch. Wenn ihn mein zerschossenes Gesicht erschreckte, so zeigte er es jedenfalls nicht.

»Spielen Sie Schach?«, fragte er.

»Nicht gut, aber gern«, antwortete ich.

Mit einer Handbewegung wies er mir einen Stuhl zu und stellte die Figuren neu auf. Ich wählte Schwarz, wir spielten mehrere Partien, und er gewann jedes Mal.

»Trinken Sie nichts?«, fragte er, hörbar zufrieden.

Ich hob die Hand und bestellte zwei Bier. »Das geht auf mich«, sagte ich. »Als Dank für Ihre wertvolle Zeit.«

»Mein Vater hat schon Schach gespielt«, sagte er stolz.

Ich versuchte ein Lächeln. »Ja? Meiner auch.«

Er musterte mich. »Sie kommen mir bekannt vor.«

»Das kann ich mir nicht vorstellen«, sagte ich.

Das Bier kam, und wir prosteten einander zu. Er hatte eine Glatze, ein fettes Gesicht und kleine, listige Augen, was ihm das Aussehen eines Schweines mit dem richtigen Schlachtgewicht gab. Er sah jetzt so aus wie in der Zeitung.

»Was führt Sie denn nach Selm?«, fragte er.

Ich ließ ein paar Augenblicke verstreichen. Schließlich seufzte ich und sagte: »Ach, fragen Sie nicht – Geschäfte.«

»Klingt nicht gut«, sagte er.

Ich beugte mich ein wenig über den Tisch. »Ihnen kann ich es ja erzählen«, sagte ich. »Eine Frau aus Selm erpresst mich. Ich will jetzt noch ein letztes Mal mit ihr reden.«

Er riss die Schweinsaugen auf. »Nein!«, rief er so laut, dass sich zwei Männer am Nachbartisch zu uns umwandten. »Was ist denn passiert?«, setzte er, nun fast flüsternd, hinzu.

»Ich habe mir von ihr Geld geliehen«, sagte ich. »Viel Geld. Ich zahle pünktlich die Raten, aber …« Ich verstummte.

»Aber?« Seine Augen glitzerten vor Wissbegierde.

»Sie verlangte Wucherzinsen«, sagte ich. »Und in meiner Notlage habe ich mich darauf eingelassen. Jetzt will sie das ganze Geld auf einmal zurück. So eine Summe kann ich nicht auftreiben. Aber wenn ich nicht in drei Tagen zahle, geht sie vor Gericht. Dann verliere ich alles – ich bin erledigt.«

Er blickte zur Schank hinüber. »Zwei Bier, zwei Korn«, rief er. Dann beugte er sich ebenfalls über den Tisch. »Ganz im Vertrauen – ich bin in einer ganz ähnlichen Lage«, gestand er. Denn Krüppel wie mich fürchtet man nicht.

»Wirklich? Erzählen Sie!«

»Also«, sagte er leise. »Ich habe geerbt. Unsere ganze Arbeit haben mein Vater und ich in den Ausbau des Hofes und der Pferdezucht gesteckt. Zwanzig lange Jahre! Letzten

Monat ist mein Vater gestorben – und ich bin der Alleinerbe.« Er gab einen verächtlichen Laut von sich. »Dachte ich bisher jedenfalls. Doch nun ist so ein Halunke aus dem Ort aufgetaucht. Behauptet, er wäre mein unehelicher Halbbruder und stellt Ansprüche.«

»Und da kann man nichts machen?«, fragte ich.

»Doch, ihn abknallen«, knurrte er. »Aber wenn ich das tue, steht am nächsten Tag die Polizei vor meiner Tür.«

Ich wartete, bis das Bier und der Korn auf dem Tisch standen, dann sagte ich mit gesenkter Stimme: »Das Gleiche würde ich bei meiner Gläubigerin auch zu gern tun.« Wir kippten den Korn. »Wenn wir nur nicht gleich Verdacht erregen würden.« Das ließ ich so stehen.

Ein guter Schachspieler kann bis zu fünf Züge seines Gegenübers voraussehen. Wie erwartet, begann es in seinem Kopf zu arbeiten. Endlich hatte er die Lösung gefunden.

Sein Blick huschte herum, er fuhr mit der Zunge über die Lippen. »Eine Hand wäscht die andere«, sagte er hastig.

»Ich fürchte, ich verstehe Sie nicht«, sagte ich.

»Es ist ganz einfach«, sagte er. »Ich bringe die Wucherin um, Sie den Erbschleicher.«

Ich schwieg, ließ mir seine Worte scheinbar durch den Kopf gehen. »Das wäre wirklich perfekt«, sagte ich schließlich.

»Nicht wahr?« Er lächelte bescheiden. »Wer fängt an?«

»Ich«, sagte ich. »Sie hatten schon die gute Idee.«

Er wirkte noch zufriedener. »Wann?«, fragte er.

»Ich soll meine Schulden übermorgen zahlen«, sagte ich und tat, als müsste ich nachdenken. »Wie passt es bei Ihnen denn morgen?«

»Perfekt.« Er nickte. »Da habe ich ab zwanzig Uhr hier ein Schachturnier«, sagte er. »Ich bestelle den Kerl auf den Hof. Angeblich, weil ich mich mit ihm einigen und ihm schon mal die Pferde zeigen will.« Wieder musterte er mein zerstörtes Gesicht, diesmal nachdenklich. »Wie heißen Sie eigentlich?«

Ich winkte ab. »Das tut doch nichts zur Sache.«

»Stimmt, ist wohl auch besser so«, sagte er. »Wenn Sie im Stall sind – passen Sie auf, dass Sie meinem schwarzen Hengst nicht zu nahe kommen, der schlägt Sie sonst zu Brei.« Er grinste. »Attila mag keine Halunken – so wie wir zwei, was?«

Ich nickte zustimmend und fühlte mich am rechten Platz. Abschließend ließ ich mir von ihm noch den Ort beschreiben, an dem mein Herz bis zu jener Novembernacht gewohnt hatte.

Der alte jüdische Friedhof liegt an der Landstraße zwischen Selm und Bork, ein Fleckchen Erde, mit hohen Bäumen bestanden und von einem Holzzaun umgeben. Drum herum breiten sich Felder aus. Es ist ein einsamer Ort. Niemand trauert an den Gräbern, die Kinder der Toten liegen in Minsk oder Theresienstadt.

Als ich an diesem Novembernachmittag mit bedecktem Haupt den Friedhof betrat, fand ich das kleine Grabkissen in Form eines aufgeschlagenen Buches erst nach längerer Suche. Es lag wie weggeworfen zwischen den verstreuten Grabplatten, die nicht mehr nach Osten wiesen und deren Inschriften vergangen waren wie die Toten, deren Namen sie bewahren sollten. Aus dem eisigen Boden kroch Kälte in meinen Körper. Ich spürte sie kaum. Meine Seele war so gefroren wie die Graberde unter meinen Füßen. So faltete ich die Hände und sprach leise über Verlust, über Schuld und Sühne und meinen Plan und erflehte Vergebung. Mir war, als raunten die körperlosen Stimmen der Ahnen Zustimmung. Also legte ich einen Stein auf das Grab und verließ den Friedhof.

Er kam so zuverlässig wie schon damals in der Nacht vor zwanzig Jahren.

Ich wartete im Pferdestall, in dem früher auch Kühe und

Ziegen gestanden hatten, auf ihn, hörte das vertraute Klappen des Tores, dann sah ich ihn auch schon durch die beleuchtete Stallgasse heranmarschieren.

Er sah noch immer gut aus, hochgewachsen und blond. Meine Kinder wären nun bald in seinem Alter. Jedenfalls war er um so vieles jünger als ich, dass er mich auch ohne die Entstellung kaum erkannt hätte. Ich hatte mir vorgenommen, ihn zu fragen, ob er noch in dem Haus mit Blick auf die alte Synagoge wohnte, dessen Erbauer mit mir jeden Donnerstag Schach gespielt und den ich zuletzt in einem Viehwaggon, der nach Osten rollte, getroffen hatte.

Ich hatte mich getäuscht, er erkannte mich sofort.

»Sie?«, fragte er und starrte mich an, als wäre ihm ein Geist erschienen. »Ich dachte, ihr seid alle weg.«

»Heimatbesuch«, antwortete ich und umschloss mit meiner Hand den Griff der Pistole in meiner Manteltasche.

»Heimatbesuch?« Sein Blick war immer noch misstrauisch. »Der Hof hier gehört euch doch schon lange nicht mehr.«

»Ja, seit zwanzig Jahren«, bestätigte ich.

Er schwieg eine Weile. Spürte er wieder das Vibrieren der Fackel in seiner Hand? Hörte er das Prasseln des Feuers auf dem Dach? Die Schreie meiner Kinder? »Ich habe die Hälfte von dem Laden hier geerbt«, sagte er endlich. »Das Leben muss ja weitergehen. Wo bleibt denn mein Bruder?«

»Du bist ein wenig zu früh gekommen«, sagte ich.

»Mhm«, machte er. »Handelt ihr schon wieder mit Vieh?«

»Nein«, sagte ich.

Er schaute sich um. »Von Pferden versteh ich ja überhaupt nichts.«

Ich zeigte mit der freien Hand auf eine Box, aus der ein schwarzer Hengst seinen mächtigen Kopf in die Gasse reckte. »Der da drüben ist ein Prachtkerl«, sagte ich. »Er heißt Attila.«

Er drehte sich um, dann, vielleicht um sich von meiner Gegenwart zu befreien, marschierte er wieder die Stallgasse entlang und blieb vor der Box des Hengstes stehen. Attila hob den Kopf und legte die Ohren an. Seine Nüstern weiteten sich. Ich konnte sein Schnauben und Stampfen hören.

Er blickte fragend zu mir zurück.

»Er gehört jetzt dir«, rief ich.

Er streckte die Hand aus, wollte das Pferd streicheln, doch Attila bleckte die Zähne. »Hey, du willst wohl Ärger?«

»Du musst ihm schon zeigen, wer der Herr ist«, rief ich dem Vertreter der Herrenrasse zu und ließ die Pistole los.

Mit einem Ruck riss er den Riegel der Boxentür auf. Der schwarze Hengst warf den Kopf hoch und nieder und wich zurück. Seine Hufe polterten gegen die Holzwände.

»Pass auf, du schwarzer Teufel!« Er betrat die Box.

Ich wartete nicht, bis das Wiehern, das Poltern und die Schreie aufgehört hatten, sondern verließ rasch den Hof.

»Es läuft nach Plan«, sagte ich am nächsten Morgen auf dem alten Friedhof, während die Sonne blutrot über dem Horizont aufging und ihre ersten Strahlen durch die schwarzen Äste der Baumskelette stachen und den Reif auf den Feldern in ein rosafarbenes Licht tauchten. Dann legte ich einen zweiten Stein auf die gemeißelten Buchseiten und ging.

Am darauffolgenden Abend spielten wir nur eine einzige Partie. Diesmal wählte ich Weiß und eröffnete mit der italienischen Variante. Mein Partner starrte erst auf das Brett, dann auf mich. Ich sah den Schrecken in seinen Augen. Doch die zerklüftete Narbenlandschaft, zu der die Kugel mein Gesicht verstümmelt hatte, ließ ihn unsicher werden. Er schüttelte kaum merklich den Kopf und machte einen Zug. Aber er war unkonzentriert und verlor den Kampf um das Zentrum zu bald. Ich zog Weiß Sf3, entwickelte damit meinen Springer und griff gleichzeitig seinen schwarzen Bauern auf e5 an. Das ermöglichte mir eine frühzeitige Rochade, die ihn erwartungsgemäß noch mehr aus dem Konzept brachte und am Ende das Spiel zu meinen Gunsten entschied.

»Revanche?«, erkundigte ich mich höflich.

»Ich bin heute nicht in Form«, sagte er. »Irgendwie sehe ich Gespenster. Aber Sie sind ein Teufelskerl. Wie Sie das mit dem Attila und diesem Kerl hingekriegt haben – *Respekt*. War ein Unfall, sagt die Polizei.« Er grinste. »Heute Abend bin ich dran, was?«

»Wenn es Ihnen nichts ausmacht?«

»Ich steh zu meinem Wort. Wer ist es?«

Ich nannte ihm Namen und Anschrift.

»Was? *Die?*« Er ließ sich die Sache offenbar durch den Kopf gehen. »Na, das kann ich mir vorstellen. Da sind Sie an die Richtige geraten. Wohnt in einer Riesenvilla mit Bildern und Antiquitäten.« Er beugte sich vor und zischte: »Hat alles für 'nen Appel und 'n Ei gekriegt, so war das damals.«

Das Haus hatte meinem Vater, einem Sammler und Kunsthändler, gehört. An wen sie wohl das Versteck auf dem Dachboden, in dem meine Frau und meine Kinder um ihr Leben bangten, verraten hatte? An die Polizeibehörde in Lüdinghausen? Oder direkt an die Geheime Staatspolizei in Münster? Welche der Stellen hatte in der Nacht vom 9. November die johlenden Fackelträger auf meinen Hof geschickt?

Er lehnte sich zurück. »Die früheren Eigentümer sind ja zu der Zeit fast alle, äh, abgewandert«, sagte er. »Furchtbare Sache, das Ganze, natürlich, ganz furchtbar. Hat man ja damals alles gar nicht gewusst.« Er wirkte bekümmert.

»Es wäre gut«, sagte ich, »wenn es nach einem bewaffneten Raubüberfall aussehen würde. Dann sucht die Polizei nach einer Diebesbande. Sie könnten ja auch ohne Weiteres einige Wertgegenstände für sich selbst mitnehmen. Als zusätzliche Aufwandsentschädigung, sozusagen.«

Er starrte mich an. »Das ist gut«, sagte er.

»Haben Sie eine Waffe?«, fragte ich.

»Klar«, sagte er. »Einen Armeerevolver.«

»Können Sie damit umgehen?«

»Aber hallo«, sagte er. »Den Umgang mit der Waffe habe ich an der Front gelernt. Wenn Sie da zögern, sind Sie tot.« Er lachte. »›Erst schießen, dann schauen‹ ist mein Motto.«

»Ausgezeichnet«, sagte ich. »Ja, dann nehmen Sie am besten den Revolver. Darf ich noch fragen, für wann Sie die Ausführung planen? Es ist wegen meines Alibis …«

»Heute, nach Mitternacht«, sagte er.

»Ich bräuchte bitte die genaue Uhrzeit«, sagte ich.

»Verstehe … Wie wär's mit Viertel nach zwölf?«

»Ausgezeichnet«, wiederholte ich und stand auf. »Und jetzt gehe ich, ehe unser Treffen unnötig auffällt. Nur noch eine Frage: Woher stammt eigentlich dieses Schachspiel?«

»Hat mein Vater auf unserem Hof gefunden«, sagte er. »In einem fertig gepackten Koffer, zwischen den Kleidern. Hat wohl der Viehhändler zurückgelassen. Der ist ja mit seiner Familie auch weg. Echtes Elfenbein jedenfalls.«

»Er hatte keine Hand mehr für den Koffer frei«, sagte ich.

»Was? Wer?«

»Der Viehhändler«, sagte ich. »Sie sagten doch, er hätte seine Familie dabeigehabt. Er wird seine Kinder an der Hand genommen haben.« Es wäre gnädiger gewesen, so dachte ich, wenn ich meine beiden Kleinen in diesem Feuer hätte sterben lassen, statt sie für einen Tod fern der Heimat zu retten.

»Leider hat's auf dem Hof ziemlich gebrannt«, sagte er. »Aber mein Vater hat alles wieder aufgebaut.« Er sah mich an. »Und was ist mit Ihrem Vater? Spielt der noch Schach?«

»Nein«, sagte ich und verließ schnell das Lokal.

Als ich in dieser Nacht das Grab aufsuchte, hockte eine Eule in dem kahlen Geäst darüber, als hätte sie mich erwartet. Bei meinem Anblick stieß sie einen Schrei aus und fixierte mich mit runden Augen in einer spitzen Gesichtszeichnung, die an ein Witwenhäubchen erinnerte.

»Bald ist es vollbracht«, sagte ich leise.

Es ging bereits auf Mitternacht zu, ein voller Mond stand am Himmel und goss sein silbernes Licht über die weiten Felder. Die Eule stieß sich von dem toten Ast ab, drehte mit weit ausgebreiteten Schwingen eine Runde über den geschändeten Gräbern und verschwand in Richtung Selm.

Ich legte den dritten Stein auf das Grab.

Den Polizeinotruf wählte ich exakt um null Uhr fünfunddreißig.

Zuvor hatte ich mich vergewissert, dass der Lieferwagen mit dem Schriftzug des Pferdehofes zwei Querstraßen hinter der Villa meines Opfers parkte, erst dann ging ich zur nächsten Telefonzelle. Die Polizistin, die meinen Anruf entgegennahm, war sehr nett. Sie notierte die Anschrift, die Beschreibung des korpulenten Täters, den ich beim Einbruch in das Haus gesehen, und die Uhrzeit der Schüsse, die ich gehört hatte. Für die Nennung meines Namens reichte mein Kleingeld natürlich nicht mehr.

Die Polizei brauchte nur wenige Minuten – Selm ist keine große Stadt –, wie ich mich von der Toreinfahrt auf der gegenüberliegenden Straßenseite aus vergewissern konnte. Zwei Einsatzwagen mit Blaulicht bremsten vor dem Haus. Beamte sprangen heraus und eilten auf das Gartentor zu. Was dann geschah, konnte ich nicht sehen. Mehrere Schüsse zerschnitten die Stille der Nacht. Die Lichter in den umliegenden Häusern gingen an, Fenster wurden aufgerissen, Menschen schrien durcheinander. Über eine Stunde harrte ich regungslos und so unsichtbar, wie ich für Selm in den letzten zwanzig Jahren gewesen war, in der Toreinfahrt aus. Die Novemberkälte konnte mir nichts anhaben. Ich wartete still.

Bis die Uniformierten wieder aus dem Haus traten. Bis der Notarzt eintraf. Bis endlich zwei Leichenwagen vorfuhren und zwei Metallsärge ins Haus getragen wurden. Erst dann verließ ich meinen Platz und mischte mich unter die Schaulustigen, die in hastig übergeworfenen Mänteln in Gruppen auf der Straße herumstanden. Ich versteckte mein Gesicht nicht mehr, war ein Kriegsveteran von vielen, und lauschte den Gesprächen.

Ein Raubüberfall!

Eine reiche und angesehene Bürgerin von Selm war tot!

Beim Eintreffen der Polizei hatte der Mörder seine Waffe ein zweites Mal gezogen und auf die Beamten gerichtet.

Man hatte ihn erschossen, Gott sei es gedankt.

Ich wandte mich ab und ging davon. Nach ein paar Metern schlug ich den Mantelkragen hoch und steckte mein Kinn hinein. Seit vielen Jahren fror ich zum ersten Mal wieder.

Am nächsten Tag holte ich das Schachspiel mit den Elfenbeinfiguren aus einem Fach in der Gaststätte Kamphaus.

Ich schreibe diese Zeilen in einem Pensionszimmer in Selm, nicht weit von der Kirche mit dem Zwiebelturm. Die Straße unter meinem Fenster führt zu der alten Synagoge, in der meine Ahnen ihre Gebete verrichteten, ehe man sie auf dem jüdischen Friedhof zwischen Selm und Bork zur Ruhe bettete, auf dass sie am Jüngsten Tag auferstehen, um nach Jerusalem zu ziehen und das Himmlische Königreich zu errichten. Meine Mutter, mein Vater, meine Frau, meine Kinder und alle anderen sind mir vorausgegangen. Ein grausamer Gott hat die Hand des Schützen am Rande dieses Massengrabes bei Minsk zittern lassen, sodass mich der Genickschuss verfehlte und die Kugel nur mein Gesicht zerfetzte und ich lebend zwischen die nackten Leichen fiel. Es ist derselbe Gott, der mich nach Selm zurückkehren ließ.

Ich habe nicht die Hand gegen meine Opfer erhoben, sondern ihnen nur einen Spiegel vorgehalten, auf dass sie ihre Gier erkennen und sich von ihr leiten lassen konnten.

Mein Handeln war gerecht.

Ich brauche eure Vergebung nicht.

So werde ich nun diese Seiten in Wachstuch schlagen und in eine Metallkassette betten. Dann gehe ich ein letztes Mal auf den jüdischen Friedhof, der so lange bestehen wird, wie es die Welt gibt, und lege den vierten Stein auf das Grab. Nach Selm komme ich nie mehr. Nur das Schachspiel mit den Elfenbeinfiguren, das nehme ich diesmal auf meine Reise mit.

Vielleicht wird in späterer Zeit ein guter Mensch kommen und die alten Grabsteine wieder mit der Front in Richtung Osten, in Richtung Jerusalem, aufstellen. Dann wird er vielleicht unter einem steinernen Grabkissen, das ein aufgeschlagenes Buch darstellt, eine Metallkassette finden.

Leser, wenn dein Blick auf diese Zeilen fällt, wandere ich wohl nicht mehr über diese Erde, denn ich bin ein alter kranker Mann. Für die Welt bin ich seit Langem tot, ein Totenschein bezeugt mein Sterben im fernen Russland. So bin ich nun unsichtbar bei meinem Tun, denn ein Toter lässt keine Spur zurück. Wir waren Bauern, Metzger, Vieh- und Weinhändler. Wir waren Menschen und Bürger von Selm. Mein Name ist, wie gesagt, nicht von Bedeutung, ich war nur einer von ihnen.

Selm, am 13. November 1958

Ben Aaronovitch

Die kleinen Häuschen von Schwerte

Aus dem Englischen von Christine Blum

Die Kriminalkommissare Tobias Winter und Vanessa Sommer arbeiten beim BKA in der Abteilung KDA, kurz für »Komplexe und Diffuse Angelegenheiten« – oder, wie es andernorts genannt wird, »Abstruser Scheiß«.

»Als wären wir Wespen«, sagte Vanessa, der ständig solche Vergleiche einfielen.

Wir standen in einem kleinen Häuschen, das gar kein richtiges Häuschen war, sondern ein als Blockhaus verkleideter Gartenschuppen. Er sah aus, wie ein Kindergartenkind ein Haus zeichnen würde: braune Wände, schlichte Holztür, zwei quadratische Fenster mit ausgeblichenen orange-grün geblümten Gardinen. Innen waren die Wände zartgelb gestrichen. Die Einrichtung bestand aus einer Garderobenleiste, einem schäbigen alten Schrank, einem Werkzeughalter und einer uralten Werkbank aus Holz. Am Fenster standen zwei Klappstühle an einem kleinen Holztisch, den eine Porzellankaffeekanne mit einer verwelkten Rose darin zierte.

Auf dem grünen Fliesenboden war ein eingetrockneter Blutfleck, und Blutspritzer zogen sich über den Tisch, die Kanne und die Wände.

»Inwiefern Wespen?«, fragte Polizeikommissar Leon Köhring, unser Ansprechpartner von der hiesigen Polizeiwache. Er war blond, eifrig und wahrscheinlich nicht wirklich fünfzehn Jahre alt – und so groß, dass er in der Hütte den Kopf einziehen musste. Unter dem Arm trug er den dicken Ordner mit der Fallakte von der Kripo Dortmund.

»Ach, wie man's eben aus dem Spätsommer kennt«, sagte Vanessa. »Man geht in einen Backshop und will sich ein süßes Teilchen holen, und in der Auslage schwirren haufenweise Wespen rum. Aber weil man das süße Teilchen will, macht man sie ganz vorsichtig auf und holt sich eines raus, möglichst ohne die Wespen aufzuscheuchen.«

»Was soll man denn sonst machen?«, fragte Köhring.

»In anderen Ländern würde man sich beschweren.«

»Bei wem?«, fragte Köhring. »Bei den Wespen?«

»Genau.«

»Wenn wir vielleicht wieder auf den Grund unserer Anwesenheit zurückkommen könnten …?«, sagte ich.

»War es ein Werwolf?«, wollte Köhring wissen.

»Was führt Sie zu dieser Vermutung?«, fragte Vanessa langsam.

»Meine Oma war hier auch schon bei der Polizei. Sie sagte, das letzte Mal wäre die Abteilung KDA da gewesen, weil möglicherweise jemand von einem Werwolf angegriffen worden war.«

Man wünscht sich ja intelligente Kollegen, dachte ich. Also darf man sich nicht beschweren, wenn sie es tatsächlich sind.

»Man könnte schon sagen«, sagte ich, »dass es hier um einen Werwolf gehen könnte.«

Hier, das war Schwerte, eine kleine Stadt an der Ruhr, die hauptsächlich aus den Staumeldungen im Radio bekannt war. Noch genauer gesagt war »hier« die »Amsel«, die Schwerter Kleingartenanlage, die sich auf dem Schwemmland zwischen der eigentlichen Stadt und dem Fluss ausbreitete. Und in jenem spezifischen Gartenhäuschen befanden wir uns deshalb, weil es Günter Isenhain gehört hatte, den man hier eines Morgens im Januar brutal zu Tode geprügelt aufgefunden hatte.

Der Mord war so bestialisch gewesen, dass ein Kripo-Team aus Dortmund angerückt war, dem es jedoch trotz gründlichster Ermittlung nicht gelungen war, den Täter zu fassen. Das Team kehrte nach Dortmund zurück, der Fall blieb ungeklärt.

Zwei Monate später fand am Dortmunder Institut für Rechtsmedizin eine interne Routineüberprüfung statt, und da fielen einem Mitarbeiter mit Adlerblick (oder lediglich akuter Langeweile) einige Ungereimtheiten im Obduktionsbericht auf. Gewissenhaft fand er die richtige Dienstanweisung für solche Fälle und informierte die Analysesektion der Abteilung KDA, und diese gab die Sache mit dem Vermerk »Zur Überprüfung« an das Einsatzteam weiter. Da die erfahrensten (und einzigen) Ermittler der KDA zu jenem Zeitpunkt mit einem Spukhotel in Bayern beschäftigt waren, dauerte es noch drei weitere Wochen, bis sie sich endlich nach Schwerte begeben konnten.

Eigentlich hätte das LKA uns gleich nach Erhalt der Obduktionsergebnisse informieren müssen, aber als Teil einer der größten Landespolizeien war es vermutlich der Meinung, es könnte seinen Kram selbst erledigen. Dieser Haltung verdankten wir wohl auch unseren Ansprechpartner PHK Köhring – den wahrscheinlich dienstjüngsten Beamten, den sie hatten finden können.

»Es gibt eine Krankheit namens Lykanthropie«, erklärte ich. »Wer sie durchgemacht hat, hat oft leicht verformte Beinknochen.« Und ein paar andere Merkmale, die ich einem externen Kollegen nicht detailliert aufzählen wollte.

Köhring wirkte tatsächlich etwas entgeistert über die Andeutung, es könnte echte Werwölfe geben. Doch er erholte sich beeindruckend schnell. »Soll das heißen, Herr Isenhain hat sich bei Vollmond in einen Wolf verwandelt?«

»Nein«, sagte ich. »Werwölfe sind nur im Alter von etwa zwanzig bis fünfzig Jahren aktiv.« Und ehe er nachhaken konnte: »Warum, weiß man nicht. Die meisten Berichte sind verloren gegangen.«

»Er hat mir manchmal Karotten verkauft«, sagte Köhring leicht verstört. »Und Bohnen.«

»Und, ist das jetzt ein Fall für uns, Tobias?«, fragte Vanessa.

Ich seufzte und sagte Ja.

Genauer gesagt, wir würden ihn im Licht der zusätzlichen Informationen nochmals komplett aufrollen. Womit wir am nächsten Morgen in dem netten kleinen Frühstücksraum des einzigen Hotels von Schwerte begannen, wo man sein wachsweiches Ei mit aufgemaltem Smiley-Gesicht und gestrickter Kapuze serviert bekommt.

»Och, sieht das glücklich aus«, sagte Vanessa, die mit so was immer zu kriegen war. »Das kann man ja fast nicht essen.«

Während sie ihr glückliches Ei trepanierte, ging ich durch, was wir bereits über den Fall wussten.

Die Kripo Dortmund hatte gute und gründliche Arbeit geleistet. Günter Isenhain war am Sonntagnachmittag in die Amsel gekommen. Drei Zeugen hatten ihn in seinem Garten arbeiten sehen, aber nur bis etwa sechzehn Uhr dreißig. Und das, obwohl die Dortmunder, nach der buchdicken Sammlung von Aussageprotokollen zu schließen, offenbar jede einzelne Person befragt hatten, die sich an jenem bitterkalten Januarsonntag in den Schrebergärten aufgehalten hatte – es waren erstaunlich viele.

Am Montagmorgen um Punkt acht Uhr dreißig war der Kartoffelspezialist Johann Limburg aus Wuppertal zu einem vereinbarten Beratungstermin mit Isenhain in dessen Garten gekommen und hatte stattdessen die Leiche seines bedauernswerten Klienten vorgefunden. Natürlich hatten die Dortmunder einige Zeit und Mühe darauf verwandt, die sechzehnstündige Lücke im zeitlichen Ablauf zu schließen – mit dürftigem Ergebnis. Es gab keine Anzeichen dafür, dass während der Nacht jemand in die Amsel eingedrungen war, aber da die Anlage nur von einer hohen Hecke mit Metallgitterpforten darin umgeben war, konnte es nicht ausgeschlossen werden. Außer dem Opfer hatte man drei Personen identifiziert, die über Nacht in der Anlage geblieben waren: Claudia Neumann und Rudolf Stasch, beide Besitzer eines dortigen Gartens, und Florian Müller, der ganz entschieden keinen besaß. Man fand jedoch bei keinem von ihnen Hinweise darauf, dass er oder sie den Tatort betreten hätte, noch ein schlüssiges Tatmotiv. Trotzdem nahmen die Ermittler Florian Müller in die Mangel, da dieser ein paar kleinere Vorstrafen wegen Sachbeschädigung und Drogenbesitz hatte; aber er stritt alles ab.

»Der Täter hätte total blutbespritzt sein müssen«, sagte Vanessa und tunkte ein Stück Toast in ihr Ei.

Dortmund hatte jedes einzelne in der Amsel gefundene Kleidungsstück auf Blutspuren untersucht. Sauber war zwar keines davon, aber Blut fand man daran auch nicht. Die forensische Rekonstruktion des Tathergangs hatte ergeben, dass dem Opfer im Stehen zwei schwere Hiebe zugefügt worden waren, einer an der linken Seite des Kopfes und einer an der linken Schulter. Sie waren so heftig gewesen, dass Isenhains linker Kieferknochen und sein Schlüsselbein gebrochen waren. Und sie ließen darauf schließen, dass der Täter Rechtshänder und nicht kleiner als einen Meter dreißig gewesen war – tja, leider waren all unsere Übernachtungsgäste groß genug und rechtshändig.

Bei der Tatwaffe handelte es sich nach Ansicht der Dortmunder wahrscheinlich um eine längere Holzstange, dicker als ein Besen- oder Rechenstiel, eher so etwas wie der Stiel einer Spitzhacke oder Holzfälleraxt. Natürlich hatten sie jedes einzelne derartige Werkzeug in der Anlage genau untersucht und weder Blut noch andere auffällige Spuren daran gefunden.

Nach den beiden ersten Hieben war das Opfer zu Boden gegangen, hatte sich vermutlich in Embryostellung zusammengekrümmt und die Hände über den Kopf gehalten im vergeblichen Bemühen, diesen zu schützen. Sein Angreifer hatte schätzungsweise weitere dreißig Mal zugeschlagen – die letzten zehn Mal nach Eintritt des Todes. Die Todesursache war Herzversagen, höchstwahrscheinlich aufgrund der schweren körperlichen Verletzungen.

Auch Isenhains Hintergrund hatte Dortmund gründlich erforscht. Geboren war er 1935 im nahen Iserlohn und 1946 mit seiner Familie nach Schweden ausgewandert, wo die Isenhains völlig zurückgezogen in einem winzigen Ort in Lappland gelebt hatten. Laut Informationen der schwedischen Kollegen war er dort mit seinen Eltern geblieben, bis beide 1997 gestorben waren, hatte sich dann wieder um die deutsche Staatsbürgerschaft bemüht und schließlich in Schwerte niedergelassen.

Wir von der KDA waren der Kripo Dortmund gegenüber insofern im Vorteil, als wir einiges über Werwölfe wussten – wenn auch nicht viel. Wir wussten etwa, dass die Veranlagung erblich war, dass sie sich im Alter zwischen zwanzig und fünfzig Jahren äußerlich manifestierte und dass viele Werwölfe im Krieg in die SS rekrutiert worden waren.

»Viele«, hatte die Chefin gesagt, als sie uns den Fall erläutert hatte. »Aber nicht alle, nicht einmal die Mehrheit von ihnen. Und es bestehen Zweifel daran, wie freiwillig sie dort dienten.«

Nicht dass die Alliierten 1945 viel auf diesen feinen Unterschied gegeben hätten. Nach der herrschenden Meinung wanderten die meisten von ihnen ins Ausland aus – viele ins neutrale Schweden, einige unseres Wissens jedoch nach Kanada und ein paar sogar nach Irland.

»Ach was, Schweden?«, sagte Rudolf Stasch. »Hätte ich jetzt gar nicht gedacht. Hatte überhaupt keinen Akzent.«

Unsere ersten beiden Befragungen führten wir in der Rohrmeisterei Schwerte durch, einer ehemaligen Pumpstation gleich neben der Kleingartenanlage. Einst hatte sie Trinkwasser nach Dortmund befördert; inzwischen diente sie als Kunst- und Kulturzentrum. Ich hatte sie erstens wegen der Nähe zum Tatort ausgesucht und zweitens, weil sie unseren Verdächtigen vertraut war und diese dort vielleicht entspannter sein würden.

»Und natürlich kein bisschen deshalb, weil hier auch ein Top-Restaurant drin ist«, bemerkte Vanessa spitz, die, wie ich aus eigener Erfahrung wusste, eine ganze Woche lang von Currywurst mit Pommes leben konnte.

Die ehemalige Maschinenhalle war siebzig Meter lang und drei Stockwerke hoch. Die eine Hälfte gehörte zum Restaurant, die andere bot Raum für Kunstausstellungen, Konzerte oder Hochzeiten – gelegentlich auch alles auf einmal.

»Wie hat er denn gesprochen?«, wollte Vanessa wissen.

Rudolf Stasch war so ein drahtiger alter Knabe aus der Arbeiterschicht in rot-grün kariertem Hemd und Windjacke, der noch problemlos einen Korb voller Briketts eine Leiter hinauftragen und mit bloßen Händen heiße Kartoffeln aus der Glut holen konnte. »Ach, wie ein Hiesiger. Vielleicht von drüben über der Ruhr, Meschede oder so.«

»Kannten Sie ihn gut?«, fragte ich. All diese Fragen hatten auch die Dortmunder schon gestellt, aber Fragen wiederholt zu stellen war eine der Schlüsseltechniken bei Vernehmungen. Oft vergessen die Leute, welche Lüge sie vor drei Monaten erzählt haben, und verplappern sich – indem sie entweder die Wahrheit oder eine neue Lüge erzählen.

»Den kannte keiner gut«, sagte Herr Stasch. »Manchmal kam er zu Vereinsveranstaltungen, aber zu den Sitzungen nie.« Auf die, gestand er, hatte er auch nie Lust, aber wenn man nicht anwesend war, konnte es passieren, dass irgendwelche Wichtigtuer einfach ungefragt neue Regelungen einführten.

»Zum Beispiel?«, wollte ich wissen.

»Dass Hunde immer an der Leine sein müssen.« Sein Ton war unverhohlen anklagend.

»Haben Sie denn einen Hund?« Im Dortmunder Bericht stand nichts davon.

Er schüttelte traurig den Kopf. »Hatte.«

»Warum sind Sie damals über Nacht in Ihrem Garten geblieben?«, fragte Vanessa.

»Ich wollte umgraben.« Seinen Worten nach machte man das am besten im Morgengrauen.

Vanessa runzelte die Stirn. »Ich dachte, es wäre verboten, über Nacht in der Anlage zu bleiben?«

Herr Stasch zuckte mit den Schultern. »Nicht verboten. Aber eigentlich soll man's nicht.«

Claudia Neumann setzte sich ganz vorn auf die Kante ihres Stuhls, leicht vorgebeugt, als wollte sie uns gleich etwas ins Ohr flüstern. Sie war eine große, kräftige Frau Anfang sechzig in schicker Bluse und einem Blazer, in dem auch die Kanzlerin ihre Neujahrsansprache hätte halten können. Sie arbeitete in Teilzeit in einer Apotheke und war laut Köhring, der entfernt verwandt mit ihr war, eine leidenschaftliche Gärtnerin und Klatschbase.

Um ehrlich zu sein, hofften wir ein bisschen auf die letztere Leidenschaft, weshalb wir zur Auflockerung Kaffee und Kuchen aus dem Restaurant hatten bringen lassen.

»Also, es war für alle ein Riesenschock, das kann ich Ihnen sagen«, sagte sie und nippte geziert an ihrem Kaffee. »Der arme Kerl aus Wuppertal, der ihn gefunden hat. Wissen Sie, dass er sich nicht mehr hierher traut? Jetzt müssen wir schauen, wo wir einen anderen Kartoffelfachmann herkriegen.«

»Ist das denn schwierig?«, fragte Vanessa.

»Einen guten Experten zu bekommen ist gar nicht so leicht.«

Wir nahmen uns Zeit. Bei Zeugen, die sich gern selbst reden hören, kann man darauf bauen, dass sie jedes drohende Schweigen füllen wollen – und sei es, indem sie sich selbst belasten.

Leider stimmten ihre Antworten mehr oder weniger mit denen überein, die sie den Dortmundern gegeben hatte – mit einer Ausnahme. Nämlich, warum sie entgegen den Regeln über Nacht in der Anlage geblieben war.

»Ich hatte Angst, dass jemand einbrechen könnte.«

»Sie wollten also Ihren Garten bewachen?«, fragte ich.

Sie richtete sich auf und reckte das Kinn. »Oh ja.«

»Und wenn jemand versucht hätte einzudringen?«

»Dann hätte ich mich verteidigt.«

»Wie denn?«, fragte ich.

»Mit der Harke.«

»Wieso glaubten Sie denn, es könnte eingebrochen werden?«, fragte Vanessa.

»Weil Vollmond war.«

Meinen Vorabinformationen von der KDA zufolge war die ganze Verbindung Werwölfe plus Vollmond nichts als mystischer Kokolores. Jedoch gab es ein anderes Wesen der Nacht, das ungemein vom hellen Mondlicht profitierte – nämlich der etwas weniger mystische Gelegenheitseinbrecher.

Florian Müller war einer dieser jungen Kerle, die als Teenie über eine Liste negativer Jugend-Stereotype gestolpert waren und beschlossen hatten, sie sich sämtlich anzueignen – mit beachtlichem Erfolg. Zu der Zeit, als wir ihn befragten, beherrschte er »Trotziges Verhalten Autoritäten gegenüber, ob im eigenen Interesse oder nicht« bereits meisterlich und schien nicht gewillt, sein Projekt in nächster Zukunft aufzugeben. Selbst ohne Köhrings Warnung hätten wir dies aus seiner Akte herauslesen können. Daher entschieden wir uns, die Befragung in der kleinen, aber feinen Polizeistation von Schwerte vorzunehmen.

Wo er bereits alle Kollegen mit Namen kannte – und zwar mit dem Vornamen.

»Hey, Puff Daddy, hol mir 'nen Kaffee«, brüllte er uns durch die Tür des Vernehmungsraums entgegen, als wir kamen.

Vanessa sah Köhring mit erhobener Augenbraue an.

»Spitzname aus der Schulzeit«, sagte er. »Sein älterer Bruder war bei mir in der Klasse.«

Diese Art von Trotzverhalten legen jugendliche Straftäter oftmals nur an den Tag, um zu provozieren. Daher brachten wir ihm seinen Kaffee, lächelten freundlich und sprachen ihn mit »Herr Müller« an. Das verwirrte ihn so, dass er, noch ehe wir überhaupt anfingen zu fragen, zugab, in der Anlage gewesen zu sein, weil er in eines der Gartenhäuschen einbrechen wollte. »Aber umgebracht hab ich niemanden.«

»Sie wollten nur klauen«, sagte ich.

»Quatsch«, sagte er. »In den Lauben ist doch nie was Wertvolles drin.«

»Warum wollten Sie dann einbrechen?« Den Dortmundern hatte er erzählt, er sei in jener Nacht bekifft gewesen und könne sich nicht erinnern, wie er in das Häuschen in einem der Gärten neben dem von Isenhain gekommen war.

Florian lehnte sich in seinem Stuhl zurück und starrte finster die weißen Styroporplatten der abgehängten Decke an.

»Ihre schlechten Angewohnheiten interessieren uns nicht, Herr Müller«, sagte Vanessa. »Wir wollen nur wissen, was in der damaligen Nacht in den Gärten geschehen ist.«

Florian klappte nach vorn, legte sanft den Kopf auf dem Tisch ab und murmelte etwas Unverständliches.

»Wie bitte?«, fragte ich.

Er antwortete, ohne den Kopf zu heben. »Wollte nur dort schlafen. Mach ich immer, wenn meine Mutter mich rauswirft.«

»Wie oft kommt das denn vor?«

»So jede zweite Woche.« Er hob den Kopf und verzog bitter den Mund. »Voll scheiße, was? Ich schau immer, dass möglichst keiner merkt, dass ich in der Hütte war, sonst kaufen die sich bessere Schlösser.«

Aber in Isenhains Hütte hatte er noch nie übernachtet, weil dessen Schloss viel besser war als die aller anderen, und in der von Stasch auch nicht, weil man dort nie gewusst hätte, ob der Hund da war.

»Ließ er den denn nachts in der Anlage?«

Nein, sagte Florian, aber er habe ihn frei im Garten laufen lassen, wenn er selbst über Nacht dort geblieben sei.

Da Florian offensichtlich ein guter Beobachter war, fragte ich, ob es an den anderen beiden nächtlichen Gartenfreunden noch weitere Auffälligkeiten gebe.

»Ach, die sind doch alle 'n bisschen schräg, die alten Säcke.«

»Inwiefern?«

»Na, zum Beispiel rennen sie splitternackt durch die Gegend.«

Diesmal befragten wir Claudia Neumann in der Polizeistation, denn, wie mein Vater so schön sagt, in einer Polizeistation fühlt sich jeder schuldig, ob er es sich anmerken lässt oder nicht. Und siehe da, hier gestand Frau Neumann, dass sie in mondhellen Nächten immer mal wieder hüllenlos in ihrem Garten herumlief.

»Aber warum?«, fragte Vanessa in ziemlich entsetztem Ton.

»Weil …« Frau Neumann überlegte. »Weil's eben Spaß macht.« Sie grinste Vanessa an. »Haben Sie es schon mal ausprobiert? Sollten Sie unbedingt.«

»Warum in der Gartenanlage? Warum nicht im FKK-Verein oder so?«

»Ich will das nicht als offizielles Hobby machen, mit Regeln und Beschränkungen und mit anderen zusammen. Ich will einfach ab und zu ganz für mich allein die Natur genießen. Ist das etwa verboten?«

Ich warf Vanessa einen Blick zu. Sie nickte.

Da fragte ich: »Haben Sie die Natur ganz allein genossen, oder hat Herr Isenhain Ihnen manchmal dabei Gesellschaft geleistet?«

»Ja, der war auch öfters dabei.«

»Und Herr Stasch?«

»Der auch.«

»Und sein Hund?«

»Natürlich auch«, sagte Frau Neumann. »Die Kleine war sein Ein und Alles. Als sie starb, brach ihm das Herz.«

»Wann ist sie denn gestorben?«

»Im Dezember.«

Bisher hatte Frau Neumann nur bestätigt, was Florian uns bereits erzählt hatte. Von ihren Antworten auf unsere nächsten Fragen hing es ab, ob sich unsere derzeitige Theorie des Tathergangs erhärten würde.

»Und woran ist sie gestorben?«, wollte Vanessa wissen.

»Rudi meinte, es müsse ein streunender Hund gewesen sein, der sie totgebissen hat. Er hat sie unter seinem Birnbaum begraben – dass ich das weiß, weiß er aber nicht. Ist nämlich gegen die Regeln.«

Also gruben wir Rudolf Staschs Hund aus. Besser gesagt, wir beaufsichtigten Köhring dabei, wie er es tat. Er war richtiggehend wild darauf, da er es bisher hauptsächlich mit Betrunkenen und Verkehrsunfällen zu tun gehabt hatte und seine Spurensicherungserfahrung etwas kurz gekommen war. Dann ließ ich Vanessa den Kadaver auf Spuren von Magie prüfen, doch es gab keine, also tüteten wir ihn ein, beschrifteten ihn und schickten ihn ins Labor nach Wiesbaden.

Ich selbst fuhr übers Wochenende zurück nach Meckenheim und Vanessa in die Eifel zu ihren Eltern. Als ich am Montag ins Büro zurückkehrte, wartete dort bereits der Obduktionsbericht von Staschs Liebling auf Vanessa und mich.

»Ein klarer Beweis ist es noch nicht«, sagte ich, nachdem wir ihn gelesen hatten.

»Aber ein Ansatzpunkt«, sagte Vanessa.

Wir riefen PHK Köhring an und baten ihn, Rudolf Stasch festnehmen zu lassen. Dann brausten wir über die A 1 nach Schwerte in der Hoffnung, den Fall noch am Nachmittag abschließen zu können.

Als Erstes forderte Stasch seinen Hund zurück.

»Natürlich«, sagte ich. »Sobald wir den Fall gelöst haben.«

»Ich frag mich, was die arme Kleine damit zu tun haben soll«, sagte er.

»Sie behaupten, Ihr Hund sei von einem wilden Tier getötet worden«, sagte Vanessa.

»Einem streunenden Köter«, sagte Stasch. »Gesehen hab ich's nicht, aber so sah es aus. Also, als ich sie fand.«

»Einem streunenden Hund?«, wiederholte ich. »Vielleicht interessiert es Sie, dass die Bisse laut unseren Experten in Wiesbaden von einem Menschen stammen. Tatsächlich stimmt das Zahnschema mit großer Wahrscheinlichkeit mit dem von Günter Isenhain überein.«

»Sie wussten, dass Günter Isenhain Ihren Hund getötet hatte«, sagte Vanessa.

»Nein«, sagte Stasch. »Gewusst hab ich's nicht. Aber vermutet.«

Da wussten wir, dass wir ihn hatten.

Wir brauchten nicht viel mehr als drei Stunden, um ihm die ganze Geschichte aus der Nase zu ziehen. Sein Geständnis bestätigte unsere Theorie weitgehend.

Rudolf Stasch hatte Günter Isenhain verdächtigt, seinen Hund getötet zu haben, hatte sich aber nicht vorstellen können, dass ein Mensch einen ausgewachsenen Schäferhund zu Tode beißen konnte. Dann, in jener Vollmondnacht, hatte sich Isenhain bei ihrem munteren nächtlichen Nacktspaziergang durch die Amsel damit gebrüstet, er fühle sich seit Kurzem wie neugeboren – fast verjüngt.

»Und da war was in seinen Augen«, sagte Stasch. »So was Wildes, Gruseliges.«

Er hatte Isenhain auf den Kopf zugesagt, seinen Hund getötet zu haben. Isenhain hatte es zugegeben – ja, sich sogar dafür entschuldigt. Der Hund habe ihn angegriffen, und er habe sich instinktiv verteidigt. Aber he, es sei doch nur ein Hund.

An seine Tat konnte Stasch sich kaum noch erinnern. Er glaubte, er hätte sich irgendwo einen Spitzhackenstiel gegriffen, Isenhain in sein Häuschen verfolgt und ihn dort zu Tode geprügelt. Danach war er schnell genug wieder zu Sinnen gekommen, um sich und die Waffe gründlich zu reinigen, diese unter der Hecke zu vergraben und sich in seinen eigenen Garten zurückzuschleichen. In seinem Häuschen hatte er sich angezogen, die Hälfte der Flasche Schnaps getrunken, den er dort für alle Fälle aufbewahrte, und den Rest der Nacht seinen Rausch ausgeschlafen.

»Und Ihnen war nicht in den Sinn gekommen, dass Sie sich vielleicht selbst anzeigen sollten?«, fragte Vanessa.

»Nicht so richtig«, sagte Stasch. »Da wäre ich ja schön blöd gewesen.«

Jan Costin Wagner

Opherdicker Spiegelbilder

Nein.

Das ist sein erster Gedanke gewesen. Nein. Niemals zurückkehren. An den Ort, an dem alles begonnen hat. All das Schöne. Keimzelle der folgenden Triumphe.

Tatsächlich zucken Erinnerungen auf. Die Spiegel an der Wand. Eine Reporterin der Lokalzeitung hat ihn damals gebeten, so davor zu posieren, dass er zweimal zu sehen war. Er als das Abbild seiner selbst. Das ist vor dem Konzert gewesen, als der Saal noch leer war, unbesetzte Stühle, kreuz und quer verteilt im Raum, er hat sich vorgestellt, jeder der Stühle sei ein Besucher des Konzerts, unbeteiligt, statisch, unempfänglich für Musik. Der Flügel abgedeckt. Verregneter Mittag. Herbst.

Ja, doch, er erinnert sich daran. Daran, dass er gedacht hat, was wäre, wenn es nicht gelingen würde, die Abdeckung zu entfernen. Die Tasten freizulegen. Die schwarzen und die weißen. Dann, das hat er gedacht, wird keine Melodie erklingen.

Nach dem Pressetermin ist er mit seinem Vater zurück ins Hotel gefahren. Sein Vater war gewissermaßen sein erster Manager. Hatte Freude daran, ihn zu begleiten, hat die Musik geliebt, den Stil. Der Stil meines Sohnes, hat er gern gesagt, in größeren Runden. Der Stil meines Sohnes ist anders, besonders. Hat an seinen Sohn geglaubt.

Lutz Verden. Pianist. Das ist er selbst.

Sein Vater: Alexander. Lange verstorben. Wie lange? Lutz denkt für eine Weile darüber nach, dann fließt der Gedanke ab, wie eine Handvoll Wasser. Heute hat er einen anderen Manager, Martin Streb. Ein echter Profi. Sogar jetzt, in diesem Moment, in dem er telefoniert, spricht, wie man sich das von einem Manager vorstellt, es geht um das Catering, am Abend. Sie sitzen nebeneinander in einem Taxi, das den Weg zurück eingeschlagen hat.

Niemals zurückkehren.

Das hat sich nach einer Lösung angefühlt, nach einer Möglichkeit. Wenn ich nicht zurückkehre, wird es sein, als existiere der Ort nicht. Als habe es ihn nie gegeben. Neunzehn Jahre lang hat sich Lutz Verden daran gehalten. Er sieht hinter dem Fenster vorüberfliegende Silhouetten und dann die breite Fassade des Hotels, die ihm gleich vertraut vorkommt. Unangenehm vertraut.

»Da wären wir«, sagt der Taxifahrer.

»Danke«, sagt Martin.

Martin, der Manager, denkt Lutz vage.

Dasselbe Hotel. Neunzehn Jahre später, es sieht nahezu unverändert aus. Dasselbe Zimmer, denkt Lutz.

Er ist sich sicher, dass er dasselbe Zimmer haben wird.

»Willkommen«, sagt der Taxifahrer. Und Lutz weiß plötzlich, wie es weitergehen wird. Was der Taxifahrer als Nächstes sagen wird. Der Taxifahrer hat ihn längst erkannt, hat vermutlich eine Vorankündigung gelesen, sein Foto gesehen. Er weiß, dass er hier ein bedeutendes Konzert gegeben hat, vor gerade mal neunzehn Jahren. Was ist das schon, im großen Raum aus Zeit?

»Willkommen zurück«, sagt der Taxifahrer.

Wenig später verschwimmt die Welt vor seinen Augen. Was ist das eigentlich? Die Welt? In jedem Fall alles verschwommen. Es ist das gleiche Zimmer. Wirklich. Was ist wirklich?

27.

Das ist die Zimmernummer.

Bildet er sich das ein? Hat er nur darauf gewartet, die Nummer seines Zimmers zu sehen, um dann behaupten zu können, es sei dasselbe Zimmer? Dieselbe Nummer. Ist seine

Erinnerung glaubhaft? Und wenn ja, ist es dasselbe oder das gleiche Zimmer? Diese Unterscheidung gilt. Dasselbe ist nicht das Gleiche.

Tatsächlich hat sich manches verändert. Die Wände sind heller. Etwas ist überstrichen worden. Aber das Bild, das über dem Bett hängt, ist dasselbe. Eine Landschaft mit Wasser und Booten, Segelbooten. Mediterran. Es ist nicht das gleiche Bild, es ist dasselbe. Minimal vergilbt an den Rändern. Er weiß nicht, wie lange dieses Bild schon an dieser Wand hängt, aber vor neunzehn Jahren ist es bereits da gewesen.

Blitze zucken auf. Rot, golden, prickelnd, weiß. Ein Schmerz durchströmt seine Hände, die Handflächen. Er senkt den Blick. Schließt die Augen. Sein Handy spielt eine Melodielinie. Solovioline. Martin ist dran.

»In einer Stunde haben wir das Interview mit der Lokalpresse«, sagt er.

»Ah. Okay«, sagt Lutz Verden.

»Ruh dich noch ein wenig aus«, sagt Martin.

»Mache ich«, sagt Lutz.

Stille tritt ein. Einige Sekunden lang.

»Alles gut bei dir?«, fragt Martin.

»Ja«, sagt Lutz. Wie merkwürdig, dass Martin etwas bemerkt. Hat er so feine Sensoren? Und wenn ja, wofür? Dafür, dass etwas nicht stimmt? Irgendetwas? Oder dafür, dass die Welt vor seinen Augen verschwimmt? Dafür, dass sie weich wird? Wie eine Wolke aus Watte, durchzuckt von Lichtblitzen? Oder einfach nur dafür, dass Lutz vielleicht nicht sein bestes Konzert spielen wird, am Abend?

Nicht viele klassische Musiker haben einen Manager. Nicht viele generieren Gewinne, die so etwas rechtfertigen. Aber er, Lutz, gehört zu den wenigen, und Martin ist ein Profiteur. Ein Profiteur seiner … Brillanz. Seiner … Kunst.

»Lutz?«, fragt Martin.

»Hm?«

Martin schweigt.

»Ich leg mich ein Stündchen aufs Ohr«, sagt Lutz.

»Mach das«, sagt Martin, und Lutz glaubt, Erleichterung herauszuhören. So, als sei doch alles in Ordnung. Alles, wie es immer gewesen ist. Alles gut.

Martin hat die Verbindung unterbrochen. Lutz Verden legt das Handy beiseite, bettet seinen Kopf auf das Kissen, und dann spürt er, dass tatsächlich der Schlaf kommt, er rauscht heran, tosend, überflutet die Gedanken. Lutz Verden hat den Eindruck, dass der Schlaf wie ein Mensch ist, ein massiger Mensch, der sich über ihn beugt, der ihn niederdrückt, mit seinem ganzen Gewicht. Er kann kaum atmen. Aber das ist vielleicht schon Teil des Traums, den er träumt.

Eine Stunde später der Termin mit der Lokalpresse. Es ist ein strahlend blauer Sommertag. Das Interview findet in Haus Opherdicke statt, im Spiegelsaal, da, wo er am Abend spielen wird. Der Flügel ist noch abgedeckt, so wie damals. Vor neunzehn Jahren. Wird eine Melodie erklingen? So wie damals? Wird es dieselbe sein? Oder die gleiche? Oder eine andere?

Er ist noch wie im Schlaf. Martin hat ihn wecken müssen. Hat angerufen. Hat gefragt, ob er vergessen habe, den Wecker zu stellen. Den Wecker?

»Ja, Lutz, wenn du dich hinlegst, solltest du dir den Wecker stellen, am Handy. Oder?«

Lutz hat geschwiegen. Grundsätzlich hat Martin recht. In aller Regel stellt er den Wecker, wenn er sich noch einmal hinlegt vor einem Auftritt. Oder vor einem Termin. In diesem Fall mit der Lokalpresse, die sich als junge Frau entpuppt. Kann man so sagen? Worte wägen, das ist ihm immer wichtig gewesen. Worte, Klänge, alles will durchdacht sein, sortiert, komponiert.

Die junge Frau ist enthusiastisch. Das ist das Wort, das Lutz einfällt. Vermutlich eine Praktikantin oder Volontärin.

Für sie ist das hier etwas Besonderes. Der große Lutz Verden. Im Haus Opherdicke. Im Spiegelsaal. Die Karten waren schnell vergriffen. Natürlich. Das hat Martin ihm gesagt. Die Spiegel sind wie damals. Und wie damals bittet ihn die junge Reporterin nach dem Interview, vor den Spiegeln zu posieren. Sodass er zweimal zu sehen ist. Er als das Abbild seiner selbst.

Vielleicht hat sie im Archiv gekramt. Hat den alten Artikel gelesen, hat das Foto gesehen. Empfindet es als originell, das Bild noch einmal zu machen, neunzehn Jahre später. Er verspürt den Impuls, sie danach zu fragen, aber er schweigt. Die Worte verkleben auf seinen Lippen. Er versucht ein Lächeln. Hat er damals gelächelt? Nein. Pokerface. Der nach innen gekehrte Blick des Künstlers. Des Pianisten. Des Feingeistes.

Sie hält die Kamera auf ihn gerichtet, spricht, die Worte verpuffen. Ihre Worte, seine Worte. Er weiß schon gar nicht mehr, was er gesagt hat, während des Interviews. Sie hat an seinen Lippen gehangen, hat sich Notizen gemacht, das bedeutet, dass er tatsächlich gesprochen haben muss. Aber was immer er gesagt hat, es ist nicht mehr da. Die junge Journalistin könnte alles schreiben, alles, was sie will.

»Ich werde so eine Mischung aus Porträt und Besprechung daraus machen«, sagt sie.

Er schweigt. »Bestens«, sagt Martin, der neben ihm steht und der jungen Frau die Hand reicht. Heller Sommertag, denkt Lutz. Rausgehen, spazieren, flanieren. Draußen ist eine Art Freilichtmuseum. Skulpturen, ein schöner Park, sein Blick hat die weite Fläche abgetastet, bevor sie das Gebäude betreten haben. Martin spricht mit der Lokalreporterin, die einen Schritt auf ihn zu macht, strahlend lächelnd, so hell wie der Tag. »Ja, erst mal danke«, sagt sie.

»Gern«, sagt er.

»Ich freue mich aufs Konzert heute Abend«, sagt sie.

Er nickt.

»Bis dann«, sagt sie.

Sie wendet sich ab und geht, er sieht ihr nach, sieht, wie sie nach draußen und über den Hof läuft, zügig, zielstrebig, Erdbeeren. Das muss ihr Parfüm sein.

»Ich weiß nicht, ob die volljährig ist«, sagt Martin.

Lutz wendet sich ihm zu. »Bitte?«

»Reiß dich einfach zusammen«, sagt Martin.

Lutz schweigt.

Martin wendet sich ab, geht ein paar Schritte, bespricht etwas mit einer Bediensteten des Hauses, vermutlich geht es ums Catering. Oder um den Wein, der ausgeschenkt werden wird, am Abend.

Lutz geht nach draußen, die Wärme der Sonne umschließt ihn, er fühlt sich vage umarmt, von einem körperlosen Wesen.

Die Stunden bis zum Abend verrinnen. So fühlt es sich an. Lutz liegt auf seinem Zimmer, auf dem schneeweißen Bett. Von Zeit zu Zeit zucken die Bilder auf. Schrille Bilder, merkwürdig beiläufig. Die Kernfarbe ist Rot. Rot auf Weiß. Obwohl nichts rot war damals. Rot war völlig abwesend. Oder nicht? Rot war der Wein, den sie ausgeschenkt hat. Natürlich. Aber das war alles. Später, als alles aus den Fugen geriet, war die Farbe Rot abwesend.

Also, wie war das? Was ist passiert, vor gerade mal neunzehn Jahren? Seine erste Erinnerung ist das Glas, gefüllt mit Wein, Lutz nimmt es entgegen. Lauscht dem Stimmengewirr, fängt einzelne Worte auf. Fühlt sich erwärmt, zuversichtlich. Die Frau, die ihm das Glas angereicht hat, lächelt. Er erwidert das Lächeln. Wann ist das gewesen? Etwa eine halbe Stunde vor Beginn des Konzerts.

Er erinnert sich. Hat sich gefragt, wie alt sie ist. Er selbst kam sich so jung vor an diesem Abend, weil alle anderen älter waren. Er ist Lutz Verden, angehender Pianist. Mitte zwanzig. Die Frau muss jünger sein. Ihr Lächeln ist das eines Kindes. So offen, vorbehaltlos, dass es wehtut.

Was war dann? Er sitzt am Flügel, betastet die Tasten. Schlägt die erste an. Spürt, dass er den Blick heben, die Fläche absuchen möchte. Sehen möchte, ob sie da ist, ob sie zuhört. Ob sie begreift, welche Melodie es ist, die Raum greift. Er verliert sich vollkommen, vergisst die Musik. Weil er im Gedanken an sie verharrt. Sein Spiel löst sich, hebt ab. Dann schleicht sich etwas ein. Er schlägt härter an. Fast wütend. Fängt sich ein, mäßigt sich. Jetzt ist er ganz bei der Musik, weil er spürt, dass er eingreifen, dass er gegensteuern muss. Er hebt den Blick, streift die Augen seines Vaters, der in der ersten Reihe sitzt. Wo ist das Mädchen, das den Wein ausschenkt? Unmöglich, es zu sehen, es ist dunkel, denn die Scheinwerfer sind auf ihn gerichtet. Sein Blick reicht nur bis zur ersten Reihe. Er ist es, der im Fokus steht. Er, Lutz Verden. Er begreift, dass er groß rauskommen wird. Ganz oben wird er sein. Er begreift, wie gut er ist. Wie konnte er das bis zu diesem Moment übersehen? Stehen seinem Vater Tränen in den Augen?

Den Applaus am Ende hört er nicht. Er sieht, dass die Menschen in die Hände klatschen. Das Licht flutet den Raum. Das Weinmädchen, so nennt er es jetzt, steht hinter dem weißen Tisch, hinter den Flaschen, hinter den akkurat aufgereihten Gläsern, im Foyer. Das ist der Moment, in dem alles golden wird. Golden das Licht, das den Raum flutet, golden sein Hochgefühl, golden die Kette einer Dame von der Stadt, die ihm von Herzen dankt, die ihm eine große Zukunft voraussagt. Dann schrumpft der Raum, wird schwarz. Die Erinnerung bricht ab.

Er richtet sich auf. Abrupt. Atmet schnell. Hat für Momente das Gefühl zu ersticken. Dann ist auch das vorbei. Martin ruft an.

»Wir fahren in einer Viertelstunde los«, sagt er.

Lutz schweigt.

»Showtime«, sagt Martin. Das hat er noch nie gesagt. Es

passt auch nicht, zu einem klassischen Konzert von Lutz Verden. Martin spürt etwas. Martin spürt, dass etwas anders ist als sonst. Deshalb sagt er so komische Sachen. »Okay?«, fragt er.

Lutz zögert. Dann empfindet er das Wort plötzlich als ungeheuer … treffend. Ein Wort, das in der schiefen Ebene hängt, flapsig und bedrohlich, am Urgrund seiner Angst, und wenn er es ausspricht, ist er der böse Clown, der sich selbst verlacht.

»Showtime«, sagt Lutz und unterbricht die Verbindung.

Lauer Sommerabend, wohlig warm. Die Menschen, die ihn erwarten, sind gut gekleidet und aufgekratzt, Getränke werden gereicht, weißer Wein, roter Wein, Prosecco.

Er läuft vorüber, Blicke streifen ihn, dann ist er allein, Backstage, in einem abgeschotteten Raum. Obst, Schokoriegel und kleine Fläschchen mit Apfelsaft stehen bereit. Dazu Mozzarella mit Tomaten und Basilikum und ein wenig Lachs.

»Darf ich Ihnen auch einen Wein bringen?«, fragt eine Frau. Sie trägt die weiße und schwarze Uniform der Bediensteten, so wie das Weinmädchen damals. Aber diese Frau hier ist deutlich älter, und sie lächelt unerschütterlich.

»Ja, gern«, sagt er.

»Rot oder weiß?«, fragt sie.

Er zögert. Rot, rot, rot.

»Weiß«, sagt er.

Sie geht, lächelnd. Eine Weile vergeht, dann kommt sie zurück, mit dem Glas Wein. Reicht es ihm an.

Dann ist er wieder allein. Es klopft. Das ist nicht Martin. Martin will noch irgendetwas klären, honorartechnisch. War im Gespräch mit einem der Veranstalter, als Lutz ihn zuletzt gesehen hat. Martin liebt diese Ausdrücke. *Honorartechnisch.* Martin würde auch nicht anklopfen.

»Ja, bitte?«, sagt Lutz.

»Entschuldigung, störe ich?«

Es ist die junge Reporterin. Lutz kann nur ihren Kopf sehen, ihr Gesicht. Irgendwie ... schelmisch sieht sie aus. Schelmisch schön.

»Nein, gar nicht«, sagt er.

»Ah, gut«, sagt sie. Tritt lächelnd ein. »Es geht gleich los, oder?«

»Ja. In ein paar Minuten. Akademische Viertelstunde.« Lutz lächelt. Es fällt ihm erstaunlich leicht.

Er betrachtet sie.

»Ich habe noch zwei, drei Rückfragen«, sagt sie.

»Kein Problem«, sagt er und denkt plötzlich, dass es ein schöner Abend werden wird.

Die Musik füllt den Raum ganz aus. Das ist der Moment, auf den er hingesteuert hat. Beginnend mit dem ersten Anschlag, der ersten Note, dem ersten Klang. Die Musik hat sich ausgebreitet, ist eingeflossen, eingesickert, abgeklungen, um wieder anzuschwellen, hat sich über die Gedanken, über die Ängste und Hoffnungen der schweigenden Menschen gebeugt, wie ein guter Zuhörer, während sie zugehört haben, und dann hat sie den Raum ganz ausgefüllt.

Das ist jetzt. In diesem Moment. Lutz Verden hebt den Blick, legt eine Pause ein, sucht den Raum ab, endlich Herr seiner selbst, endlich sicher und geborgen. Dann entdeckt er sie. Die Reporterin, so nennt er sie jetzt. Ihr Gesicht ist wie im Schatten. Er spürt, dass sie aufmerksam lauscht, aufmerksamer als jeder andere im Raum.

Er senkt den Blick auf die Tasten. Lässt die Klimax versanden, mit der Souveränität des Wissenden, steuert gelassen, beruhigt – aber auch schon leise erregt von dem, was kommen wird – das Ende an.

Dann ist wieder alles wie in Watte getunkt. Der Applaus ist verhallt, die Szenerie beginnt auszudünnen. Der Abend bricht an. Nein, eher die Nacht. Martin ist angeheitert. Hat ein Gläschen zu viel intus und immer noch eines in der Hand.

»Junge, Junge«, sagt er. »Sehr gut.«

Morgen werden sie weiterreisen. Eine größere Konzerthalle ansteuern. Aber morgen ist weit weg, und selbst Martin scheint das zu spüren. Irgendwie ist ihm bewusst, dass das hier etwas Besonderes ist. Nicht für ihn selbst, sondern für Lutz.

»Mann, Mann, Mann«, sagt Martin.

Lutz lächelt. Er trinkt Rotwein. Lässt ihn auf der Zunge zergehen. Er hat nachschenken lassen, beide Gläser, seines und das der Reporterin. Sie prosten sich zu. Lächeln einander an. Martin geht. Torkelt zum Taxi, wünscht eine gute Nacht.

»Gute Nacht«, sagt Lutz Verden.

»Gute Nacht«, sagt auch die Reporterin.

Dann lachen sie gemeinsam. Jetzt sind sie die letzten Gäste. Sie stolpern nach oben, in den ersten Stock, ins Museum des Hauses. Das Museum ist eigentlich jetzt, in der Nacht, längst geschlossen, aber der Veranstalter hat für ihn eine Ausnahme gemacht, hat die Glastür offen stehen lassen. Die Ausstellung trägt den Titel: »Wundersam wirklich«. Das passt, denkt Lutz. Die Bilder hängen im Dunkel, nur hauchfein beschienen von Laternenlicht. Oder vom Licht des Mondes. Wer weiß das schon? Die Reporterin schmiegt sich an ihn. Auf einem der Bilder liegen Totenschädel in Regalen. Stillleben. Beiläufige Inszenierung der Endgültigkeit.

Sie gehen nach unten, treten ins Freie, ein Taxi steht bereit. Wer hat es gerufen? Vermutlich er selbst. Oder Martin. Oder es steht einfach da. Er nennt dem Fahrer das Hotel, sie fahren durch die Nacht. Kommen an. Jetzt kehrt die Erinnerung zurück, denn alles ist gleich, alles wie damals. Das Foyer des Hotels golden beleuchtet, sie laufen zum Aufzug, Arm in Arm, fahren nach oben, laufen den leeren Gang entlang, zum selben Zimmer.

Er führt sie, schiebt sie zum Bett. Sie lässt sich fallen. Lächelt. Er beugt sich über sie. Tastet nach ihrer Haut. Erdbeeren. Ihm ist so schwindlig wie damals. Dann ist sie über ihm. Will die Initiative übernehmen? Warum nicht. Er sucht ihre Lippen. Will sich aufrichten, sackt weg. Zu viel Alkohol.

»Nicht nur«, sagt sie.

Er sieht sie fragend an.

»Es ist nicht nur der Alkohol«, sagt sie.

Lichtblitze zucken auf. Rot, golden, prickelnd, weiß. Ein Schmerz durchströmt seine Hände, die Handflächen. Jetzt findet der Schmerz ein Bild. Das war der Moment, in dem er wütend wurde. Weil die Frau vom Catering, als sie im Zimmer angekommen waren, plötzlich nicht mehr wollte. Was hatte sie sich eigentlich gedacht? Er musste zuschlagen. Um die Kontrolle zurückzugewinnen. Einmal, zweimal. Dreimal. Wie hat er sie genannt? Das … das …

»Weinmädchen«, sagt die Reporterin.

Er hebt den Blick. Ein Rauschen ist in seinen Ohren. Sie sind am Meer. Hohe Wellen. Endlos Zeit.

»Das hat sie geschrieben, in dem Brief, den sie hinterlassen hat. Dass du sie so genannt hast«, sagt die Reporterin. »Sie hat den Brief versiegeln lassen, beim Notar hinterlegt und verfügt, dass ich ihn öffnen solle, sobald ich sechzehn Jahre alt bin.«

Hohe Wellen, denkt er.

»Weißt du, wie alt sie damals war?«, fragt sie.

Das weiß er nicht.

»Neunzehn. So alt, wie ich heute bin. Also, ich bin im neunzehnten Lebensjahr. Sie war damals gerade neunzehn geworden.«

Zeit aufzustehen. Zeit zu gehen. Er kann nicht.

»Ich habe eine Weile darüber nachgedacht, und dann dachte ich, dass wir das Ganze zu Ende bringen sollten. Ich habe deinen Namen in den Raum geworfen, als es um die Programmplanung für den Sommer ging. Man zeigte sich begeistert.«

Er wird ihr erklären, dass alles ganz anders war, anders, als sie denkt.

»In dem Brief hat sie geschildert, was passiert ist. Sehr genau. Hat es sich von der Seele geschrieben. Als sie sich das Leben genommen hat, war ich vier. Bitte bemühe dich nicht, du kannst dich nicht bewegen. Das liegt nicht nur am Alkohol.«

Die Reporterin läuft durchs Zimmer, hält ein Handy in der Hand, tippt etwas ein.

»Ich leihe mir dein Handy aus, ja? Schicke eine Nachricht an deinen Manager. Er wird sie erst morgen sehen, denn er schläft jetzt. Tiefer, als er denkt. Ich erkläre ihm, warum du diesen Weg gegangen bist. Der Druck, die Leere, die Last des Erfolgs. All das, ziemlich larmoyant. Es klingt sehr nach dir.«

Dieselbe Melodie, denkt Lutz Verden. Nur spiegelverkehrt. Etwas wird ihm klar. Dass er hierherkommen wollte. Er musste zurückkehren, um zu sehen, was ihn erwartet, an diesem Ort.

Sie wendet sich ab. Steht an der Tür. So wie das Weinmädchen damals. Das Weinmädchen hat gezittert, die Reporterin ist ganz ruhig. Das ist der Unterschied. Das Blatt hat sich gewendet. Gut so, denkt er. Und dass er leben will. Leben muss. Aber die Kraft ist weg.

»Was … was hast du mir gegeben?«, fragt er.

»Schlaf gut, Papa«, sagt die Reporterin, und er denkt, umwölkt von einem statischen Summen, mit einem gewissen Stolz, dass sie wirklich seine Tochter ist. Brillant. Vollendet komponiert. Dann kippt er ab, ins Dunkel.

Edith Kneifl

Die Ahlener West Side Story

Am Tag, als Elvis starb, lag vor dem Hochhaus am Hansaplatz ein nackter junger Mann. Die schüchterne Morgensonne tauchte sein Hinterteil in ein weiches Licht. Er lag auf dem Bauch, sein Kopf war seltsam verdreht, langes schwarzes Haar bedeckte zur Hälfte sein blutverschmiertes Gesicht.

Patty beugte sich über den Toten. Ginos Gesichtszüge waren kaum mehr erkennbar, die klassisch-römische Nase platt gedrückt, der sinnliche Mund zu einer hässlichen Grimasse verzerrt. Sie überlegte, ob sie ihm die Augen schließen sollte. Polizeisirenen ließen sie davon Abstand nehmen. Rasch stieg sie auf ihre Vespa und fuhr los.

Die Stadt Ahlen schien noch zu schlafen, obwohl hinter so manchem Fenster eines Bergarbeiterhauses diesseits der Bahn gerade die Lampen angemacht wurden. Trotz der frühen Morgenstunde waren in der Kolonie schon Leute unterwegs. Konsum, Friseur, Drogerie und Schuhgeschäft hatten noch geschlossen, doch einige Bergmänner besorgten sich auf dem Weg zur Frühschicht beim Metzger Mettwürste für ihre Butterbrote, die ihnen die Mäuse wegfressen würden, wenn sie nicht achtgaben. Bergleute mochten Mäuse, solange diese in den Stollen herumhuschten, gab es genügend Sauerstoff unter Tage.

An der Bude am Dr.-Paul-Rosenbaum-Platz genehmigten sich zwei stadtbekannte Säufer ein Frühstücksbier. Die Glocken der St.-Josef-Kirche läuteten zur Frühmesse.

Patty kurvte mehrmals um den Platz. Sie wollte ihrem Daddy, der das Haus meistens um Punkt sieben verließ, heute keinesfalls in die Arme laufen.

Auf der einen Seite der Bahn ragten die vierzig Meter

hohen Fördertürme der Zeche Westfalen in den wolkenlosen Himmel, auf der anderen Seite die Türme der St.-Marien- und der spätgotischen Bartholomäus-Kirche. Die Bahnlinie bildete eine Art magische Grenze zwischen den beiden Stadtteilen. Hinter der Bahn wohnten Geschäftsleute und wohlhabende Bürger. Vor der Bahn lebten die Arbeiter und Angestellten der Zeche. Die Kolonie galt als eine Art Sperrgebiet. Wenn Jungs aus der Stadt mit ihren Mopeds durch die Bergarbeitersiedlung düsten, war Ärger angesagt.

Trotz der sommerlichen Temperatur hatte Patty ihren grünen Parka an und die Kapuze tief ins Gesicht gezogen. Doch jeder in der Stadt kannte das große, schlaksige Mädchen mit den kurzen weißblonden Haaren und der hellblauen Vespa. Ihr Ruf war nicht der beste. Auch wenn sie letztes Frühjahr das Abitur am St.-Michael-Gymnasium, einer von Nonnen geleiteten Mädchenschule, geschafft hatte, hielt ganz Ahlen sie für eine Gammlerin oder zumindest eine arrogante, verzogene Göre. Wohlmeinende gaben ihrer Mutter die Schuld. Die Frau Direktor hatte ihren Mann und ihr Töchterchen vor nunmehr sieben Jahren sitzen gelassen, war mit ihrem Tennislehrer nach Bayern abgehauen. Seither hatte sich der Herr Direktor, so gut er eben konnte, selbst um seine Tochter gekümmert und sie nach Strich und Faden verwöhnt.

Patty, die eigentlich Patricia hieß, aber so wie viele Jugendliche die englische Abkürzung ihres Namens bevorzugte, wollte weder mit den Spießern jenseits noch mit den Prolos diesseits der Bahn etwas zu tun haben. Wichtig war ihr nur, von den *Heroes* akzeptiert zu werden. Wenn sie ehrlich zu sich selbst war, musste sie zugeben, dass ihr auch an der Meinung der *Rock Angels* etwas lag. Die *Heroes* und die *Rock Angels* waren die heißesten Bands der Stadt. Sängerin bei einer der beiden zu werden, war momentan Pattys größter Traum. Früher hatte sie bei den Westfälischen Nachtigallen mitgesungen. In diesem Chor wurden bis heute keine Mädchen aus der

Kolonie aufgenommen. Ihr war bewusst, dass sie diese Auszeichnung damals ihren Großeltern mütterlicherseits, die in einer Villa Am Webstuhl wohnten, zu verdanken gehabt hatte. Bis heute war sie stolz darauf, eine Nachtigall gewesen zu sein.

An der Kreuzung Dolberger Straße und Zeppelinstraße wäre ihr fast ein Mann in den Roller gelaufen. Seine braune Papiertüte landete auf der Straße, Brötchen kugelten in den Rinnstein. Norbert Schlösser! Was hatte der Chef der Grubenwehr hier in aller Früh verloren? Sollte er nicht besser aufpassen, dass es auf der Zeche zu keinem Unfall kam? Außerdem, frische Brötchen zum Frühstück an einem Werktag? Sie gab Gas.

»Verdammte Göre, wenn ich dich erwische, setzt es ein paar ...«, schimpfte Schlösser ihr hinterher. Leere Drohungen. Er würde sich hüten, die Tochter seines obersten Chefs anzurühren.

Am Tag, bevor Elvis starb, hatte das Derby der beiden Ahlener Fußballmannschaften stattgefunden. Da die Mannschaften in unterschiedlichen Ligen spielten, hatte es sich um ein Freundschaftsspiel gehandelt, obwohl es das natürlich nicht war. Die Mehrheit der Bergleute waren Schalke-Fans, die meisten Bürger Anhänger von Borussia Dortmund. Die Jungs aus der Kolonie hatten die Burschen von jenseits der Bahn, die eine Klasse unter ihnen spielten, ordentlich verkloppt. Das Ergebnis hatte 7:1 für die Koloniki gelautet. Ihr einziges Tor hatten die Bürgerlichen dem Schiedsrichter zu verdanken, der ihr Abseits hatte gelten lassen. Nachher war es zu einer Rauferei gekommen. Dem Schiedsrichter war allerdings die Flucht gelungen. Als sich am Spielfeld dann nur mehr die miteinander verfeindeten Bandmitglieder der *Heroes* und der *Rock Angels* gegenüberstanden, schritten Norbert Schlösser und Polizeihauptmeister Georg König ein und unterbanden die beginnende Schlägerei.

Nach dem Debakel hatten die *Heroes* eine Krisensitzung abgehalten. Patty hatte sich wichtiggemacht und vorgeschlagen, sie sollten am kommenden Samstag für den Bandwettbewerb in Recklinghausen Toni engagieren. Toni war einst Gründungsmitglied der *Heroes* gewesen und hatte inzwischen eine Solokarriere als Sänger hingelegt. Mike, der Bandleader der *Heroes*, hatte Toni sofort von einer Telefonzelle aus angerufen, und dieser hatte, obwohl nicht begeistert von der Idee, mit seiner früheren Amateurband aufzutreten, zugesagt. Als sich Mike danach von den anderen feiern ließ, war Patty frustriert abgezogen.

Am Tag, als Elvis starb, war die Tagschicht gerade vorbei, und die Bergleute entledigten sich in der Schwarzkaue ihrer Arbeitskleidung. Charlie, Bergmann und Leadgitarrist der *Rock Angels*, hatte seinen winzigen Weltempfänger auf volle Lautstärke gestellt. Als die Nachricht kam, dass Elvis in Graceland tot aufgefunden worden war, wurden nicht nur Charlies Augen feucht, auch viele seiner Kumpel waren den Tränen nahe. Spontan beschlossen sie, am Abend in der Disco Bonaparte eine Session zu Ehren des King zu veranstalten. Zwar spielten sie normalerweise Nummern der Stones und der Doors, doch sie hatten auch zwei Songs von Elvis in ihrem Repertoire.

Als Norbert Schlösser sie dann darüber informierte, dass man Gino tot vor dem Hochhaus auf dem Hansaplatz gefunden hatte, reagierten die jungen Bergarbeiter relativ gefasst. Gino war kein enger Freund gewesen, er war erst seit ein paar Monaten mit ihnen aufgetreten.

Nur Schlösser machte sich mehr Gedanken über den angeblichen Selbstmord des Italieners als über den Tod des King. Der Junge hatte ebenfalls unter Tage malocht und war ihm sympathisch gewesen. Auf der Zeche Westfalen gab es keine Probleme mit den Gastarbeitern, es war einfach so, dass die deutschen Bergleute kaum Kontakt mit ihren Kollegen aus Südeuropa hatten. Die Zeiten waren schwierig. Aus den ehemaligen Knappen, die einst, als Schlösser noch Schicht-Steiger gewesen war, unter seiner Aufsicht gestanden hatten, waren zornige junge Männer geworden. Zu viel Alkohol, zu viele Drogen.

Charlie, zum Beispiel, schien sich sehr rasch von den schockierenden Nachrichten erholt zu haben. Lauthals sang er unter der Dusche *»I can't get no satisfaction«*. Womöglich war er froh, Gino los zu sein? Hatte ihm der Italiener nicht in letzter Zeit oft die Show gestohlen?

Ronnie, Bassist und bester Freund von Charlie, wirkte ebenfalls nicht sehr betrübt. Seit er Charlies Schwester Maria beim letzten Auftritt der *Rock Angels* dabei ertappt hatte, wie sie Gino angehimmelt hatte, war er auf den Itaker nicht mehr gut zu sprechen.

Toni betrachtete seinen heutigen Auftritt in der Disco Bonaparte als eine Art Probe für den Wettbewerb in Recklinghausen am kommenden Wochenende. Die *Heroes* hatten die gleiche Idee gehabt wie die *Rock Angels*, wollten ebenfalls zu Ehren des King ein paar Nummern spielen, obwohl sie ja eher auf The Who abfuhren.

Maria betrat das Bonaparte kurz nach Toni. Ihr weißes Minikleid war am Ausschnitt mit Spitzen besetzt. Dazu trug sie knallrote Knautschlackstiefel ohne Strümpfe. Toni konnte seine Augen nicht von Charlies schöner Schwester lassen. Es war Liebe auf den ersten Blick. Auch sie war völlig hingerissen von dem großen schlanken Sänger mit den wasserblauen Augen und dem schulterlangen blonden Haar.

»Scheiß-Schlampe«, schimpfte Patty leise. Dabei hatte der Abend so gut begonnen. Toni hatte sie sogar gegrüßt und ein paarmal zu ihr herübergeschaut. Doch seit Maria aufgekreuzt war, hatte er nur mehr Augen für sie. Immer wenn die

Rock Angels spielten, tanzte er mit ihr. Marias Freund Ronnie unterlief ein Patzer nach dem anderen auf seiner Bassgitarre, die er sich unlängst in Hamm auf Raten gekauft und durch einen Schotterhaufen gezogen hatte, damit sie älter aussah.

Charlie wurde es schließlich zu bunt, er machte seiner kleinen Schwester mitten auf der Tanzfläche eine Szene. Fast wäre es wieder zu einer Rangelei gekommen, da sich Mike einmischte.

Scheiß-Wichtigtuer, dachte Patty, die das alles als stille Beobachterin von der Theke aus verfolgte. Sie gehörte weder zu den Bergarbeiterjungs noch zu den *Heroes*, die sich wie die englischen Mods stylten und sich genauso überheblich benahmen. Ihre schwarzen Anzüge, die weißen Hemden und die schmalen schwarzen Krawatten riefen bei ihr Assoziationen an Leichenbestatter hervor. Toni schien diese Uniformierung ebenfalls nicht zu goutieren. Er trug eine schwarze Schlaghose, die unten geschlitzt war, und dazu ein tailliertes weißes Rüschenhemd. Scine mit Nieten beschlagenen Stiefeletten hatte er mit lila Lackfarbe angemalt. Aber wirkte nicht auch er ziemlich provinziell? In London trugen die Leute, die wirklich zählten, bereits ganz andere Klamotten.

Im September würde Patty dieses Kaff verlassen und als Au-pair nach England gehen. Dort hoffte sie, echte Mods kennenzulernen. Toni war nur ein Provinzcasanova, vor allem, wie er jetzt auf diese Koloniki-Braut abfuhr ... Außerdem benahm er sich wie ein Feigling, als Charlie ihn anblaffte. Und als dann noch Norbert Schlösser plötzlich auftauchte, machte sich der große *Hero* rasch aus dem Staub.

Patty verließ das Bonaparte gleich nach Toni. Dem Chef der Grubenwehr ging sie lieber aus dem Weg. Der Mann war ihr nicht geheuer.

Sie verfolgte Toni mit ihrer Vespa. Ahlens Rockstar machte sich in dieser Nacht in ihren Augen total zum Affen. Liebestrunken raste er mit seinem Ford Capri mit offenen Fenstern im Zickzackkurs durch die dunklen Straßen und sang mit seiner wundervollen Stimme »Maria, Maria, Maria ...«. Als sie hinter ihm auf den Marktplatz einbog, geriet ihre Vespa ins Schlingern, und sie wäre fast in einem Schaufenster gelandet. In der Bahnhofstraße hielt Polizeihauptmeister König den Verrückten schließlich an und brachte ihn mit dem Polizeiauto nach Hause ins Musikerviertel. Toni wohnte seit Kurzem wieder brav bei Mama und Papa in der Mozartstraße.

Am Tag, nachdem Elvis gestorben war, titelten die Zeitungen: »Der King ist tot! Es lebe der King!« Dem Tod von Gino G., einem jungen Gastarbeiter aus Kalabrien, wurden sowohl in der Ahlener Zeitung als auch im Ahlener Tageblatt vom 17. August 1977 nur ein paar Zeilen gewidmet. In einem der Artikel wurde allerdings von Blutrache und der Cosa Nostra gemunkelt. Doch das interessierte die Ahlener Bevölkerung ebenso wenig wie die neuesten Meldungen über die RAF oder die tödlichen Schüsse an der DDR-Grenze. Elvis und Gino waren tot, aber das Leben ging weiter.

Als Toni lässig auf das Kaufhaus Holtermann am Marktplatz zuschlenderte, stieß Maria vor Schreck die Puppe mit dem Brautkleid um, die sie gerade in die Auslage stellen wollte. Kaum hatte sie die Puppe aufgerichtet, spürte sie Tonis Atem in ihrem Nacken. Er griff ihr über die Schulter, schnappte sich den Schleier der Puppe und drängte Maria in eine Umkleidekabine. Ihre zaghaften Proteste ignorierend, setzte er ihr den Schleier auf und wiegte sie vor dem großen Spiegel in seinen Armen. Leise und ganz nahe an ihrem Ohr sang er: *»I love you, baby.«*

Plötzlich wurde der Vorhang der Umkleidekabine aufgerissen. Pattys laute Stimme ließ das verliebte Pärchen auseinanderfahren. »Hast du die Probe vergessen? Die anderen warten schon seit einer halben Stunde im Hollywood auf dich.«

Mit hochrotem Kopf kehrte Maria zurück in den Verkaufsraum. Toni blieb nichts anderes übrig, als sich zu verdünnisieren.

Patty bestand nun darauf, dass Maria ihr ein paar neue Jeans zeigte. »Und wenn du deine Finger nicht von ihm lässt, sage ich deinem Bruder und deinem Freund Ronnie Bescheid«, drohte sie.

Maria flehte sie an, den Mund zu halten. Verliebte Kuh, dachte Patty, versprach nichts, kaufte nichts, sondern verließ mit einem triumphierenden Lächeln auf den Lippen das altehrwürdige Kaufhaus Holtermann.

Nachmittags ging sie ins Schlappenkino, obwohl sie dieses Kino und die dazugehörige Gaststätte, in der die Bergleute gern ihre Lohntüten leerten, sonst eher mied. Charlie hockte jedoch fast täglich nach der Arbeit dort. Er wirkte ziemlich fertig nach seiner siebenstündigen Schicht, die, inklusive Transport, neun Stunden gedauert hatte. Patty schlug ihm vor, Toni auszuschalten.

»Wenn er mit den *Heroes* auftritt, habt ihr jetzt, nach Ginos Tod, null Chancen. Ich kann Toni kaltstellen. Aber dafür will ich in Zukunft bei den *Rock Angels* singen.«

Charlie dachte nicht im Traum daran, auf diesen Deal einzugehen.

Stinkwütend ließ Patty daraufhin ihrer Phantasie freien Lauf: »Weißt du, was da zwischen deiner Schwester und Toni läuft?«, fragte sie. »Maria hat sich mit ihm unter der Bahnunterführung Am Bahndamm/Ecke Beckumer Straße verabredet. Kurz vor Sonnenuntergang …«

»Verdammte Scheiße!« Charlie trank seinen Korn auf ex.

Auf der Suche nach Toni klapperte Patty dann fast alle Gaststätten ab. Im »Müller«, gegenüber der Kaserne, wurde sie fündig. Toni lehnte an der Bar und stierte in sein halb volles Bierglas. Sie leistete ihm Gesellschaft. Als er ihr von

Maria vorzuschwärmen begann, unterbrach sie ihn. »Charlie und seine *Rock Angels* wollen sich heute mit dir und den *Heroes* am frühen Abend unter der Eisenbahnbrücke zu einer Aussprache treffen. Es geht um den Bandwettbewerb in Recklinghausen. Da darf es zu keiner Schlägerei kommen, sonst werdet ihr alle disqualifiziert.«

Charlie, der nur seinen Freund Ronnie mitgebracht hatte, war stinksauer, als er die komplette Besetzung der *Heroes*, aber keine Maria unter der Eisenbahnbrücke erblickte.

Sogleich begann er Toni zu attackieren, verlangte von ihm, die Finger von seiner Schwester zu lassen. »Maria ist mit Ronnie verlobt«, schrie er.

»Verlobt?«, spottete Mike. »Hört ihr das? Bei den Koloniki verlobt man sich heutzutage noch!«

Charlies Faust landete in seinem Gesicht. Blut tropfte aus Mikes Nase auf den staubigen Boden. Die anderen *Heroes* gingen nun auf Charlie los. Sein Freund Ronnie kam ihm nicht zu Hilfe. Plötzlich hatte Mike ein Messer in der Hand. In diesem Moment warf Ronnie dem verblüfften Charlie ebenfalls ein Springmesser zu.

Bevor sich die beiden Blödmänner ernsthaft verletzten, ging Toni dazwischen und versuchte, ihnen die Messer zu entwinden. Es kam zu einem wüsten Gerangel. Auf einmal sank Charlie zu Boden. Blut schoss aus einer Wunde an seinem Hals. Toni schrie auf, beugte sich über ihn, drückte seine Faust fest auf Charlies Halsschlagader. Mike und seine *Heroes* hauten ab, ließen ihn mit dem Sterbenden unter der Eisenbahnbrücke allein. Auch Ronnie verkrümelte sich.

In der Kokerei waren die Öfen angegangen. Maria holte gerade die Wäsche von der Leine im Garten, als Ronnie daherkam. Käseweiß im Gesicht und mit zitternder Stimme erzählte er, dass Toni ihren Bruder erstochen hatte.

Maria rief sofort Toni an und wollte wissen, ob das stimmte.

Toni stammelte, dass er schleunigst verschwinden, sie aber vorher unbedingt sehen müsse, um ihr alles zu erklären.

»Bei der Zeche«, sagte Maria. »In einer Stunde.« In ihren Augen war die »verbotene Stadt« der einzige Ort, an dem sie halbwegs sicher sein würden. Als Kinder waren sie und Charlie oft über die Mauer geklettert und hatten am Zechengelände gespielt.

Die Nachtschicht begann, als Maria die Zeche erreichte. Jeweils fünfundfünfzig Bergleute fuhren in einem Förderkorb in den Schacht hinunter. Sie wartete, bis die letzten unter Tage waren, dann kletterte sie über die Mauer, lief zur Osthalde und kroch auf der bepflanzten Beckumer Seite in ihr altes Versteck. Toni war schon da, und kaum hatte sie sich auf dem tauben Gestein niedergelassen, schilderte er ihr, was passiert war.

»Charlie hat vier Messerstiche abbekommen, von denen mindestens einer tödlich war. Mike hat mehrmals zugestochen, bevor ich mich eingemischt und ihm den Springer aus der Hand gerissen habe. Dein Bruder ist mir dann buchstäblich ins Messer gelaufen. Ich schwöre dir, es war ein Unfall, ich habe ihn nicht umbringen wollen.« Er umarmte sie und sah ihr tief in die Augen.

Maria wollte ihm glauben. Bald lagen sie eng umschlungen auf der Schutthalde und liebten sich unter den angeblich Glück bringenden Sternschnuppen, die in jener Nacht vom Himmel fielen. Und als sich der Mond hinter den Fördertürmen verabschiedete, beschlossen sie, miteinander fortzugehen. Sie wollten in Richtung Süden fahren, hofften, es vielleicht sogar bis nach Italien zu schaffen.

Patty hatte den tödlichen Kampf unter der Eisenbahnbrücke aus der Ferne beobachtet und war Toni dann später auch zu seinem Rendezvous mit Maria gefolgt. Am Bergwerksgelände hatte sie sich in einer Lore versteckt, die einsam auf einem Gleis nahe der Osthalde stand.

Als der Morgen graute, kroch Maria hinter der dunklen Halde hervor. Patty kletterte aus der Lore, schlich hinter ihr her zurück in die Kolonie und klingelte Ronnie aus dem Bett. Sie steckte ihm, dass seine Verlobte mit Toni durchbrennen wollte. Danach klopfte sie an ein Fenster im Nachbarhaus. Maria war gerade dabei zu packen.

»Toni schickt mich!«, log Patty. »Beeile dich! Er erwartet dich in zwanzig Minuten am Eingangstor der Zeche.«

Danach kehrte sie auf das Zechengelände zurück. Toni saß noch am selben Platz auf der Schutthalde und zog an einem Joint.

»Maria ist tot!«, stieß Patty atemlos hervor. »Ronnie hat sie erwürgt.«

Fassungslos starrte Toni sie an, doch plötzlich begann er zu heulen wie ein verwundetes Tier. »Ich bringe ihn um«, schrie er und wollte sich auf die Suche nach Ronnie machen.

»Du brauchst ihn nicht zu suchen, du kannst ihn am Tor abpassen. Er hat heute Frühschicht und sollte bald hier sein.«

Versteckt hinter dem Pförtnerhaus, wartete Toni auf den jungen Bergmann. Er glaubte, seinen müden, verschwollenen Augen nicht trauen zu können, als er statt Ronnie Maria mit einem Köfferchen in der Hand auf die Bahnschranke zueilen sah. Freudestrahlend ging er ihr entgegen und breitete seine Arme aus. In diesem Augenblick tauchte Ronnie auf, zog den Wehrmachtsrevolver seines Vaters aus dem Hosenbund und feuerte einen Schuss ab. Die Kugel traf Toni in der Brust. Er taumelte und ging zu Boden.

Schluchzend stürzte sich Maria auf den Sterbenden, küsste und umarmte ihn. Dann hob sie voller Hass Ronnies Revolver, den er fallen gelassen hatte, auf, richtete ihn abwechselnd auf Ronnie und auf sich selbst. Unfähig zu töten, ließ sie schließlich die Waffe wieder sinken.

Auf einmal stand Norbert Schlösser neben ihnen, nahm Maria den Revolver aus der Hand, befahl Ronnie, sich nicht von der Stelle zu rühren, und bat den Pförtner, Polizeihauptmeister König anzurufen.

Am Tag des Bandwettbewerbs in Recklinghausen trugen die verbliebenen Mitglieder der *Heroes* und *Rock Angels* die Särge mit Tonis und Charlies Leichen gemeinsam zum Westfriedhof. Ausnahmsweise sollte auch Charlie aus der Kolonie dort seine letzte Ruhestätte finden. Das hatte der Stadtrat kurzfristig beschlossen, um der alten Feindschaft zwischen den Leuten jenseits und diesseits der Bahn endlich ein Ende zu setzen. Die halbe Stadt folgte den beiden Särgen. Sogar der Direktor des Bergwerks nahm an dem Begräbnis teil.

Patty war nicht mitgekommen, hatte Regelschmerzen vorgeschützt. Sie saß allein in ihrem Zimmer mit Blick auf die Fördertürme der Zeche, die bedrohlich in den blauschwarzen Himmel ragten. Gleich würde es ein Gewitter geben.

Sie dachte nicht an Tonis und Charlies Begräbnis und all die Trauergäste, die pitschnass werden würden, sondern an Gino. Obwohl sie weder Trauer noch Schuldgefühle wegen seines Todes empfand, ließ sie die Stunden nach dem Fußballspiel letzten Sonntag vor ihrem inneren Auge Revue passieren: Sie hatte Gino beim Griechen entdeckt, der den Bands als Gage immer drei Flaschen Metaxa spendierte. Der junge Gastarbeiter hatte sich gerade bemüht, die Titelmelodie von »Spiel mir das Lied vom Tod« auf seiner Mundharmonika hinzukriegen. Sie lud ihn zu einer kleinen Spritztour ein. Gino bestand darauf, selber zu fahren. Genervt schwang sie sich hinter ihm auf ihre Vespa. Die Stadt war wie ausgestorben gewesen. Die besseren Leute verbrachten ihren Urlaub im August an der Nordsee, während die Bergleute und ihre Frauen wie jeden Sonntagnachmittag in den großen Gärten hinter den niedrigen Arbeiterhäusern bei Kaffee und Teilchen saßen oder Skat spielten und Bier tranken. Die Zechenbälger tollten auf der Straße herum. Sie hatte als Kind nie auf der Straße spielen dürfen, obwohl sich ihr Elternhaus auch in der Kolonie befand, ganz nahe der Zeche, damit der Herr Direktor bei Explosionen oder anderen Unfällen rasch vor Ort sein konnte. Sie hatte sich vorgenommen, mit Gino ein bisschen herumzumachen und ihn rechtzeitig vor dem Bandwettbewerb in Recklinghausen außer Gefecht zu setzen. Ohne ihn würden die *Rock Angels* keine Chance gegen die *Heroes* mit Toni als Leadsänger haben. Gino konnte es als Einziger mit ihm aufnehmen. Von seinen dunklen verträumten Augen schwärmten alle Mädchen der Stadt. Außerdem war er verdammt gut gebaut und eine echte Rampensau. Mick Jagger konnte er ziemlich perfekt imitieren. Jedenfalls brachte er seine Groupies immer zum Ausflippen. Wenn er als Zugabe »Lady Jane« sang, flossen bei den Kolonieblagen literweise die Tränen.

Spätnachts waren sie in Ginos kleiner Wohnung im siebten Stock des Gastarbeiter-Hochhauses am Hansaplatz gelandet. Er betrank sich und schluckte LSD, als er nach dem vielen Alkohol keinen mehr hochbekam. Den Trip hatte ihm der Schlagzeuger der *Heroes* verkauft. Er versorgte die Ahlener Jugend mit allem, was angesagt war. Anstatt mit ihr zu vögeln, wollte Gino ihr dann unbedingt zeigen, dass er fliegen konnte. Er öffnete das Fenster, stieg aufs Fensterbrett und streckte seine Arme aus wie Ikarus. Aber er flog nicht, obwohl sie ihn anfeuerte: »Ja, flieg, Gino, flieg …« Schließlich half sie ein bisschen nach.

Momentan wäre auch sie am liebsten weit weggeflogen. Sie überlegte, ob sie sich eine Überdosis Purple Heart oder einen Goldenen Schuss verpassen sollte, entschied sich letztendlich aber dafür, zwei Wochen früher als geplant nach London zu fliegen.

Als sich Norbert Schlösser in den langen Trauerzug hinter den Särgen von Charlie und Toni einreihte, dachte er an Ginos Begräbnis, das gestern stattgefunden hatte. Der arme Junge war, ohne das Geleit seiner Angehörigen, auf dem Ostfriedhof beigesetzt worden. Nicht einmal ein Pfarrer hatte ihn begleitet. Selbstmörder verdienten eben keinen Priester. Schlösser war der Einzige, der an der Selbstmord-Version zweifelte. Nicht nur, weil er Italiener für lebensfrohe Menschen hielt, sondern auch, weil er wusste, dass Gino gläubig gewesen war. Er war sich sicher, dass jemand den Jungen aus dem siebten Stock hinuntergestoßen hatte. Doch er hatte nicht einmal seinen Freund Polizeihauptmeister König von seinem Verdacht überzeugen können.

Nur eine Delegation der Gewerkschaft sowie einige Bläser von der Knappenkapelle und er selbst hatten Gino die letzte Ehre erwiesen und ihm ein »Glück auf« hinterhergeschickt. Die Bläser, die den Fahnengruß gespielt hatten, als der Sarg in die Grube hinuntergelassen worden war, hatten die Vögel in den Bäumen aufgescheucht. Ihr aufgeregtes Gezwitscher klang noch immer in seinen Ohren nach.

»Es war die Nachtigall und nicht die Lerche«, murmelte Schlösser und nahm sich vor, diese verdammte Göre nicht ungestraft davonkommen zu lassen.

Sven Stricker

Jagdszenen aus Wickede

Der Tag hatte schon nicht besonders begonnen. Hornkamp hatte sein Spiegelbild beim Nasenbluten erwischt, das hinderte ihn am Ignorieren des eigenen Anblicks. Er hatte geseufzt, das Blut mit einem Wattebausch aufgefangen und abgewischt, dann die trüben Augen, aus denen das Selbstmitleid troff, mit Verachtung gestraft. Sein Frühstück nahm er im Stehen ein, an den Kühlschrank gelehnt, es waren zwei Scheiben Toast mit Schnittkäse, junger Gouda, keine Butter, keine Liebe, trocken schmeckte es, ansonsten nach nichts. Die auf den Boden gefallenen Krümel gesellten sich zu den anderen. Er ging zurück ins Bad, putzte sich die Zähne, betrachtete sich noch einmal im Spiegel. Er war Mitte fünfzig und sah wirklich elendig aus, insgesamt. Immerhin, das blaue Hemd war gebügelt, der braune Gürtel passte zu den Schuhen, die auch nur ein ganz klein wenig ausgetreten waren. Er grinste sich an, künstlich wirkte es, er erweiterte das Lächeln, es ging doch, die Augen mussten mitlachen, genau, das war das Geheimnis, die Augen mussten lachen, Hornkamp ist mein Name, guten Morgen, schön, Sie zu sehen.

Ja, mir geht es gut, blendend, prima, ich bin gesund, voller Energie, ich bin ein Atomkraftwerk.

Nein, dachte er, nicht gut, Atomkraftwerke liefen aus, also, Auslaufmodelle waren die, Atomkraft wurde abgeschafft. Er hingegen, er durfte noch nicht abgeschafft werden, er war die Windkraft.

Hornkamp verließ das Einfamilienhaus in der Friedhofstraße, das noch immer nicht ihm gehörte, weiße Fassade, schwarzes Dach, es war Dezember, er kam bergab an den anderen Einfamilienhäusern vorbei, die sich aneinanderlehnten, die die gleiche Form und irgendwie auch den gleichen Inhalt boten, im Kern.

Warum auch nicht, dachte er. Nicht immer so negativ sein!

Es war nicht weit zum Bahnhof. Er versuchte, sich den Druck zu nehmen.

Es gelang nicht.

Heute war der Tag. Der Tag, an dem es sich entscheiden würde, ob er eine Zukunft hatte, ob er es abbezahlen konnte, das Haus. Die Reserven waren knapp geworden, seit er sein Geschäft hatte schließen müssen. Lange durchgehalten hatte er, wirklich, aber nun war es passiert, wollte niemand mehr etwas mit Knöpfen und Stoffen zu tun haben. Der Einzelhandel starb mit seinen ältesten Kunden. Überall. Aber vor allem in Wickede.

Er gab sich Mühe, nicht in Pfützen zu treten, erreichte die Talsohle, den historischen Bahnhof, der anstatt mit einem Kiosk mit einer Bücherei aufwartete sowie, an der Seite, mit einem Nagelstudio. Ein Nagelstudio namens »Nail Station«. Verstehe schon, dachte Hornkamp, »Nail Station«, *rail station*. Verstehe, verstehe. Humor war das. So wie Friseurläden eben »Haireinspaziert« hießen oder »Vier Haareszeiten«. Keine negativen Gedanken, wiederholte er, das strahlt ja auch ab, positiv wirken, er hatte ein Vorstellungsgespräch, guten Morgen, mein Name ist Hornkamp, danke der Nachfrage, mir geht es gut.

Am Horizont lockte die Morgendämmerung. Heute früh war Gleis eins gut besucht. Etwa fünfzehn, zwanzig Leute waren da, einigermaßen zufällig verteilt, wie bewegungslose graue Tupfer in einer kargen Wüstenlandschaft. Das Einzige, was leuchtete, was sich bewegte, waren die Displays der Telefone.

Direkt vor Hornkamp stand eine blonde Frau, etwa einen Meter von der Bahnsteigkante entfernt, erschreckend nah an der Markierung. Er überlegte, ob er etwas sagen sollte, ob er ihr mitteilen sollte, dass sie im Begriff war, eine weiße Linie zu überschreiten, dass das gefährlich war, aber er schwieg. War ja jeder seines eigenen Schmiedes Glück oder wie das hieß. Er starrte ihr in den Nacken. Sie erinnerte ihn an Sabine. Diese hellblonden Locken, die weit über die Schultern hinabfielen, die sich so kleinteilig kräuselten, dass sie unbezwingbar schienen, zumindest für eine Bürste, dieser leicht dunklere Ansatz an den Haarwurzeln, das schmale Kreuz, ja, das war seine Sabine.

Sabine …

Er hätte die Frau zu gern umgedreht und ihr ins Gesicht gesehen, aber er wusste, er wäre enttäuscht gewesen.

Noch eine Minute bis zum Eintreffen der Regionalbahn.

Hornkamp bemerkte, dass er sich nicht zufällig hinter die Frau gestellt hatte. Alles, was ihn an Sabine erinnerte, zog ihn unwillkürlich an. Ein bisschen kleiner war sie. Aber diese Frisur, wirklich, die Frisur war geradezu identisch, Haarzwillinge waren sie.

Ein Mann stellte sich neben ihn. Störte. Drängelte sich irgendwie dazwischen. Hornkamp sah nach rechts, zur Seite. Dunkle Hautfarbe, insgesamt ein dunkler Typ, deutlich kleiner als er, zwei Kapuzen hatte er über den Kopf gezogen, die seines Pullovers und die seiner Jacke, man sah fast überhaupt nichts vom Gesicht, so kalt war es doch nun auch wieder nicht. Ein dünnes Kerlchen war das, er kam Hornkamp viel zu nah, Hornkamp und der Frau, in der Ferne sah man schon den Zug, die Frau trat noch einen Schritt vor, jetzt stand sie wirklich zu nah an der Bahnsteigkante. Hornkamp und der Mann folgten ihr ganz automatisch, sie bildeten ein Dreieck, gleichschenklig, auch die anderen Fahrgäste näherten sich den Schienen, obwohl es noch ein paar Sekunden dauern würde, bis der Zug einfuhr.

Die Displays der Handys erloschen, die grauen Schemen formierten sich. Hornkamp und der Mann standen jetzt so dicht hinter der Frau, dass er sich wunderte, dass sie sich nicht umdrehte und sie zurechtwies. Aber sie war ganz auf den einfahrenden Zug konzentriert, sie hatte Stöpsel in den Ohren, diese weißen, die gerade jeder hatte und die mit einem Stäbchen auf jeder Seite verlängert waren. Sabine hatte nie Stöpsel getragen. Der Zug war jetzt ganz nah, er bremste bereits, gleich würde der erste Wagen auf ihrer Höhe sein. Fast dachte Hornkamp den Duft der blonden Frau erahnen zu können.

Es ging erschreckend schnell. Exakt im richtigen oder falschen Moment, je nach Sichtweise, bekam die Frau einen Stoß in den Rücken. Sie schrie auf, machte ein Hohlkreuz, begriff, was das bedeutete, die blonden Locken wehten, Hornkamp schrie ebenfalls auf, ganz kurz danach, die Frau fiel über die Bahnsteigkante, ruderte noch mit den Armen, dann erfasste sie der Zug, gab es ein erschreckend banales, dumpfes Geräusch, dann das Quietschen der Bremsen, den Aufschrei der anderen, die sofort wussten, dass sie diesen Moment nie vergessen würden. Hornkamp sah nach rechts, das Dreieck war eine Gerade geworden, er suchte den Blick des Kapuzenträgers, sprang dabei einen Schritt zur Seite, wie um sich vor Schlimmerem zu schützen. Hornkamp sah in dunkle, flatternde Augen, der Mann wirkte selbst irgendwie, ja, entsetzt, dann drehte er sich um und rannte davon, den Bahnsteig entlang, gleich schon würde er um die Ecke biegen. Nein, nein, nein, dachte Hornkamp, das darf er nicht, es musste schnell gehen, die anderen Pendler waren geschockt, hielten sich die Hände vors Gesicht, begannen zu weinen, zu gestikulieren, der Zug kam zum Stehen, die Passagiere darin hatten nichts bemerkt.

Hornkamp tat das einzig Richtige, er lief dem Mann hinterher. Er hatte keine Kondition, das wusste er, aber er setzte darauf, dass der Kapuzenträger vielleicht aufhörte zu rennen, wenn er den unmittelbaren Bahnhofsbereich verlassen hatte.

Schon war er an dem Nagelstudio vorbei, stand vorn an der Straße, dort, wo die Busse abfuhren. Warum keuchte er? Er durfte doch nicht jetzt schon keuchen? Hornkamp wandte sich nach rechts, da war niemand, nur drei leuchtende Handydisplays beim Warten auf den Bus. Ob der Mann linker Hand die Fußgängerbrücke genommen hatte? Hornkamp musste sich entscheiden. Er eilte in Richtung Fußgängerübergang, wollte gerade den weiten Bogen hinauflaufen, da sah er ihn, den Kapuzenmann, hinter den parkenden Autos. Er hatte nicht die Brücke genommen, er war direkt dahinter abgebogen, ging schnellen Schrittes am »Döner Saloon« vorbei, sah sich nicht einmal um. Die Hände hatte er in den Hosentaschen, beide Kapuzen immer noch übergezogen. Gut so, dachte Hornkamp. Das funktionierte wie ein Sichtschutz, auch für ihn.

»Döner Saloon«, dachte er. Selten waren zwei Begriffe inhaltlich so weit voneinander entfernt gewesen. Direkt daneben befand sich das »Colorado«, eine Kneipe im Blockhaus-Stil, nein, ein Country- und Western-Club, mit vergitterten Fenstern, der nötigen Ernsthaftigkeit und doch wie das richtige Leben im falschen. Oder andersherum. Aber was soll's, dachte er, da hatte eben einer einen Traum gehabt. Und ihn sich erfüllt. War doch nichts gegen zu sagen. Nicht immer so negativ sein.

Hornkamp fluchte. Sein Vorstellungsgespräch! Das konnte er jetzt vergessen. Der Kapuzenmann bog hinter dem »Colorado« rechts ab, verschwand aus seinem Sichtfeld, Hornkamp musste aufpassen, ihm nicht zu nahe zu kommen, noch nicht. Er wusste ja sowieso nicht, wie er es machen sollte, wie er den Mann stellen sollte. Er war kein Abenteurer. Eher das Gegenteil davon. Sabine hatte immer gesagt, schon das Leeren des Briefkastens wäre für ihn wie eine Safari. Dazu musste man wohl stehen.

Hinter dem »Colorado« befand sich, halb versteckt, wie

auf einem Hinterhof, die »Pizzeria Rustica«, ein italienisches Restaurant, komplett griechisch eingerichtet und von mindestens sechs Indern geführt. Hier müsste man mal wieder hingehen, dachte Hornkamp. Was man halt so dachte in Momenten der unterdrückten Panik, wenn das Gehirn Ausflüchte suchte, Haken schlug. Parkende Autos, ein schmaler Pfad, dann begann der Bernhard-Bauer-Park, der so klein war, dass man schon hindurch war, wenn man nur den Namen ausgesprochen hatte. Abfall lag auf dem Boden herum wie Schneeflocken auf Asphalt, ein leerer Pizzakarton. Zwei Jugendliche standen vor ein paar quadratischen Steinen herum, die als Sitzgelegenheit dienten, und rauchten.

»Habt ihr wen vorbeirennen sehen?«, rief Hornkamp und atmete schwer.

Ein Dicker, er war etwa fünfzehn, nickte und zeigte auf die riesige Industriebrache, die direkt an den Park anschloss. Zwanzigtausend Quadratmeter Endzeit. Einfach so, unvermittelt. Mitten in Wickede. Kaputtes, freies Gelände.

»Der hinkt«, sagte der andere, der Dicke nickte.

Hornkamp betrat die Ebene mit den Steinhaufen am Rand und dem zerklüfteten Boden, der aus lauter Resten bestand, aus Schutt und Schlamm und Lehm. Es sah aus, als hätte jemand sämtliches Leben abgetragen und vergessen, hinterher aufzuräumen. Ehemaliges Mannesmann-Gelände war das, der Untergrund verseucht, man konnte nichts mehr darauf bauen. Nicht, ohne vorher Schicht um Schicht abzutragen und den Boden von Grund auf zu sanieren. Und das kostete natürlich. Also lag es brach, das Gelände.

Hornkamp blieb stehen und schärfte den Blick. Ja, tatsächlich, auf der Mitte der Freifläche humpelte der Mann. Warum humpelte er? Es würde kein Problem sein, ihn einzuholen. Vielleicht war es ja sogar der ideale Ort, um ihn zu stellen. Ihn zum Duell zu fordern. Sah ja sowieso aus wie eine Filmkulisse hier. Aber wie genau stellte er sich das vor, das Duell?

Was sollte das denn heißen? Was, wenn der Typ ein Messer hatte? Hatten doch heutzutage alle ein Messer, diese, na ja, diese Leute. Hornkamp hatte nichts gegen Ausländer, so sagte er es sich immer wieder, allerdings kam danach ein »aber«, und alles vor einem »aber« war bekanntlich bedeutungslos. Er hatte also nichts gegen Ausländer, aber dieser hatte bestimmt ein Messer. Der Mann streifte die Kapuze ab, Hornkamp sah erstmals den ganzen Kopf, das kurze schwarze Haar, das schmale Gesicht. Ein junger Kerl. Afrika, dachte er. Hornkamp wusste nicht viel von Afrika, außer dass der Afrikaner an sich nicht von hier war.

Der Mann drehte sich zu Hornkamp um, fast hörte man so etwas wie Westernmusik, aber es war bloß der Wind, der sich zwischen den Steinhaufen fing. Fehlte nur noch ein vertrockneter Strauch, der seitlich durchs Bild wehte, wie hießen die noch mal?, *tumbleweed*, genau, dachte Hornkamp, der einfach keinen rechten Fokus fand. Vermutlich der Schock. Genau. Das war der Schock.

Sie waren jetzt etwa fünfzig Meter voneinander entfernt. Der Mann stand gekrümmt da, schien tatsächlich Schmerzen im Bein zu haben.

»Bitte«, rief Hornkamp, er hoffte, seine Stimme würde nicht zu sehr zittern. »Nicht weglaufen, okay? Wollen wir mal reden? Lass mal reden!«

Oh Gott, wie klang er denn? Wie ein Sozialpädagoge, schlecht gespielt. Aus dem Vorabendprogramm. Der Mann schüttelte nur den Kopf, der Mund stand ihm offen. Okay, dachte Hornkamp, kein Deutsch, der Mann sprach kein Deutsch. Er hatte sein Telefon in der Jackentasche, natürlich, überlegte die Polizei zu rufen, da hätte er eigentlich längst drauf kommen können, genau, er musste die Polizei rufen und ihr sagen, hier, die Industriebrache, da ist so ein Afrikaner mit Kapuze, nichts gegen Afrikaner mit oder ohne Kapuze, aber sie dürfen niemanden über die Bahnsteigkante stoßen. Ich hab ihn verfolgt, er spricht unsere Sprache nicht, kommen Sie her, nehmen Sie ihn fest.

Aber er ließ das Telefon in der Jacke. Wer wusste schon, ob der Mann sich nicht doch irgendwie herauswand? Hornkamp trat einen Schritt vor, der andere richtete sich auf, drehte sich um und hastete weiter, das Bein nachziehend. Er hinkte auf den Bauzaun zu, der verhindern sollte, dass das Gelände eine öffentliche Müllkippe wurde; als Fußgänger kam man an der Seite, zwischen Zaun und Böschung, leicht hindurch, da war ein Trampelpfad. Hornkamp legte noch einen Schritt zu. Das hatte ja eigentlich alles überhaupt keinen Sinn so, er musste unbedingt mehr Sport treiben. Hinter dem Zaun ging es bergauf, machte die Straße einen großen Bogen, geriet er zusehends und schon wieder außer Atem, der Afrikaner blieb immer fünfzig Meter voraus, vielleicht vierzig, hoffentlich floh er nicht die Haar hinauf, die Haar, die Haar, wer hatte es sich bloß einfallen lassen, Wickede auf einem Hügel zu errichten, als wäre das hier ein sizilianisches Bergdorf, und wieso sagten die Leute eigentlich »die Haar«, obwohl es doch »der Haarstrang« war? Egal, Hauptsache, der Mann floh nicht hinauf, denn dann würde er Hornkamp endgültig abhängen.

Aber nein, der Afrikaner bog rechts ab, lief mitten auf das eigentliche Zentrum der Stadt zu, ein Zentrum, das aus einem Edeka, einem Rossmann und einem Aldi bestand. Und einem riesigen Parkplatz dazwischen, auf dem zumeist ein Hähnchengrill mit Namen »Witwe Bolte« stand. Schlimm, dachte Hornkamp und keuchte, schlimm war das. Wenn Wahlkampf war, bauten sich die Politiker mit ihren Ständen nicht mehr vor dem Rathaus auf, sondern hier, vor dem Supermarkt, der sowieso viel zu groß war für Wickede, ein Riesengebäude, topmodern, mit Waren für ganz Nordrhein-Westfalen, da musste es doch einen Ausschreibungsfehler gegeben haben, da hatte man Wickede geschrieben und Düsseldorf verstanden, anders war das überhaupt nicht zu erklären. Hornkamp blieb stehen und stützte die Hände auf die Knie. Der Afrikaner sah sich wieder nach ihm um, verzog das Gesicht und verschwand im Supermarkt. Tatsächlich, er verschwand im Supermarkt, was sollte das denn? Der wollte doch nicht etwa einkaufen? Jetzt?

Nein, dachte Hornkamp, nein, nein, der suchte Hilfe, Verbündete, hoffte, ihn in dem Labyrinth der Gänge endgültig abzuhängen. Draußen warten konnte er nicht, denn was, wenn der Mann sich den Ausgang durch die Hintertür erzwang? Dann war er weg.

Hornkamp schwitzte. Er eilte heran, betrat ebenfalls den Supermarkt, der Raum war eine Halle, eher eine Weltraumstation und wirklich riesig, unter der Decke befanden sich Rohre, weitverzweigt und verästelt, es war gewiss die Klimatisierung, aber auch irgendwie Kunst. Hornkamp eilte am Gemüse vorbei, Mütter und Väter kauften biologische Fair-Trade-Mangos aus ganz gewiss nicht regionalem Anbau, direkt dahinter eröffnete sich wohlsortierte Weite. Wie sollte man hier drin jemanden finden? Hornkamp atmete schwer, dann lief er los, blickte in jeden Gang, den er kreuzte. Zwischen den Regalen war so viel Platz wie auf einer Tartanbahn, man hätte einen Formel-1-Wagen wenden können.

Nirgendwo kauerte ein Afrikaner, da waren nur die frühen Vögel, die noch schnell einen Wurm fingen, vor der Arbeit. Aber etwas lag in der Luft. Es hatte sich herumgesprochen, nein, es war dabei, sich herumzusprechen. Leute telefonierten, hielten sich die Hand vor den Mund, tuschelten miteinander. Der schreckliche Unfall an der Bahnstation. Nein, nicht der Unfall, der Mord. Als Hornkamp an einer Regalreihe ankam, die nur mit Kondensmilch und Nuss-Nougat-Creme bestückt zu sein schien, sah er ihn plötzlich. Er lehnte hinten in der Ecke an einem Querbalken, stützte sich ab, schien am Ende seiner Kräfte, drehte ihm den Rücken zu, eine Kapuze hatte er sich wieder übergezogen, es sah gefährlich aus, schwer einzuschätzen. Aber Hornkamp war so weit gekommen, ohne konkreten Plan, jetzt konnte er nicht mehr zurück.

»Hey«, rief er also.

Der Mann fuhr herum, die Augen weit aufgerissen. »Lassen Sie mich in Ruhe, hauen Sie ab!«, keuchte er, es klang so gar nicht afrikanisch oder irgendwie gebrochen, es war gestochenes, vollkommen akzentfreies Hochdeutsch.

»Du sprichst ja Deutsch«, sagte Hornkamp überrascht.

»Ja, sicher«, sagte der Mann. »Ich bin von hier.«

»Aber du bist schwarz.«

»Richtig«, sagte der Mann. »Jetzt, wo Sie's sagen. Ich bin *doch* nicht von hier.«

»Aha!«

»Ich bin aus Menden.«

Hornkamp wies auf das schmerzende Bein. »Was ist passiert?«, fragte er.

»Meniskus«, sagte der Afrikaner, der eventuell doch nicht aus Afrika kam. »Beim Fußballtraining. War auf dem Weg zum Kniespezialisten in Dortmund.«

Hornkamp nickte und trat einen Schritt näher, der Mann hob beide Hände. »Nicht«, sagte er.

Hornkamp blieb stehen. »Und wie stellst du dir das jetzt vor? Wie geht es weiter? Ich hab dich gesehen. Ich kann dich beschreiben.«

»Ich hab Sie auch gesehen, Mann!«

»Ja«, sagte Hornkamp. Er zögerte. »Und das ist echt nicht gut.«

Der Mann aus Menden nahm die Kapuze herunter. »Warum haben Sie das gemacht?«, fragte er. »Warum haben Sie die Frau gestoßen?«

»Das verstehst du nicht«, sagte Hornkamp. »Ich verstehe es ja selber nicht. Also, nicht so richtig. Sie sah einfach aus wie jemand, den ich kenne.«

Er biss sich auf die Unterlippe. Eine Überreaktion, klar. Aber, nun ja, sie hatte halt ausgesehen wie Sabine. Die ihn verlassen hatte. Nach all den Jahren. Nur weil er kein Geld mehr verdiente, weil er seinen Laden hatte schließen müssen. Was konnte er denn dafür? Es war der Fehler der Frau, dass sie die gleichen blonden Locken hatte wie Sabine.

»Bitte«, sagte der Mann. »Warum verfolgen Sie mich?«

»Weil du der Einzige bist, der weiß, dass ich das war. Und weil ich irgendwie beweisen muss, dass ich es nicht war. Dass *du* es warst. Warum bist du überhaupt abgehauen?«

Der Mann stöhnte auf. »Ein Weißer und ein Schwarzer stehen nebeneinander am Bahnsteig, ich hab zwei Kapuzen auf, weil mir kalt ist, plötzlich fällt 'ne Frau auf die Gleise. Wer war das wohl? Wem wird da wohl geglaubt? Ich hab Panik bekommen.«

»Verständlich«, sagte Hornkamp. »Die Welt ist so rassistisch.«

»Sie sagen es.«

Hornkamp sah sich um. Was sollte er bloß machen? Mit Nutellagläsern werfen? Und welche Flugeigenschaften hatte Kondensmilch?

»Das ist natürlich scheiße jetzt«, sagte Hornkamp. »Ich hatte ein Vorstellungsgespräch.«

»Und ich einen Arzttermin«, sagte der andere. »Wissen Sie, wie schwer es ist, bei dem was zu bekommen?«

»Bestimmt nicht so schwer wie ein Job«, sagte Hornkamp.

»Nee, das stimmt.« Der Mann überlegte. »Ich kann nicht mehr wegrennen«, sagte er. »Und wir können uns nicht auf Unentschieden einigen.«

»Das ist richtig«, sagte Hornkamp. »Ich muss also leider versuchen, dich hier irgendwie zu erledigen.«

»Nicht im Ernst.«

»Doch, schon.«

»Ich bin viel jünger.«

»Aber sowieso schon verletzt.«

»Am Gleis gibt es bestimmt Videoaufzeichnungen.«

»Du hast rechts von mir gestanden, und die Kamera ist noch weiter rechts. Da wird man nicht genau erkennen können, was passiert ist. Da steht dann Aussage gegen Aussage.«

»Also doch Unentschieden?«

»Zu riskant.«

Hinter Hornkamp erklang ein rasselndes Geräusch. Eine alte Frau schob wie in Zeitlupe einen Einkaufswagen durch den Gang, stellte sich genau zwischen die beiden Männer und befüllte seelenruhig ihren Wagen mit Nuss-Nougat-Creme. »Nehmen Sie die andere«, sagte Hornkamp. »Die da ist mit Palmöl.«

Die alte Frau brauchte eine Sekunde, dann wandte sie ihm den Kopf zu. »Mit was?«

»Mit Palmöl ist das«, sagte Hornkamp schroff. »Die da drüber ist teurer, aber ohne.«

»Ohne Palmöl flutscht das doch nicht«, sagte die alte Frau. »Ist doch dann nicht cremig.«

»Und was ist mit den Gorillas?«, sagte der Kapuzenmann. »Die verlieren ihren Lebensraum. Weil alles abgeholzt wird. Für das Palmöl.«

Die alte Frau drehte den Kopf zur Seite und erschrak. »Um Gottes willen«, rief sie. »Nicht ansprechen!«

Sie wendete den Einkaufswagen und war auch schon verschwunden.

»Sehen Sie«, sagte der Mann und schüttelte den Kopf. »Alles Rassisten.«

»Ja, scheiße ist das«, sagte Hornkamp. »Ich hab ja nix gegen Ausländer.«

»Ich bin aus Menden«, wiederholte der Mann.

»Ja gut, die kann ich nicht leiden.« Hornkamp seufzte. »Hör zu, mir tut das doch auch leid, alles, ich wollte die Frau nicht schubsen, es ist mit mir durchgegangen, ich bin vielleicht manchmal etwas impulsiv, und ich hab ja auch gar nichts gegen dich, aber einer muss es ja jetzt gewesen sein, und ich bin es nicht. Ich hab ein Haus abzubezahlen, verstehst du?«

»Klar.« Der Mann nickte, dann hellte sich sein Gesicht auf. »So. Warum bin ich hier reingegangen?«

»Ja, das habe ich mich auch schon gefragt.«

»Und?«

»Um mich abzuhängen. Um durch den Hinterausgang zu fliehen.«

»Nee.«

»Sondern?«

»Damit Sie auch hier reinkommen und mit mir zusammen auf die Polizei warten. Die hab ich nämlich gerufen, die Polizei.« Der Mann stellte sich kerzengerade hin und zog sein Telefon aus der Tasche. »Und damit die auch weiß, wo sie Sie findet, hab ich mir gedacht, ich lock Sie in den Edeka.«

»Ach, das ist doch Quatsch jetzt.«

»Nee. Kein Quatsch. Das ist ja auch unübersichtlich da draußen. Und hier hat's Wände.«

Hornkamp runzelte die Stirn. »Das heißt, wenn ich mich jetzt umdrehe, stehen da hinter mir vier Polizisten, oder was?«

»Es sind nur zwei. Aber die sehen sehr stark aus.«

Hornkamp drehte sich um und seufzte erneut. In der Tat, da standen zwei Beamte in Uniform, blockierten den Gang und winkten freundlich.

»Wir haben alles gehört«, sagte der eine, ein Hüne mit dem Kreuz eines Bodybuilders, und nestelte an einem Paar Handschellen herum. »Das sieht nicht gut aus für Sie.«

Hornkamp seufzte. »Nee.« Er wusste, wann er verloren hatte.

»Ach ja«, sagte der Mann aus Menden und streckte das Bein durch. »Meinem Knie geht es übrigens gut, danke der

Nachfrage. Ich hab mir gedacht, es ist nicht glaubwürdig, wenn ich einem nassen Sack wie Ihnen nicht einfach davonlaufe. Da braucht's schon eine Verletzung. Alter, Sie müssen mal Sport machen.«

Hornkamp nickte, drehte sich um und streckte den Polizisten die Arme entgegen.

Sabine, dachte er. Mein Gott, Sabine.

Christof Weigold

Die Toten und die Roten von Unna

April 1920

Der Anruf erreichte mich in Berlin, zehn Tage bevor ich die bereits gebuchte Reise über den Atlantik antreten und nach Amerika emigrieren würde.

»Spreche ich mit Herrn Reinhard Engel?«, fragte eine Männerstimme. Sie klang jung, sehr in Eile. »Dem Sohn von Dietrich und Hildegard Engel aus Mannheim?«

»Ja, das bin ich. Worum geht es?«

»Ich … ich muss Ihnen leider mitteilen, dass Ihre Eltern gestern ums Leben gekommen sind.«

»Was?« Mehr brachte ich in meinem ersten Schock nicht heraus. Nur noch: »Beide?«

»Ja«, bestätigte der Mann am anderen Ende der Leitung. »Es tut mir leid.«

Ich versuchte mich zu fassen. Die Nachricht konnte ich zunächst kaum glauben, doch es waren bewegte Zeiten. In mein Schlafzimmer im Berliner Westen war noch vor wenigen Tagen der Lärm von Gewehrsalven der putschenden Freikorpssoldaten und ihrer Gegner gedrungen.

»Ihre Eltern … Sie kamen mit ihrem Automobil von der Straße ab und prallten gegen einen Baum. Sie sollen sofort tot gewesen sein«, sagte die Stimme rasch.

»Ein Unfall? Wo?«

Im Hintergrund war Lärm zu hören. Leise und gehetzt kam die Stimme: »In Unna. Am besten, Sie kommen her, so schnell Sie können.« Der Lärm schwoll an, und das Gespräch brach ab, als hätte der Mann den Hörer fallen lassen.

Wenig später löste ich mich von der Exilrussin, in deren Bett ich mein Quartier aufgeschlagen hatte, packte ein paar Sachen und schlug mich an Straßensperren und Demonstrationen vorbei zum Anhalter Bahnhof durch, von wo ich einen der wenigen abgehenden Züge ins Ruhrgebiet nahm. Ich hatte mir erklären lassen, dass Unna eine Kreisstadt nahe Dortmund war.

Auf der einen Tag langen unsteten Zugfahrt durch die junge, überall von Kämpfen erschütterte deutsche Republik musste ich erst einmal verarbeiten, dass ich mich von meinen Eltern nun nicht mehr würde verabschieden können. Vor meiner Emigration hatte ich sie noch einmal zu Hause in Mannheim besuchen wollen. Um ihnen zu erklären, wieso ich nach der langen Zeit im Krieg und angesichts meines bevorstehenden dreißigsten Geburtstags nach Amerika gehen wollte, um mich dort als Schauspieler zu versuchen. Es schmerzte mich, dass ich all das meinem Vater nicht mehr sagen konnte, der Kriminalkommissar in Mannheim gewesen war und sich stets gewünscht hatte, dass ich in seine Fußstapfen trat. Ich starrte aus dem Zugfenster auf die erwachende Frühlingslandschaft – ich hatte schon sehr lange keine blühenden Wiesen mehr gesehen – und fragte mich: Was um alles in der Welt hatten meine Eltern nur in Unna gemacht?

Auch im Ruhrgebiet waren nach dem Berliner Putsch Kämpfe ausgebrochen, die zum Teil noch andauerten. Auf den Bahnhöfen, die ich passierte, waren überall Truppen zu sehen. Streikende Arbeiter hatten eine »Rote Ruhrarmee« gebildet, Städte besetzt und mit Arbeiter- und Soldatenräten die Macht übernommen. Es war genau umgekehrt wie in Berlin – während dort der Kapp-Putsch der Rechten durch linke und reguläre Einheiten beendet worden war, wurden im Revier die Linken von herangeholten Reichswehrsoldaten besiegt und viele von ihnen erschossen. Es herrschte Chaos, alle Züge nach Dortmund wurden vorher gestoppt, doch meiner hielt am nächsten Morgen wie geplant in Unna, dem Ort, an dem meine toten Eltern sich befanden.

Es war der 6. April. Die Württembergische Reichswehr-Brigade 13 hatte die Roten erst vor Kurzem aus dem Ort verjagt. Zahlreiche Soldaten lagerten nun neben dampfenden Gulaschkanonen im Stadtgarten und am efeuumrankten Rathaus, wo man mich an einen Major verwies, der im Zimmer des Bürgermeisters residierte. Er war der stellvertretende Kommandeur namens Settele, mit Schmissen auf der Wange, einem Kaiser-Wilhelm-Bart und einem aufgemalten Hakenkreuz auf dem Helm. Settele reagierte sehr überrascht, als ich mich als Sohn des toten Paares aus Mannheim zu erkennen gab. »Da sind Sie extra hergekommen, in dieser Lage?«, fragte er mit schwäbischem Einschlag. Erst auf meine Nachfrage zeigte er mir den Totenschein, den er aus einer dicken Akte herausholte – »Ordnung muss sein« – und auf dem »Automobilunfall/Selbstverschulden« vermerkt war. Er selbst hatte ihn unterzeichnet und gestempelt.

»Ich möchte meine Eltern noch einmal sehen. Ich bestehe darauf. Wo sind sie?«

»Im Nicolaiviertel. Nicht weit von da, wo es passiert ist.«

Er ging mit mir zur Leichenhalle, die in der Altstadt neben der evangelischen Stadtkirche in einem der Keller der Fachwerkhäuser provisorisch eingerichtet war und wo neben Bierfässern auf rohen Holztischen drei zugedeckte Tote lagen. Der erste von ihnen war laut Major Settele ein junger Mann, der bei den Kämpfen gestorben sei, und die anderen, nebeneinander liegend, waren meine Eltern. Wir deckten sie auf.

Ich hatte schon unzählige Tote gesehen, auf den Schlachtfeldern des Krieges und davor als Kriminalassistent in Mannheim, dennoch kamen mir die Tränen. Ihre Gesichter sahen friedlich aus, wenngleich meine Mutter eine große Wunde an der Schläfe hatte. Sie war, so stand es in der Akte, durch den Aufprall gegen einen Baum, der den Brustkorb meines Vaters zerquetscht hatte, aus dem Benz geschleudert worden.

Der Major übergab mir gegen Quittung ihre Papiere und die persönlichen Gegenstände, die sie bei sich gehabt hatten, darunter das silberne Zigarettenetui meines Vaters mit der Gravur, die Mutter anlässlich der Hochzeit hatte anfertigen lassen. Ich sagte Settele, ich würde mich um Überführung nach Mannheim und die Bestattung kümmern. Als er sich zum Gehen wandte, sagte ich, ich wolle mich noch verabschieden, und blieb allein zurück. Danach warf ich auch einen Blick auf den anderen Toten, einen Mann um die zwanzig. Sein Gesicht war fürchterlich zugerichtet.

Nachdem ich mein Quartier in einer Pension am Güldenen Trog in einem schiefen Fachwerkhaus genommen hatte, begab ich mich zum Unfallort, den mir der Major beschrieben hatte. Die engen Gassen des Nicolaiviertels waren für den Automobilverkehr nicht geeignet. Doch die am Rand gelegene Bahnhofstraße, auf der auch die Straßenbahn in Richtung Dortmund fuhr, war breit ausgebaut und gepflastert und verhältnismäßig viel befahren, nicht nur von Pferdewagen. Am großen Marktplatz bog die Massener Straße nach rechts ab. Hier, kurz hinter dieser Kurve, war es geschehen.

An einem der Bäume am Straßenrand, an dem gerade die ersten Triebe ausschlugen, war die Rinde abgesplittert und der Einschlag, mitsamt Metallspuren und Lackresten, deutlich zu sehen. Ich untersuchte die Stelle genau. Es kam mir gerade hier vor Ort nur noch seltsamer vor, dass meine Eltern einen so schweren Unfall gehabt haben sollten. Mein Vater hatte den Benz bereits einige Jahre besessen und gefahren. Er war äußerst stolz darauf, dass dessen Konstrukteur Carl Benz aus unserer Heimatstadt Mannheim stammte. Außerdem war der

Kriminalkommissar a.D. Dietrich Engel ein guter, sicherer Fahrer gewesen, er hatte mir selbst Unterricht gegeben.

Am Straßenrand sah ich ein Eisenwarengeschäft. Ich ging hinein und fragte den Besitzer, ob er vielleicht den Unfall neulich durch sein Schaufenster beobachtet hätte.

»Na sicher«, bestätigte der knorrige alte Westfale mit der grünen Schürze, »ich habe den Lärm gehört, und da sah ich auch schon die Karre am Baum kleben und die Frau auf der Straße liegen. Ich bin sofort nach draußen gelaufen und habe helfen wollen, aber da war nichts mehr zu machen.«

»Sie haben also nicht gesehen, wie der Wagen von der Straße abkam?«

»Das nicht«, sagte der Mann. Auch seine Frau verneinte.

»Ein anderes Automobil war nicht involviert?«, fragte ich.

Beide schüttelten heftig den Kopf. »Nein, sicher nicht.«

»Vielleicht waren die beiden durch einen Streit abgelenkt, sollen ja ein Ehepaar gewesen sein«, ergänzte die Frau, die ein pockennarbiges Gesicht hatte und einen hohen Dutt trug. »Man munkelt, der Mann hätte hier ein Verhältnis gehabt.«

Ich stutzte. »In Unna? Wissen Sie Genaueres?«

»Das ist doch nur Geschwätz«, wehrte der Mann ab. »Vielleicht hat er in den Rückspiegel gesehen beim Fahren. Man soll nie zu lange in den Rückspiegel sehen, heißt es.«

Ich lüftete wortlos meinen Hut und ging wieder.

Als ich auf die Straße trat, schlug die Uhr der Stadtkirche gerade zehn. Eine weitere Glocke läutete, als ich direkt gegenüber bei »Foto-Kötter« eintrat. Ein hübsches Mädchen mit blonden Locken und aufgeweckten leuchtend blauen Augen sah mir hinter dem Tresen stehend entgegen. Sie mochte gewiss noch keine achtzehn Jahre alt sein und trug einen weißen Laborkittel.

»Mein Name ist Engel«, begann ich.

»Sie kommen sicher wegen der Aufnahmen«, sagte das Mädchen schnell und gab mir die Hand. Ihr Blick warnte mich.

»Genau«, erwiderte ich.

Seitlich hinter einem halb zugezogenen Vorhang war in einem kleinen Studio ein Fotograf damit beschäftigt, Porträtaufnahmen eines jungen Mannes zu machen.

»Ich habe sie hier«, fuhr das Mädchen fort und holte einen Umschlag hervor. »Vielleicht gehen wir nach draußen, da können Sie die Abzüge besser beurteilen.«

Wir verließen den Laden und ließen die Türglocke erneut klingen. »Ich habe schon gehört, dass Sie in der Stadt sind«, sagte sie und hielt mir die Abzüge hin. »Ich heiße Paula.« Sie wirkte auf einmal für ihr Alter sehr erwachsen.

»Freut mich, Paula«, sagte ich. Die Fotografien waren Porträts meiner Eltern, die in die Kamera lächelten. »Haben Sie mich deswegen in Berlin benachrichtigen lassen?«, fragte ich Paula.

»Es geht nicht um die Fotos«, erklärte sie leise. »Ich denke, Sie sollten wissen, was wirklich passiert ist.« Ich sah sie gespannt an. »Ein anderes Fahrzeug hat den Benz Ihrer Eltern von der Straße gedrängt, ein Lastwagen. Ich habe es nicht selbst gesehen, ich war im Labor, doch die von gegenüber haben es mir erzählt. Aber dann haben ein paar Völkische sie offenbar bedroht, und seitdem schweigen sie. In deren Vereinslokal können Sie sicher mehr erfahren, bei Friedrich Schulz in der Morgenstraße. Aber seien Sie vorsichtig.«

Sie wollte wieder in den Laden zurückgehen. Ich hielt sie auf.

»Wissen Sie, wann meine Eltern hier angekommen sind und was sie hier gewollt haben? Angeblich hatte mein Vater in Unna eine Affäre?«

»Dazu kann ich Ihnen nichts sagen. Sie waren nur Kunden im Laden meines Onkels«, sagte sie abwehrend. »Aber sie befanden sich schon hier, als die Soldaten einmarschiert sind und die Macht übernommen haben.«

Mir schien es, als hielte sie noch etwas zurück. »Und Sie, warum kümmern Sie sich darum?«, fragte ich.

»Ich bin für die Wahrheit. Und für die Arbeiterklasse, der hier ganz übel mitgespielt worden ist«, sagte sie mit fester Stimme. Ihre blauen Augen funkelten. »Mein Verlobter war einer der aktivsten roten Kameraden.«

»War?« Ich dachte an den Toten, den ich in der Leichenhalle gesehen hatte, und fragte sie, ob es sich dabei um ihn handelte.

Sie nickte grimmig. »Karl ist beim Einmarsch in Unna als Einziger gestorben. Die Soldaten haben ihn anhand einer Liste der Rechten gezielt gesucht, als alles schon vorbei war, und ihn so schlimm misshandelt, dass er das nicht überlebte. Sein bester Freund Albert ist knapp entkommen. Dann haben sie auf dem Marktplatz ein Konzert gegeben, und ein Major Settele hat Hochrufe ausgebracht auf den Kaiser, auf diesen hirnlosen Vollidioten, der zu Recht abgedankt hat, und die meisten haben mitgeschrien. So ist es mittlerweile in Deutschland. Die Roten haben verloren, wehe den Besiegten. Wenn sie es im Pott nicht schaffen, so wenig wie in München im letzten Jahr, wo sollen sie es dann tun, frage ich Sie?«

Sie drehte sich abrupt um und ging wieder in den Laden. Ich folgte ihr.

»Dann bekomme ich einen Groschen für die Abzüge«, sagte sie, ihre Wut von eben bezähmend. Ich gab ihr das Geld unter den Augen des Besitzers, Herrn Kötter – ihres Onkels, wie sie gesagt hatte –, dessen Gesicht ebenso wie das des Majors Settele von Schmissen verunstaltet war. Paula wechselte nur noch einen kurzen Blick mit mir, als ich wieder hinausging. Mir war seltsam zumute, irgendetwas an diesem Mädchen berührte mich ungewöhnlich stark, etwas, das aus den Untiefen meiner Erinnerung aufzusteigen schien.

Während ich auf dem Weg ins Nicolaiviertel noch darüber nachdachte, fiel mir etwas anderes ein: Vor vielen Jahren war mein Vater als Kriminalkommissar in eine Stadt im Norden gerufen worden. Ein Fall – ich durfte nichts Genaueres darüber erfahren – führte ihn »in den Pott«, den seltsamen Begriff hatte ich mir gemerkt. Ab da war er oft auf Reisen gewesen, meine Mutter war auf sich allein gestellt und unglücklich darüber. Wenn er dann nach Hause kam, gab es häufig Streit.

Ich fragte mich, ob Vaters geheimnisvoller Einsatz und all das etwas damit zu tun hatten, dass er jetzt, so viele Jahre später, wieder hergekommen war. Und welche Rolle spielte meine Mutter dabei?

In der Pension, in der ich untergekommen war, legte ich meine Uniform mit den Orden an, die eines Sergeanten.

In der Morgenstraße war auf eine der Türen mit Kreide ein Hakenkreuz gemalt. Ich stieß sie auf und trat ein. Durch den dichten Zigarettenrauch sah ich an der Wand eine Fahne mit der Aufschrift in Fraktur »Deutschvölkischer Schutz- und Trutzbund – Ortsgruppe Unna«. Abweisende, stumpfe Gesichter starrten mich vom Tresen aus an. Also los, Reinhard, sagte ich mir, du bist doch Schauspieler.

»Kann man als guter Deutscher hier ein Bier bekommen?« Ich stellte mich zu ihnen. Der Wirt nickte und zapfte mir ein Pils.

»Wo kommst du her?«, fragte der neben mir misstrauisch.

»Aus Berlin«, sagte ich und hob das Glas. »Musste da weg. Ich bin ein lang gedienter Frontsoldat der kaiserlichen Armee.«

Ein paar Kriegsanekdoten später stieß der Mann mit mir an, und andere taten es ihm nach. »Nicht alle Fremden sind Völkische wie wir«, meinte der Wirt und wischte sich die tropfende Nase mit den Fingern ab. »Gerade erst wollten welche hier herumschnüffeln. Die mussten lernen, dass wir das nicht gern haben.«

»Die mit dem Automobil?«

Schweigen.

»Hab gehört, es war ein Unfall.«

Der andere grinste. »Nein, das war ein Akt der Gerechtigkeit, der neuen Zeit.«

»Und eines Reichswehr-Lastkraftwagens«, bekräftigte ein anderer. »Er steht in der Garage des Hotel Niemeyer bereit, falls er noch mal gebraucht wird.«

Ich trank bald darauf aus, und als ich ging, verabschiedeten sie mich mit »Es lebe Deutschland!«. Ich erwiderte es zwar von Herzen, doch wir meinten nicht dasselbe.

Im Hotel Niemeyer in der Bahnhofstraße hatten die Roten während ihrer dreiwöchigen Regentschaft residiert, nun wohnten dort die Offiziere der Brigade. Die Posten salutierten vor meiner Uniform, und ich ging hinein, durch das Gewusel auf den Gängen, ohne dass mich irgendwer aufhielt, und weiter zum Hinterhof, der verlassen dalag. Dort waren einige Automobile geparkt, außerdem gab es eine verschlossene Garage mit einem Eisentor.

Ich sah mich vorsichtig um und öffnete es. In dem düsteren Raum stand ein hoher, langer, in Feldgrün gestrichener Lastkraftwagen, ein neuer Horch KL. Daneben war ein kanariengelber Benz abgestellt. Ich schluckte. Der Wagen war der ganze Stolz meines Vaters gewesen. Ich zog das Eisentor hinter mir zu, schaltete die Deckenlampe ein und untersuchte den Benz. Seine Frontpartie war beschädigt und die Motorhaube zusammengeknüllt, als sei sie direkt von vorn von einer großen Faust getroffen worden. Doch es gab auch seitlich in der Fahrertür eine deutliche Delle, und der Horch wies ebenfalls eine solche auf, an der rechten Vorderseite. Sie passte genau zu der seitlichen des Benz, und ich stellte mir vor, wie der viel höhere und massivere Horch-Lkw herüberzog, den Benz traf und von der Fahrbahn drängte, sodass dieser gegen den Baum prallte.

Da hörte ich Schritte und Reden. Ich sprang zum Schalter und löschte das Licht, dann verbarg ich mich hinter dem Benz, während schon das Tor geöffnet wurde. Von einem älteren Zivilisten mit einer Melone und einem Mantel mit Pelzkragen.

»Wir müssen höllisch aufpassen!«, sagte er gerade.

Hinter ihm kam Major Settele herein. »Meinen Horch wird niemand mehr damit in Verbindung bringen, wenn wir erst abgezogen sind. Lassen Sie den Benz schleunigst verschwinden. Nicht dass Engel ihn am Ende noch findet.«

»Dafür ist es zu spät«, sagte ich und erhob mich. Beide fuhren herum und starrten mich entsetzt an.

»Sie hätten nicht herumschnüffeln sollen, Engel«, meinte der Major. »Sie hätten Ihre Leichen einpacken und abhauen sollen.«

»Das hätte Ihnen so gepasst«, entgegnete ich und zog meine Luger, die Pistole der Weltkriegssoldaten, die wir alle nach dem Waffenstillstand behalten hatten. »Aber mir war schnell klar, dass sie umgebracht worden sind.«

Meine Waffe war nicht geladen. Ich hatte keine Patronen für sie.

»Niemand wird Ihnen glauben«, konterte der Major höhnisch. Der mit der Melone nickte. »Niemand.«

»Das werden wir ja noch sehen«, meinte ich. »Ich ahne auch, warum meine Eltern sterben mussten. Mein Vater hat wohl gewisse Leute gestört, als er einen Todesfall untersucht hat. Den eines jungen Kommunisten namens Karl.«

»Karl Heil? Aber ...« Der Major hielt inne und ergänzte dann schnell: »Der ist tragischerweise im Kampf gefallen. Er schoss auf uns, und meine Leute mussten zurückschießen.«

»Er hat keine Schusswunde, davon habe ich mich mit eigenen Augen überzeugt. Ihre Männer haben ihn nach der Besetzung ermordet, ich wette, auf Ihren persönlichen Befehl. Mein Vater als erfahrener Kriminalist hat das sicher sehr schnell herausgefunden. Er kannte sich hier ja gut aus.«

Ich griff mit der Linken in die Tasche und tastete nach seinem silbernen Zigarettenetui. Gern hätte ich geraucht, doch ich ließ es sein, in der anderen Hand hielt ich weiter drohend die Waffe.

»Ihr Vater war schon immer ein Unruhestifter«, sagte der Mann mit der Melone barsch. »Ein Kaisertreuer, aber so ein Korinthenkacker. Der wollte es schon damals vor vielen Jahren bis ins Letzte wissen, was da passiert war mit diesem Sozialisten aus Mannheim, der zu uns gereist war und die Bergleute in Kamen und meine Arbeiter aufgehetzt hatte, bis er verschwand. Kommissar Engel hat sich eingenistet, überall herumgeschnüffelt und ermittelt, dass der Mann in einen Keller gegangen und nicht wieder herausgekommen war. Doch mehr konnte er nie nachweisen.«

»Also hatte er hier noch eine Rechnung offen«, warf ich ein. »Und als er jetzt auftauchte, wussten Sie sofort, dass es wieder Ärger geben würde.« Der Major schoss mir einen nervösen Blick zu. Ich sagte zu ihm: »Und weil Sie noch den Mord an Heil zu vertuschen hatten, haben Sie ihn mit Ihrem Lastwagen von der Straße gedrängt. Sie haben ihn und meine Mutter umgebracht! Oder sind Sie zu feige, das zuzugeben?«

»Ich wollte sie nur stoppen, aber er hielt nicht an und …« Er verstummte.

»Sie haben keine Beweise«, sagte der andere schnell. »Der Benz wird verschwinden. Und Sie werden nur Zeugen finden, die einen Unfall gesehen haben. Weil ein örtlicher Unternehmer sie reich entlohnen wird.«

»Ich halte dagegen«, sagte ich. »Und ich denke, meine Aussage reicht.«

»Sie haben hier gar nichts zu melden!«, schrie der Major. »Wir haben jetzt in Unna das Sagen, und bevor wir abziehen, um noch andere Städte zu säubern, werden wir dafür sorgen, dass hier Ordnung einkehrt. Das ist unser Auftrag, wir tun es für Deutschland. Jetzt und in der Zukunft!«

Er sah mich herrisch und herausfordernd an, die Hand auf das Pistolenkoppel gelegt, als sei er bereit, es drauf ankommen zu lassen.

»Genau deswegen«, antwortete ich, »sehe ich meine Zukunft nicht in Deutschland. Sondern im Ausland, in Amerika. In einer wirklichen Demokratie.«

»Auf Landesverräter wie Sie legen wir auch gar keinen Wert.«

»Ich habe vier Jahre für mein Vaterland gekämpft und Dutzende Kameraden sterben sehen, für die ich als Zugführer verantwortlich war. Das hat in mir die Sehnsucht nach einem anderen Vaterland geweckt. Einem, in dem etwas so Hirnverbranntes nie wieder geschehen kann.«

»Vaterlandslose Gesellen wie Sie sind uns in den Rücken gefallen, nur deswegen haben wir den Krieg verloren!«, brüllte der Major und tastete wieder nach seiner Pistole. »Hauen Sie ab, oder ich …«

»Oder was?«, fragte ich und hob drohend die Luger.

»Major Settele …«, sagte eine zitternde Stimme.

Durch das offen stehende Tor war ein Mann hereingekommen, der nun neben dem Major stehen blieb. Er war sehr jung, das bleiche Gesicht von Wunden gezeichnet, und er trug einen Drillichanzug, wie ihn Maler anhaben. Seine Stimme kam mir bekannt vor, er musste der Mann sein, der mich angerufen hatte. »Albert …?«

Der Major wandte sich überrascht um. Plötzlich zog der junge Mann eine Waffe und richtete sie auf dessen Kopf. »Das ist für Karl, den du hast totschlagen lassen, du feiger Hund!« Und er drückte ab, der Knall hallte in der Garage wider. Blut schoss aus dem Kopf des Majors auf das Wrack des Benz, dann sackte er tot zu Boden. Von draußen stürzten Soldaten herein und sahen auf den Täter, der mit der gesenkten Waffe in der Hand dastand und sein Werk betrachtete. Sie rangen ihn nieder. Andere kümmerten sich um den Toten.

»Bringt den Kerl ins Hotel und sperrt ihn dort ein!«, brüllte der Unternehmer. »Er wird seiner Strafe nicht entgehen!«

Ich ging unbehelligt nach draußen und über den Hinterhof, entgegen dem Strom aufgeschreckter Soldaten, weiter zur Straße, wo ich mir endlich eine Zigarette anzündete. Zurück in der Pension zog ich meine Uniform aus, für immer.

Am Abend rückten die Reichswehrsoldaten nach Westen ab, um Hörde zu besetzen. Karls Freund Albert, der den Major erschossen hatte, hatten sie auf Anweisung des Abschnittskommandanten der Polizei überlassen müssen. Die Selbstjustiz war der Eigenmächtigkeit des Majors geschuldet gewesen und hatte mit dessen Tod ein Ende, das Recht sollte wieder einkehren. Ich erstattete Mordanzeige, auch wenn ich mir wenig davon versprach. Man übergab mir ohne Probleme die Leichname meiner Eltern, die ich in Särge legen und zum Bahnhof bringen ließ, um mit ihnen heimzufahren.

Bevor ich in den Zug nach Mannheim stieg, ging ich noch einmal bei »Foto-Kötter« vorbei. Paula, das blonde Mädchen, war allein im Laden.

Sie hatte bereits gehört, was geschehen war. »Albert hat getan, was er tun musste«, sagte sie. »Er hat Karl gerächt. Und Sie haben immerhin den Tod Ihrer Eltern aufgeklärt.«

»Nicht nur das«, meinte ich. »Du bist meine Schwester, nicht wahr? Meine Halbschwester, um genau zu sein?«

Sie zögerte nur kurz, dann grinste sie. »Ja. Aber ich musste erst herausfinden, wo du stehst. Selbst mein Onkel ist ein Rechter. Wie bist du darauf gekommen?«

»Ich hatte von Anfang an so ein Gefühl. Du siehst mir schon sehr ähnlich. Und ich wusste natürlich, dass Vater andere Frauen hatte …«

»Dein Vater hat sich in meine Mutter verliebt«, sagte Paula und zog ein Foto hervor. Es war abgegriffen und zerknittert und zeigte eine hübsche Schwarzhaarige. »Das war vor achtzehn Jahren. Als er im Fall des verschwundenen Sozialisten hier recherchieren musste. Er blieb länger, der Fall zog sich hin, und irgendwann war sie schwanger. Natürlich durfte er nicht als Vater auftreten. Meine Mutter ist schon vor ein paar Jahren gestorben, aber Dietrich Engel, unser Vater, hat mich regelmäßig besucht und immer mit Geld unterstützt.«

Ich nahm ihre Hand. Sie drückte meine, dann umarmten wir uns.

»Meine Mutter muss es jetzt irgendwann herausgefunden haben«, sagte ich. »Ich vermute, sie wollte dich, seine Tochter, unbedingt kennenlernen. Deswegen waren sie hierhergekommen und wurden dann von den Ereignissen überrascht.«

Sie nickte und rang um Fassung. »Sie kamen wegen der Blockade nicht mehr weg, bis die Reichswehr einmarschiert war. Als dann mein Verlobter ermordet wurde, wollten sie mir natürlich helfen. Und deshalb mussten sie sterben.«

»Ihr Mörder ist tot«, sagte ich. »Ich werde sie daheim beerdigen, und dann werde ich nach Amerika auswandern, alles ist schon vorbereitet. Willst du nicht mitkommen, Paula? Ich glaube nicht, dass es gutgehen wird mit diesem Land.«

Sie sah mich ernst an, dann schüttelte sie den Kopf. »Irgendwer muss hier gegen all die Dinge kämpfen, die schieflaufen, auch wenn es noch so schwer und aussichtslos ist.«

»Vielleicht liegt das in der Familie«, erwiderte ich. »Und vielleicht ist es auch dort drüben notwendig.«

Wir grinsten uns an.

Später informierte mich ein Telegramm von ihr, dass das Lokal der Völkischen abgebrannt sei.

Eine Woche darauf schiffte ich mich nach Amerika ein. Die Pistole nahm ich mit.

Melanie Raabe

Endstation Witten

Ich fasse es nicht, denke ich. *Das kann doch nicht sein. Das ist doch nicht möglich!* Ich sitze einfach da und starre die Wand an. Schrecke zusammen, als es klingelt – obwohl der Besucher sich angekündigt hat. Auf dem Weg zur Wohnungstür komme ich am mannshohen Ikea-Spiegel im Flur vorbei und werfe mir einen kurzen Blick zu. Die junge Frau, die mich aus geröteten, verquollenen Augen anschaut, sieht aus, als hätte sie nächtelang nicht geschlafen.

Er ist jünger, als ich mir einen Kriminalkommissar vorgestellt habe, und er ist allein. Irgendwie hatte ich erwartet, dass er jemanden dabeihaben würde, eine Kollegin vielleicht. Sind die im Fernsehen nicht immer zu zweit? Ich zwinge meine Gedanken, zur Ruhe zu kommen, bitte ihn herein. Meister Yoda, meine flauschige Promenadenmischung, die mich schwanzwedelnd zur Tür begleitet hat, beäugt den Ankömmling neugierig, und ich bücke mich kurz, um ihm über den Kopf zu streicheln und ihm so zu versichern, dass alles okay ist.

»Was für ein toller Hund«, sagt Kai Lohmann, während er mir in die Wohnung folgt.

An irgendwen erinnert er mich, an jemanden aus einem Film, glaube ich. Ich mag ihn sofort. Yoda mag ihn auch.

»Bitte, setzen Sie sich doch«, sage ich und deute auf mein Sofa. »Möchten Sie was trinken?«

»Ein Wasser wäre toll«, sagt er und lässt sich nieder. »Danke.«

Ich verschwinde kurz in der Küche. Das Telefonat, das wir früher am Tag miteinander geführt haben, geht mir durch den Kopf. Lohmanns warme Stimme. »Es geht um Leonie

Köhler. Sie wurde von einem Zug erfasst. Sie war sofort tot. Es tut mir sehr leid.«

Mit zittriger Hand stelle ich das Glas mit dem Wasser vor ihm auf den kleinen Couchtisch, verschütte ein wenig, murmele eine Entschuldigung. Er lächelt, schaut mich mitfühlend an, sagt aber nichts.

»Frau Klein«, beginnt er schließlich. »Das, was mit Ihrer Freundin passiert ist, tut mir sehr leid. Aber ich muss Ihnen dazu ein paar Fragen stellen.«

Ich betupfe meine Nase mit dem zusammengeknüllten Taschentuch und nicke. *Leonie ist tot*, hämmert es in meinem Kopf. *Leonie ist tot. Leonie ist tot.*

Ich räuspere mich.

»Natürlich«, sage ich.

Yoda legt sich zu meinen Füßen hin, als wollte er mir Beistand leisten.

»Wann haben Sie Frau Köhler zuletzt gesehen?«

Leonies Gesicht taucht vor meinem inneren Auge auf. Ihr schönes Gesicht, das immer noch etwas Puppenhaftes hat, selbst jetzt noch, mit Mitte dreißig.

»Gestern Abend. Wir waren zusammen essen«, sage ich.

Er nickt aufmunternd und zaubert einen Notizblock hervor.

»Leonie war eigentlich in Witten, um ihre Lieblingstante zu besuchen«, fahre ich fort. »Ihre Eltern sind getrennt und leben beide schon lange nicht mehr hier. Und ihr Bruder ist in Essen oder in Dortmund, wenn ich mich nicht irre.«

Ich merke, dass ich abschweife, konzentriere mich. »Leonie hat nachmittags ihre Tante besucht, und abends hat sie sich dann mit mir getroffen.«

»Und wo?«

»Im Wiesenviertel«, sage ich. »Im Knut's, wie immer.«

»Sie waren schon lange befreundet?«

»Seit der Schulzeit. Leonie ist nach dem Abitur erst nach Hamburg gezogen, später nach Berlin. Ich bin in Witten geblieben. Aber wir haben über all die Jahre Kontakt gehalten.«

Eine kleine Pause entsteht. Yoda macht ein leises Geräusch, und ich streiche ihm mit der Hand durchs Fell. Seine Anwesenheit, seine Wärme beruhigen mich sofort.

»Wie hat Frau Köhler gestern Abend auf Sie gewirkt?«, fragt Lohmann.

»Wieso fragen Sie mich das?«

»Wir wollen nur alle Möglichkeiten ausschließen.«

Ich blinzle. *Welche Möglichkeiten?*

»Es war doch ein Unfall«, sage ich. »Oder?«

Plötzlich klingt meine Stimme rau, fremd.

»Möglich«, antwortet er. »Möglich, dass sie so alkoholisiert war, dass sie versucht hat, die Gleise zu überqueren. Halten *Sie* das für möglich?«

Ich zucke mit den Schultern, dann schüttele ich den Kopf.

»Ich weiß nicht«, sage ich. »Natürlich hatten wir getrunken, aber –«

Ich unterbreche mich.

»Wo ist es denn überhaupt passiert?«

»In der Nähe ihres Hotels.«

»Sie war im Parkhotel, oder?«

Er nickt, und augenblicklich taucht der schieferfarbene Turm vor mir auf, der hinter dem Haus Witten in den Himmel wächst und nicht nur ein Hotel, sondern in der obersten Etage auch ein Café beherbergt. Das Gebäude liegt direkt an der Bahntrasse.

»Dort?«, frage ich.

Er nickt.

Ich spüre, wie sich meine Augenbrauen zusammenziehen.

»Wieso hätte sie an dieser Stelle die Schienen überqueren sollen?«, sage ich. »Auf der anderen Seite ist doch nichts außer einem Industriegelände!«

Er geht nicht darauf ein.

»Hat Frau Köhler einmal erwähnt, dass sie Probleme hatte? In ihrer Beziehung? Im Job vielleicht? Oder ganz prinzipiell?«

Ich zögere.

»Leonie war gestern tatsächlich seltsam. Bedrückt. Aggressiv. Und ...«

»Und?«

»Und sie hat sich fürchterlich betrunken. Das war mir vor den anderen Gästen regelrecht unangenehm. Als ich zahlen und sie nach Hause bringen wollte, ist sie richtig laut geworden, ich –«

Ich unterbreche mich. Schweige. Der Kommissar wartet ganz ruhig darauf, dass ich weiterspreche.

Von draußen dringt der Straßenlärm durch meine geschlossenen Fenster, Kindergeschrei vom Hof der angrenzenden Schule. Große Pause.

»Wie wäre es, wenn wir einen kleinen Spaziergang machten?«, fragt Lohmann schließlich und steckt seinen Notizblock weg. »Im Gehen redet es sich manchmal leichter.«

Während wir den Weg zum Stadtpark einschlagen, erzähle ich ihm alles. Wie unglücklich Leonie war. Dass sie vermutete, dass Fabian sie betrog. Mit einer Kollegin aus seiner Kanzlei. Länger schon. Wie sehr sie sich ein Kind wünschte. Oder wenigstens einen Hund. Irgendetwas, das sie ans Leben band. Ich erzähle ihm, wie niedergeschlagen sie manchmal klang. Wie viele Sorgen sie sich machte. Um ihre Ehe, ihre Agentur, ihre Familie. Den psychisch kranken Bruder, den Vater, der erst vor Kurzem einen weiteren Herzinfarkt hatte, um ihre so zerbrechliche Mutter. Und wie sehr sie sich darum bemühte, niemanden hinter ihre perfekte Fassade blicken zu lassen.

»Ich hätte sie nach Hause bringen sollen«, sage ich. »Ins Hotel. Dann wäre das alles nicht passiert.«

»Warum haben Sie nicht?«, fragt Lohmann.

»Das hatte ich ja vor«, sage ich, vielleicht etwas zu heftig. »Aber Leonie wollte das nicht. Sie hat mich angeschrien, dass ich sie in Ruhe lassen soll.«

»War sie immer so, wenn sie getrunken hatte?«

»Nein«, sage ich wahrheitsgemäß. »Eigentlich nie.«

»Hatten Sie das Gefühl, dass sie Angst hatte?«

Ich sehe ihn stirnrunzelnd an.

»Wie meinen Sie das?«

»Na ja, Sie sagten, Ihre Freundin habe sich ungewöhnlich aggressiv verhalten. Meiner Meinung nach verhalten sich viele Menschen vor allem dann besonders konfrontativ, wenn sie Angst haben.«

Ich antworte nicht gleich.

»Leonie war gestresst«, sage ich dann. »Aber sie wirkte nicht verängstigt auf mich oder so was.«

»Es gab also niemanden in ihrem Leben, vor dem sie Angst hatte? Ihren Mann vielleicht?«

Ich muss fast lachen, trotz allem.

»Fabian?«, sage ich. »Ganz bestimmt nicht. Fabian ist der harmloseste Mann, den Sie sich vorstellen können.«

»Und Ihnen fällt auch sonst niemand ein?«

Ich gebe mir Mühe, die Frage nicht einfach abzutun, so absurd sie mir auch erscheinen mag. Denke lange und intensiv nach. Und da schält sich tatsächlich ein Gedanke heraus, von dem ich gar nicht wusste, dass er in meinem Gehirn ist. Auf einmal steht er mir ganz deutlich vor Augen, aufdringlich wie Neonreklame.

»Johannes«, sage ich.

Ich spüre, wie Lohmann mich ansieht, aufmerksamer als zuvor.

»Wer ist das?«, fragt er.

»Leonies Bruder. Er ist jünger als sie. Ich habe ihn zuletzt als Kind gesehen, er war damals schon unheimlich. Obwohl er kleiner war als wir, hatten wir beide damals wahnsinnige Angst vor ihm.«

Ich sehe, wie Lohmann sich eine gedankliche Notiz macht.

»Aber ich kann mir absolut nicht vorstellen, dass er ihr was getan hat«, füge ich hinzu. »Leonie hat ihn trotz seiner seltsamen Art immer mal wieder besucht. Sie hat ihn geliebt. Das weiß ich.«

Vor uns liegt der Stadtpark, an den Bäumen hängen für die Jahreszeit noch ungewöhnlich viele Blätter. »Haben Sie denn Hinweise darauf, dass jemand Leonie was getan hat?«, frage ich.

»Das darf ich Ihnen nicht sagen«, antwortet der Kommissar. Er zögert kurz. »Aber nein«, sagt er dann. »Eigentlich nicht. Meine älteren Kollegen finden meine Gründlichkeit in diesem Fall vermutlich albern.«

Er grinst verlegen, vielleicht, weil er kurz so privat mit mir geworden ist und das unangemessen ist, wird wieder ernst.

Wir setzen unseren Weg fort, schweigen ein wenig gemeinsam.

»Halten Sie es für möglich, dass Frau Köhler sich umgebracht hat?«, fragt Lohmann schließlich.

Ich schließe kurz die Augen, lasse wohldosiert meine Unterlippe beben, was leicht ist, wenn man es vor dem Spiegel geübt hat – dann nicke ich.

Die Wahrheit ist natürlich, dass ich Leonie umgebracht habe.

Warum? Weil ich sie gehasst habe, ganz einfach. Schon zu Schulzeiten. Umso irritierender war es für mich, dass sie stets der Meinung war, wir seien Freundinnen. Zum Brüllen komisch, wenn man darüber nachdenkt. Aber so war sie. In ihrer Welt konnte es gar niemanden geben, der sie *nicht* mochte. Ich ließ das eine Zeit lang so laufen, hatte aber bald genug von ihr und traf einen Entschluss.

Nun, meiner Meinung nach gibt es nur einen perfekten

Weg, jemanden umzubringen: Du treibst ihn oder sie in den Selbstmord. Ich habe das damals eine Zeit lang versucht. Ist Jahre her, wir waren Teenager. Es war leicht, unsere halbe Schule gegen Leonie aufzubringen. Eine Andeutung hier, eine Lüge dort. Gegen Ende unserer Schulzeit wurde sie richtiggehend gemobbt. Dann ließen sich auch noch ihre Eltern scheiden, die Familie brach auseinander, ihr Bruder ging mit dem Vater, sie blieb bei der Mutter. Und schließlich vergiftete auch noch »jemand« – HÜSTEL! – ihre geliebte Katze. Es kam einiges zusammen. Aber keine Chance, Leonie war tough, das musste man ihr lassen. Sie machte ihr Abitur und zog weg, sobald sie konnte. Ließ alle und alles hinter sich. Blieb nur mit der einen in Kontakt, die trotz allem immer zu ihr gehalten hatte. Mit meiner Wenigkeit.

Ich durfte mir alles anhören, was in ihrem Leben geschah. Wie *sie* in die Stadt zog, von der *ich* stets geträumt hatte. Wie *sie* studierte, was *ich* hatte studieren wollen. Wie sie die Praktika absolvierte, die meine hätten sein sollen. Wie sie das Leben stahl, das mir zugestanden hätte. Während ich hier blieb – warum, tut hier nichts zur Sache – und mir bei jedem Telefonat anhören konnte, wie phantastisch es ihr ging.

Mir war vollkommen klar, dass sie mich nur noch anrief, um es mir unter die Nase zu reiben. Trotzdem ging ich ran, natürlich. Ich ging ran, und wenn ich eine Gelegenheit dazu sah, streute ich Sand ins Getriebe. Ein anonymer Anruf bei ihrer damaligen Chefin hier, ein suggestiver Brief ans Finanzamt dort, hier und da ein Gerücht online. Es machte Spaß. Aber natürlich reichte mir das nicht. Leonie war wie ein Stachel in meiner Ferse, den ich einfach nicht herausziehen konnte.

Die perfekte Gelegenheit, dem allen ein Ende zu bereiten, bot sich mir, als sie nach längerer Zeit mal wieder einen Besuch ankündigte. Sie wollte ihre Tante und ihren schwachsinnigen

Bruder besuchen. Und natürlich würde sie sich auch Zeit für mich nehmen.

Dass etwas mit ihr nicht stimmte, merkte ich sofort, als sie gestern Abend das Restaurant betrat.

»Alles okay?«, fragte ich.

»Bestens.«

Wir bestellten beide die Rote-Bete-Gnocchi und Weißwein, und kurz wirkte Leonie wieder normal. Sie erzählte mir von allem Möglichen, vom Job, von ihrem Mann, sogar von ihrer Tante, bei der irgendeine seltene Autoimmunkrankheit diagnostiziert worden war. Als ob mich das interessierte. Nachdem sie kurz auf der Toilette gewesen war, änderte sich ihre Stimmung erneut. Leonie leerte ihr Glas in einem Zug, ganz so, als brauchte sie den Alkohol. So, als wollte sie sich für irgendetwas Mut antrinken. Sie orderte noch ein Glas Wein, dann noch eines und als die Gnocchi kamen, noch eines.

»Ich habe mich vorhin mit Katja getroffen«, sagte sie schließlich.

Ich brauchte ein paar Sekunden, bis ich begriff, wen sie meinte. Katja, eines der Mädchen, mit denen wir aufgewachsen waren. Leonie begann so langsam zu lallen.

»Wir haben uns über früher unterhalten«, sagte sie und nahm noch einen großen Schluck von ihrem Wein. »Sie hat sich bei mir entschuldigt.«

Ich runzelte die Stirn.

»Dafür, dass ich damals so gemobbt wurde«, fuhr Leonie fort, als hätte ich die Frage, die mir durch den Kopf ging, laut ausgesprochen. »Dafür, dass sie mitgemacht hat, obwohl sie wusste, dass es falsch war.«

Leonie lallte jetzt sogar sehr. Wie jemand, für den vier Gläser Wein mindestens drei zu viel waren. Oder wie jemand, dem eine vermeintliche Freundin eine effektive Date-Rape-Droge ins Weinglas gekippt hat, während man kurz auf Toilette war. HUST.

Ich nickte, sagte: »Das wurde auch Zeit. Dass sie sich entschuldigt, meine ich.«

Und dann sah Leonie mich wieder so an. Ich konnte dabei zusehen, wie sich ihre Augen mit Tränen füllten.

»Mein ganzes Leben lang kam es mir so vor, als hätte ich das Pech abonniert«, sagte sie. »Als wäre es egal, wie fleißig, wie freundlich, wie kompetent, wie korrekt ich bin – am Ende ging immer irgendwas schief. Am Ende wandten sich immer alle gegen mich. Ich dachte immer, ich hätte einfach ein beschissenes Karma. Aber das stimmt nicht.«

Ihr Blick lag auf meinem Gesicht, als suchte sie etwas.

»Du warst das«, sagte sie schließlich. »Das warst alles du.«

Ich klappte den Mund auf und wieder zu.

»Du gottverdammtes Miststück«, sagte Leonie.

Ich legte eine Mischung aus freundlicher Belustigung und Mitgefühl in meine Stimme.

»Ich glaube, du hattest einen Wein zu viel«, sagte ich, lauter als sie, so, dass man mich am Nebentisch hörte. »Ich zahle schnell, und dann bringe ich dich nach Hause.«

Leonie lachte bitter. »All die Jahre dachte ich, du seist meine Freundin.«

Tja, ich weiß auch nicht, wie du darauf gekommen bist, dachte ich, doch ich entgegnete nichts, winkte die Kellnerin heran, zahlte.

»Warum hasst du mich so?«, nuschelte Leonie, als ich sie hochhievte.

»So ein Unsinn!«, sagte ich, wieder laut genug, dass Service und Tischnachbarn es hören konnten. »Du bist wundervoll. Und wenn *er* das nicht begreift, dann ist er der größte Idiot des Planeten!«

Ich stützte sie, sie versuchte mich abzuschütteln, war aber zu schwach.

»Komm jetzt«, sagte ich in einem Tonfall, mit dem man ein aufgebrachtes Kleinkind beruhigen würde, das man trotz seiner Renitenz sehr liebt. »Wir bringen dich an die frische Luft. Das wird dir guttun.«

Als wir auf der Straße vor dem Knut's standen, konnte Leonie kaum noch stehen, geschweige denn gehen, und mir wurde klar, dass ich es mit der Dosis vielleicht ein wenig übertrieben hatte. Aber ich bin nun mal auch keine Expertin für Rohypnol. Ich sah mich um. Jetzt jemandem zu begegnen, der uns kannte, wäre dumm gewesen. Und hier, mitten im Wiesenviertel, war das gar nicht so unwahrscheinlich. Doch ich hatte Glück. Das Grüppchen Raucher vor dem Klimbim beachtete uns nicht.

Der Weg bis zu ihrem Hotel war beschwerlich. Der Rest war leicht. Es war dunkel. Kein Mensch war im fürchterlichen Novemberregen unterwegs. Ich bugsierte sie am Hotel vorbei zur Bahntrasse. Ich wusste, wann die Züge vorbeifuhren. Eine S-Bahn näherte sich ... Ich musste sie nicht einmal schubsen, sie war viel zu zugedröhnt, stolperte von ganz allein voran. Als dann später die Sirenen von Notarzt und Rettungsdienst durch die Nacht schnitten, war ich längst daheim.

Lag im Bett und dachte: *Ich fasse es nicht, das kann doch nicht sein, das ist doch nicht möglich. Leonie ist tot. Leonie ist tot. Sie ist ENDLICH weg!*

Heute Morgen wurde ich früh wach und fühlte mich phänomenal. *Eine Welt ohne Leonie! Herrlich!* Aber natürlich wusste ich, was ich zu tun hatte. Ich fuhr zu meinem Hausarzt und ließ mich krankschreiben. Dann ging ich wieder heim. Und dann rief auch schon die Polizei an, um mir mitzuteilen, dass meine älteste »Freundin« verstorben sei und man mir ein paar Fragen stellen wollte.

Nachdem der schöne Kommissar mich nach Hause gebracht hat, lege ich mich in die Wanne und hänge meinen Gedanken nach. Meine Augen, die ich eine halbe Ewigkeit lang gerieben habe, bis sie schön rot und verheult aussahen, brennen immer noch, aber das ist okay.

Am nächsten Tag gehe ich wieder arbeiten. Als ich auf dem Weg ins Büro am Voßschen Park vorbeikomme, bin ich so guter Laune, dass ich mich beherrschen muss, der dicken Betonfigur mit dem weiß getupften blauen Kleid und den beiden Einkaufstaschen nicht verschwörerisch zuzublinzeln. Meine Kolleginnen haben bereits »von dieser schrecklichen Geschichte« erfahren. Viele umarmen mich stumm. Meine Chefin findet es wahnsinnig tapfer von mir, dass ich schon wieder zur Arbeit komme. Der Zuspruch tut gut.

Als ich am Abend nach Hause komme, steht der Kommissar vor meiner Tür. Wieder ist er allein, was mich wundert.

»Wie geht es Ihnen?«, fragt er und lächelt ein Lächeln, das ich unter anderen Umständen als schüchtern bezeichnen würde und das mich die Autorität, die er als Polizist innehat, beinahe vergessen lässt. Ich rufe mich zur Ordnung. Ich darf nicht unvorsichtig werden, nur weil der Kommissar aussieht wie Orlando Bloom.

»Ganz okay«, sage ich. »Was kann ich für Sie tun?«

Er zögert kurz, sieht mir dann direkt in die Augen, und einen Moment lang frage ich mich ernsthaft, ob er mit mir flirtet. Und dann frage ich mich, ob er mit mir flirtet, weil er mich verdächtigt und hofft, dass ich dadurch unvorsichtig werde.

»Wahrscheinlich ist es gar nicht wichtig«, sagt er. »Ich habe nur noch zwei, drei kurze Fragen. Danach sehen Sie mich nie wieder.«

Es liegt mir auf der Zunge. Ein augenzwinkerndes »Das wäre aber schade«. Ich verkneife es mir. Alles hat seinen Preis. Der Preis dafür, immer mit allem durchzukommen, ist Disziplin. Ich war ein einziges Mal in meinem Leben undiszipliniert und habe jemandem gezeigt, wer ich wirklich bin. Nur einem Kind gegenüber, zum Glück, dem sowieso niemand geglaubt hätte und das ohnehin nicht verstand, was es da sah. Ich begriff meinen Fehler damals sofort und schwor mir, ihn nie zu wiederholen.

»Also gut«, sage ich. »Kommen Sie rein.«

Meister Yoda springt überglücklich auf mich zu, als ich die Tür aufschließe. Ich liebe diesen Hund. Wirklich. Ich habe ihn mir angeschafft, um mehr Bewegung in meinen Alltag zu integrieren – und weil ich weiß, dass er mich sympathisch macht. Menschen mögen Menschen, die Hunde mögen. So schwachsinnig das klingt, es ist einfach so. Ich kraule Yoda hinter den Ohren, dann lege ich meine Jacke ab und führe den Kommissar ins Wohnzimmer.

»Möchten Sie etwas trinken?«, frage ich.

Er setzt sich.

»Ehrlich gesagt könnte ich gut einen Kaffee gebrauchen«, sagt er. »Aber nur, wenn Sie auch einen trinken.«

Ich nicke.

Erneut sitzen wir uns gegenüber, und er klappt, während ich an meinem Kaffee nippe, seinen Notizblock auf. Ich würde einiges darum geben, darin lesen zu dürfen.

»Hätten Sie vielleicht ein bisschen Zucker für mich?«, fragt er, und ich kann ein Lächeln schwer unterdrücken.

Dieser Besuch fühlt sich weit weniger formell an als der erste. *Dürfen Kommissare eigentlich Zeuginnen daten?*, frage ich mich, während ich in der Küche meine hübsche Zuckerdose neu befülle und einen Löffel hole. Nein, stopp. Konzentration jetzt. Er ist Polizist.

Ich trinke meinen Kaffee, während Lohmann noch Zucker in seinen schaufelt und sorgfältig umrührt, schließlich einen kleinen Schluck nimmt.

»Warum haben Sie Leonie Köhler umgebracht?«, fragt er dann.

Ich muss meine Überraschung dieses Mal nicht spielen.

»Bitte was?«

»Geben Sie sich keine Mühe«, sagt er. »Ich bin nicht hier, um ein Geständnis von Ihnen zu bekommen. Wir sind allein. Ich habe Sie nicht festgenommen, Sie über Ihre Rechte belehrt oder sonst was. Und ich nehme dieses Gespräch auch nicht heimlich auf – falls Sie das denken sollten.«

Er legt demonstrativ sein Handy auf den Tisch. Es ist ausgeschaltet. Dann hebt er sein Hemd hoch. So, als wären wir in einem Film und er wollte mir zeigen, dass er nicht verkabelt ist. Die Situation ist so absurd, dass ich fast lachen muss. Darf ich natürlich nicht, ich trauere schließlich um eine Freundin, und ich bin selbstverständlich empört über das Verhalten dieses Kriminalbeamten.

Kurz schweigen wir uns an, dann nimmt er noch einen Schluck Kaffee.

»Ich weiß nicht, was ich sagen soll«, antworte ich schließlich, wahrheitsgemäß.

Er legt den Kopf schief.

»Was ist wirklich mit Leonie geschehen?«, fragt er.

Mir wird kalt.

»Machen Sie mir doch die Freude«, sagt er. »Es interessiert mich einfach.«

Ich lache auf, aber es klingt falsch. Er macht keine Witze, und er weiß, dass ich das weiß. Mir wird flau. Er beobachtet interessiert mein Gesicht, und mir schnürt sich die Kehle zu. Erst glaube ich, dass es an meiner – ausnahmsweise echten – Empörung liegt. Doch dann begreife ich, dass mir wirklich und wahrhaftig die Kehle zuschwillt. Ich schnappe nach Luft.

Lohmann lächelt. Da begreife ich.

»Was haben Sie mir gegeben?«

Er antwortet nicht, sieht mir dabei zu, wie ich nach Sauerstoff giere. Etwas stimmt nicht mit meinem Herzen, es schlägt zu langsam und gleichzeitig viel zu heftig, mein Kopf dröhnt.

»Wieso hast du Leonie umgebracht?«, fragt er wieder.

Und da erkenne ich ihn. Sehe ihn vor mir. Damals, als Kind. Dicklich und seltsam. Es war das eine Mal, dass ich mich nicht beherrscht habe. Bei Leonie daheim. Wir waren zwölf, dreizehn vielleicht. Sie hatte uns Kakao gekocht, war dann zur Tür, weil es geklingelt hatte. Kurz war ich allein. Ich nutzte die Gelegenheit und spuckte in Leonies Tasse, langsam und genüsslich. Erst als ich das überraschte, angewiderte Geräusch hörte, das er machte, wurde mir klar, dass Leonies kleiner Bruder im Raum war. Ich hatte ihn gar nicht wahrgenommen, den kleinen Creep, ich war unaufmerksam gewesen. Dieses eine Mal nur. Ich erinnere mich. Wie er mich ansah, als ich mir den Mund abwischte. Wie ich ihm zuzwinkerte. *Du hältst schön die Klappe, sonst sage ich Leonie, dass du mir deinen Schniedel gezeigt hast.*

Sein Gesicht, als sie zurückkam. Als sie mich anlächelte. Und trank.

Einen Augenblick lang denkt mein sauerstoffunterversorgtes Gehirn tatsächlich: *Ich wusste gar nicht, dass Leonies Bruder Polizist geworden ist.* Aber das ist natürlich Quatsch. Er ist so wenig ein Polizist, wie ich Leonies Freundin war. Ich versuche, etwas hervorzuwürgen, schaffe es nicht, sinke zu Boden. Meister Yoda schaut mich bestürzt an, doch ich achte nicht auf ihn. Mein Blick ist auf Johannes gerichtet.

»Ist schon gut«, sagt er. »Du brauchst es mir nicht sagen. Ich weiß es eh.«

Er steht auf. Er geht. Er sieht sich nicht um.

Ich fasse es nicht, das kann doch nicht sein, das ist doch nicht möglich, denke ich noch.

Dann gehe ich auch.

Autorinnen & Autoren

Ben Aaronovitch wurde in London geboren und lebt auch heute noch dort. Wenn er gerade keine Romane oder Fernsehdrehbücher – etwa für die englische TV-Kultserie »Doctor Who« – verfasst, arbeitet er als Buchhändler. Seine Fantasy-Reihe um den Londoner Polizisten Peter Grant mit übersinnlichen Kräften eroberte die internationalen Bestsellerlisten im Sturm. Zuletzt »Ein weißer Schwan in Tabernacle Street« (2020) und »Der Geist in der British Library« (2021). Das Abenteuer der KDA-Kommissare Tobias Winter und Vanessa Sommer in Schwerte schrieb Ben Aaronovitch exklusiv für den »Mord am Hellweg«.
www.benaaronovitch.com

Bernhard Aichner, geboren 1972 in Innsbruck, ist Schriftsteller und Fotograf. Er schreibt Romane, Hörspiele und Theaterstücke. Die Thriller seiner »Totenfrau«-Trilogie standen monatelang an der Spitze der Bestsellerlisten. Die Romane wurden in sechzehn Sprachen übersetzt und werden derzeit von Netflix als Serie verfilmt. Nach den Standalones »Bösland« und »Der Fund« betrat 2021 ein neuer Serienheld die Krimibühne. Mit seinen Bronski-Krimis »Dunkelkammer« und »Gegenlicht« setzt Bernhard Aichner seinen Erfolgslauf fort.
www.bernhard-aichner.at

Friedrich Ani, geboren 1959 in Kochel am See, ist einer der besten und erfolgreichsten Krimiautoren im deutschen Sprachraum. Seine Romane um den unkonventionellen, empathischen Ermittler Tabor Süden wurden mehrfach mit dem Deutschen Krimipreis ausgezeichnet. Außer Romanen schreibt Friedrich Ani auch Drehbücher, Gedichte (»Die Raben von Ninive«, 2020) und Hörspiele. Zuletzt erschienen von ihm »Der Narr und seine Maschine« (2018), »All die unbewohnten Zimmer« (2019), »Letzte Ehre« (2021).

Katja Bohnet, geboren 1971 in Mannheim, studierte Filmwissenschaften und Philosophie, bevor sie ihr Geld mit Fahrradkurier-Fahrten, Porträtfotos und Zeitungsartikeln verdiente. Sie lebte in den USA, in Berlin und Paris, moderierte jahrelang eine Livesendung in der ARD. 2015 erschien ihr erster Kriminalroman »Messertanz«. Es folgten »Kerkerkind« (2018), »Krähentod« (2019) und im gleichen Jahr der Thriller »Last Shot« unter dem Pseudonym Hazel Frost. 2020 veröffentlichte sie »Fallen und Sterben«.
www.katjabohnet.de

I. L. Callis ist gebürtige Italienerin. Sie wuchs in Berlin und Paris auf und studierte in Salzburg Jura. Beim Aktuellen Dienst des ORF arbeitete sie als Journalistin, ehe sie am Institut für Europäische Rechtsgeschichte unter anderem zur nationalsozialistischen Gesetzgebung forschte. Mit ihren ersten beiden Romanen »Das Alphabet der Schöpfung« (2018) und »Im Jahr der Finsternis« (2019) überzeugte sie sofort als Expertin für packende, thematisch brisante Thriller.

Horst Eckert, 1959 in Weiden/Oberpfalz geboren, lebt seit vielen Jahren in Düsseldorf. Er arbeitete fünfzehn Jahre als Fernsehjournalist, unter anderem für die »Tagesschau«. 1995 erschien sein Debüt »Annas Erbe«. Seine Romane gelten als »im besten Sinne komplexe Polizeithriller, die man nicht nur als spannenden Kriminalstoff lesen kann, sondern auch als einen Kommentar zur Zeit« (Deutschlandfunk). Zuletzt erschien von ihm der Polit-Thriller »Die Stunde der Wut« (2021).
www.horsteckert.de

Doris Gercke, 1937 in Greifswald geboren, studierte Rechtswissenschaften und lebt als Schriftstellerin in Hamburg. Ihre Kultdetektivin Bella Block prägte den deutschen Krimi. Nach ihrem ersten Auftritt in »Weinschröter, du musst hängen« folgten zahlreiche weitere Bella-Block-Romane und von 1994 bis 2018 insgesamt achtunddreißig Fernsehfilme, in denen Hannelore Hoger ihre Version der unkonventionellen Hamburger Kommissarin spielte. 1991 wurde Gercke als Krimi-Autorin des Jahres in Deutschland und in Schweden preisgekrönt; 2000 erhielt sie den »Ehrenglauser« für ihre Verdienste um den deutschsprachigen Krimi. 2021 erschien der Roman »Die Nacht ist vorgedrungen«.

Benedikt Gollhardt, geboren 1966, wurde mit seinen Drehbüchern für preisgekrönte Serien wie »Edel & Starck« und »Danni Lowinski« bekannt. Mit seinem Thrillerdebüt »Westwall« griff er das aktuelle Gefühl unserer Zeit auf, in der die Grenzen zwischen Gut und Böse zunehmend zu verschwimmen scheinen. Für »Westwall« wurde Gollhardt mit dem Wittwer-Thalia Debütkrimipreis 2020 ausgezeichnet. Der Roman wird im Auftrag des ZDF als sechsteilige Serie verfilmt.
www.benedikt-gollhardt.de

Andreas Gruber, geboren 1968 in Wien, studierte an der dortigen Wirtschaftsuniversität und lebt als freier Autor mit seiner Frau in Grillenberg in Niederösterreich. Mit seinen mehrfach preisgekrönten Romanen steht er regelmäßig auf den Bestsellerlisten. Seine Bücher sind in mehr als zehn Sprachen übersetzt und erhielten zahlreiche Nominierungen und Preise. Gruber ist u. a. Erfinder der Rache-Reihe um den kauzigen Ermittler Walter Pulaski oder der Todes-Reihe um den niederländischen Profiler Maarten S. Sneijder, die Constantin Film seit 2019 im Auftrag von SAT.1 mit Josefine

Preuß in der Hauptrolle verfilmt. Zuletzt erschien von ihm der Thriller »Todesschmerz« (2021).
www.agruber.com

Carsten Sebastian Henn, geboren 1973 in Köln, ist Kulinariker durch und durch. Er besitzt einen Weinberg, studierte Weinbau, hält Hühner und Bienen, ist ausgebildeter Barista und ein renommierter Restaurantkritiker. Seine Romane, darunter die Krimiserie um den Hobby-Detektiv Julius Eichendorff und die Reihe um den schrulligen Professor für Kulinaristik Adalbert Bietigheim, haben eine Gesamtauflage von fast einer halben Million Exemplare. Zuletzt erschien von ihm der hochprozentige Krimi »Der Gin des Lebens« (2020).
www.carstensebastianhenn.de

Elisabeth Herrmann, geboren 1959 in Marburg/Lahn, arbeitete als Fernsehjournalistin beim RBB, bevor sie mit ihrem Roman »Das Kindermädchen« ihre Karriere als Krimiautorin begann. Fast alle ihre Bücher wurden oder werden verfilmt. Besonders erfolgreich ist ihre Reihe um den Berliner Anwalt Joachim Vernau. Elisabeth Herrmann erhielt für ihre bislang mehr als ein Dutzend Krimis den Radio-Bremen-Krimipreis und den Deutschen Krimipreis. Zuletzt erschienen von Vernau Nr. 6 »Requiem für einen Freund« (2020) und der All-Age-Thriller »RAVNA – Tod in der Arktis« (2021).
www.facebook.com/elisabethherrmannundihrebuecher

Jens Henrik Jensen, geboren 1963 in Søvind, Dänemark, hat fünfundzwanzig Jahre als Journalist gearbeitet. Seit 2015 widmet er sich ganz dem Schreiben von Romanen. Die ersten drei Bände seiner Reihe um den ehemaligen Elitesoldaten Niels Oxen standen in Dänemark an der Spitze der Bestsellerlisten, wurden in zehn Länder verkauft und sollen bald

verfilmt werden. Zuletzt erschienen von ihm der vierte Oxen-Roman »Lupus« (2020) und »SØG. Dunkel liegt die See«, ein Nina-Portland-Thriller (2021).
www.jenshenrikjensen.de

Jürgen Kehrer, geboren 1956 in Essen, lebte viele Jahrzehnte in Münster, bevor er seinen Wohnsitz nach Berlin verlegte. Er ist der geistige Vater des münsterschen Privatdetektivs Georg Wilsberg, der seit 1995 auch im ZDF ermittelt und inzwischen auf mehr als siebzig gelöste Fälle zurückblicken kann. Neben zahlreichen Wilsberg-Romanen und -Drehbüchern schrieb Jürgen Kehrer auch historische Kriminalromane, Sachbücher zu realen Verbrechen sowie eine Vielzahl von Kurzgeschichten. Zuletzt erschien von ihm »Wilsberg – Sag niemals Nein« (2020).

Edith Kneifl, geboren 1954 in Wels/Oberösterreich, gilt als die Wiener Krimi-Queen. Ihre mehr als zwanzig Romane wurden vielfach ausgezeichnet und in mehrere Sprachen übersetzt. Sie erhielt unter anderem die Romy 2003 für die Verfilmung ihres Romans »Ende der Vorstellung« und 2018 den Ehrenglauser des »Syndikats«. Aktuell schreibt sie eine Serie von Krimis aus dem Wien des Fin de Siècle rund um den charmanten Privatdetektiv Gustav von Karoly. Zuletzt erschienen »Todesreigen in der Hofreitschule« (2019) und der Griechenlandkrimi »Wellengrab« (2020).
www.kneifl.at

Krischan Koch, geboren 1953, lebt dicht am Wasser in seiner Geburtsstadt Hamburg, wo er als Filmkritiker für den NDR arbeitet, und auf Amrum. Dort entstehen unter anderem seine schrägen, skurrilen und typisch norddeutschen Kriminalromane um die Fälle, die Polizeiobermeister Thies Detlefsen mit seinen Freunden im friesischen Fredenbüll aufklärt. Zuletzt erschien Fall Nummer neun, »Der weiße Heilbutt« (2021).

Ralf Kramp, geboren 1963 in Euskirchen, lebt als Krimiautor und Veranstalter von Krimi-Events in Hillesheim in der Eifel. Mit seiner Frau Monika leitet er dort das »Kriminalhaus« mit dem »Café Sherlock« und dem »Deutschen Krimi-Archiv« (dreißigtausend Bände). Er veröffentlichte bisher mehr als ein Dutzend Kriminalromane und mehr als zweihundert (!) Kriminalstorys. Zuletzt erschienen von ihm der Eifelkrimi »Ein Grab für zwei« (2021) sowie das Kurzkrimi-Hörbuch »Wie wär's denn mal mit Mord?«.
www.ralfkramp.de
www.kriminalhaus.de

Die Krimi-Cops sind die Polizisten Carsten »Casi« Vollmer, Jahrgang 1967, aus Düsseldorf, Ingo »Inge« Hoffmann, Jahrgang 1978, aus Hilden, Carsten »Rösbert« Rösler, Jahrgang 1977, aus Düsseldorf, Martin Niedergesähs, Jahrgang 1977, aus Herongen an der niederländischen Grenze und Klaus »Stickel« Stickelbroeck, Jahrgang 1963, aus Kerken am Niederrhein. In ihren bislang sieben Krimis erzählen sie die witzig-spannenden Abenteuer des smarten Düsseldorfer Kriminalhauptkommissars Pit »Struller« Struhlmann. Zuletzt erschien »Böse Falle« (2021).
www.krimi-cops.de

Volker Kutscher, geboren 1962 in Lindlar, arbeitete nach dem Studium der Germanistik, Philosophie und Geschichte zunächst als Tageszeitungsredakteur, bevor er seinen ersten Krimi schrieb. Heute lebt er als freier Autor in Köln und Berlin. Mit dem Kriminalroman »Der nasse Fisch« begann er 2007 seine Serie um den Kommissar Gereon Rath im Berlin der Dreißigerjahre, die die Vorlage für die Fernsehserie »Ba-

bylon Berlin« (seit 2017) ist. 2020 ist der achte Rath-Roman »Olympia« erschienen. Nach »Moabit« im Jahr 2017 folgte im Herbst 2021 mit »Mitte« eine weitere von Kat Menschik illustrierte Erzählung.
www.gereonrath.de

Gisa Pauly hängte nach zwanzig Jahren den Lehrerberuf an den Nagel und lebt seitdem als freie Schriftstellerin in Münster. Ihre Ferien verbringt sie am liebsten auf Sylt oder in Italien. Ihre turbulenten Sylt-Krimis um die temperamentvolle Mamma Carlotta erobern regelmäßig die Bestsellerlisten, genauso wie ihre erfolgreichen Italien-Romane. Zuletzt erschien »Lachmöwe« (2021), bereits der fünfzehnte Krimi mit Mamma Carlotta.
www.gisapauly.de

Melanie Raabe, geboren 1981 in Jena, arbeitete nach dem Studium tagsüber als Journalistin – und schrieb nachts heimlich Bücher. 2015 erschien »Die Falle«, 2016 folgte »Die Wahrheit«, in 2018 »Der Schatten« und in 2019 »Die Wälder«. Ihre Romane wurden allesamt Bestseller und in über zwanzig Ländern veröffentlicht. 2020 veröffentlichte sie ihr erstes Sachbuch: »Kreativität – Wie sie uns mutiger, glücklicher und stärker macht«. Melanie Raabe lebt und arbeitet in Köln.
www.melanieraabe.de

Sven Stricker, geboren 1970, wuchs in Mülheim an der Ruhr auf und lebt derzeit als vielfach ausgezeichneter Hörspielregisseur in Potsdam. Mit »Schlecht aufgelegt« erschien 2013 sein erster Roman. 2015 erblickte in »Sörensen hat Angst« der von einer Angststörung geplagte Kriminalhauptkommissar Sörensen das Licht der Krimiwelt und wurde 2020 von und mit Bjarne Mädel erfolgreich verfilmt. Zuletzt erschienen

von Sven Stricker »Bin noch da« (2020) und »Sörensen am Ende der Welt« (2021).
www.svenstricker.de

Antti Tuomainen, geboren 1971, ist einer der erfolgreichsten finnischen Schriftsteller. Sein Roman »Der Heiler« wurde als bester finnischer Krimi des Jahres 2010 ausgezeichnet, seine Romane erscheinen in über fünfundzwanzig Ländern. Antti Tuomainen lebt mit seiner Frau in Helsinki. Zuletzt erschien von ihm auf Deutsch in der Übersetzung von Niina Katariina Wagner und Jan Costin Wagner »Palm Beach, Finland« (2020).

Jan Costin Wagner, geboren 1972 im hessischen Langen, lebt als Schriftsteller und Musiker bei Frankfurt am Main. Seine Romane mit dem melancholischen, um seine verstorbene Frau trauernden Kommissar Kimmo Joentaa wurden von der Presse gefeiert, in vierzehn Sprachen übersetzt und unter anderem mit dem Deutschen Krimipreis ausgezeichnet. Zuletzt erschien von ihm »Sommer bei Nacht« (2020).
www.jan-costin-wagner.de

Christof Weigold, geboren 1966, schrieb Theaterstücke und war von 1996 bis 1999 Autor bei der »Harald-Schmidt-Show« in Köln. Seit 2000 arbeitet er als freier Drehbuchautor für Film und Fernsehen. Im Frühjahr 2018 veröffentlichte er »Der Mann, der nicht mitspielt«, den ersten Roman einer Reihe um den deutschen Privatermittler Hardy Engel im Hollywood der 1920er-Jahre. Der zweite Hardy-Engel-Krimi »Der blutrote Teppich« erschien 2019, es folgte im Herbst 2020 der dritte Band »Die letzte Geliebte«.
www.christofweigold.com

Übersetzerinnen & Übersetzer

Christine Blum, geboren 1974 in Freiburg im Breisgau und aufgewachsen am Kaiserstuhl, studierte Vergleichende Literatur- und Kulturwissenschaften, Russische Literatur, Musikwissenschaft und kurze Zeit auch Medizin. Seit 2002 übersetzt sie für verschiedene Verlage aus dem Englischen und Russischen, u. a. die Bücher Ben Aaronovitchs, so auch für den »Mord am Hellweg X«-Band die vom englischen Kultautor exklusiv geschriebene Schwerte-Story.

Friederike Buchinger, geboren 1973, fing bereits während ihres Skandinavistik-Studiums mit dem Übersetzen an und arbeitet seither als freie Literaturübersetzerin. Sie übertrug nicht nur den von Jens Henrik Jensen für den »Mord am Hellweg X«-Band exklusiv geschriebenen Unna-Kurzkrimi ins Deutsche, sondern auch seine Thriller.

Jan Costin Wagner (siehe auch »Autorinnen & Autoren«, S. 348): Gemeinsam mit Niina Katariina Wagner übersetzte er für den »Mord am Hellweg X«-Band den von Antti Tuomainen exklusiv geschriebenen Unna-Kurzkrimi.

Niina Katariina Wagner, 1975 in Finnland geboren, studierte an der Universität in Turku Sozialwissenschaften. Sie arbeitet als freie Künstlerin und übertrug u. a. mit ihrem Ehemann, dem vielfach ausgezeichneten Krimiautor Jan Costin Wagner, der als »der deutsche Finne« gilt, die Abendhain-Romantrilogie von Minna Lindgren aus dem Finnischen ins Deutsche. Gemeinsam mit ihm übersetzte sie auch für den »Mord am Hellweg X«-Band den von Antti Tuomainen exklusiv geschriebenen Unna-Kurzkrimi.

Herausgeberin & Herausgeber

H. P. Karr, geboren 1955, lebt im Ruhrgebiet. Er veröffentlichte allein und gemeinsam mit seinem Kollegen Walter Wehner zahlreiche Hörspiele, Kriminalstorys und mehr als ein Dutzend Thriller. Das Team Karr & Wehner wurde unter anderem mit dem »Literaturpreis Ruhr« und zweimal mit dem »Friedrich-Glauser-Preis« ausgezeichnet. H. P. Karr betreut das Lexikon der deutschen Krimiautoren (www.krimilexikon.de) und ist seit 2002 Mitherausgeber der Anthologien zum Festival »Mord am Hellweg«.
www.hpkarr.de
www.mordamhellweg.de

Herbert Knorr lebt im Ruhrgebiet. Der Bankkaufmann und promovierte Literaturwissenschaftler war u. a. von 1994 bis 2020 Leiter des Westfälischen Literaturbüros in Unna e. V. und dort zuständig für Literaturförderung für NRW sowie von 2011 bis 2020 Intendant des Netzwerkprojektes »literaturland westfalen«. Er ist Ideengeber und bis heute einer der Festivalleiter der Biennale »Mord am Hellweg«, des größten internationalen Krimifestivals Europas. Zahlreiche Veröffentlichungen. Zuletzt erschien der Westfalen-Krimi »Pumpernickelblut«. Herbert Knorr ist Träger des »Literaturtalers« für herausragende Verdienste um die Förderung der Literaturlandschaft in NRW; 2017 wurde er (ebenfalls gemeinsam mit Sigrun Krauß) für seine Verdienste um die deutschsprachige Kriminalliteratur mit dem »Ehrenglauser« ausgezeichnet. 2020 erhielt er als erster Preisträger überhaupt den Ehrenpreis des »Literaturpreis Ruhr«.
www.herbert-knorr.de
www.mordamhellweg.de

Sigrun Krauß, M. A., geboren 1957, lebt seit 1990 in Unna. Studium der Anglistik, Amerikanistik und Romanistik in Mainz. Freie Lektorin für diverse Verlage. Seit 1990 bei der Kreisstadt Unna als Bereichsleiterin Kultur verantwortlich für Kunst und Kultur in Unna und für zahlreiche kulturelle Projekte. Sie ist eine der Festivalleiterinnen der Biennale »Mord am Hellweg«, des größten internationalen Krimifestivals Europas. Sigrun Krauß ist Trägerin des »Literaturtalers« für herausragende Verdienste um die Förderung der Literaturlandschaft in NRW; 2017 wurde sie (ebenfalls gemeinsam mit Herbert Knorr) für ihre Verdienste um die deutschsprachige Kriminalliteratur mit dem »Ehrenglauser« ausgezeichnet.
www.unna.de
www.mordamhellweg.de
www.hellweg-ein-lichtweg.de

Der Krimiband »Jubiläumsmorde« ist Teil des Projektes Mord am Hellweg X, Europas größtem internationalen Krimifestival. Wir bedanken uns bei allen Förderern, Sponsoren und Medienpartnern des Festivals.

Hauptförderer

Ministerium für Kultur und Wissenschaft des Landes Nordrhein-Westfalen

Sparkasse UnnaKamen

Alfried Krupp von Bohlen und Halbach-Stiftung

REGIONALVERBAND RUHR
100 JAHRE ZUKUNFT

LWL KULTUR STIFTUNG

KUNST STIFTUNG NRW

Medienpartner

WELT AM SONNTAG

WDR 5

Weitere Förderer und Partner

Gemeinschaftsstadtwerke Kamen · Bönen · Bergkamen GSW

Stadtwerke Unna
Unsere Energie.

RINGHOTEL Katharinen Hof ★★★★
FAMILIE RIEPE

Hauptveranstalter

UNNA

Westfälisches Literaturbüro in Unna e.V.